태호 이원진의 태호시고

지은이 태호(太湖) 이원진(李元鎭)

1594(선조 27)년에 태어나 1665(현종 6)년에 세상을 떠났다. 본관은 여주(驪州), 자는 승경(昇卿), 호는 태호(太湖)이다. 경전과 자사(子史)를 비롯해 각 분야에 두루 능통한 당대의 석학이었다. 실학자인 반계 유형원(柳馨遠)의 외삼촌이자 스승이고, 성호 이익(李瀷)의 당숙이기도 하다. 때문에 성호학(星湖學)의 학문적 연원을 이해하는 데 있어서 중요한 위치를 차지하는 인물이다. 문과 급제 후 1632년 사간원 정언을 시작으로 홍문관 수찬과 교리 등의 청직을 역임하고, 외직으로는 평안도 도사, 순천 부사 등을 지냈다. 1639년 성절동지사(聖節冬至使)의 서장관 자격으로 심양에 갔고, 동궁 필선의 직책으로 심양에 머물며 소현세자를 시종하였다. 이후 1644년 동래 부사로 부임하였고, 1647년부터 승지를 지냈는데, 1648년에는 전라도 함열로 잠시 유배 가기도 하였다. 1649년 강원 감사에 제수되고, 1651년 제주 목사에 임명되었다. 제주 목사 재임 시절인 1653년 하멜 일행이 제주도에 표착(漂着)하는 사건이 일어나자, 이를 잘 처리하였다. 또한 제주도 최초의 읍지인 『탐라지』를 편찬하였다. 1654년 형조 참의에 임명되었으나 당국자의 배척과 병환 때문에 치사(致仕)하고 미호에 은거하였다. 이후 여러 차례 조정의 부름을 받았지만 모두 응하지 않고, 1656년 잠시 삼척 부사를 맡았을 뿐 더 이상 관직에 나가지 않았다. 1665년 72세의 나이로 운명하기까지 미호에서 은둔하며 여생을 마친 듯하다. 『태호시고』에 실린 시편들 가운데 자연 경물을 노래한 것들이 많은 부분을 차지하고 있는데, 이들 작품의 수준 또한 상당히 높다. 이는 문학적 감성을 지닌 태호의 시인적 면모를 충분히 보여주고 있다. 태호는 박학다식한 학자일 뿐만이 아니었던 것이다.

옮긴이

재단법인 실시학사 고전문학연구회

이우성 · 대한민국학술원 회원, 성균관대 명예교수
김세호 · 성균관대 한문학과 박사과정수료
김영진 · 성균관대 한문학과 교수
김용태 · 성균관대 한문학과 교수
김종민 · 성균관대 한문학과 박사과정수료
서경희 · 성균관대 학부대학 강사
손혜리 · 성균관대 대동문화연구원 학술연구교수
신익철 · 한국학중앙연구원 인문학부 교수
윤세순 · 한국학중앙연구원 전통한국학연구센터 전임연구원
이라나 · 성균관대 동아시아학과 박사과정수료
이성민 · 성균관대 대동문화연구원 수석연구원
이현우 · 성균관대 인문학연구원 수석연구원
전수경 · 성균관대 대동문화연구원 연구원
하정원 · 성균관대 한문학과 박사과정수료
한영규 · 성균관대 국어국문학과 교수

태호 이원진의 태호시고

이원진 지음
실시학사 고전문학연구회 옮김
재단법인 실시학사 편

실시학사 실학번역총서 11

사람의무늬

實學飜譯叢書를 펴내며

실시학사(實是學舍)에서 실학연구총서(實學硏究叢書)를 발간하여 학계에 공헌하면서 뒤이어 실학번역총서(實學飜譯叢書)를 내기로 방침을 세운 것은 벌써 2년 전의 일이다. 실시학사가 재단법인으로 발전하면서 그 재정적 바탕 위에 여러 가지 사업을 수행하는 가운데 실학(實學)에 관한 우리나라 고전들을 골라, 한문으로 된 것을 우리글로 옮겨서 대중화 작업을 시도하기로 한 것이다.

여기, 이 기회에 나는 다시 몇 마디 말씀을 추가할 것이 있다. 이 실학번역총서를 낸다는 말을 전해 듣고 모하(慕何) 이헌조(李憲祖) 형이 앞서 거액을 낸 것 외에 다시 적지 않은 돈을 재단에 출연해 주었다. 나는 그의 학문에 대한 열정에 오직 감동을 느꼈을 뿐, 할 말을 잊었다. 오늘날 우리나라에서 사회문화에 대한 허심탄회(虛心坦懷)로 아낌없이 투자해 줄 인사가 계속해서 나와 준다면 우리 학계가 얼마나 다행할까 하는 생각을 금(禁)할 수 없었다.

실(實)은 실시학사가 법인으로 되기 전부터, 나는 성균관대학교에서 정년퇴임한 뒤에 진작 서울 강남에서 학사(學舍)의 문을 열고 젊은 제자들과 함께 고전을 강독하면서 동시에 번역에 착수하였고, 그 뒤 근교 고양(高陽)으로 옮겨 온 뒤에도 그대로 계속하여 적지 않은 책들을 간행하였다. 예를 들면 경학연구회(經學硏究會)가 다산 정약용(茶山 丁若鏞)의 『정체전중변(正體傳重辯)』, 『다산과 문산(文山)의 인성논쟁』, 『다산과 석천(石泉)의 경학논쟁』, 『다산과 대산(臺山)·연천(淵泉)의 경학논쟁』, 『다산의 경학세계(經學世界)』, 『시경강의(詩經講義)』 5책 등을 번역 출판하였고, 고전문학연구회(古典文學硏究會)가 영재 유득공(泠齋 柳得恭)의 『이십일도회고시(二十一都懷古詩)』와 『열하기행시주(熱河紀行詩註)』 각 1책, 낙하생 이학규(洛下生 李學逵)의 『영남악부(嶺南樂府)』 1책, 그리고 『조희룡전집(趙熙龍全集)』 5책, 『이옥전집(李鈺全集)』 5책, 『산강 변영만(山康 卞榮晩)전집』 3책, 유재건(劉在建)의 『이향견문록(里鄕見聞錄)』 1책 등을 모두 번역 출판하였다. 이 열거한 전집들 중에는 종래 산실(散失) 분장(分藏)된 것이 적지 않아서 그것을 수집하고 재편집하는 데 많은 노력을 기울였다. 이 과정에서 제자들은 어려운 생활 속에서도 세월 따라 능력이 성장해 왔고 나는 그것을 보면서 유열(愉悅)을 느껴, 스스로 연로신쇠

(年老身衰)해 가는 것도 잊고 있었다.

그런데 이제 번역 사업이 본격화되면서 많은 역자(譯者)가 한꺼번에 나오게 되고 나는 직접 일일이 참여할 수 없게 되고 보니 한편 불안한 점이 없지도 않다. 나는 지난날 한때 민족문화추진회(民族文化推進會, 韓國古典飜譯院의 前身)의 회장직을 맡아, 많은 직원들, 즉 전문으로 번역을 담당한 분들이 내놓은 원고들을 하나하나 점검할 수도 없어 그대로 출판에 부쳐 방대한 책자를 내게 되었다. 물론 역자들은 모두 한문 소양이 상당하고 또 성실하게 우리글로 옮겨 온 분들이지만 당시 책임자였던 나로서는 그 자리에서 물러난 지 오래된 지금에 와서도 마음 한 구석에 빚이 되어 있는 것이 사실이다. 그런데 지금 또 실시학사에서 전건(前愆)을 되풀이하게 되는 것이 아닐까 걱정이 앞서기 때문이다.

그러나 이미 화살은 날았다. 이제 오직 정확하게 표적(標的)에 맞아 주기를 바랄 뿐이다.

2013년 초하(初夏)

李佑成

차례

『태호시고(太湖詩藁)』 권1

「전고록(前藁錄)」 상(上)

『태호시고(太湖詩藁)』 권2

「전고록(前藁錄)」 하(下)

『태호시고(太湖詩藁)』 권3

「**동행록(東行錄)**」 신미(辛未)

「**춘방록(春坊錄)**」 임신(壬申)

「**관서록(關西錄)**」 임신(壬申)

『태호시고(太湖詩藁)』 권4

「미호록(迷湖錄)」

『태호시고(太湖詩藁)』 권5

「옥당록(玉堂錄)」 중(中) 기묘(己卯)

「서행록(西行錄)」 기묘(己卯)

『태호시고(太湖詩藁)』 권6

「봉래록(蓬萊錄)」 을유 이후(乙酉以後)

『태호시고(太湖詩藁)』 권7

「용산록(龍山錄)」 무자 이후(戊子以後)

『태호시고(太湖詩藁)』 권8

「탐라록(耽羅錄)」 신묘 이후(辛卯以後)

부록

太湖

『태호시고』 해제

신익철 | 한국학중앙연구원 인문학부 교수

1. 머리말

『태호시고(太湖詩藁)』는 인조(1623~1649년 재위), 효종(1649~1659년 재위) 연간에 활동한 문신이자 학자인 태호(太湖) 이원진(李元鎭)의 시집이다. 태호는 실학의 비조로 일컬어지는 반계(磻溪) 유형원(柳馨遠)의 스승으로, 경전과 자사(子史)를 비롯해 각 분야에 두루 능통한 당대의 석학으로 알려진 인물이다. 태호는 유형원의 외삼촌이며, 성호(星湖) 이익(李瀷)의 당숙이 되기도 하기에 성호학(星湖學)의 학문적 연원을 이해하는 데에도 중요한 위치를 차지한다. 이에 학계에서는 그에 대해 지속적인 관심을 지녔는데, 알려진 저술이 없어 그 면모를 전혀 확인할 수가 없었다. 그런데 최근에 『태호시고』가 소개됨으로써 그의 학술 사상은 아니더라도 문학자로서의 면모를 확인할 수 있게 된 것은 다행이 아닐 수 없다.

『태호시고』가 알려짐에 따라 자료 소개와 더불어 그의 시세계를 간략히 살펴본 연구(윤재환, 「新資料 『太湖詩稿』를 통해 본 李元鎭의 詩世界」,

『한문학보』 18집, 2008년)가 이루어진바 있고, 태호의 또 다른 저술인 『황려세고(黃驪世稿)』와 『태호시고』의 내용을 소개한 연구(김영진, 「새 발굴 驪州李氏 先世 문집 · 저술 고찰-『太湖詩稿』를 중심으로-」, 『온지논총』 36집, 2013년) 또한 이어졌다. 이러한 연구를 통해 『태호시고』의 자료적 가치와 전반적 성격은 어느 정도 알려졌다고 하겠다. 여기에서는 선행 연구를 참조해서 그의 생애와 『태호시고』의 체재를 살펴보고, 몇몇 시들을 구체적으로 살펴봄으로써 그의 시세계를 이해하는데 도움을 주고자 한다.

2. 태호의 생애와 학문 경향

이원진(1594(선조 27)~1665(현종 6))의 본관은 여주, 자는 승경(昇卿), 호는 태호(太湖)이다. 할아버지는 이조판서를 지냈으며 사림에서 명망이 높았던 이상의(李尙毅)이고, 아버지는 우참찬을 지낸바 있는 이지완(李志完)이다. 어머니는 현감을 지낸바 있는 전주이씨 이결(李潔)의 따님이다. 한편 태호는 광해군 연간 유영경(柳永慶)과 함께 소북파(小北派)를 이끈 남이공(南以恭)의 사위가 되었으며, 아우 이숙진(李叔鎭)은 남이공과 정치적 노선을 같이 했던 김신국(金藎國)의 사위이기도 하다. 또한 그의 두 누이 중 맏이는 유형원의 부친인 유흠(柳欽)에게, 둘째는 이익엽(李益燁, 이이첨의 4남)에게 시집갔으니, 태호 당대의 당색은 북인(北人)에 가까웠음을 알 수 있다.(김영진, 앞의 논문 참조)

태호는 지금의 미사리 부근에 위치한 몽오정(夢烏亭)을 장인 남이공으로부터 물려받기도 하였다. 그의 호 태호(太湖)는 이 일대의 한강을 일컫는 명칭으로 미호(迷湖), 혹은 미호(渼湖)라는 이름으로도 알려진 곳이다. 몽오정은 한강 동남쪽의 승경으로 꼽혔으며, 『태호시고』에는 몽오정과 이 부근의 한강을 노래한 시편이 상당수 보인다.(李森煥의 「戊寅春, 與韓景善(光傳)陪烟客許丈乘舟溯峽, 共次洪致卿昆弟舟行聯句百韻 …」 시의 주석에서 "渼陂南無後, 我再從曾祖太湖公卽其女壻, 故亭歸于公. 亭在渼陂上, 風景絶奇. 太湖公, 文彩風流照映一代, 擅湖山之勝, 留連觴詠, 筆墨飛動. 當時文人勝流, 皆以此亭爲東南第一名區, 太湖之號, 亦指此地."라고 하였다. -『少眉山房藏』 권1)

태호는 19세 때인 1612년(광해군 4) 진사시에 합격했고, 같은 해 성균관에 입학하였다. 이 때 영창대군(永昌大君)의 옥사와 인목대비(仁穆大妃)의 폐비를 주창하는 논의가 일어나자, 태호는 이에 극력 반대하다가 잠시 귀양을 가기도 하였다. 그의 부친 이지완은 당시 대사간으로 재직하고 있었는데, 폐모론을 주창한 정조(鄭造), 윤인(尹訒)의 합계(合啓) 요청을 반대하며 올린 「입이계사(立異啓辭)」는 명문장으로 알려져 있다. 태호는 1630년(인조 8) 별시문과에 급제하기 전까지 15년 남짓한 기간을 은둔하며 지내게 되는데, 아마도 이때 수많은 서적을 탐독하며 제자백가에 두루 능통한 박학한 학문 세계를 구축할 수 있었을 것으로 짐작된다. 『태호시고』 권1, 2에 수록된 『전고록(前藁錄)』은 이때 지어진 시편으로 이즈음의 심경을 엿볼 수 있는 자료이다.

태호는 문과 급제 후 1632년 사간원 정언(正言)을 시작으로 사헌부 지평(持平) · 장령(掌令), 홍문관 수찬(修撰) · 교리(校理) 등의 청직을 역임하고, 외직으로는 평안도 도사(都事), 순천 부사 등을 지낸다. 1639년 9월에는 성절동지사(聖節冬至使)의 서장관이 되어 정사 권대임(權大任), 부사 정지우(鄭之羽)와 함께 심양에 갔고, 이어서 동궁 필선(弼善)의 직책으로 심양에 남아 소현세자(昭顯世子)를 시종한다. 『조선왕조실록』 1641년(인조 19) 2월 5일 기사를 보면 태호의 모친상과 그의 체직에 관한 기사가 나오는바, 태호는 이때 귀국한 것으로 보인다. 이후 삼년상을 마치고 다시 관직에 복귀하여 홍문관 교리, 사간원 사간 등을 지내다가, 1644년 11월에 동래 부사로 임명된다. 태호가 동래 부사를 지낼 때에는 왜사(倭使) 등지승(藤智繩)이 예수교도를 방비하는 문제로 협조를 요청하는 서계(書啓)를 보내는 사건이 있기도 하였다.

동래 부사의 직임을 마치고 조정에 돌아온 태호는 1647년부터 승지를 지냈는데, 1648년에는 전라도 함열(咸悅)로 잠시 유배 가기도 하였다. 태호가 유배 간 이유는 확실치 않은데, 『승정원일기』 인조 17년(1649)에 방면하라는 기사가 보이는 것을 보면 유배 생활은 1년 남짓한 짧은 기간이었던 것으로 보인다. 동년 『조선왕조실록』 5월 6일 기사에는 약리(藥理)에 정통하다는 이유로 태호를 의관들과 함께 입시케 했다는 기록도 보인다. 효종 즉위년(1649) 8월에 태호는 강원 감사에 제수되고, 연이어 2년 뒤인 1651년에는 58세의 나이로 제주 목사에 임명된다. 제주 목사로 좌천된 것은 아마도 당국자의 시기와 배척 때문이었던 것으로 보인다. 그가 제주 목사로 재임하고 있던 1653년(효종 4) 7월에는 일본 나가사키(長崎)로 항해 도중 태풍을 만난 하멜 일행이 제주도에 표착(漂着)하는 사건이 일어나, 태호는 이를 처리하기도 했다. 제주 목사 시절 태호는 제주도 최초의 읍지인 『탐라지(耽羅志)』를 편찬하기도 하였는데, 이는 기록과 관측의 정확성에서 나무랄 데가 없는 저작으로 평가된다.

1654년 제주 목사에서 돌아온 태호는 형조 참의에 임명되었으나 당국자의 배척과 병환으로 치사하고는 미호에 은거하였다. 이후 여러 차례 조정의 부름을 받았지만 모두 응하지 않고, 1656년 잠시 삼척 부사를 맡았을 뿐 더 이상 관직에 나아가지 않았다. 이후 현종 즉위년(1659) 효종의 산릉을 택지할 때 풍수에 해박하다는 이유로 윤선도와 함께 입궐

한 기록이 『조선왕조실록』에 보일 뿐이다. 이후 태호는 1665년, 72세의 나이로 운명하기까지 미호에서 은둔하며 여생을 마친 것으로 보인다.

이상에서 실록을 중심으로 태호의 관직 생활을 간략히 살펴보았는데, 다음으로는 태호의 학문 성향에 대해 보기로 한다. 이익의 『성호사설』에는 태호의 식견이 해박했음을 알려주는 다음과 같은 기사가 실려 있다.

> 옛날 어느 지방에서 우박(雨雹)이 내려서 장계(狀啓)를 올렸는데, 이때 어떤 문사(文士)가 박(雹)자의 음을 포라고 읽었으므로, 비웃지 않는 이가 없었다. 태호공(太湖公)이 "제군들은 어떻게 생각하는가?"라고 물었더니, 그들은 "입성(入聲)으로 읽는 것이 옳지 않습니까?"고 반문하였다. 태호공은 "포라고 읽어도 무방하다." 하고 옛 글을 끌어서 증거를 대니, 듣는 자들이 모두 열복(悅服)하였다.
>
> 나는 뒤에 『설문(說文)』을 상고했더니, "박(雹)자는 우(雨)자를 따르고 포(包)로 소리를 낸다." 하였으매, 바로 해성(諧聲)이니, 음을 포라고 하는 것이 진실로 옳겠다. …〈하략〉…
>
> (『성호사설』 권4 「만물문(萬物門)」 '박(雹)'조)

이 기사는 태호가 성운학에도 박식했음을 알려주거니와, 이익은 태호에 대한 행록(行錄)에서 "경전, 자사(子史)에 두루 통하여 꿰뚫지 않은 것이 없고 성률(聲律), 음양(陰陽), 병진(兵陣), 복서(卜筮), 성경(星經), 지리, 서사(書射), 계수(計數) 등도 각각 신묘한 경지에 이르렀다. 일찍이 말하기를, '육예(六藝) 중에 어(御)는 대대로 익히지 않은 것이고 그 나머지는 내가 모두 할 수 있다.' 하였다. 심지어 조수(鳥獸)와 초목의 이름, 기타 부수적인 것까지 아는 것이 많았다."(『성호전집』 권67, 「從祖

叔父太湖公行錄」)고 하여, 태호가 다양한 분야에 두루 해박한 식견을 지닌 학자였음을 지적하고 있다. 여기에서는 거론하지 않았지만 이익은 태호가 의례에도 해박해서 주자의 『가례(家禮)』에 대한 주석서인 『가례부석(家禮附釋)』을 남긴 사실 또한 말한바 있다.(『성호전집』 권49, 「家禮附釋序」) 이밖에도 태호가 의약과 풍수에도 뛰어나 조정의 부름을 받고 입궐했다는 실록의 기록을 참조하면, 태호의 박식함은 실로 미치지 않은 분야가 거의 없었던 것으로 보인다.

그렇다면 태호의 이러한 박식함은 어떻게 형성된 것일까? 『태호시고』와 『탐라지』 외에는 현전하는 태호의 저술이 없기에 이를 구체적으로 살펴보기에는 무리가 따른다. 그런데 태호에 대한 행록에서 이익은 "한번은 장본청(章本淸)이 지은 『도서편(圖書編)』을 얻고는 말하기를, '경전에 근본을 두고 사업을 운용하였으니, 이것으로 충분하다.' 하고, 충분히 학습하여 그 요령을 얻었다."라고 특기하고 있다. 이 기사는 태호의 박식함을 유추해 볼 수 있는 하나의 실마리가 되지 않을까 생각된다. 장본청(章本淸)은 명말의 학자 장황(章潢, 1527~1608)을 가리키니, 본청(本淸)은 그의 자이다. 장황은 경학에 뛰어난 학자로 백록동서원(白鹿洞書院)을 주재하며 강서성 일대의 학풍을 선도한 것으로 알려진 인물이다. 장황은 마테오리치와도 교분을 맺고 백록동서원에서 서학(西學)을 강의하도록 주선할 정도로 서학에 대해서 개방적인 인물이기도 하였다.

『도서편』은 127권의 유서(類書)로 경의(經意)·역산(曆算)·지리(地理)·인도(人道)의 4분야에 관한 그의 학문 세계를 망라해 놓은 대표적인 저술이다. 『도서편』은 '좌도우서(左圖右書)'의 체재에 따라 도상(圖像)을 풍부하게 수록한 유서로 왕기(王圻)의 『삼재도회(三才圖會)』에 버금가는 저작이다. 그런데 『삼재도회』가 체재가 번잡하고 출처 및 고증이 모호한 데 비해, 『도서편』은 체재가 분명하고 고증이 엄밀해서 박물

(博物)과 경세(經世)에 유용한 저작으로 알려져 있다.(『欽定四庫全書總目提要』 참조) 『도서편』은 1585년에 간행되었는데, 태호는 조선 학자 중 가장 먼저 이 책의 가치에 주목한 학자가 아닌가 생각된다. 아울러 "경전에 근본을 두고 사업을 운용하였다"는 태호의 평가는 『도서편』의 가치를 정확히 꿰뚫은 것으로, 그의 경세론적 학문 지향을 내포한 발언으로 주목할 필요가 있어 보인다.

3. 『태호시고』의 체재와 내용

『태호시고』는 목활자본 8권 2책으로 임형택 교수가 소장하고 있는 유일본이다. 표지에는 '태호시(太湖詩)'라 적혀 있으며, 건곤(乾坤) 2책에 태호의 생애에 따라 편차되어 있는 시집을 8권으로 나누어 수록하고 있다. 아래에 각 권별로 수록된 시집의 체재와 내용을 개략적으로 살펴보기로 한다.(김영진의 앞의 논문을 참조하여 보완 정리한 것이다.)

- **권1 : 「전고록 상(前藁錄上)」 32제 35수**(原韻은 제외한 것임. 이하 동일)

태호의 나이 14세인 1607년부터 1617년 부친상 직전까지 지은 시를 수록하고 있다. '전고록(前藁錄)'이란 제명은 아마도 태호 스스로 시고를 정리하여 편차하기 이전의 시들이라는 뜻으로 붙인 것이 아닌가 한다. 고경명(高敬命)의 식영정(息影亭) 시에 차운하여 지은 팔경시(八景詩), 이항복(李恒福)의 시에 차운하여 침벽당(枕碧堂)의 풍광을 읊은 팔경시, 그리고 선산과 세거지가 있는 여주 마암(馬巖)을 제재로 한 장편 칠언고시 등이 주목된다. 이밖에 당시풍의 궁사체(宮詞體)와 규정체(閨情體)로 지은 시도 들어 있다.

• 권2 : 「전고록 하(前藁錄下)」 32제 35수

「전고록 상」에 이어 27세인 1620년에서 1630년 별시문과에 급제하여 본격적인 관직 생활을 하기 이전까지의 시들을 수록하고 있다. 장인 남이공의 몽오정(夢烏亭)을 제재로 지은 시가 여러 편 보이고, 1622년 금강산 유람 시에 지은 시, 그리고 1623년 장인의 임소인 나주를 방문한 여정에서 지은 시 등이 눈에 뜨인다.

• 권3 : 「동행록(東行錄)」·「춘방록(春坊錄)」·「관서록(關西錄)」·「옥당록 상(玉堂錄上)」 26제 35수

「동행록」(6수 6제)은 1631년 강릉부사로 부임한 남이웅(南以雄)을 방문하여 강릉, 양양, 인제 일대를 유람하고 지은 시들이다. 「춘방록」(3제 4수)은 1632년 춘방, 즉 세자시강원에 재직할 때 지은 시들이다. 「관서록」(14제 21수)은 같은 해 평안도 도사가 되어 외직으로 나갔을 때 지은 시들이다. 「소상팔경(瀟湘八景)」을 읊은 8수의 시와 이민구(李敏求)의 「대설(大雪)」 시에 차운하여 지은 장편 오언고시가 보인다. 「옥당록 상」(3제 4수)은 태호의 나이 40세가 되는 1633년 사헌부 지평을 시작으로 옥당에 재직할 때 지은 시들이다.

• 권4 : 「평양록(平陽錄)」·「미호록(迷湖錄)」 34제 46수

「평양록」(18제 22수)은 태호가 1635년 순천 부사를 제수받아 재임할 때 지은 시들이다. 송광사(松廣寺), 환선정(喚僊亭), 풍영정(風詠亭), 망해대(望海臺) 등 순천 주변의 승경과 순천부 관아인 공북당(拱北堂), 호남좌수영(湖南左水營)을 노래한 시 등이 수록되어 있다. 당시 무주 현감을 지내던 아우 이숙진(李叔鎭)을 방문하여 지은 시와 호남 진휼어사(賑恤御史)로 내려 온 임담(林墰)과 수창한 시 등도 실려 있다. 「미호록」(16제

24수)은 태호가 순천 부사 직을 마치고 다시 내직으로 복귀하기까지 잠시 미호의 집에 머물 때 지은 시편을 모은 것이다. 미호 주변의 풍광과 한적한 정취를 노래한 시들이 주류를 이루며, 「잡영(雜詠)」 8수는 모기 · 파리 · 반딧불 · 달팽이 · 연 · 순채 · 미나리 · 고사리를 노래한 영물시로 이채로운 작품이다.

- **권5 : 「옥당록 중(玉堂錄中)」 · 「서행록(西行錄)」 · 「옥당록 하(玉堂錄下)」 39제 41수**

「옥당록 중」(12제 13수)은 태호가 순천 부사를 마치고 옥당으로 복귀한 1639년에 지은 시들을 모은 것이다. 목장흠(睦長欽, 1572～1641)에게 주는 2수의 시와 법헌(法軒) · 옥인(玉印) · 경원(冏元) 상인(上人)에게 주는 시가 연이어 수록되어 있고, 강화도를 방문하여 병자호란의 치욕을 회상하는 시 등이 실려 있다. 「서행록」(16제 17수)은 1639년 9월 성절동지사(聖節冬至使)의 서장관이 되어 정사 권대임(權大任), 부사 정지우(鄭之羽)와 동행하여 심양에 가고, 연이어 동궁 필선(弼善)으로 소현세자(昭顯世子)를 시종했을 때의 시들이다. 부사 정지우와 수창한 시들이 여러 수를 차지하고, 소현세자를 따라 조선으로 와 왕실에서 활약한 강남 출신 화가 맹영광(孟永光)에게 준 전별시도 보인다. 「옥당록 하」(11제 11수)는 1640년 귀국하여, 1641년 1월 모친상을 당하기 전까지 지은 작품들이다. 옥당에서 숙직하면서 지은 시와 오여확(吳汝擴), 이인후(李仁後) 등에 대한 만시가 여러 수 보인다.

- **권6 : 「봉래록(蓬萊錄)」 · 「은대록(銀臺錄)」 39제 47수**

「봉래록」(25제 32수)은 1644년 11월 동래 부사를 제수받아 재임할 때 지은 시들이다. 일본 부관승(副官僧), 의승(醫僧) 등과 화답한 시가 많이 보이며, 몰운대(沒雲臺)·충렬사(忠烈祠)·범어사(梵魚寺) 등 주변의 승경과 유적을 노래한 시와 동래 관아에 머물면서 지은 시들 또한 여러 수를 차지한다. 『은대록』(14제 15수)은 1646년 이후 태호가 내직으로 돌아와 승지로 있을 때 지은 시들로 은대는 승정원의 별칭이다. 이경엄(李景嚴, 1579~1652)에게 보낸 시가 3수 보이고, 공작새를 제재로 우의한 오언 장편시가 주목된다. 이밖에 호주(湖州) 채유후(蔡裕後)와 니옹(泥翁) 신유(申濡)의 시에 차운하여 지은 시가 눈에 뜨인다.

- 권7 : 「용산록(龍山錄)」·「관동록(關東錄)」 42제 44수

「용산록」(16제 16수)은 태호가 1648년 익산 함열에서 귀양살이 할 때 지은 시들을 모은 것으로 용산은 함열에 있는 산명이다. 귀양살이의 고적함을 읊은 시 외에 문인 화가 송민고(宋民古)에게 부친 시와 그의 묵매 그림에 쓴 제화시 등이 보인다. 「용산록」 맨 마지막에는 「인조대왕만사(仁祖大王輓詞)」가 실려 있는데, "己丑(1649)還朝後"라는 주가 달려 있어 그가 이미 해배되어 돌아온 후에 창작된 것임을 알 수 있다. 태호는 1649년(효종 즉위년)에 강원 감사에 제수되어 1651년 체직되었는데, 「관동록」(26제 28수)은 강원 감사를 지낼 때 지은 시들을 모은 것이다. 월정사·경포대·죽서루·낙산사·청간정·해산정 등 관동 지방의 승경을 노래한 시들이 대부분을 차지하고 있다.

- 권8 : 「탐라록(耽羅錄)」·「귀산록(龜山錄)」·「진주록(眞珠錄)」·「사정록(槎亭錄)」 39제 41수

「탐라록」은 태호의 나이 58세인 1651년 7월에서 1653년 10월까지 제주 목사로 재임하던 시기의 시들이다. 제주 곳곳의 명승을 읊은 시와 동헌에서의 회포를 노래한 시가 주를 이루고, 1651년 제주 안핵어사로 온

이경억(李慶億)과 수창한 시도 보인다. 그 중 「화신교수찬영수차시(和申教授纘詠水車詩)」는 신찬이 수차를 노래한 시에 화답한 것인데, 신찬은 태호가 편찬한 『탐라지』에 발문을 쓴 인물이기도 하다. 이익의 「종조숙부태호공행록(從祖叔父太湖公行錄)」에 의하면 임경업 장군은 태호에게서 용미수차(龍尾水車)를 배웠다는 기록이 보이는데, 이 작품은 태호의 실학적 사고를 엿볼 수 있는 작품으로 주목할 필요가 있어 보인다. 「귀산록」(10제 11수)은 제주 목사의 직임을 마치고 미호에 은거할 때의 작품으로 여겨지니, 귀산은 현재 하남시 망월동 미사리 부근에 있는 산명이다. 신행(信行) 상인(上人)의 시축에 차운한 시와 채유후에게 부친 시 등이 보인다. 「진주록」(3제 3수)은 1656년, 그이 나이 63세에 잠시 삼척부사로 재직했을 때 지은 시들이다. 「사정록」은 1657년 이후의 작품들로 '사정록'이라 한 이유는 분명치 않다. 다만 여주에 '범사정(泛槎亭)'이라는 정자가 있었던 것으로 보아 여주 지역에 머물면서 지은 시편이 아닌가 추정되기도 하는데, 마지막에 채유후의 시에 차운한 시 2수가 실려 있다.

4. 맺음말 : 성호학파의 시적 연원과 관련하여

지금까지 태호는 반계 유형원에서 매산(梅山) 이하진(李夏鎭), 그리고 성호 이익으로 이어지는 성호학의 연원과 관련해 주목되는 인물이었다. 따라서 그의 박학한 학문 세계가 관심을 끌었는데, 『태호시고』에 실린 325수의 시편은 자연 경물을 노래한 것이 대부분을 차지하고 있다. 제주 목사 시절 지은 '수차시(水車詩)' 외에는 박학한 학문 성향에 따라 특이한 소재를 다루었다거나, 깊은 학문적 소양에서 우러나온 철리적 내용을 함축한 시는 찾아보기 힘들다. 아울러 사회 현실의 모순이나 질곡을 다룬 사회시 또한 전무한 형편이다. 필자가 보기에 태호의 시는 오히려 치밀하게 대구를 조직하고, 용사를 절묘하게 하면서도 이를 자연스럽게 표출하는 시적 능력이 돋보여 보인다. 그리고 그 기저에는 시인으로서의 예리한 감수성이 깔려 있어 보인다. 「몽오정(夢烏亭)」이라는 제목의 다음 시를 보기로 하자.

큰 꿈은 인간세상에서 깨면 참됨이 드물어	大夢人間覺少眞
꿈속에서 꿈을 이룸 본디 인연이 많아서겠지.	夢中成夢本多因.
학이 도사(道士)가 되었다는 말 농담이 아니고	鶴爲道士言非戲
오유선생(烏有先生)의 말 도리어 신이하기도 하네.	烏有先生語更神.
과감히 물러나매 행여 전약수(錢若水)와 같을 것	勇退倘如錢若水
근심을 당함에 차라리 굴영균(屈靈均)을 배우리라.	離騷寧學屈靈均.
흰 갈매기 지금 황량(黃粱)으로 화한 밖에	白鷗今化黃粱外
만리창파에 길들일 수 없구나.	萬里滄波不可馴.

이 시는 정자 이름인 '몽오(夢烏)'를 파자해서 시상을 전개했다. 수련에서는 '몽(夢)'을 제재로 해서 인간 세상의 시비와 영욕을 초탈한 큰 꿈〔大夢〕의 진정한 의미를 제기했다. 함연에서는 소식의 「후적벽부(後赤壁賦)」와 사마상여(司馬相如)의 「자허부(子虛賦)」를 용사해서 '오(烏)'의 의미를 풀었다. 「후적벽부」에 등장하는 서쪽으로 날아간 학은 도사의 현신이었고, '어찌 있겠느냐'는 뜻의 오유선생(烏有先生)은 「자허부」에 나오는 까마귀에 의탁한 가공의 인물이다. '급류에서 용감히 물러날 사람이다'는 평을 받은 송대의 인물 전약수(錢若水)와 참소를 받아 쫓겨난 굴원은 자신의 심정을 「이소」에서 풀어냈다. 이는 인목대비 폐비론에 반

대하여 은거하며 지내는 장인 남이공의 처지를 비유한 것이자, 자신의 활달하고 얽매임 없는 정신 경계를 드러내 보인 것으로 볼 수 있다. 미련에서는 세상사를 초탈해 노니는 흰 갈매기를 제시했는데, 세상사 부귀영화의 덧없음을 뜻하는 '황량지몽(黃粱之夢)'의 꿈을 용사한 것이 절묘하다. 마지막 결연에서 다시 '몽'의 세계로 되돌아와 수련에서 제시한 '대몽'의 표상으로 흰 갈매기를 제시하며 시상을 끝맺었는바, 수미가 완벽하게 호응하고 있는 것이다.

최근에 성호의 조카이자 수제자인 정산(貞山) 이병휴(李秉休)의 시세계를 '담담한 학자풍의 시'로 본 기존 연구에서 벗어나 예민하고 날카로운 감수성을 지닌 시인적 면모에 주목한 연구(김용태, 「정산 이병휴 시문학에 대한 일고찰－시인적 면모와 학자적 면모의 관련 양상을 중심으로」, 『한국실학연구』 26집, 2013년)가 제출된 바 있다. 태호의 시가 지니는 치밀한 조직력과 예리한 감수성으로 미루어볼 때 이병휴는 학문적으로는 성호를 충실히 계승하였지만, 시적 전통에 있어서는 태호에 맥락이 닿아 있어 보인다. 이 문제는 향후 본격적으로 연구해야 해명될 문제이거니와, 이번 『태호시고』의 번역본 출간은 성호학파의 시적 연원을 구명하는 데에 기여할 수 있을 것으로 기대한다.

『태호시고(太湖詩藁)』

권1

『태호시고』 권1

「전고록(前藁錄)」 상(上)

1 정미년(1607) 겨울, 청계동(靑溪洞)에서 자리를 같이 했던 여러 벗들에게 작별하며 나누어 주다

丁未冬 留別靑溪洞同榻諸友

청계산 밑에서 잡은 손 놓을 때	靑溪山下解携時
걸음걸음 고개 돌리며 말에 오르기도 더디네.	步步回頭上馬遲.
작별의 아쉬움, 돌아온 뒤 풀고자 하는데	別恨欲紓歸去後
동네 이름 무슨 일로 또 그리워지는가.	洞名何事又相思.

2 여선인(呂僊人)의 시[1]에 차운하여 황학루(黃鶴樓) 그림에 쓰다 신해년(1611)

次呂僊人韻 題黃鶴樓圖 辛亥

바람 달 모두 맑고 피리 놀릴 때에	風月雙淸弄笛時

매화는 가을밤 강가에 떨어지네. 梅花秋夜落江湄.
충정을 아는 이 없다 한탄치 마오 衷情莫恨無人會
천 년 뒤 화가만이 홀로 알고 있으리. 千載龍眠獨自知.

3 옛 강심경(江心鏡)[2]을 두고 짓다

閱古江心鏡有作

배 위 하늘 가운데서 주조했는데 舟上天中鑄
형체 완성되자 임금 옷깃에 가까워졌네. 容成近御襟.
번개처럼 번쩍여 귀신을 놀래킴이 빠르고 電飛驚鬼疾
못 물이 용을 보호함이 깊으네. 潭黑護龍深.
바람, 비 한갓 밝게 응할 뿐 風雨徒昭應
연기와 먼지 끼어 확 트이지 못했네. 煙塵未豁祲.
문황(文皇)은 별도로 거울을 가지고 있어[3] 文皇別有鏡

1 여선인(呂僊人)의 시 : 呂僊人은 전설 속 八仙 중의 한 명인 呂嵓으로, 洞賓이라는 字로 잘 알려져 있다. 이 작품에서 차운한 원시는 「題黃鶴樓石照」이다.

2 강심경(江心鏡) : 唐代 揚州에서 進貢하던 銅 거울로 매년 5月 5日 午時에 강 중앙〔江心〕에서 주조했기 때문에 붙여진 이름이다. 뒷면에 새겨진 용이 비와 바람을 관장한다고 여겨 가뭄이 들었을 때 이 강심경에 제를 올리기도 하였다고 전한다. 「增鏡龍記」에는, "唐나라 天寶 3년에 양주에서 水心鏡을 진상하였는데, 한 면의 가로 · 세로는 9촌이고 밝은 청색 빛이 났으며, 뒷면에는 반룡이 새겨져 있었다〔唐天寶三載, 揚州進水心鏡, 一面縱橫九寸, 靑瑩耀目, 背有盤龍〕."라는 기록이 있다. 白居易의 시에도, "강 복판 물 위 배 안에서 주조했나니, 5월 5일 정오의 시각이라〔江心波上舟中鑄, 五月五日日午時〕."라는 구절이 보인다(『白樂天詩集』 卷4, 「百鍊鏡」 참조).

3 문황(文皇)은 …… 있어 : 文皇은 唐나라 太宗의 시호로, 그가 거울에 대해 언급한 세 가지를 가리킨다. 『新唐書』에, "구리로 거울을 만들면 의관을 바르게 할 수 있고, 옛일로 거울을 삼으면 흥망성쇠를 알 수가 있고, 현인을 거울로 삼으면 득실을 판명할 수 있다. 나는

보배로 여기는 것 강심경과는 달랐네. 所寶異江心.

4 도원도(桃源圖) 임자년(1612)

桃源圖 壬子

도원(桃源)속에 선인(仙人)의 집 묻노니 몇 채인가 源裏僊家問幾家
붉은 복숭아, 만 그루 나무 타는 노을 같네. 紅桃萬樹爛烝霞.
서로 만나 고기 배 들어온 것 괴이치 말라 相逢莫怪漁舟入
흐르는 물에는 분명히 낙화가 있었다네. 流水分明有落花.

5 식영정(息影亭) 시[4]에 차운하여 팔영(八詠)으로 짓다

次息影亭八詠韻

먼 곳 가까운 곳 붉은 노을 비치니 遠近紅霞映
누가 십 리나 심을 수 있었던가. 誰能十里栽.
꽃을 대하면 모름지기 한껏 취할 것 對花須盡醉
마시지 않으면 응당 시기하리라. 不飮也應猜.
【위는 자미탄(紫薇灘)】 【右紫薇灘】

가마우지는 오래된 바위에 모여드니 鸕鷀集古巖

일찍이 세 개의 거울〔三鑑〕을 잘 간직하여 마음속으로 나의 허물을 막았다〔以銅爲鑑, 可正衣冠, 以古爲鑑, 可知興替, 以人爲鑑, 可明得失. 朕嘗保此三鑑, 內防己過〕."라는 내용이 보인다.

4 식영정(息影亭) 시 : 원시는 高敬命의 『霽峯集』 卷3, 「息影亭二十詠」이다.

바위틈 물길 굽이치는 곳.	石溜縈回處.
강에서 저녁 무렵 물고기 삼키려하여	江晩欲含魚
날아서 깊고 연못 향하여 가네.	飛向深潭去.
【위는 노자암(鸕鷀巖)】	【右鸕鷀巖】

연꽃이 둘러 향기 코를 찌르고	荷擁香侵鼻
못은 깊어 물이 배꼽을 지나네.	塘深水過臍.
배 끌고 가는 한 채련녀(采蓮女)	撑舟有采女
꽃과 뺨 서로 헷갈리네.	花與臉相迷.
【위는 부용당(芙蓉塘)】	【右芙蓉塘】

은은히 비치어 울창한 나무사이로 뚫리고	隱映穿深樹
구불구불 시내를 에둘러 있네.	盤回傍曲溪.
그래도 자취 감추지 못할까 꺼려해	猶嫌未藏跡
다시금 꽃잎 떨어뜨려 미혹하게 하네.	更遣落花迷.
【위는 도화경(桃花徑)】	【右桃花徑】

소나무 그림자 차가운 푸르름에 잠기고	松影沈寒碧
노 젓는 소리 먼 사립문에 부딪히네.	橈聲戞遠扉.
물결 출렁이게 하지 마시오	莫教波蕩漾
도리어 흰 갈매기 날아갈까 두렵네.	還怕白鷗飛.
【소나무 못에 배를 띄움】	【松潭泛舟】

달빛 차갑기 물과 같은데	月色凉如水
천천히 푸른 오동 위로 떠오르네.	遲遲上碧梧.

누가 이 정취 알 수 있으리오	誰能知此趣
우주에 한 명 요부(堯夫)뿐이리.[5]	宇宙一堯夫.
【푸른 오동 차가운 달】	【碧梧凉月】

늙은 중 아롱진 지팡이 짚고 가는데	老釋携斑杖
다리 서편으로 석양이 지려 하네.	橋西日欲曛.
곁에 있는 사람 돌아가는 길 물으니	傍人問歸路
멀리 푸른 산 구름 가리키네.	遙指碧山雲.
【짧은 다리에서 돌아가는 중】	【短橋歸僧】

목욕한 깃털 모래톱에서 말리는데	浴羽晞沙渚
해당화 자줏빛 꽃잎 따사롭다.	棠花暖紫綿.
기심(機心) 잊은 것 오래임 알고	忘機知已久
나를 짝하여 머리 박고 잠들었네.	伴我揷頭眠.
【흰 모래에서 잠든 오리】	【白沙睡鴨】

6 망월사(望月寺)에서 밤에 읊다

望月寺夜吟

밤에 외로운 절에 투숙하니 불등(佛燈)만 밝고	夜投孤寺佛燈明

5 우주에 …… 요부(堯夫)뿐이리 : 堯夫는 송나라 邵雍을 가리킨다. 그의 시 「淸夜吟」에 "달이 하늘 한 가운데 떠있고 바람이 물 위를 스칠 때 한결같이 청아한 이 맛 아는 이 적다는 걸 나는 아노라〔月到天心處, 風來水面時. 一般淸意味, 料得少人知〕."라고 한데 근거한 표현이다(『擊壤集』 卷12 참조).

시내 졸졸 흐르는 소리 맑게 꿈속에 들어오네. 石澗潺湲入夢淸.
운치를 아는 산 아이 객 불러 깨우는데 解事山童呼客起
하나의 바퀴같은 강 달이 떠오르는 삼경(三更)이네. 一輪江月湧三更.

7 제야에 비를 맞다

除夜値雨

병든 뒤에도 시객은 열심히 읊조려보며 病餘詩客彊吟哦
외로이 시린 등불 짝하여 세월만 탄식하네. 孤伴寒燈歎歲華.
창 밖 작은 매화 흠뻑 비에 젖었으니 窗外小梅全濕雨
아마 봄빛이 밤 동안 더 많아졌으리. 只應春色夜來多.

8 이이(李怡)의 나무 안석에 쓰다

이이(李怡)는 의류(醫流)로 춘추벽(春秋癖)[6]이 있다 계축년(1613)

書李怡木几 怡以醫流 有春秋癖 癸丑

참됨을 머금어 구부러지지 않았고 含眞仍不曲
늙음을 붙들어 족히 평안히 거처하네. 扶老足安居.
고요히 소나무 바위 오래됨 속에 은거하고 靜隱松巖古
한가히 대나무 집 텅 빈 속에 기대었네. 閑凴竹屋虛.

6 춘추벽(春秋癖) : 『春秋』를 매우 좋아한다는 의미이다. 晉나라 杜預는 『春秋左傳』을 매우 좋아하여 스스로 左傳癖이 있다고 하였다(『晉書』 卷34 참조).

몇 번이나 황제(黃帝)의 비결[7] 열어보았던가　幾披黃帝訣
길이 소왕(素王)의 책[8] 펴리라.　長展素王書.
임금에게 바치는 것을 하필 배우리오　獻御何須學
서로 따르며 그 처음을 지키리.　相隨保厥初.

9 연성(蓮城)[9]으로 향하려 하면서 먼저 노량진에서 배를 탔다
將向蓮城 先泛鷺梁

평평한 모래 푸른 강 머리에 눈과 같고　平沙如雪綠江頭
물의 흐름 백로주(白鷺洲)에서 나누어 졌네.　水勢中分白鷺洲.
기운 언덕 국화는 처음으로 비를 맞고　欹岸菊花初冒雨
어지러운 산 단풍잎 정히 가을 무르익었네.　亂山楓葉正酣秋.
이제야 단양(丹陽) 성곽 명승을 알만하고[10]　方知選勝丹陽郭
다시금 적벽(赤壁)의 배 허공에 비김을 깨닫네.　更覺憑虛赤壁舟.
여기에서 연성까지는 그리 멀지 않으리니　此去蓮城應不遠
노정 재촉하지 마라, 잠시 머물다 가리니.　莫催征騎且淹留.

7 황제(黃帝)의 비결 : 『黃帝內經』을 가리킨다.
8 소왕(素王)의 책 : 孔子가 저술한 『春秋』를 가리킨다. 『論衡』, 「定賢」에, "孔子께서는 왕위에 오르지 않았으니 素王의 업이 『春秋』에 있다〔孔子不王, 素王之業在春秋〕."고 하였다.
9 연성(蓮城) : 지금의 안산을 가리킨다. 안산의 地勢가 한데 서리어 1만 떨기의 연꽃 같이 뭉쳤다는 데서 유래하여 蓮城이라 칭하였다.
10 이제야 …… 알았고 : 王維의 「送封太守」 시에, "돛은 단양 성곽에 비치고, 단풍은 붉은 언덕 마을에 모여있네〔帆映丹陽郭, 楓攢赤岸村〕."라는 구절이 있다.

10 마포(麻浦)에서 즉흥적으로 읊다
麻浦卽事

서호(西湖)[11] 풍경 비온 뒤 맑아	西湖風景雨餘淸
천 리 연파(烟波) 바다 접해 평평하네.	千里煙波接海平.
상인들 밀물 닥치자 다투어 닻줄을 풀고	商客及潮爭解纜
일제히 서로 뱃노래를 화답하네.	一時相應棹歌聲.

11 청령포(淸泠浦)를 지나다 느끼다 갑인년(1614)
過淸泠浦有感 甲寅

지는 해 봄바람에 원망의 피 머금은 새	落日東風怨血禽
노산(魯山)의 남긴 자취, 영월(寧越)의 물가라네.[12]	魯山遺跡越江潯.
예나 지금이나 길 지나며 슬픔을 더한 눈물	古今行路添哀淚
흘러 흘러 청령포(淸泠浦)에 이르러 물 더욱 깊어지네.	流到淸泠水更深.

11 서호(西湖) : 서울특별시 마포에서 서강(西江)에 이르는 15리 지역에 대한 조선시대의 옛 지명이다.

12 노산(魯山)의 …… 물가라네 : 魯山君 즉 端宗이 죽은 寧越을 가리킨다.

12 미호(迷湖)[13]에서 동지 유영순(柳永詢)[14]의 시에 차운하다

迷湖 次柳同知永詢韻

묵은 구름 다 흩어지고 산은 머리털 같은데	宿雲散盡山如髮
십 리길 복숭아 꽃 푸른 강물에 비치네.	十里桃花映綠江.
금대(金臺)에서 해 떠오르니 물결 고요해지고	日出金臺波面靜
사공은 한가로이 작은 선창 추어올리네.	水工閑揭小篷窓.

13 침류당(枕流堂)[15]에서

枕流堂

오솔길 복숭아 · 오얏 가로질러 선대(僊臺)로 향했고	徑穿桃李向僊臺
대 아래 네모난 못, 하나의 거울처럼 열렸네.	臺下方塘一鏡開.
물 좇는 봄빛 간직하지 못하여	逐水春光藏不得
사람들 사이에 때때로 떨어진 꽃 내려옴을 본다네.	人間時見落花來.

13 미호(迷湖) : 渼湖라고도 한다. 경기 남양주시 수석동 일대의 호수처럼 보이는 한강 가를 가리킨다.

14 유영순(柳永詢) : 柳永詢(1552~1630)은 조선 중기의 문신으로, 자는 詢之, 호는 拙庵 · 北川, 본관은 全州이다. 동지중추부사 · 한성부윤에 이어서 호조참판을 역임하였다.

15 침류당(枕流堂) : 한강 언덕에 있는 經歷 李師準의 별장을 가리킨다(『新增東國輿地勝覽』 卷3 참조).

14 숙부께서 덕산(德山)의 임지[16]로 돌아가시는 것을 전송하다

送德山叔父還任

낙하(洛下)에서 서로 만나 그리던 것 이야기하니	相逢洛下話相思
두 곳의 이별의 회포 몇 구절 시였네.	兩地離懷幾句詩.
큰 덕산(德山) 앞자락엔 봄빛 이르고	大德山前春色早
작은 정릉동(貞陵洞) 밖엔 석양이 더디네.	小貞陵外夕陽遲.
공자(孔子)의 뜰에 리(鯉) 대답[17] 다른 날 아니오	孔庭鯉對非佗日
섭현(葉縣)에서 오리가 오는 것[18] 바로 이때라네.	葉縣鳧來卽此時.
내일 아침이면 도리어 작별이라 말하지 마오	莫道明朝還是別
바닷가 정자에 꽃 피면 아름다운 기약 있으니.	海亭花發有佳期.

16 숙부께서 …… 임지 : 이원진의 숙부인 李志宏은 1613년 9월 德山縣監에 제수되었다(李暾衡, 『驪州李氏星湖家門世乘記』, 도서출판 祐平, 2002 참조).

17 공자(孔子)의 …… 대답 : 『論語』, 「季氏」에 나오는 말이다. "孔子께서 혼자 서 있을 때 아들 鯉가 뜰을 지나자 '시를 읽었느냐?' 묻자 '아직 읽지 못했습니다.'라고 대답하므로, 공자는 '시를 배우지 않으면 말을 할 수 없는 것이다.'〔子嘗獨立, 鯉趨而過庭, 曰學詩乎, 對曰未也, 不學詩, 無以言〕."라고 하였다.

18 섭현(葉縣)에서 …… 것 : 後漢 明帝 때 도술을 지닌 王喬가 葉縣令을 지내면서 매월 초하루와 보름이 되면 언제나 조정에 와서 명제를 알현하였다. 그가 먼 거리인데도 불구하고 자주 오고 또 수레도 타지 않았으므로, 이를 이상하게 여긴 명제가 비밀리에 太史에게 그 진상을 알아보라고 명했는데, 태사가, 그가 오는 시기에 한 쌍의 들오리가 동남방에서 날아온다고 하였다. 그리하여 들오리가 다시 날아오는 때를 기다렸다가 그물로 덮쳤는데, 그물 속에는 몇 해 전에 황제가 尙書臺 관원들에게 하사한 가죽신 한 짝만 있었다고 한다(『後漢書』 卷82, 「方術列傳 王喬」 참조).

15 빙담(冰潭)의 동악(東嶽)이 부쳐준 부채의 시에 화답한 운을 차하다

次冰潭和東嶽寄扇韻

금주(錦州)의 진귀한 부채 가벼운 비단으로 만들어져	錦州珍箑製輕縑
빙담(冰潭)에게 부치면서 빼어난 구절 겸하였네.	爲寄冰潭秀句兼.
달빛은 가슴으로 들어와 늙은 토끼를 속이고	月色入懷欺老兎
바람 권리 손에 있어 비렴(飛廉)[19]을 빼앗았네.	風權在手奪飛廉.
티끌과 먼지 이제부터 더럽히기 힘들음 알았고	塵埃自此知難汚
하늘의 태양 이제부터 도리어 뜨겁기 원하네.	天日從今卻願炎.
이 한 편에 펼쳤다가 접는 뜻 가장 뛰어나니	最是一篇舒卷意
사람으로 하여금 세 번 되풀이하며 다시 침잠케 하네.	使人三復更沈潛.

● **원운(元韻)[20]을 붙이다** 빙담(冰潭)

附元韻 冰潭

차가운 푸르름 잘라 배열하고 흰 비단으로 첩하니	剪排寒碧帖霜縑
움직임과 고요함 때에 따라 체용(體用)을 아우르네.	動靜隨時體用兼.
흰 달, 선당(禪堂)의 나무, 비어있는 색상(色相)[21]이요	白月禪枝空色相
맑은 바람, 고죽(孤竹)[22], 완악한 자를 가히 청렴케하네.	淸風孤竹可頑廉.

19 비렴(飛廉) : 바람의 신 또는 바람을 일으키는 신비로운 새를 가리킨다.
20 원운(元韻) : 冰潭이 지은 「和東嶽寄扇韻」 시를 가리킨다.
21 색상(色相) : 겉으로 드러난 만물의 모습을 말한다.
22 고죽(孤竹) : 孤竹君의 두 아들인 伯夷와 叔齊를 가리킨다.

기심 이미 잊어 펼쳤다가 되레 합하니 機心已忘張還翕
세태가 차갑고 더운 것에 무슨 관계있으리오. 世態何關冷與炎.
부끄럽다 우리님 능히 선비에게 몸 낮추어 慙愧吾人能下士
한편의 진중한 글로 그윽히 잠긴 자를 총애하네. 一篇珍重寵幽潛.

16 중추절(仲秋節)에 달은 없고

中秋無月

서풍(西風)이 달을 시기하여 구름 문 보내고 西風妬月送雲扉
계수나무 궁전의 항아(姮娥)는 약속 이미 어겼네. 桂殿姮娥約已違.
어디에서 붉은 계단 얻어 하늘 기둥 올라서 安得丹梯上天柱
보름밤 충분히 빛나는 것 통쾌히 볼 수 있을까. 快看三五十分輝.

17 야락금전화(夜落金錢花)[23] 을묘년(1615)에 새로 북경(北京)의 종자를 얻다

夜落金錢花 乙卯歲 新得北京種

왕실 창고의 금전(金錢)이 나비로 변해 와서 內府金錢化蝶來
향기 찾아 머물다가 좋은 꽃으로 피었네. 尋香留作好花開.
실로 꿰면 신풍주(新豐酒) 살 수 있으리니[24] 穿絲若買新豐酒

23 야락금전화(夜落金錢花) : 碧梧桐科에 속하는 1년생 花草로 旋覆花라고도 한다. 노란색 꽃이 둥글고 뒤집어져 있기 때문에 붙여진 이름이다. 여름에 꽃을 피우며 낮에 피었다가 새벽에 진다. 약용으로 쓰이고 말린 것을 旋覆花라고 하는데, 씨방의 끝 부분에 백색의 털이 많이 붙어 있다.

24 실로 …… 있으리니 : 王維의 「少年行」에, "신풍의 좋은 술은 한 말에 십천인데, 함양의 유협들 대부분 소년이라네〔新豐美酒斗十千, 咸陽游俠多少年〕."라고 한 데 근거한 표현이다.

모름지기 명년(明年)을 기다려 온 땅에 심으리라. 須待明年滿地栽.

18 먹지 등롱(燈籠) 병진년(1616)

墨紙燈籠 丙辰

나방 막으려는 술책 아니요 不爲防蛾術
응당 눈 보호하는 방책 좇은 것이리라. 應從護眼方.
속이 밝으니 덕(德) 잡음을 알겠고 中明知秉德
겉이 어두우니 빛 감춤을 배운 것이라네. 外暗學韜光.
처음에는 광생(匡生)의 벽[25]인가 의아했더니 初訝匡生壁
도리어 무자(武子)의 주머니[26]인가 의심하네. 還疑武子囊.
태을(太乙)의 지팡이 休誇太乙杖
교서랑(校書郎)에게 나누어 준 것[27] 자랑하지 말라. 分與校書郎.

19 일찍 송경(松京)에서 출발하다

早發松京

행장 꾸려 종친 뒤 출발하니 俶裝鐘後發

---

25 광생(匡生)의 벽: 漢나라 匡衡이 공부할 적에 자기 집은 가난하여 촛불이 없어 이웃집 벽을 뚫어 그 불빛으로 책을 읽었다는데서 온 말이다(『西京雜記』 참조).

26 무자(武子)의 주머니: 車胤이 여름밤에 반딧불을 모아서 그 불빛으로 글을 읽었다는데서 온 말이다. 武子는 車胤의 자이다.

27 태을(太乙)의 …… 것: 漢나라 成帝 말년에 劉向이 天祿閣에서 校書의 직책을 수행하면서 매일 밤늦게까지 연구에 몰두하였는데, 어느 날 밤 太乙之精을 자처하는 黃衣 老人이 나타나 靑藜杖 지팡이 끝에 불을 붙여 방 안을 환히 밝힌 다음 『洪範五行』 등 고대의 글을 전수해 주고 사라졌다는 전설이 전한다(『拾遺記』 卷6 참조).

새벽 달 그림자 사라져갈 듯.	殘月影捎捎.
상쾌한 바람 소리 그늘진 구렁에서 나오고	爽籟生陰壑
맑은 서리 새벽 가지에 맺혔네.	淸霜結曉梢.
험하고 까다로운 석동(石洞)[28]을 지나	險艱徑石洞
평평하고 멀리 트인 금교(金郊)[29]를 얻었네.	平遠得金郊.
시냇가 집 찾아 밥 먹으려 하는데	欲訪溪居飯
차가운 연기 짧은 띳집에서 나오네.	寒煙出短茅.

20 역사를 읊다

詠史

신성한 요(堯)임금 후예, 패(沛)땅의 호걸	神堯苗裔沛中豪
한 번 삼장(三章)[30]을 약속하여 제왕의 업 높였네.	一約三章帝業高.
관(關)에 들어갈 때 범한 바 없다 누가 말했나	誰道入關無所犯
조룡(祖龍)의 천하[31] 추호(秋毫)보다 지나치다.	祖龍天下過秋毫.

28 석동(石洞): 개성부 천마산에 있는 靑石洞을 가리키는 듯하다.

29 금교(金郊): 黃海道 江陰縣 고을 서남쪽 30리에 위치하고 있다(『국역 新增東國輿地勝覽』 참조).

30 일약삼장(一約三章): 漢나라 高祖가 函谷關에 들어갈 때 父老들에게 공표한 세 가지 법령인 約法三章을 가리킨다(『史記』, 「高祖本紀」 참조).

31 조룡(祖龍)의 천하: 祖龍은 秦始皇을 가리킨다. 祖는 처음이라는 의미가 있고, 龍은 임금의 뜻을 가지고 있으므로 붙여진 말로 조룡의 천하는 漢나라 高祖가 차지한 秦나라 땅을 의미한다.

21 침벽당(枕碧堂)에서 백사(白沙) 상공(相公)의 팔영시[32]에 차운하다

枕碧堂 次白沙相公八詠韻

날마다 산 늙은이 아침에 발을 걷는 것은	日日山翁早捲簾
첩첩산중 가로지른 은미한 푸르름 보려함이네.	要看疊嶂橫微翠.
아침 되자 천 가닥 영롱한 빛 나뉘어 나오니	朝來千縷九光分
비로소 하늘의 기틀 비단을 낸 것을 깨닫네.	始覺天機出錦繡.
【남한산(南漢山) 아침 이내】	【南漢朝嵐】

저녁 되어 청룡산(青龍山)[33] 이리저리 흘려보니	晩來流眺青龍山
산 밖에 이제 막 붉은 빛 거두어짐 언뜻 보이네.	山外半窺初斂赤.
돌벼랑 층층 그늘 푸른 창에 가까워지니	石崖層陰近碧窓
도 닦은 늙은이 상머리 주역(周易) 점을 다 찍었네.	道翁點盡牀頭易.
【청계산(淸溪山) 석양 빛】	【淸溪夕照】

어부 배 옮겨 어두운 여울 지키니	漁子移舟守暗灘
관솔불 물에 비쳐 빈 누각으로 통하네.	松燈映水通虛閣.
차가운 빛 한 점 봉창에 은은히 보이니	寒光一點隱篷窓
앞 쪽 강에 바람, 비 사나움 알겠네.	知是前江風雨惡.
【모래여울 고기잡이 불】	【沙灘漁火】

32 백사(白沙) …… 팔영시 : 원시는 『白沙先生集』 卷1의 「漾碧亭八詠」이다.

33 청용산(青龍山) : 淸溪山의 옛 이름이다.

두협(斗峽)[34]에서 나뉘어져 한수(漢水) 열려 斗峽中分漢水開
외로운 돛 장안(長安)날에서 왔네. 孤帆來自長安日.
뱃사람 불을 때려 하지만 빌릴 곳 없어 舟人爨火乞無因
봉창 아래서 구멍 낸 단풍나무로 새로이 불꽃 살리네. 蓬底鑽楓新焰活.
【도미진(渡迷津)[35] 바람 돛】 【渡迷風帆】

소 등에서 뻗쳐 잠듦에 편안함 배보다 나아 牛背橫眠穩勝舟
먼 들판 연기 낀 풀, 수면(水面)처럼 평평하네. 遠郊煙草平如水.
갈대 피리 즐겨 불며 빗긴 석양에 이르니 耽吹蘆管到斜陽
뭇 송아지 스스로 돌아오네, 이끼 낀 골목 속으로. 羣犢自歸菭巷裏.
【앞 들판 목동의 피리】 【前郊牧笛】

가을 잎 산에 흐드러져 산길 좁고 秋葉漫山山徑微
어디선가 낫 차고 나무꾼의 노래 부르는 늙은이. 腰鎌何處薪歌叟.
돌아옴에 문득 소문(蘇門)[36] 만날까 생각되어 歸來卻恐值蘇門
기꺼이 구름 낀 성 향하여 소호(韶頀)[37]에 화답하리. 肯向雲城和韶頀.
【뒷산 나무꾼 노래】 【後山樵唱】

34 두협(斗峽) : 하남시 검단산과 남양주시 예봉산 사이의 좁은 협곡을 斗峽 또는 斗尾峽이라고 한다.

35 도미진(渡迷津) : 경기도 광주 부근에 형성되어 있는 나루터를 가리킨다.

36 소문(蘇門) : 晉나라 때 죽림칠현의 한 사람인 阮籍이 蘇門山에서 은자 孫登을 만나 仙術을 물었으나 손등은 일체 대답을 않고 휘파람만 길게 불면서 가버렸는데, 그 소리가 마치 巖谷에 메아리치는 鸞鳳의 소리와 같았다고 한다(『晉書』 卷49, 「阮籍列傳」 참조).

37 소호(韶頀) : 韶는 舜임금의 음악 이름이고, 頀는 湯임금의 음악 이름이다.

나무 휘장 빽빽하게 평평한 호수 앞에 둘러있고	樹帷漠漠平湖前
연기 하늘하늘 굽은 언덕 밖이라.	煙素依依曲岸外.
바위 아래 어부는 물가에 밥 짓는데	巖下漁翁傍水炊
외딴 마을 저녁 빛 차가운 여울로 통하네.	孤村暝色通寒瀨.
【동쪽 마을 연기 낀 나무】	【東屯煙樹】

북녘 물가 청녀(青女)[38]의 서리 가만히 날리고	北渚暗飛青女霜
서쪽 수풀 단구(丹丘)[39]의 피 홀연히 흩뿌리네.	西林忽濺丹丘血.
짙게 무르익은 가을빛이 읊조림 속에 들어오니	濃酣秋色入吟哦
취한 뒤에 적은 시 비단에 점찍은 듯.	醉後題詩如點纈.
【서쪽 산 서리 내린 수풀】	【西崦霜林】

번역 **하정원**

38 청녀(青女) : 가을을 주관한다는 女神.
39 단구(丹丘) : 전설 속에 신선이 산다는 땅.

22 궁사체(宮詞體)[40]를 모방하여 4수

效宮詞體 四首

더딘 봄 햇살이 요명(堯蓂)[41]을 따습게 하고	遲遲春日暖堯蓂
십부(十部)[42] 생황 노래 후정(後庭)에서 나오는데	十部笙歌出後庭.
적막한 서궁(西宮)[43]엔 사람 보이지 않고	寂寞西宮人不見
채색 새만 이따금 호화령(護花鈴)[44]을 움직이네.	彩禽時動護花鈴.

용지(龍池)[45]에 버들 짙고 서연(瑞煙)이 감쌌으며	龍池柳暗瑞煙籠
현포(玄圃)[46]가 아득하게 후원(後苑)으로 통했네.	玄圃蒼茫後苑通.
새벽 해에 무지개 깃발[47] 구름 밖에서 펄럭이니	曉日霓旌雲外轉

---

40 궁사체(宮詞體): 宮中의 생활이나 사건을 소재로 삼아 창작한 시를 말한다. 주로 임금이나 後宮·妃嬪을 비롯한 宮女들의 심정을 표현한 작품이 많다. 대부분 칠언절구의 형식을 취하고 있으며, 唐代에 활발하게 창작되었다. 우리나라에서는 唐詩風이 본격적으로 전개된 宣祖 때를 전후하여 유행하였다.

41 요명(堯蓂): 堯임금의 궁궐 뜰에서 자라났다는 상서로운 풀. 매월 초하루부터 보름까지 날마다 한 잎씩 생겼다가 이후 그믐까지 한 잎씩 떨어졌다고 하여 '달력풀'이라고 일컬었다. 여기서는 궁궐 뜨락의 풀을 의미한다.

42 십부(十部): '十部樂'의 준말로, 당나라 초기 궁궐에서 연회를 벌일 때 연주한 음악을 말한다.

43 서궁(西宮): 제후의 첩이 거처하는 방으로, 여기서는 궁녀의 거처를 가리킨다.

44 호화령(護花鈴): 새가 꽃나무에 앉지 못하도록 하는 장치. 붉은 실로 엮은 끈을 나무 끝에 묶고 방울을 달아 두었다가 새가 날아들면 정원을 담당한 관리가 끈을 당겨 방울 소리를 내어 새를 쫓았다고 한다.

45 용지(龍池): 대궐 안에 있는 연못.

46 현포(玄圃): 崑崙山 꼭대기에 있다고 전해지는 신선의 거처인데, 魏晉南北朝 시대에는 궁중 정원의 이름으로 쓰이기도 하였다. 여기서는 궁궐 안의 정원을 의미한다.

47 무지개 깃발: 임금이 행차할 때 쓰는 화려한 깃발.

황금 수레가 새로 취미궁(翠微宮)[48]으로 납시네. 金輿新幸翠微宮.

청녀(青女)[49]가 서리 재촉하니 흰 기러기 돌아오고 青女催霜白鴈回
상림(上林)[50] 숲이 비단 같은데 국화가 처음 피었네. 上林如錦菊初開.
옥루(玉樓) 어두워 지려하매 주렴 걷고서 玉樓欲暝珠簾捲
동산(東山)에 달빛 오길 기다리려 한다네. 要待東山月色來.

찬 매화가 처음 옥계(玉階)[51] 위에 피니 寒梅初發玉階頭
비취빛 겹주렴 반쯤 걷어 갈고리에 올렸네. 翡翠重簾半上鉤.
눈 온 뒤에 군왕이 와서 일찍 감상하리니 雪後君王來賞早
상방(尙方)[52]이 재촉하여 붉은 담비 갖옷 올리네. 尙方催進紫貂裘.

23 이신흠(李信欽)[53]의 「산수사시도(山水四時圖)」에 쓰다 4수

題李信欽山水四時圖 四首

대나무 속 띳집엔 한 점 티끌도 끊겼고 竹裏茅齋絶點埃

---

48 취미궁(翠微宮) : 終南山에 있던 唐나라 太宗의 別宮. 唐 高祖가 지은 太和宮을 重修하고 이름을 취미궁으로 바꾸었다.
49 청녀(青女) : 가을을 주관하는 女神.
50 상림(上林) : 上林苑으로, 漢나라 武帝가 중건한 정원이다. 주로 제왕의 정원을 가리킨다.
51 옥계(玉階) : 대궐 안의 섬돌.
52 상방(尙方) : 尙衣院의 별칭으로, 왕의 의복과 궁중의 물품 공급을 담당하는 곳.
53 이신흠(李信欽) : 李信欽(1570~1631)은 조선 중기의 화가로, 자는 敬立, 본관은 泰安이다. 圖畵署 畵員을 지냈으며, 宣武原從功臣에 책봉된 것으로 보아 임진왜란 때 어떤 공을 세운 듯하다. 초상화에 특히 뛰어났으며, 유작으로 「斜川庄八景圖」와 「草蟲圖」가 전하고 있다. 사천장은 李景嚴(1579~1652)이 경영한 楊根의 別墅이다.

남쪽 시내에 해 따사로와 예쁜 꽃 피었네.	南溪日暖好花開.
산옹(山翁)이 이미 바둑 둘 친구 언약했기에	山翁已約圍碁伴
미리 앞 고을 향해가서 술을 구해 온다네.	預向前村覓酒來.
지친 길손 말 멈추고 푸른 버들 아래 쉬는데	倦客停驂憩綠楊
나루 머리에 조수(潮水) 차고 석양 기울려하네.	渡頭潮滿欲斜陽.
뱃사공이여, 행장 초라하다 말하지 마오	舟人莫道行裝薄
그래도 하인과 오래된 비단주머니 있으니.[54]	尙有奚奴古錦囊.
서늘한 아침 해 동쪽에서 뜨려하자	蒼凉新旭欲生東
묵은 안개 막 걷히고 늙은 나무 쓸쓸하네.	宿霧初收老樹空.
먼 길손이 외로운 배 강가에 머물러 둔 채	遠客孤舟江上滯
작은 뜸 한가히 걷고 돌아오는 기러기 헤어보네.	小篷閑揭數歸鴻.
십 리의 서호(西湖)에 새벽 눈 개니	十里西湖曉雪晴
언 구름 막 흩어지고 옥진(玉塵)도 잠잠하네.	凍雲初散玉塵平.
선금(僊禽)은 매화 찾는 길 익히 아는지라	僊禽慣識尋梅路
앞장 서 고산(孤山)을 향해 유유히 날아가네.[55]	先向孤山自在行.

54 뱃사공이여 …… 있으니 : 행색은 초라하지만 시를 짓는 풍류를 지녔다는 말이다. 당나라의 시인 李賀가 매일 아침 파리한 말을 타고 어린 하인〔小奚奴〕에게 비단주머니〔錦囊〕를 지고 뒤따르게 한 뒤, 시를 지으면 곧바로 비단주머니 속으로 던져 넣었다는 고사가 전한다(『新唐書』 卷203, 「李賀列傳」 참조).

55 십 리의 …… 날아가네 : 「산수사시도」의 네 번째 수는 西湖處士로 불린 北宋 林逋를 소재로 한 그림인 듯하다. 임포는 자가 君復인데, 西湖의 孤山에 은거하여 20년 동안 城市에 발을 들여놓지 않았다. 행서와 시에 능하였으며, 특히 梅花詩가 유명하다. 혼인하지 않고 매화를 심고 학을 기르며 즐기니, 당시 사람들이 '梅妻鶴子'라고 불렀다(『宋史』 卷457,

24 백석정사(白石精舍)를 지나다가 늙은 매화나무를 보았는데 꽃이 피지 않았고, 주인은 거제(巨濟)로 귀양을 갔다[56]

過白石精舍 見老梅 無花 主人謫巨濟

손수 심어 일찍이 세한(歲寒)의 기약 맺었는데	手栽曾結歲寒期
예전마냥 이끼 낀 가지만 돌 사립문[57] 곁에 있네.	依舊苔槎傍石扉.
섣달 눈 벌써 녹았는데 꽃은 피지 않았으니	臘雪已消花未動
빙혼(氷魂)[58]이 응당 주인 좇아 돌아갔으리.	氷魂應逐主人歸.

25 규정체(閨情體)[59]를 모방하여 정사년(1617)

效閨情體 丁巳

봄 다한 향규(香閨)[60]에서 분 바른 볼로 흐느끼다	春盡香閨粉頰唬
밤이 오자 몽혼(夢魂)이 요서(遼西)에 있네.	夜來魂夢在遼西.

「林逋列傳」 참조). 玉塵은 '玉屑'과 같은 말로, 눈을 비유한다. 僊禽은 鶴을 가리키는데, 신선들이 학을 타고 다닌다는 전설에서 온 말이다.

56 백석정사(白石精舍)를 …… 갔다 : 백석정사는 洪茂績(1577~1656)의 精舍를 가리킨다. 홍무적의 본관은 南陽, 자는 勉叔이며, 그의 호가 白石이다. 1615년 李爾瞻의 사주를 받은 鄭造 · 尹訒 등이 仁穆大妃의 폐모를 제기하자 이에 반대하며 상소하였고, 폐모론에 반대하던 李元翼이 유배되자 다시 상소했다가 자신도 거제도로 유배되었다(『光海君日記』 7년 9월 6일자 기사 참조). 백석은 경기도 長湍의 白石洞을 가리키기도 한다.

57 돌 사립문 : 바위 동굴의 입구로, 은자가 거처하는 집의 문을 의미한다.

58 빙혼(氷魂) : 매화의 고결함을 형용한 말. 蘇軾의 「松風亭下梅花盛開」 시에, "나부산 아래 매화촌에는, 옥설이 뼈가 되고 얼음이 넋이 되었네〔羅浮山下梅花村, 玉雪爲骨氷爲魂〕." 라고 하였다(『東坡全集』 卷22 참조).

59 규정체(閨情體) : 閨房에서 남편을 기다리는 여인의 심정을 노래한 시. 주로 변방으로 수자리 가거나 전쟁터로 끌려간 남편에 대한 그리움을 읊었다.

60 향규(香閨) : 젊은 여인이 거처하는 방.

분명하게 상사(相思)의 구절 읊조려 얻어 分明賦得相思句
일어나 새 파초 곁에서 하나하나 시로 쓰네. 起傍新蕉一一題.

26 유암(流巖) 김수운(金水雲)[61]의 그림에 쓰다
題流巖金水雲畫

시든 버들 찬 물가에 밤 되어 배를 대니 衰柳寒汀夜泊船
달 밝아 돌아가던 기러기, 강 연기에 내려오네. 月明歸鴈下江煙.
책 던지고 고향 그리는 꿈 맺으려 했더니 抛書擬結思鄕夢
물 기운이 침상에 스며 잠들지 못하네. 水氣侵牀未着眠.

27 왕소군(王昭君)[62] 2수
王昭君 二首

타고난 자태 아름다움 자부했나니 自負天姿媚
어찌 그림 일이 까다로울 줄 알았으랴. 寧知繪事艱.

---

61 유암(流巖) 김수운(金水雲) : 조선 중기의 畫員. 『槿域書畫徵』「待考錄」에 이름이 보인다. 처음에는 직업화가로 활동하다가 17세기 초반에 圖畫署의 화원이 된 것으로 추측된다(박정혜, 「그림으로 기록한 가문의 역사-조선시대《豐山金氏世傳書畫帖》연구」, 『정신문화연구』 제29권 2호, 2006 참조).

62 왕소군(王昭君) : 漢나라 元帝의 후궁. 원제가 궁중화가인 毛延壽에게 후궁들의 초상을 그리게 하였는데, 빼어난 미모를 지닌 왕소군은 모연수에게 뇌물을 바치지 않아 제 모습대로 그려지지 않았다. 그 뒤 원제가 匈奴와의 화친을 위해 후궁 가운데 왕소군을 單于에게 시집보냈는데, 떠나는 왕소군의 얼굴을 처음으로 보고 후회했다는 고사가 전한다(『漢書』 卷94, 「匈奴傳」下 참조).

황금이 첩(妾)을 그르친 게 아니라　黃金非誤妾
박명(薄命)이 홍안(紅顔)에 달려서라오.　薄命在紅顔.

향기로운 비단에 눈물 감추고 대궐문 나서　香羅掩淚出皇扃
말에 오르니 오랑캐 조정 향함 어찌 견디리.　上馬那堪向虜庭.
첩(妾)에게는 분명히 진면목이 있는데　妾有分明眞面目
지존께선 어인 일로 단청(丹靑)[63]을 일삼았나요.　至尊何事事丹靑.

28 낭중(郎中) 이사맹(李師孟)[64]이 『동문선(東文選)』의 「교방소아(敎坊小娥)」[65] 운(韻)을 사용한 시에 차하다

次李郎中師孟用東文選教坊小娥韻

좋은 계절 웅대한 번진(藩鎭)에 오이 익지 않았는데[66]　佳節雄藩未及苽

63 단청(丹靑) : 여기서는 畫像을 의미한다.

64 낭중(郎中) 이사맹(李師孟) : 『光海君日記』와 『光海朝日記』의 기록을 통해 병조좌랑을 지낸 사실이 확인되는데, 여타 행적은 미상이다.

65 『동문선(東文選)』의 「교방소아(敎坊小娥)」 : 고려 高宗 때의 문신 李需의 작품으로, 『동문선』 권18에 수록되어 있다. 교방은 기녀들에게 歌舞를 가르치던 관청이고, 소아는 어린 歌妓를 말한다. 『東國李相國集』 卷57, 「次韻李侍郞上晉陽公女童詩呈令公 幷序」에 따르면, 晉陽侯 崔瑀가 7,8세 된 女童을 집에 모아 伎樂을 가르쳐 잔치에 나오게 하니 고종이 매우 좋아하여 밤새도록 잔치를 벌였고, 최우의 문객이었던 이수가 이 시를 지어 최우에게 바쳤다고 한다. 한편, 이 시를 지은 시기는 고려가 강화도로 遷都했을 때이다. 최우는 강화도로 천도한 공을 인정받아 晉陽侯에 봉해졌으며, 강화도에서 생을 마쳤다.

66 웅대한 …… 않았는데 : '오이 익지 않았다'는 것은 보통 변방 장수의 임기가 끝나지 않았다는 말로 쓰이는데, 여기서는 아직 오이가 익을 계절이 되지 않았다는 의미인 듯하다. 원문의 '苽'는 '瓜'와 통용되며, '及瓜'는 부임했다가 교대하는 시기를 의미한다. 춘추시대 齊나라 襄公이 連稱과 管至父를 葵丘로 보내 그곳을 지키게 하면서 "내년에 오이가

변방에 경보 그쳐 기꺼이 창을 던졌네. 邊封息警喜投戈.
위공(韋公)의 연침(燕寢)엔 맑은 향기 가득하고[67] 韋公燕寢淸香滿
유자(庾子)의 호상(胡牀)엔 즐거운 흥취 많네.[68] 庾子胡牀逸興多.
준걸(俊傑)들 절로 와 사방 자리에 맞이하고 髦儁自來迎四座
머리 늘인 여인 누가 보내와 쌍아(雙蛾)[69]를 펼쳤나. 髫姬誰遣展雙蛾.
예쁜 복사꽃 막 터져 그 붉음 물들이기 어렵고[70] 夭桃初綻紅難纈
여린 버들[71] 겨우 이끌만하지만 그 푸름 아직 무성하지 않네. 弱柳纔牽綠未儺.
걸음마 배워 곧 회설무(回雪舞)[72]를 완성하였고 學步便成回雪舞
말할 줄 알면서 이어 알운가(遏雲歌)[73]를 불렀네. 能言仍唱遏雲歌.

익을 때 교대시켜주겠다〔及瓜而代〕."라고 약속한 고사가 있다(『春秋左氏傳』, 襄公 8年 참조).

67 위공(韋公)의 …… 가득하고 : 위공은 唐나라 시인 韋應物을 가리킨다. 그가 蘇州刺史를 지낼 때 지은 「郡齋雨中與諸文士燕集」 시에, "병막에는 화극이 삼엄하고, 연침에는 맑은 향이 엉기네〔兵衛森畫戟, 燕寢凝淸香〕."라는 구절이 있다. 연침은 한가롭게 거처하는 집을 말한다.

68 유자(庾子)의 …… 많네 : 유자는 晉나라 太尉 庾亮을 가리킨다. 그가 武昌刺史를 지낼 때, 어느 달밤에 南樓에 올라 胡牀에 기대어 연회를 즐겼다는 고사가 전한다(『世說新語』, 「容止」 참조). 호상은 등을 기댈 수 있게 만든 의자로 평상과 같다.

69 쌍아(雙蛾) : 미인의 두 눈썹이라는 뜻으로 미인을 의미한다.

70 예쁜 …… 어렵고 : 원문의 '夭桃'는 소녀의 얼굴을 비유한 것이다. '그 붉음 물들이기 어렵다'는 것은 인공적 염색으로는 소녀의 붉은 얼굴 빛깔을 표현해 내기 어렵다는 말인 듯하다.

71 여린 버들: 연약한 여인의 몸을 비유한 말이다.

72 회설무(回雪舞) : 눈꽃이 바람에 날리는 것처럼 아름다운 춤을 형용한 말이다. 삼국 시대 魏나라 曹植의 「洛神賦」에, "살랑살랑 바람 따라 흐르며 날리는 눈과 같다〔飄飄兮, 若流風之廻雪〕."라고 한 말에서 나왔다(『文選』 卷10 참조).

73 알운가(遏雲歌) : 구름도 멈추게 할 정도의 아름다운 음악을 말한다. 명창인 秦靑이 노래를 부르자 구름이 그 소리를 듣기 위해 멈춰 섰다는 고사가 전한다(『列子』, 「湯問」 참조).

청사(青絲)[74] 천천히 끄니 티끌은 흔적도 없고	青絲慢曳塵無跡
금치(金齒)[75] 예쁘게 움직이매 이끼도 끼지 않았네.	金齒嬌移蘚不窠.
가벼운 몸짓, 다만 응당 화수(禍水)[76]와 비교할만하고	輕態只應侔禍水
높은 자태, 어찌 꼭 경하(娙何)[77]를 흠모하리오.	長姿豈必羨娙何.
보배 패옥 자주 차니 도리어 무거워서 싫고	頻收寶玦飜嫌重
구슬 모자 거듭 정돈하니 오히려 우뚝해서 걱정되네.	屢整珠冠卻怕峨.
주렴 아래 난간에 기대니 허리는 한 묶음 깁이요[78]	簾下倚欄腰束素
촛불 앞에 부채 펼치니 눈망울은 비낀 물결이네.	燭前開扇眼橫波.
유낭(劉娘)의 매화 가루 아직도 이마에 붙어 있고[79]	劉娘梅粉猶黏額
반숙(潘媨)의 연꽃 향기 여전히 가죽신에 남아 있네.[80]	潘媨蓮香尙襯韡.

74 청사(青絲) : 여기서는 여인의 푸른 머리칼을 의미한다.

75 금치(金齒) : 중국 남방의 여인들이 신었던 나막신인 金齒屐을 말한다. 李白의 「浣沙石上女」 시에 "옥 같은 얼굴 약야계 여인, 푸른 눈썹 붉은 분으로 단장했네. 한 쌍의 금빛 나막신, 두 발은 서리처럼 희네〔玉面耶溪女, 青蛾紅粉粧, 一雙金齒屐, 兩足白如霜〕."라는 구절이 있다(『李太白文集』 卷23 참조).

76 화수(禍水) : 빼어난 미모로 사람을 현혹시켜 일을 망치게 하는 여인을 이른다. 漢나라 成帝가 趙飛燕과 그 아우 合德을 사랑하여 외척들에게 정사를 맡기자 사람들이 그 여인들을 禍水라고 지목하였다. 한나라는 火德으로 일어난 나라이므로 水火相克이라는 五行說과 결부시켜 한나라를 망칠 여인이라는 의미로 비난한 것이다(『漢書』 卷97 上 참조).

77 경하(娙何) : '娙娥'로도 쓴다. 漢나라 武帝가 사랑한 후궁 邢夫人의 호가 '娙娥'였는데 사람들이 '경하'로 불렀다고 한다(『史記』 卷49, 「外戚世家」 참조).

78 허리는 …… 깁이요 : 원문의 '束素'는 '한 묶음 깁'이라는 뜻으로 여인의 가늘고 유연한 허리를 비유하는 말이다.

79 유낭(劉娘)의 …… 있고 : 劉娘은 南朝 宋나라 武帝 劉裕의 딸 壽陽公主를 가리킨다. 수양공주가 含章殿 처마 밑에 누워 있는데 매화가 공주의 이마 위에 내려 앉아 사흘 동안 떨어지지 않았다는 고사가 전한다(『太平御覽』 卷970, 「果部 梅」 참조).

80 반숙(潘媨)의 …… 있네 : 南齊 때의 東昏侯가 자신의 총희인 潘妃가 다니는 길에 황금으로 만든 연꽃을 깔아 놓고 반비에게 그 위를 걷게 하면서 "걸음마다 연꽃이 핀다〔步步生蓮華也〕."라고 하였다(『南史』 卷5, 「齊本紀 下 廢帝東昏侯」 참조). 媨은 후궁의 호칭이다.

지작(鳷鵲)은 밤이 차니 월관(月觀)을 사양하고 鳷鵲夜寒辭月觀
연지(臙脂)는 봄이 따뜻하매 꽃 언덕으로 향하네.[81] 臙脂春暖向花坡.
무협(巫峽)의 신녀 양왕(襄王)의 꿈으로 변하려 하고[82] 峽神將化襄王夢
연못의 달그림자 먼저 무제(武帝)의 궁녀를 이루리.[83] 池影先成武帝娥.
아름다운 자질로 은혜 입어 더욱 교태를 뽐내고 妙質蒙恩逾逞媚
부끄러운 얼굴 술을 얻어 어느새 발그레함이 생기네. 羞容得酒徑生酡.
청아한 가사로 함께 앵두 입술 움직임을 기다리고 淸詞共待櫻脣動
어여쁜 웃음은 다투어 옥 같은 뺨의 보조개를 차지했네. 巧笑爭占玉頰渦.
붉은 비파 연주할 제 바람 소리 듣는 듯 朱瑟鼓時疑聽籟
채색 공 놀리는 곳 흡사 북을 던지는 듯. 彩毬跳處宛拋梭.
짙은 놀이 다래를 덮으니 파금(巴錦)[84]을 두른 듯 濃霞掩髻纏巴錦
엷은 안개 쟁반에 서리니 월라(越羅)[85]를 하사한 듯. 薄霧籠盤賜越羅.

81 지작(鳷鵲)은 …… 향하네 : 임금이 잔치 자리에 행차한 것을 형용한 듯하다. 鳷鵲은 漢나라 武帝가 궁중 안에 지은 樓觀인 鳷鵲觀을 말하고, 月觀은 달구경하는 누대를, 臙脂는 漢나라 때 長安에 있던 妓房인 臙脂坡를 가리킨다.

82 무협(巫峽)의 …… 하고 : 임금의 눈에 들기를 바란다는 말이다. 楚나라 襄王이 高唐에서 놀다가 잠깐 잠이 들었는데, 꿈속에서 어떤 부인과 하룻밤을 보냈다. 이튿날 아침에 부인이 떠나면서 "저는 巫山의 神女인데 아침에는 구름이 되고 저녁에는 비가 됩니다."라고 했다는 고사가 전한다. 여기에서 '雲雨之情'이라는 말이 나왔다(『文選』 卷10, 「高唐賦」 참조).

83 연못의 …… 이루리 : 임금이 행차하여 연못에 비친 달을 구경할 것이라는 말로 보인다. 漢나라 武帝가 연못에 비친 달빛을 구경하기 위해 未央宮 내에 '影娥池'를 만들었다고 한다(『古今事文類聚』 前集 卷2, 「影娥池」 참조).

84 파금(巴錦) : '蜀錦'이라고도 하는데, 四川 지방에서 생산되는 채색 비단으로 색이 아주 아름답다고 한다.

85 월라(越羅) : 越나라에서 생산되는 綾羅인데, 巴錦과 함께 훌륭한 비단으로 일컬어진다.

여러 기녀들 머리 숙인 채 모두 부끄러워하고 衆妓低頭渾愧忸
뭇 악사들 손 멈추었다가 드디어 차탄하네. 羣伶停手竟嗟咤.
삼궁(三宮)의 즐거운 일 청해(靑海)에 전해지고[86] 三宮樂事傳靑海
천년의 기이한 만남 자하(紫河)에 비유되네.[87] 千載奇逢譬紫河.
상국(相國)의 아름다운 글[88] 아송(雅頌)에 오르고 相國佳篇騰雅頌
시랑(侍郎)[89]의 맑은 음률 소화(巢和)[90]에 어울렸네. 侍郎淸律協巢和.
이제 내가 낭랑히 읊으매 많은 느낌 품어서 今余朗詠懷多感
「양춘곡(陽春曲)」 이어 한 바탕 읊조리려 하네.[91] 擬續陽春費一哦.

86 삼궁(三宮)의 …… 전해지고 : 궁중의 훌륭한 연회가 신선 세계에까지 전해질만 하다는 말인 듯하다. 三宮은 제후 부인의 거처 또는 后妃의 궁을 가리키며, 靑海는 동방에 있는 바다로, 신선이 사는 곳을 비유한다.

87 천년의 …… 비유되네 : 신선의 경지에 비유된다는 말이다. 紫河는 道家에서 장생불사하기 위해 만든 丹藥인 紫河車를 말한다. 李白의 「古風」 시에, "나는 자하거 만들어서, 천년토록 풍진을 떨쳐내리라〔吾營紫河車, 千載落風塵〕."라고 하였다(『李太白文集』 卷1 참조).

88 상국(相國)의 아름다운 글 : 相國 李奎報가 李需의 「敎坊小娥」 시에 차운한 시를 가리킨다(『東國李相國集』 卷57, 「次韻李侍郎上晉陽公女童詩呈令公 幷序」 참조).

89 시랑(侍郎) : 「敎坊小娥」 시를 지은 李需를 가리킨다.

90 소화(巢和) : 큰 笙簧을 '巢'라 하고, 작은 생황을 '和'라고 한다(『爾雅』, 「釋樂」 참조).

91 「양춘곡(陽春曲)」 …… 하네 : 「陽春曲」은 전국시대 楚나라의 유명한 曲이름인데, 곡조가 대단히 고상해서 화답하기 어려운 것으로 알려져 있으며, 상대방의 훌륭한 시문을 칭찬하는 말로도 쓰인다. 宋玉의 「對楚王問」에, "옛날 어떤 사람이 초나라의 수도인 郢에서 노래하였는데, 그가 「陽春曲」과 「白雪曲」을 부르자, 온 나라에서 창화할 수 있는 자가 수십 인에 불과하였다〔昔有歌於郢中者, 其爲陽春白雪, 國中屬而和者, 不過數十人〕."라고 하였다(『文選』 卷45 참조).

29 관해(關海)[92] 도중에

關海途中

처음에 관서(關西) 향해 갔다가	初向關西去
이어서 해서(海西)를 좇아 돌아왔네.	仍從海右歸.
의경(意境)은 시를 가지고 함께 융합했는데	境將詩共會
발자취는 세상과 서로 어긋나 버렸네.	跡與世相違.
길은 멀어 자꾸 해를 바라보고	途遠頻看日
날은 추워 자주 옷을 여미네.	天寒數輓衣.
푸른 솔이 초객(楚客)[93] 머물게 하는데	青松留楚客
머리 돌리자 생각이 연연하네.	回首思依依.

30 마암(馬巖)[94]에서

馬巖

태백산이 접해(鰈海)[95]를 진압하여	太白之山鎭鰈海
이어진 봉우리 깎아내린 벼랑 모두 험준하네.	連峯絶巘俱巉巉.
돌아서 중악(中嶽)되고 꺾어져 북으로 향해	回爲中嶽折而北

92 관해(關海) : 여기서는 關西와 海西, 즉 평안도와 황해도를 가리킨다.

93 초객(楚客) : 전국시대 楚나라의 충신 屈原을 지칭하는데, 고국에서 쫓겨나 유랑하며 훌륭한 작품을 남겼으므로 불우한 詩人 또는 나그네를 뜻하는 말로 쓰인다.

94 마암(馬巖) : 驪州 神勒寺 건너편에 있는 바위로, 현재의 여주대교 남단 근처에 있다.

95 접해(鰈海) : '가자미가 나는 바다'라는 뜻으로 東海를 가리키며, 우리나라를 일컫는 말로 쓰인다.

우뚝이 기핵(氣核) 맺어 높아서 참참하네.[96]	斗結氣核高漸漸.
괴이한 안개 비미(霏微)[97]하게 산꼭대기에서 일고	怪霧霏微起冢頂
신령한 바람 쏴하게 그윽한 바위에서 생기네.	靈颻搜嗽生幽巖.
아래엔 교룡(蛟龍)이 숨은 동굴 있어	下有蛟龍閟窟穴
주가(州家)[98]에서 비를 빌 때마다 비가 내렸네.	州家禱雨輒雩雩.
어느 해인가, 벼락 맞아 천 조각으로 부서진 것	何年霹靂碎千片
팔진(八陳)[99]처럼 가지런하여 서로 어긋남 없네.	八陳井井無相僊.
큰 것은 돌 부채되어 푸른 물결 흔들어	大爲石扇撓滄浪
흡사 큰 바다에 후범(鱟帆)[100]을 벌려 놓은 듯.	恰似溟渤張鱟帆.
작은 것은 사람 모습으로 물가에 임하여	小作人形臨水滸
완연히 게를 주우러 온 요삼(妖獑)[101]과 같네.	宛若拾蟹來妖獑.
생각건대 이 훌륭한 경관 논할 것도 없으니	維玆勝賞不足論
따로 기이한 일 있어 낭함(琅函)[102]에 전해오네.	別有異事傳琅函.

96 우뚝이 …… 참참하네 : 氣核은 石山을 말한다. 晉나라 楊泉의 「物理論」에, "바위는 氣의 핵이다. 氣가 바위를 낳는 것은 사람의 筋絡이 손톱과 어금니를 낳는 것과 같다〔石, 氣之核也, 氣之生石, 猶人筋絡之生爪牙也〕."라고 하였다. 筋絡은 혈기의 통로를 말한다. 또 원문의 '漸漸'은 산이 매우 높고 험준한 모습을 형용한 것이다. 『詩經』, 「小雅 漸漸之石」에 "험준한 바위 높기도 하네〔漸漸之石, 維其高矣〕."라고 하였고, 朱子는 "漸漸은 높고 험준한 모양이다〔漸漸, 高峻之貌〕."라고 주석하였다.

97 비미(霏微) : 실비처럼 뿌리는 모습.

98 주가(州家) : 고을 원으로 牧使나 守令을 가리킨다.

99 팔진(八陳) : 八陣과 같은 말로, 戰場에서 사용하는 陣法의 하나이다. 특히 諸葛孔明의 八陣法이 유명하다.

100 후범(鱟帆) : 鱟는 참게인데, 배 부분에 부채 모양의 껍질이 있어서 날개처럼 아래위로 움직일 수 있다고 한다. 껍질을 위로 들어 올렸을 때 이것을 '참게의 돛'이라는 의미로 '후범'이라고 한다(『酉陽雜俎』 卷17, 廣動植之二 鱗介篇 참조).

101 요삼(妖獑) : 깊은 산 속에 살고 있다는 무서운 괴물로, 원숭이의 일종이다.

102 낭함(琅函) : 책을 보관하는 상자의 美稱.

일찍이 듣건대 이 땅에 신령한 망아지 나서	曾聞此地産神駒
골격이 삼삼(森森)[103]하여 참으로 범상치 않았다 하네.	骨格森森苦不凡.
분명 알겠거니 방성(房星)[104]이 떨어져 돌이 되어	定知房星隕爲石
황홀하게 드디어 천인(天人)의 감응으로 화합한 것.	恍惚遂感天人諴.
한 필은 금을 옮긴 듯, 한 필은 옻을 흘린 듯[105]	一匹推金一沫漆
뒤는 거허(巨虛)[106]와 같고 앞은 호참(猢獑)[107] 같네.	後類巨虛前猢獑.
높은 발굽 내디뎌 한옥(寒玉)[108]을 움직이고	高蹄蹀躞動寒玉
성난 눈 번뜩여 천참(天攙)[109]을 찌르네.	隅目照耀衝天攙.
이름난 성의 건아(健兒)도 감히 타지 못하고	名城健兒不敢騎
사나운 기세로 뛰어올라 재갈 물리기 어려웠네.	猛氣超騰難受銜.
구름과 연기가 팔대수(八大藪)를 깊이 보호해	雲煙深護八大藪
아침과 저녁 어두컴컴, 쇠사슬 고삐 되었네.[110]	朝暮晦冥爲鎖緘.

103 삼삼(森森) : 풍만하고 길쭉한 모습.

104 방성(房星) : 二十八宿 가운데 동방에 있는 별로, 天馬를 상징한다고 한다.

105 한 필은 금을 …… 흘린 듯 : 『新增東國輿地勝覽』, 「京畿 驪州牧」에 "馬巖은 州 동쪽 1리에 있다. 속담에 전하기를, '黃馬와 驪馬가 물에서 나왔기 때문에 郡의 이름을 黃驪라 하였다.'고 한다. 바위의 이름이 마암인 것도 이 때문이다."라고 하였다. 원문의 '推金'은 누런 말을, '沫漆'은 검은 말을 형용한 듯하다.

106 거허(巨虛) : 하루에 천 리를 달릴 수 있다는 '蛩蛩巨虛'라는 짐승으로 말의 일종이다. 距虛라고도 한다. 蟨이라는 짐승이 앞발은 짧고 뒷발만 길어서 잘 달리지 못하므로 蛩蛩巨虛가 좋아하는 甘草를 가져다 먹여 주고 위급한 때를 당하면 공공거허의 등에 업혀서 위기를 모면한다는 고사가 전한다(『說苑』, 「復恩」 참조).

107 호참(猢獑) : 원숭이 과에 속하는 동물.

108 한옥(寒玉) : 말발굽을 형용한 말이다. 杜甫의 「李鄠縣丈人胡馬行」 시에 "머리 위 뾰족한 귀는 가을 대나무를 잘라 놓은 듯하고, 다리 아래 높은 발굽은 차가운 옥을 깎아 놓은 듯하네〔頭上銳耳批秋竹, 脚下高蹄削寒玉〕."라고 한 용례가 보인다(『杜少陵詩集』 卷6 참조).

109 천참(天攙) : 彗星인 天攙星을 가리킴. 천참성은 兵禍를 주관한다고 한다.

110 구름과 …… 되었네 : 사람의 힘으로는 神駒를 제어하지 못해 하늘이 도왔다는 말인 듯

누가 항우를 시켜 오추마 길들여[111]	誰教項籍試馴騅
상아 갓끈 비단 인끈 무성하게 드리운 채	象纓錦紱垂彡彡.
사람과 한마음으로 위대한 공훈 이루어	與人一心成偉勳
위험과 황폐함 하루 만에 모두 제거할 수 있을까.	險荒不日皆夷芟.
황하의 용 그림 짊어진 일,[112] 그것에 비길 만하니	河龍負圖是可方
악와(渥洼)의 비루한 곡조,[113] 한갓 시끄러운 수다일 뿐.	渥洼陋曲徒轟詀.
고을 이름 황려(黃驪)요 사찰은 신륵(神勒)이라	邑號黃驪寺神勒
고로(故老)의 담설이 어찌 그리 낭랑한고.[114]	故老談說何諵諵.
기린(麒麟)[115]이 떠난 후에 여한이 다하지 않아	麒麟去後恨不盡

하다. 八大藪는 驪州 북쪽에 위치한 숲이다(『新增東國輿地勝覽』 卷7, 「京畿 · 驪州牧」 참조).

111 항우를 …… 길들여 : 烏騅馬는 항우가 타고 다닌 명마이다. 전설에 의하면, 오추마를 처음 잡았을 때 아무도 길들이지 못했다고 한다. 이에 항우가 오추마에 올라타 채찍을 휘두르며 한참을 내달렸고, 오추마가 지치자 항우가 말에 앉은 채 손으로 나뭇가지를 붙잡아 오추마를 움직이지 못하게 하며 서로 힘을 겨루었다. 이 때문에 산 하나가 다 뽑혔고, 오추마가 결국 항우의 힘에 승복하여 순종하게 되었다고 한다.

112 황하(黃河)의 …… 일 : 『周易』, 「繫辭傳」 上에, "황하에서 그림이 나왔다〔河出圖〕."라는 기록이 있다. 또 『書經』, 「顧命」에 "대옥과 이옥과 천구와 하도는 동서에 있다〔大玉夷玉天球河圖在東序〕."라고 하였고, 孔穎達의 疏에 "복희가 천하를 다스릴 때 황하에서 용마가 나오자 마침내 그 무늬를 본받아 팔괘를 그렸다〔伏羲王天下, 龍馬出河, 遂則其文, 以畫八卦〕."라고 하였다.

113 악와(渥洼)의 비루한 곡조 : 악와는 중국 甘肅省 安西縣에 있는 黨河의 지류이다. 漢나라 때 暴利長이라는 사람이 악와에서 神馬를 잡아 바치자, 武帝가 「天馬歌」를 지었다고 한다(『漢書』 卷6, 「武帝本紀」 참조).

114 고을 …… 낭랑한고 : 黃驪라는 지명, 神勒寺라는 명칭과 관련된 전설이 많다는 말이다. 전설에 의하면, 고려 高宗 때 신륵사의 건너편 마을에 나타난 龍馬가 아주 사나워 사람들이 고통을 받았는데, 印塘大師가 고삐를 잡자 말이 순해졌으므로 神力으로 제압하였다고 하여 神勒寺라는 이름을 붙였다고 한다. 또 懶翁禪師가 신기한 굴레로 龍馬를 막았다는 전설에 의한 것이라는 설도 있다(『한국민족문화대백과사전』, 「神勒寺」 항목 참조).

115 기린(麒麟) : 여기서는 여주에 나타난 神駒를 의미하는 듯하다.

다만 지금까지 강가에 빈 바위 남겨 두었구나. 只今江上餘空嵒.
지난 일 아득하여 물어볼 수 없는데 往事悠悠不可問
꽃 앞에서 울던 새, 갠 하늘에 조잘거리네. 花前啼鳥晴喃喃.
당시의 명부(明府)는 옛날 공황(龔黃) 같은 분[116] 當時明府古龔黃
검은 인끈[117]으로 교화 펼치며 민암(民嵒)[118]을 걱정했고 黑綬宣化憂民嵒.
한가한 틈 타 때때로 학 실은 배 매어둔 채 乘閑時繫載鶴舟
옛 자취 찾기 위해 험준한 곳 올랐네. 爲尋古蹟緣崎嵌.
스스로 새 시 읊어 푸른 암벽에 쓰니 自詠新詩寫翠壁
고아함 국풍(國風) 같아 듣기에 범범하네.[119] 雅如國風聽渢渢.
명구(名區)에 습씨가(習氏家) 없음이 한스러우니[120] 名區恨乏習氏家
홀로 석우(石友)[121] 마주하여 금 술잔 기울이네. 獨對石友傾金盌.

---

116 명부(明府)는 …… 분 : 明府는 지방관을 일컫는다. 龔黃은 한나라 때의 훌륭한 지방관인 龔遂와 黃霸를 말한다. 공수는 渤海郡의 亂民을 다스려서 良民으로 만들었고, 황패는 河南太守의 丞으로 있으면서 백성과 아전을 잘 다스렸다고 한다(『漢書』 卷89, 「循吏列傳」 참조).

117 검은 인끈 : 지방관이 차는 인끈.

118 민암(民嵒) : 民情의 험악함을 말한다. 『書經』, 「召誥」에 "왕은 감히 뒤늦지 마시어 백성들 마음의 험악함을 돌아보고 두려워하소서〔王不敢後, 用顧畏于民嵒〕."라고 한 데서 온 말이다.

119 듣기에 범범(渢渢)하네 : '渢渢'은 소리가 中庸에 맞는 것을 말한다. 춘추시대 吳나라 季札이 魯나라에 사신으로 가서 魏나라의 시를 듣고 말하기를, "범범하도다. 크면서도 요약되고 검소하여 행하기 쉽다〔渢渢乎, 大而婉, 險而易行〕."라고 하였는데, 杜預가 '渢渢'은 '중용의 소리'라고 풀이하였다(『春秋左氏傳』, 襄公 29年 참조).

120 명구(名區)에 …… 한스러우니 : 풍류를 아는 사람을 만나 함께 즐기지 못함이 한스럽다는 말이다. 晉나라 때 山簡이 征南將軍이 되어 襄陽에 있을 때 荊州의 豪族인 習氏의 정원에 자주 놀러갔는데, 하루 종일 술을 마시며 즐겼다는 고사가 전한다. 습씨는 習郁으로 그의 집에 習家池로 불린 훌륭한 연못이 있었다고 한다(『晉書』 卷43, 「山簡傳」 참조).

121 석우(石友) : 암석을 벗으로 삼는다는 뜻. 여기서는 바위를 의인화한 말이다.

강산은 예로부터 본래 주인 없으니 江山終古本無主
내가 가지려는 것 탐욕이 아니리. 而我欲取非貪饞.
돌아와서 이곳을 곁하여 살 만하니 歸來可以傍此居
호숫가 이랑에서 몇 해나 긴 보습 잡을까. 湖畝幾歲扶長鑱.

31 궁사체를 모방하여 3수

效宮詞體 三首

이궁(離宮) 서른 곳 동오(銅鼇)로 잠궜는데[122] 離宮三十鎖銅鼇
오색 채운(彩雲) 열리고 상서로운 해 높네. 五彩雲開瑞日高.
자주색 두건 쓴 원감(苑監)[123]이 대낮 꿈 이루었더니 紫幘苑監成午夢
금중(禁中) 꾀꼬리 흰 앵두꽃 물고 나오네. 禁鸎啣出白櫻桃.

반짝반짝 보배 귤 탐라(耽羅)에서 왔는데 星星寶橘自耽羅
옥엽(玉葉)과 황금 껍질 이슬 꽃 띠고 있네. 玉葉金苞帶露華.
쟁반이 구문(九門)에서 나와 마류(瑪瑠)를 나누어주니[124] 盤出九門行瑪瑠

---

122 이궁(離宮) …… 잠궜는데 : 離宮은 임금이 出遊했을 때 거처하는 別宮을 가리키고, 삼십은 그 숫자가 많다는 것을 의미한다. 班固의 「西都賦」에, "이궁과 별관이 서른여섯 곳이네〔離宮別館 三十六所〕."라고 하였고, 李善은 注에서 "이궁과 별관은 한 곳이 아니었다〔離別, 非一所也〕."라고 하였다. 당나라 駱賓王의 「帝京篇」에서도, "한나라 왕실의 별궁 서른여섯 곳이었네〔漢家離宮三十六〕."라고 하였다. 또 銅鼇는 구리로 만든 자라 모양으로 생긴 열쇠인 듯하다.

123 원감(苑監) : 정원을 관리하는 책임자.

124 쟁반이 …… 나누어주니 : 九門은 대궐을 뜻하고, 瑪瑠는 瑪瑙와 琉璃로 모두 보석의 일종인데, 여기서는 귤을 뜻하는 말로 쓰인 듯하다.

동정(洞庭)의 향기 오후가(五侯家)에 흩어졌네.[125] 洞庭香散五侯家.

봄바람이 먼저 건장궁(建章宮)[126]에 들어오니 春風先入建章來
열 두 궁의 주렴, 비취빛이 걷혔네. 十二宮簾翡翠開.
상원(上苑)에 복사꽃이 뜻대로 피어 上苑桃花隨意發
자지무(柘枝舞)와 만고(蠻鼓)[127]가 일시에 소리 재촉하네. 柘枝蠻鼓一聲催.

번역 이성민

125 동정(洞庭)의 …… 흩어졌네 : 洞庭의 향기는 향기 짙은 洞庭橘을 말한다. 동정귤은 향이 짙고 맛이 달아 최상품으로 친다고 한다. 五侯家는 權勢家의 집을 의미한다. 漢나라의 成帝와 桓帝 때 권세가 다섯 사람이 동시에 제후로 봉해진 일이 있다.

126 건장궁(建章宮) : 漢나라 때 長安에 만든 궁전 이름으로, 여기서는 궁궐을 의미한다.

127 자지무(柘枝舞)와 만고(蠻鼓) : 柘枝舞는 두 명의 어린 舞姬가 종이로 만든 연꽃 속에 숨어 있다가 연꽃을 터트리고 나와 춤을 추는 것이다. 蠻鼓는 중국 南方의 큰 북인데, 蜀鼓라고도 한다.

『태호시고(太湖詩藁)』

권2

『태호시고』 권2

「전고록(前藁錄)」 하(下)

1 몽오정(夢烏亭)에서 체소(體素)의 시에 차운하다[1] 경신년(1620)

夢烏亭 次體素韻 庚申

높은 난간 아스라이 구름층을 벗어나	危欄縹緲出雲層
양주(楊州)와 광주(廣州) 만나는 곳에 홀로 기대었네.	楊廣之交獨自憑.
학 타는 꿈 성글어지매 강이 베개가 되었고	騎鶴夢踈江作枕
무지개 타는 놀이 끊어지니 달이 등불 되었네.	駕虹遊斷月爲燈.
예전에 누관(樓觀) 열었으니 원래 선위(僊尉)였고[2]	昔年開觀元僊尉

1 몽오정(夢烏亭)에서 …… 차운하다 : 夢烏亭은 北人의 영수로, 이원진의 장인인 南以恭(1565~1640)이 渼湖 즉 팔당 부근의 한강 가에 세웠던 정자이다. 許筬의 『水色集』 卷4에, 「夢烏亭 次李實之韻 贈主人雪蓑翁」이라는 시가 수록되어 있다. 體素는 李春英(1563~1606)의 호로, 그의 자는 實之, 본관은 全州이며, 成渾의 문인이다. 太湖 이원진이 차운한 體素의 시는 『體素集』 卷上에 수록된 「次納灝堂韻」 3수 중 제2수이다. 납호당과 몽오정은 동일한 정자인 듯하다. 『水色集』 卷7의 「夢烏亭記」에, 남이공이 先代때부터 소유해 온 정자를 수리하고 이름을 몽오정이라고 지었다는 내용이 보인다.

2 예전에 …… 선위(僊尉)였고 : 僊尉는 漢나라 때 南昌縣의 尉를 지냈던 梅福을 가리킨다.

오늘은 낚시 드리웠으니 또한 자릉(子陵)[3]이라네. 今日垂綸又子陵.
한원(翰苑)[4]이 남긴 시편(詩篇) 벽 위에 남았는데 翰苑遺篇留壁上
영중(郢中)의 고상한 노래, 화답 누가 능하리오.[5] 郢中高唱和誰能.

● 원운(元韻)[6]을 붙이다

附元韻

긴 소나무 곳곳에 보이고 바위는 층층인데 長松面面石層層
열 두 난간 저물어가는 즈음에 기대어 보네. 十二欄干向晩憑.
한수(漢水)의 봄바람 나그네 노에 불어오고 漢水春風吹客棹
두진(斗津)[7]의 성근 비 고깃배 등불 어지럽히네. 斗津踈雨亂漁燈.
오색구름 서북쪽, 신극(宸極)을 바라보고[8] 五雲西北瞻宸極

매복은 王莽이 정권을 차지하자 처자를 버리고 떠나 성명을 바꾸고 吳나라 저자거리에서 문지기로 지내다가 신선이 되었다고 한다(『漢書』 卷67, 「梅福傳」 참조). 여기서는 남이공이 몽오정을 세운 것을, 매복이 은둔하여 문지기가 된 것에 비유한 듯하다.

3 자릉(子陵) : 東漢의 隱者인 嚴光의 字이다. 엄광은 한나라 光武帝와 同門修學한 사이였는데, 벼슬에 나오라는 광무제의 제의를 거절하고 浙江省에 있는 富春山으로 들어가 낚시하며 지냈다고 한다(『後漢書』 卷83, 「嚴光列傳」 참조).

4 한원(翰苑) : 藝文館의 별칭인 翰林院을 줄여서 부른 말이다. 여기서는 體素 李春英을 지칭하는데, 체소는 예문관 검열을 지낸 바 있다.

5 영중(郢中)의 …… 능하리오 : 郢은 전국시대 楚나라의 도읍이다. 고상한 노래는 「陽春曲」과 「白雪曲」을 가리키는데, 곡조가 대단히 고상해서 화답하기 어려운 것으로 알려져 있다. 자세한 내용은 권1의 91번 각주를 참고할 것.

6 원운(元韻) : 『體素集』 卷上에 수록된 「次納灝堂韻」 3수 중 제2수인데, 『태호시고』에 元韻으로 첨부된 시와는 글자에 약간의 출입이 있다.

7 두진(斗津) : 斗浦라고도 하는 豆毛浦를 말한다. 현재의 동호대교 북단인 옥수동 부근에 있던 나루터이다. 한강과 중랑천이 합해지는 곳으로 우리말로는 '두뭇개'라고 하였다.

8 오색구름 …… 바라보고 : 오색구름과 宸極은 모두 임금이 있는 대궐을 상징한다. 宸極은 北極星이다.

한 마리 새 동남쪽, 광릉(廣陵)을 알겠네. 一鳥東南認廣陵.
물색(物色)을 그대에게 주어 모두 거두어 다하게 하고 物色付君籠絡盡
늙은 이 몸은 재주 퇴보해 잘하는 것 하나 없네. 老夫才退百無能.

● 차운(次韻)하다 설사(雪簑)[9]

次韻 雪簑

높은 누각 반쯤 구소(九霄)[10] 층에 들었으니 危樓半入九霄層
백리의 강산(江山)이 한 번의 기댐에 있네. 百里湖山在一憑.
길손들 거듭 오매 흰 머리만 남았고 客子重來餘白首
동풍이 또 불어 봄 등불 어지럽히네. 東風又動亂春燈.
연기와 구름 자태 있어 아침에서 다시 저녁 煙雲有態朝還暮
해와 달 무정하여 골짝이 언덕으로 변하네. 日月無情谷變陵.
하목(霞鶩)이 이미 도사(陶謝)의 고수(高手)에 실려 갔으니[11]
霞鶩已輸陶謝[12]手

---

9 설사(雪簑) : 雪簑는 南以恭(1565~1640)의 호이다. 그의 초명은 以敬, 자는 子安, 본관은 宜寧이다. 1590년 문과에 장원급제한 뒤 예조와 병조의 참판을 지냈고, 1615년 이원익과 더불어 인목대비의 廢母를 반대하다 파직되어 平山 · 海州 · 松禾 등지에서 유배생활을 하였다. 1621년 풀려나와 대사헌 · 함경도관찰사 · 이조판서 등을 지냈다. 저서로 『雪簑集』이 있다.

10 구소(九霄) : 하늘 꼭대기로, 신선의 거처를 비유하기도 한다.

11 하목(霞鶩)이 …… 갔으니 : 元韻의 시가 아름다운 경치를 아주 잘 표현했다는 말이다. 하목은 落霞孤鶩의 준말. 落霞는 지는 놀, 孤鶩은 외로운 들오리를 말한다. 唐나라 王勃의 「滕王閣序」에, "지는 놀이 외로운 들오리와 나란히 나네〔落霞與孤鶩齊飛〕."라는 구절에서 나왔다. 陶謝는 陶淵明과 謝靈運을 가리킨다. 杜甫의 「江上値水如海勢聊短述」 시에, "어떻게 詩想이 도사 같은 고수를 얻어 그에게 시 짓게 하여 함께 노닐까〔焉得思如陶謝手, 令渠述作與同遊〕."라고 한 용례가 있다.

12 謝 : 원문에는 '寫'자로 되어 있는데, 문맥상 오류이므로 '謝'자로 바로잡는다.

늙은이 읊조림 처연히 끊어져 화답 잘하기 어렵네.	老吟悽斷和難能.

● 삼가 차운(次韻)하다 택당(澤堂)[13]

敬次 澤堂

노목의 맑은 그늘 푸른 산허리에 일으켜	老木淸陰起碧層
장간(長干)[14]의 물색, 앉아서 기대어 볼 만하네.	長干物色坐堪憑.
바람 부는 여울 십리가 빈 헌함(軒檻) 에워싸고	風湍十里圍虛檻
달빛 속 피리소리 삼경(三更)에 나그네 등불 켜네.	月笛三更點客燈.
막힌 근심으로 영곡(郢曲)[15] 따르길 하지 않고	不作窄愁追郢曲
많이도 형승을 자랑하여 파릉(巴陵)[16]을 압도하네.	剩誇形勝壓巴陵.
우연히 한단(邯鄲)의 베개[17] 물리치고	偶然推卻邯鄲枕

13 택당(澤堂) : 澤堂은 李植(1584～1647)의 호이다. 그의 자는 汝固, 본관은 德水이다. 1610년 문과에 급제하여, 대제학과 판서 등을 지냈다. 문장에 뛰어나 申欽·李廷龜·張維와 함께 漢文四大家로 꼽혔다. 저서로 『澤堂集』·『杜詩批解』 등이 있다. 여기에 소개된 택당의 시는 현재의 『澤堂集』에는 보이지 않는다.

14 장간(長干) : 산과 산 사이에 사람들이 모여 사는 곳을 말한다. 원래는 江蘇省 南京의 남쪽에 있는 지명이며, 南京을 지칭하기도 한다. 晉나라 左思의 「吳都賦」에, "장간에 마을 집 이어져 있네〔長干延屬〕."라고 하였고, 劉逵의 주석에, "江東에서는 산언덕 사이를 干이라고 한다. 建業 남쪽에 산이 있고 그 사이의 평지에 吏民이 산다〔江東謂山岡間爲干, 建鄴之南有山, 其間平地, 吏民居之〕."라고 하였다.

15 영곡(郢曲) : 전국시대 楚나라의 수도인 郢지역에서 부른 노래라는 의미로, 화답하기 어려운 고상한 詩歌를 뜻한다. 자세한 내용은 권1의 91번 각주를 참고할 것.

16 파릉(巴陵) : 洞庭湖의 岳陽樓가 있는 곳.

17 한단(邯鄲)의 베개 : 인생의 헛된 영화를 비유하는 말이다. 唐나라 玄宗 때 盧生이 邯鄲의 객점에서 道士인 呂翁을 만났는데, 여옹이 베개 하나를 건네주면서 "이 베개를 베면 榮達할 수 있다."라고 하였다. 이때 객점의 주인이 누런 기장을 삶기 시작하였다. 노생은 베개를 베고 잠이 들어 꿈속에서 崔氏 여인과 혼인하여 많은 자식을 낳고 벼슬이 재상에 이르는 등 온갖 영화를 누리다가 깨어나니, 객점의 주인이 삶던 기장이 아직 익지도 않았

예구(羿彀)[18]의 그 백발백중의 능력 일임하리. 羿彀從渠百中能.

2 부옹(婦翁)의 생신날에 술 취해 읊어 남여앙(南汝昻)[19]에게 보이다

婦翁初度日 醉吟示南汝昻

몇 년 동안 해서(海西) 모퉁이에서 떠돌다가 幾年淪落海西隅
오늘 봄바람에 몽오정(夢烏亭)[20]에서 취했다네. 今日春風醉夢烏.
정자 위에서 이미 연기와 달의 좋음 차지했는데 亭上已占煙月好
세수(世修)는 어찌하여 오호도(五湖圖)를 바치는가.[21] 世修何獻五湖圖.

번역 이성민

다는 고사에서 나온 말이다(沈旣濟의 『枕中記』 참조).

18 예구(羿彀) : 활의 명사수인 羿의 화살이 미치는 범위라는 말인데, 주로 당시의 소인배나 권력자들의 세력을 말한다. 『莊子』, 「德充符」에, "羿의 사정거리 안에 노닐면 그 가운데는 활이 적중하는 자리이다〔遊於羿之彀中, 中央者中地也〕."라고 한 데서 나왔다.

19 남여앙(南汝昻) : 南斗瞻(1590~1656)으로, 본관은 宜寧, 여앙은 그의 자이며, 호는 醒窩이다. 南以恭의 형인 南以信의 아들이므로, 남이공에게는 조카가 된다.

20 몽오정(夢烏亭) : 권2의 1번 각주를 참고할 것.

21 세수(世修)는 …… 바치는가 : 송나라의 재상 陳執中이 亳州判官으로 있을 때 생일을 맞아 잔치를 벌였는데, 친척들이 장수를 기원하는 의미에서 「老人星圖」를 많이 선사하였다. 그러나 진집중의 조카 世修는 「范蠡遊五湖圖」를 선사했다고 한다. 「범려유오호도」는 춘추시대 越나라 句踐의 신하였던 범려가 吳나라를 멸망시킨 뒤 영화를 내버리고 五湖에서 노니는 것을 그린 그림이다. 이에 진집중이 매우 기뻐하며 그날로 부절을 반납하고 돌아가 이듬해에 벼슬에서 물러났다고 한다(『何氏語林』 卷19 참조). 남이공의 조카인 남두첨이 남이공의 생신 선물로 「오호도」를 바치자 이원진이 진집중의 고사를 인용하여, 남이공은 이미 은둔자의 삶을 살고 있으므로 「오호도」를 선물할 필요가 없음을 표현한 말인 듯하다.

3 적전(籍田)[22] 20운

籍田 二十韻

성주(聖主)께서 천명을 받은 지 열두 해[23]	聖主膺圖十二春
지극한 어짊 큰 은택이 우리나라에 두루 미치네.	至仁弘澤遍東垠.
금구(金甌)[24]가 길이 견고해 삼극(三極)[25] 빛나고	金甌永固光三極
옥촉(玉燭)[26]이 늘 조화되어 오신(五辰) 순조롭네.[27]	玉燭常調撫五辰.
나라 다스림에 예법 훌륭하여 질질(秩秩)함[28] 일컫고	爲國禮優稱秩秩
다스림 빛남에 문운 융성하여 빈빈(彬彬)함[29] 노래하네.	賁治文盛頌彬彬.

---

22 적전(籍田) : 임금이 농경의 시범을 보이기 위해 儀禮用으로 설정한 토지. 조선조 태종 때 개성의 保定門 밖에 西籍田을, 한성의 興仁門 밖에 東籍田을 설정하였다. 국왕의 의례적인 친경은 동적전에서만 거행되었고, 그 수확으로 종묘 · 사직 등의 粢盛으로 삼았다.

23 성주(聖主)께서 …… 해 : 『光海君日記』 12년(1620) 3월 13일 조에 의하면, 親耕禮를 東籍田에서 거행하였다는 기록이 보인다. 이 해에 임금의 친경을 기념하여 과거 시험을 시행하였다.

24 금구(金甌) : 쇠로 만든 사발. 흠이 없고 견고하다 하여 疆土에 비유하기도 한다. 南朝 梁 武帝가 "우리나라는 마치 금구와 같아서 하나도 상하거나 부서진 곳이 없다〔我家國猶若金甌, 無一傷缺〕."라고 하였다(『梁書』 卷56, 「侯景列傳」 참조).

25 삼극(三極) : 三才. 곧 天 · 地 · 人을 말한다(『周易』, 「繫辭」 上 참조).

26 옥촉(玉燭) : 사철의 기후가 화창하여 일월이 환히 비침. 태평성대를 비유적으로 이르는 말이다(『抱樸子』 참조).

27 오신(五辰) 순조롭네 : 『書經』, 「皐陶謨」에, "오신을 잘 조화시켜 모든 공적이 모이게 하였다〔撫于五辰, 庶績其應〕."라는 구절에 나오는 말이다. 즉 木辰이 夏를, 金辰이 秋를, 水辰이 冬을 주재하며 土辰은 사계에 分屬한 것으로 보았으므로, 여기서 오신은 곧 사계를 뜻하는 것이다.

28 질질(秩秩)함 : 질서가 정연하여 예도가 갖추진 것. 『詩經』, 「小雅 賓之初筵」에, "빈객이 처음 연석에 나아감에 좌우로 앉은 모습 질서 있도다〔賓之初筵, 左右秩秩〕."라고 하였다.

29 빈빈(彬彬)함 : 문물이 내용과 형식의 조화를 이루어 번성한 모양. 『論語』, 「雍也」에, "바탕이 문채를 압도하면 촌스럽게 되고, 문채가 바탕을 압도하면 겉치레에 흐르게 되니, 문채와 바탕이 조화를 이룬 뒤에야 군자라고 할 수 있다〔質勝文則野, 文勝質則史, 文質彬

풍년에 징조 있어 가초(嘉草)가 자라나고 年豊有驗生嘉草
시령(時令)은 어김이 없어 허수아비 설치하였네. 時令無違設偶人.
태사(太史)는 새벽에 가관(葭管) 재 움직임[30] 점치고 太史曉占灰管動
직관(稷官)은 조회 때 토질의 고척(膏瘠) 균등함 아뢰네. 稷官朝奏土膏均.
남교(南郊)의 제범(帝範) 누가 능히 본받을꼬 南郊帝範誰能則
새 적전 제후(諸侯) 규례 거의 따른 것이라 하리. 新籍侯規庶可遵.
풀빛 갖추어지고 갈댓잎 돋으매 을일(乙日)[31] 살피고 草具葦生稽乙日
희중(羲仲)에게 따로 명하여 친히 공손히 맞도록 하네.[32] 命分羲仲體寅賓.
푸른 제단 창룡(蒼龍)[33] 이르기를 공경히 기다리고 青壇秖候蒼龍至
검은 보습 벽개(碧犗)가 갈도록 응당 대기하리. 黛耜應須碧犗陳.
구름 속에 멀리 선장(僊仗)의 그림자 나누어지고 雲裏逈分僊仗影

彬然後君子〕."라고 하였다.

30 가관(葭管) 재 움직임 : 가관은 갈대 대롱〔葭管〕 속의 얇은 막을 태워 그 재를 채워 넣은 律管으로, 해시계〔日晷〕와 함께 고대에 절기 변화를 측정하던 기구이다. 갈대 속의 얇은 막을 태워 재로 만든 뒤 그것을 각각 律呂에 해당되는 여섯 개의 玉琯 內端에 넣어 두면 그 절후에 맞춰 재가 날아간다고 한다(『漢書』, 「律曆志」 참조).

31 을일(乙日) : 곡식을 심을 때 피해야 할 日辰의 하나. 大豆와 小豆를 심을 때는 卯日 · 午日 · 丙日 · 子日 · 申日 · 乙日을 피한다고 한다(『居家必用』 참조).

32 희중(羲仲)에게 …… 하네 : 희중은 봄 농사를 관장한 堯 임금의 신하. 『書經』, 「堯典」에, "희중에게 따로 명하여 동쪽 바닷가에 살게 하니 그곳이 바로 해 뜨는 양곡인데, 해가 떠오를 때 공손히 맞이하여 봄 농사를 고르게 다스리도록 하였다〔分命羲仲, 宅嵎夷, 曰暘谷, 寅賓出日, 平秩東作〕."라고 하였다.

33 푸른 제단 창룡(蒼龍) : 푸른 제단은 先農壇 곁에 있던 祈雨壇인 듯하다. 『太宗實錄』 16년 5월 23일 조에 興仁之門 밖에 선농단과 함께 '東方青龍壇'을 조성했다는 기록이 보인다. 蒼龍은 동쪽 방위를 맡은 太歲神을 상징하는 짐승이다.

해 가장자리에 서서히 상서로운 수레의 바퀴 굴러가네.
日邊徐轉瑞車輪.

농신(農神)이 을년(乙年)[34]의 땅에 감응하고	農神肹蠁旃蒙地
곡요(轂耀)[35]가 석목(析木)의 나루[36]에 휘황하도다.	轂耀輝煌析木津.
창포 잎 부드러움 희롱하매 바람 끝 따뜻하고	菖葉弄柔風緖暖
살구꽃 요염함 불어나매 비 흔적 새롭다.	杏花滋艷雨痕新.
계포(桂圃)에 주선하니 몸이 법도가 되고	周旋桂圃身爲度
공경히 난장(蘭場) 불제(祓除)하니 덕 또한 순일하네.	祗祓蘭場德亦純.
일발(一墢)[37]의 공 이룸에 판첩(版牒)에 솟구쳐 오르고	一墢就功騰版牒
삼반(三班)[38]이 경사로움 행하매 잠신(簪紳)이 드날리네.	三班行慶聳簪紳.
친히 경작한 하후씨(夏后氏), 구혁(溝洫) 먼저 했고[39]	躬耕夏后先溝洫

34 을년(乙年) : 원문의 '旃蒙'은 古甲으로 乙年을 가리킨다(『爾雅』, 「釋天」 참조). 『國朝寶鑑』 卷15, 성종 6년(乙未, 1475) 1월 조에, "처음으로 직접 적전을 갈았다. 하루 전에 상이 직접 郊壇에 나아가 先農에게 제사 지내고 이튿날 적전을 갈았다."라고 하였다.

35 곡요(轂耀) : 轂耀의 '耀'는 '曜'와 통용하는 글자로, 曜는 북두성의 별칭이다.

36 석목(析木)의 나루 : 析木津은 은하수에 있다는 별자리 이름. 12星次의 하나인데, 十二支의 寅에 해당하여 燕나라, 즉 요동 일대를 비춰 준다고 여겨졌다(『晉書』, 「天文志」 上 참조).

37 일발(一墢) : 적전 의식에서 왕이 한 이랑을 가는 것을 말한다. 『國語』, 「周語」 上에, "왕이 한 이랑을 갈고, 班이 그 3배수로 간다〔王耕一墢, 班三之〕."라고 하였다. 반은 왕을 따라간 公·卿·大夫를 말한다. 왕이 1이랑을 갈고, 공이 3이랑을, 경이 9이랑을, 대부가 27이랑을 간다는 말이다(『磻溪隨錄』, 「田制後錄攷說 上 務農」 참조).

38 삼반(三班) : 문관·무관·蔭官을 가리킨다.

39 구혁(溝洫) 먼저 했고 : 구혁은 전답 사이에 있는 用水路. 『論語』, 「泰伯」에, 禹 임금(夏后氏)이 구혁에 온 힘을 기울였다는 내용이 보인다. 『周禮』, 「考工記 匠人」에, "아홉 농가를 井으로 삼고 정 사이의 넓이 4자, 깊이 4자인 수로를 溝라고 한다. 사방 10리를 成으로 삼는데 성 사이의 넓이 8자, 깊이 8자인 수로를 洫이라고 한다〔九夫爲井, 井間廣四尺, 深四尺, 謂之溝. 方十里爲成, 成間廣八尺, 深八尺, 謂之洫〕."라고 하였다.

재삼재작(載芟載柞)한 주(周)나라 왕, 습진(隰畛) 중히 했네.[40]

載柞周王重隰畛.

봄 농사 십천(十千)[41]의 전지(田地), 바야흐로 우경(耦耕) 노래하고

東作十千方詠耦

가을걷이[42] 삼백(三百)의 곡식, 장차 곳집을 노래하리. 西成三百佇歌囷.

두더지 기러기 떼 수레에 가득해도 풍속 오히려 순박하고

鼢鴻滿輛風猶朴

코끼리 새 무리 이랑 다스리매[43] 자취 절로 신이하네.

象鳥治畦跡自神.

이미 자성(粢盛) 정갈히 하여 태묘(太廟)에 이바지하고

旣潔粢盛供太廟

먼저 농사일 알아 뭇 백성 거느리네. 先知稼穡率齊民.

능히 두 가지 아름다움[44] 온전히 하여 사객(詞客) 맞이하였고

能全二美迎詞客

---

40 재삼재작(載芟載柞)한 …… 했네 : 『詩經』, 「周頌 載芟」에, "풀을 베어 내고 나무를 베어 낸 뒤에 푸실푸실 흙을 잘 갈았구나. 일천 짝이 김을 매니 따비밭에 다니고 두렁길에도 다니도다〔載芟載柞, 其耕澤澤, 千耦其耘, 徂隰徂畛〕."라고 하였다.

41 십천(十千) : 『詩經』, 「小雅 甫田」에, "환한 저 큰 밭에 해마다 십천을 취하도다〔倬彼甫田, 歲取十千〕."라는 시구에 보인다. 朱子는 "십천이란 1成 되는 田地를 이른 것이다. 사방이 10리면 밭이 9만 畝인데 그 중 1만 무를 공전으로 한다. 대개 9분의 1로 하는 법이다〔十千爲一成之田, 地方十里, 爲田九萬畝, 而以其萬畝爲公田, 蓋九一之法也〕."라고 주석하였다.

42 봄 농사 …… 가을걷이 : 원문의 '東作'과 '西成'은 『書經』, 「堯典」에, "寅賓日出, 平秩東作"과 "寅餞納日, 平秩西成"라는 대목에 보인다.

43 코끼리 …… 다스리매 : 聖君의 치세를 뜻한다. 王充의 『論衡』, 「書虛」에, 舜 임금이 蒼梧에서 죽자 코끼리가 감화를 받아서 그를 위해 밭을 갈고, 禹 임금이 會稽에 묻히자 새가 그를 위해 김매 주었다는 象耕鳥耘의 전설이 보인다.

44 두 가지 아름다움 : 여기서는 적전을 행하는 좋은 때〔良辰〕와 즐거운 일〔樂事〕을 가리키

삼퇴(三推)[45] 빠뜨리지 않아 간관(諫官) 물리쳤네. 不缺三推屛諫臣.
둘러 법연(法筵)[46] 널리 펴 의식은 한(漢)나라를 채택했고 回敞法筵儀採漢
인하여 노주례(勞酒禮)[47] 열어 음악은 빈아(豳雅)[48]를 전하였네. 仍開勞酒樂傳豳.
잔 들어 다 함께 화봉삼축(華封三祝)[49] 올리니 稱觴共獻華封祝
천일(天日) 요광(堯光)을 친히 뵐 수 있도다. 天日堯光獲見親.

는 듯하다. 王勃은 「滕王閣序」에서 등왕각의 盛事를 찬미할 때 “네 가지 아름다움을 모두 갖추었고 두 가지 어려운 것도 함께 하였네〔四美具, 二難幷〕.”라고 하였다. 『詳說古文眞寶大全』 註에, 四美를 謝靈運의 글을 인용하여 良辰·美景·賞心·樂事를, 二難을 만나기 어려운 것으로 賢主·嘉賓을 가리킨다고 설명한 바 있다. 사령운의 「擬魏太子鄴中集詩序」에, “天下良辰·美景·賞心·樂事, 四者難並.”라고 하였다.

45 삼퇴(三推) : 親耕에서 쟁기를 세 번 땅에 꽂아서 미는 의식. 帝王이 孟春의 달에 신하들을 거느리고 적전에 가서 쟁기로 땅을 가는데 쟁기를 밀어 삼퇴를 행한다. 『禮記』, 「月令」에, “三公·九卿·諸侯·大夫를 거느리고 몸소 帝籍을 경작하는데, 천자는 삼퇴, 삼공은 五推이며 경·제후는 九推이다〔帥三公九卿諸侯大夫, 躬耕帝籍, 天子三推, 三公五推, 卿諸侯九推〕.”라고 하였다.

46 법연(法筵) : 여기서는 예식을 갖추고 임금이 신하를 접견하는 자리.

47 노주례(勞酒禮) : 임금이 친경을 행한 당일에 노인과 백성들에게 베푸는 의식. 수고를 위로하며 술을 내린다.

48 빈아(豳雅) : 『詩經』, 「豳風 七月」을 가리킨다. 「칠월」은 公劉가 빈 땅에 나라를 열고 백성들에게 오곡 농사와 누에치기를 가르치고 장려한 것을 노래한 시이다. 『周禮』, 「春官 籥章」에, “나라에서 田祖에게 풍년을 기원할 때 빈아를 연주하고 토고를 쳐서 농부들을 즐겁게 한다〔凡國祈年于田祖, 歈豳雅, 擊土鼓, 以樂田畯〕.”라고 하였다.

49 화봉삼축(華封三祝) : 堯 임금이 華 지방을 순행할 때, 그곳의 封人이 요 임금의 덕을 찬양하여, 부귀와 장수와 多男을 송축했다는 고사를 가리킨다(『莊子』, 「天地」 참조).

4 조부(祖父)[50]께서 생신날에 운을 부르시다
王父初度日呼韻

난만한 붉은 복사꽃 비단자리에 쭉 모였는데 爛熳紅桃簇錦茵
축수 술잔 올리는 가절(佳節)은 꽃다운 봄날에 속했네. 壽盃佳節屬芳春.
오색구름 다 걷히고 푸른 하늘 확 트여 綵雲捲盡青天闊
남극성(南極星)[51]이 분명하게 노인으로 나타나네. 南極分明見老人.

5 몽오정(夢烏亭)[52]에서 학사 이광윤(李光胤)의 시에 차운하다
夢烏亭 次李學士光胤韻

돌아와 거듭 이 이름난 곳 찾으니 歸來重訪此名區
예전 그대로 바람 연기 두호(斗湖)[53]에 가득하네. 依舊風煙滿斗湖.
한 통의 조서(詔書)[54]는 자색 봉황[55]을 따랐고 一札綵綸隨紫鳳

---

50 조부(祖父) : 李尙毅를 가리킨다. 이상의의 자는 而遠, 호는 少陵 또는 巴陵. 1586년(선조 19) 문과에 급제하였으며, 임진왜란 때 선조가 의주로 피란 갈 때 檢察使로서 임무를 수행하였다. 1597년 陳慰使의 서장관으로, 1611년(광해군3) 奏請使로 명나라에 다녀왔다. 대사성 · 도승지 · 형조판서 · 이조판서 등을 역임하였다. 1624년 李适의 난이 일어나 공주까지 인조를 호종했다가 돌아오던 중에 세상을 떠났다. 저서에 『少陵集』이 있다.

51 남극성(南極星) : 사람의 수명을 주관하는, 南極에 있는 별자리. 南極老人星이라고도 한다(『史記』 卷27, 「天官書」 참조).

52 몽오정(夢烏亭) : 권2의 1번 각주를 참고할 것.

53 두호(斗湖) : 경기도 廣州 草阜의 두호를 가리키는 듯하다.

54 조서(詔書) : 원문의 '綵綸'은 임금의 조서를 가리키는 말이다. 『禮記』, 「緇衣」에, "임금의 말씀 실처럼 가늘다가도 밖에 행해짐에 밧줄처럼 굵어진다〔王言如絲, 其出如綸〕."라는 구절에 나오는 말이다.

55 자색 봉황 : 원문의 '紫鳳'은 봉새 문양을 수놓은 上衣를 이르는 말이다. 여기서는 조정에

십년 동안 넋이나 꿈은 청오(靑烏)[56]를 생각했네. 十年魂夢憶靑烏.
기심(機心) 잊고 바다에 들매 어찌 짝할 이 없을까 忘機入海寧無伴
도(道)가 있어 산에 살매 정히 외롭지 않으리. 有道居山定不孤.
동화문(東華門)[57]으로 머리 돌리니 티끌 먼지 격해 있는데 回首東華塵土隔
대 사립문 한가히 닫아걸고 부름에도 게으르네. 竹扉閑掩懶招呼.

6 석상(席上)의 시에 차운하여 이 서윤(李庶尹)[58]의 평양 가는 길을 전송하다

次席上韻 送李庶尹之平壤

용현(龍縣)에 일찍이 간 뒤의 그리움 남겨두고 龍縣曾留去後思
한 깃발로[59] 이제 대동강가로 향하네. 一麾今向大同湄.

출사하는 관인의 미칭인 듯하다.

56 청오(靑烏) : 漢나라의 靑烏子를 가리킨다. 彭祖의 제자로, 華陰山에 들어가 도를 배워 신선이 되었고, 지리학에 정통하였다.

57 동화문(東華門) : 宋·明 때에 궁성 동화문 안에 주요 관서가 있었던 데서, 東華는 조정의 주요 官署를 이르는 말이다. 蘇軾이, "서호의 풍월이 동화의 뿌연 먼지만 못하다〔西湖風月不如東華軟紅香土〕."라는 前人의 戲語를 인용하여 "은거하여 뜻을 구함엔 의리를 따를 뿐, 동화문의 먼지나 북창의 바람은 아예 계교치 않네〔隱居求志義之從, 本不計較東華塵土北窓風〕."라고 하였다(『蘇東坡詩集』 卷14, 「薄薄酒」 참조).

58 이 서윤(李庶尹) : 누구인지 미상이다. 庶尹은 한성부와 평양부에 두었던 조선조 종4품 관직으로, 정원은 1員이다. 判尹·左尹·右尹 다음의 벼슬이었다. 부의 관리들의 성적평가서를 작성하여 판윤 등에게 보고하는 업무를 맡았다.

59 한 깃발로 : 원문의 '一麾'는 一麾出守의 준말로, 지방 관원으로 나가는 것을 말한다. 南朝 宋의 顔延之가 永嘉太守로 나가면서 읊은 「五君詠」 가운데, "누차의 천거에도 조정엔 못 들어가고, 일휘로 지방관이 되어 나갔네〔屢薦不入官, 一麾乃出手〕."라는 시구에 보인

서교(西郊)에서 재차 양관곡(陽關曲) 부르노니[60]	西郊再唱陽關曲
금사(金沙) 여울로 나가는 것이 정히 어느 때일까.	灘出金沙定幾時.

7 봉안역(奉安驛)[61]에 임소암(任疎菴)[62]을 찾아갔으나 만나지 못하다

奉安驛訪任疎菴不遇

오래된 역참(驛站) 깊고 깊어 달빛마저 잠기려 할 즈음	古驛深深月欲沈
낙화(洛花) 방초(芳草)에 홀로 찾아왔네.	落花芳草獨來尋.
들으니 그대는 멀리 강남(江南)의 절로 갔다지	聞君遠向江南寺
새장 속에 객을 보고하는 학(鶴)[63] 없음이 한스럽네.	恨乏籠中報客禽.

다(『文選』 卷21, 「五君詠 阮始平」 참조).

60 재차 양관곡(陽關曲) 부르노니 : 양관곡은 송별의 노래를 뜻한다. 양관은 중국 甘肅 敦煌縣 서남쪽에 있는 관문 이름으로, 西域과 통하는 험한 길이다. 王維의 「送元二使安西」 시, "위성의 아침 비는 가벼운 먼지 적시고, 객사의 버들은 푸르러 정취를 더하는구나. 권하노니 그대여 한 잔 더 드시게나, 서쪽으로 양관을 나서면 아는 친구 없으리〔渭城朝雨浥輕塵, 客舍青青柳色新. 勸君更盡一杯酒, 西出陽關無故人〕."라는 시구에 보인다. 세 번 되풀이하여 부르기 때문에 陽關三疊이라고도 한다.

61 봉안역(奉安驛) : 남양주시 조안면 능내리 봉안마을에 있던 역원. 廣州의 屬驛이다.

62 임소암(任疎菴) : 疎菴은 조선 중기의 문신인 任叔英(1576~1623)의 호이다. 그의 자는 茂淑, 본관은 豐川이며, 任奇의 아들이다. 성균관 유생 시절에는 논의가 과감하였는데, 전후 儒疏가 대부분 그의 손에서 나왔다. 1611년(광해군3) 별시 문과에서 李爾瞻을 비난하는 대책문을 지어 이름이 삭제되었으나, 李恒福 등이 무마하여 다시 급제되었다. 永昌大君의 誣獄이 일어나자 병을 핑계 삼아 庭廳에 참가하지 않았다. 곧 파직되어 廣州에서 은둔하다가 인조반정 후에 복직되어 검열 · 부수찬 · 지평 등을 역임하였다. 龜巖書院에 배향되었다(『國朝人物考』 卷28 참조).

63 객을 보고하는 학(鶴) : 北宋의 隱士 林逋는 孤山에 은거하면서 두 마리의 학을 길렀다. 그는 작은 배를 타고 늘 西湖에서 노닐었는데, 객이 찾아올 때 童子가 학의 우리를 열어

8 장인(丈人)[64]의 「영고죽(詠枯竹)」 시에 차운하다 신유년(1621)

次嶽丈詠枯竹韻 辛酉

외로운 뿌리 약하게 심어져 점점 쓸쓸해 가니	孤根弱植漸蕭條
초객(楚客)[65]은 난간에 임하여 한(恨)이 정히 멀구나.	楚客臨軒恨正迢.
맑은 운치, 잠깐 바람 뿌리는 저녁에 머물렀다가	淸韻乍留風灑夕
푸르른 자태 완전히 햇빛 쬐는 아침에 사라지네.	翠姿全減日熏朝.
매화 창에 성근 그림자와 어우러지지도 못했고	梅窓未得交疎影
소나무 오솔길 후조(後凋)[66]와 짝할 인연도 없네.	松徑無因伴後凋.
초췌하지만 혹시 속되지 않게 할 수 있을까	枯槁倘令人不俗
한 잔 술로 오래 대하며 적적히 보내노라.	一樽長對送寥寥.

● 원운(元韻)[67]을 붙이다

附元韻

서리 맞은 뿌리, 옥 같은 몇 가지를 찍어 내어	斲得霜根玉數條
작은 헌함(軒檻)에 옮겨 심은 것 뜻이 멀고 멀었네.	小軒移植意迢迢.
하늘에 닿고 해 가리며 응당 천 길쯤 자라	干霄翳日應千丈

주면 학들이 나가서 날므로 임포가 그것을 보고서 객이 온 것을 알고 집으로 돌아오곤 했다고 한다(『宋史』 卷457, 「隱逸列傳 林逋」 참조).

64 장인(丈人) : 태호 이원진의 장인 南以恭을 가리킨다.

65 초객(楚客) : 屈原 · 宋玉 등 楚나라 시인을 이르는 말로, 詞客을 뜻한다.

66 후조(後凋) : 松柏을 가리킨다. 『論語』, 「子罕」의 "날씨가 추워진 다음에야 송백이 끝까지 시들지 않음을 알 수가 있다〔歲寒然後知松柏之後凋也〕."라고 한 데서 유래한 말이다.

67 원운(元韻) : 南以恭이 지은 「詠枯竹」 시를 가리킨다.

껍질 벗고 용 됨에 하루아침에 있는 일.	奮籜成龍在一朝.
차가운 자태 대하며 세모를 함께 하고자 했는데	擬對寒姿同歲暮
어찌 알았으랴, 가을 전에 시들 줄을.	豈知枯葉未秋凋.
바람 앞 빗속에 사각사각하는 소리	風前雨裏蕭蕭響
모두 새 시에 들어 적적함 짝할 만하네.	都入新詩伴寂寥.

9 몽오정[68]

夢烏亭

큰 꿈은 인간세상에서 깨면 참됨이 드물어	大夢人間覺少眞
꿈속에서 꿈을 이룸 본디 인연이 많아서겠지.	夢中成夢本多因.
학이 도사(道士)가 되었다는 말[69] 농담이 아니고	鶴爲道士言非戲
오유선생(烏有先生)[70]의 말 도리어 신이하기도 하네.	烏有先生語更神.
과감히 물러나매 행여 전약수(錢若水)와 같을 것[71]	勇退倘如錢若水

68 몽오정(夢烏亭) : 권2의 1번 각주를 참고할 것.

69 학이 …… 말 : 蘇軾의 「後赤壁賦」에 나오는 내용이다. 소식이 적벽의 강가에서 저녁에 서쪽으로 날아가는 학 한 마리를 보았는데, 그날 밤 꿈에서 道士를 만나고서야 서쪽으로 날아간 그 학이 바로 도사의 現身임을 알았다고 하였다.

70 오유선생(烏有先生) : 司馬相如가 지은 「子虛賦」에 나오는 가공의 인물. 사마상여는 이 賦에서 子虛 · 오유선생 · 亡是公이라는 가공의 세 인물을 설정하여 문답을 전개했는데, 자허는 '빈말'이라는 뜻이고, 오유는 '어찌 있겠느냐'는 뜻이고, 무시공은 '이 사람이 없다'는 뜻이다. 후세에 허무한 일을 말할 때 흔히 인용하는 표현이다.

71 과감히 …… 것 : 원문의 '勇退'는 官途에서 한창 득의했을 때 미련 없이 물러나는 것을 비유하는 말이다. 錢若水(960～1003)는 宋나라 때 인물로, 자는 長卿이다. 한 高僧이 전약수를 보고 "이 사람은 급류에서 용감히 물러날 사람이다〔是急流中勇退人也〕."라고 했는데, 뒤에 전약수가 벼슬이 樞密院副使에 이르자 과연 40의 나이로 미련없이 물러났다고 한다(『聞見錄』 卷7, 「錢若水」 참조).

「이소(離騷)」처럼 차라리 굴영균(屈靈均)[72]을 배우리라. 離騷寧學屈靈均.

흰 갈매기 지금 황량(黃粱)[73]으로 화한 밖에 白鷗今化黃粱外
만리창파에 길들일 수 없구나. 萬里滄波不可馴.

10 삼월 삼짇날이 마침 상사(上巳) 한식(寒食)과 날짜가 서로 겹쳤다. 백양동(白壤洞)[74]에서 술을 마셨다

三月三日適與上巳寒食相値 飮白壤洞

고향의 친한 벗들과 좋은 즐거움 마련했으니 故國親朋辦勝歡
답청(踏靑)과 원사(元巳) 인하여 한식(寒食)이라. 踏靑元巳食仍寒.
하루에 세 명절 겸했으니 一日得兼三令節
사양치 마시게, 오늘 저녁 술잔 넉넉하니까. 莫辭今夕酒盃寬.

72 「이소(離騷)」처럼 …… 굴영균(屈靈均) : 靈均은 전국 시대 楚나라의 정치가이자 시인인 屈原의 자이다. 일찍이 懷王을 보좌하였으나 중상모략을 받아 관직을 떠났다. 자신의 정치 이상을 실현할 방도가 없음을 통탄하여 汨羅水에 몸을 던져 죽었다. 「離騷」는 맨 처음 회왕을 모시다가 모함을 받아 유배되었을 때 쓴 작품이다.

73 황량(黃粱) : 黃粱之夢을 가리킨다. 唐나라 玄宗 때에 盧生이라는 사람이 객관에서 道士 呂翁을 만나 그가 주는 베개를 베고 잠이 들었는데, 꿈속에서 출세하여 부귀영화를 포함한 온갖 인생살이를 다 겪으며 한평생을 보낸 뒤에 깨어 보니, 잠들기 전에 여관 주인이 짓고 있던 황량밥이 아직 익기 전이었다고 한다(『枕中記』 참조).

74 백양동(白壤洞) : 지금의 여주군 능서면 백석리와 내양리 일대에 있던 마을인 듯하다(『驪州郡史』 참조).

11 붉은 복사꽃이 활짝 피어 그 밑에서 술을 마시는데, 바람이 꽃잎 하나를 술잔 속으로 정확히 떨어뜨렸다 당시(唐詩)의 운을 썼다

紅桃盛開 酌酒其下 風花一片恰落盃中 用唐詩韻

난만하게 원근(遠近)의 노을 붉게 익어	爛熳紅烝遠近霞
황홀하게 몸이 무릉(武陵) 인가(人家)에 들어온 듯.	恍疑身入武陵家.
동풍이 봄을 즐기는 뜻 알아주는 것 같이	東風似解耽春意
짐짓 술잔 향해 낙화(落花)를 보냈구나.	故向杯中送落花.

12 임술(1622) 가을 칠월 열엿샛날에 차산(次山)[75]과 함께 한강(漢江)에서 놀다

壬戌之秋七月旣望 與次山遊漢江

이 밤은 바람과 달빛 넉넉하여	此夜饒風月
저 적벽(赤壁)의 가을날과 흡사하네.[76]	依俙赤壁秋.
소동파(蘇東坡)의 즐거움 말하지 마오	休言蘇子樂
영빈(穎瀕)[77]과 더불어 놀지 못했네.	不與穎瀕遊.

75 차산(次山) : 태호 이원진의 아우인 李叔鎭의 호.

76 적벽(赤壁)의 가을날과 흡사하네 : 蘇軾이 임술년(1082) 칠월 열엿샛날 달밤에 적벽 아래에서 뱃놀이하던 일에 비유하였다(『古文眞寶後集』 卷8, 「前赤壁賦」 참조).

77 영빈(穎瀕) : 蘇軾의 아우인 蘇轍의 호. 소철은 만년에 穎濱遺老라 自號하였다.

13 영평 성루(永平城樓)에 올라

登永平城樓

길손이 성루(城樓)에 올라 얼굴 풀게 되고	客子登樓爲解顔
한 주전자 술로 흰 구름 사이에 마주했네.	一樽相對白雲間.
서남의 두 물 동해로 통하고	西南二水通桑海
동북의 많은 산들 철령관(鐵嶺關)을 둘렀네.	東北千山擁鐵關.
들 밖 나그네는 걸음 멈추지 아니하고	野外征夫行未息
하늘가 날던 새는 지쳐도 오히려 돌아오네.	天邊飛鳥倦猶還.
가고 오는 긴 길에 세월은 변하여	去來長路光陰變
덧없는 세상 유유히 고달프고 한가롭지 않네.	浮世悠悠苦不閑.

14 풍악(楓嶽) 망고대(望高臺)[78]에 올라

登楓嶽望高臺

쇠줄이 높이 백 길의 대(臺) 위에 드리워	銕鎖高垂百丈臺
평명(平明)에 혼자 오르매 오색구름 열리네.	平明獨上彩雲開.
산은 백마(白馬), 천년 눈 감추었고	山藏白馬千秋雪
물은 청룡(靑龍), 만 구릉의 우레 부르짖네.	水吼靑龍萬壑雷.
옥정(玉井)은 절로 화악(華嶽)[79]에 올랐는가 의심스럽고	玉井自疑登華嶽

78 망고대(望高臺) : 금강산의 비로봉 다음가는 높은 봉우리. 일명 望軍臺라고 한다. 높이는 1331m이고, 장안사 북쪽, 표훈사 남쪽에 있다.

79 옥정(玉井)은 절로 화악(華嶽) : 韓愈의 시 「古意」에, "華山 꼭대기 옥정의 연은, 꽃이

석교(石橋)는 누가 천태산(天台山)[80]으로 들어가는 것 알겠는가. 　石橋誰識入天台.
표연히 다시 비로봉(毘盧峰) 정상 향하여 　飄然更向毘盧頂
아래로 동해가 조그맣게 술잔 같음을 보노라. 　下見東溟小若桮.

15 표훈사(表訓寺)에서 방백(方伯) 정광성(鄭廣成)[81]의 시에 차운하여 산인(山人) 의능(義能)[82]에게 주다

表訓寺 次鄭方伯廣成韻 贈山人義能

동림(東林)에서 의능(義能)의 명성 처음 알았고 　東林初識義能名
종일토록 산중 얘기로 세상 물정 사절했네. 　盡日談山謝世情.
봉래(蓬萊)로 돌아가는 길, 손으로 가리키는데 　指點蓬萊歸去路
중향성(衆香城)[83] 북쪽에 흰 구름 이는구나. 　衆香城北白雲生.

피면 열 길이요 뿌리는 배 같다네〔太華峯頭玉井蓮, 開花十丈藕如船〕."라는 시구에 보인다(『韓昌黎集』 卷3 참조).

80 천태산(天台山) : 마고할미라는 신선이 산다는 산. 여기서는 금강산 망고대를 가리키는 듯하다.

81 정광성(鄭廣成) : 鄭廣成(1576~1654)의 자는 壽伯, 호는 濟谷, 본관은 東萊이다. 1603년 식년 문과에 병과로 급제하여, 1605년 이후 정자·교리·지평 등 주로 三司의 顯職을 역임하였다. 1618년 大妃削號 문제와 함께 재차 폐모론이 일어났을 때 탄핵을 받았으나, 계속 중용되어 우승지·경기도관찰사 등을 지냈다.

82 의능(義能) : 미상. 임진왜란 때 이순신의 휘하에서 활약한 승려 의능이 있는데, 『亂中日記』 계사년(1593) 정월 조에 의능을 遊擊別都將으로 삼았다는 기사가 보인다.

83 중향성(衆香城) : 內金剛의 永郎峰 동남을 병풍처럼 둘러싸고 있는 흰 바위.

16 상원사(上元寺)[84]에 묵으면서 우연히 읊어 갈산거사(葛山居士)에게 보이다

宿上元寺偶吟 示葛山居士

황려(黃驪)에서 취한 뒤 강 누(樓)를 떠났는데　　黃驪醉後別江樓
걸음 용문(龍門)에 이르러 또 한번 가을이네.　　行到龍門又一秋.
강절(康節) 도중(道中) 시[85]에서 지극한 즐거움 알았고　　康節道中知至樂
자장(子長) 천하[86]에서 고상히 유력(遊歷)하는 법 터득하였네.　　子長天下得高遊.
샘물소리 지게문에 들어 중의 꿈 흔들고　　泉聲入戶侵僧夢
빗기운이 산에 이어져 나그네 시름 보내네.　　雨氣連山送客愁.
고요히 갈옹(葛翁) 대해 보배 말씀 듣는데　　靜對葛翁聽寶訣
작은 등 깜박이며 밤 창이 그윽하네.　　小燈明暗夜窓幽.

84 상원사(上元寺) : 경기도 양평군 용문면 연수리에 있는 절. 고려 말에 普愚禪師가, 선초에는 無學大師가 이곳에서 수도하였고, 후에 孝寧大君이 이곳을 願刹로 삼고 수도 생활을 하였다고 한다.

85 강절(康節) 도중(道中) 시 : 康節은 北宋의 학자 邵雍의 시호. 도중 시란 「龍門道中作」을 가리키는데, 그 시는 다음과 같다. "物理人情自可明, 何嘗慼慼向平生. 卷舒在我有成筭, 用舍隨時無定名. 滿目雲山俱是樂, 一毫榮辱不須驚. 侯門見說深如海, 三十年來掉臂行."

86 자장(子長) 천하 : 子長은 漢나라 司馬遷의 자. 陝西 龍門 출신. 『史記』, 「太史公自序」에 의하면, 사마천은 20세부터 남쪽의 會稽·禹穴·九疑로부터 북쪽의 汶泗를 건너고 齊·魯, 梁·楚에 이르기까지 중국 각지를 두루 遊歷하였다고 한다. 蘇轍의 「上樞密韓太尉書」에, "태사공은 천하를 두루 다니면서 사해 명산대천을 두루 유람하고, 燕·趙 사이의 호걸들과 교유했기 때문에 그의 문장은 소탕하여 자못 奇拔한 기운이 있다〔太史公行天下, 周覽四海名山大川, 與燕趙間豪俊交遊, 故其文疏蕩, 頗有奇氣〕."라고 하였다.

17 용문암(龍門菴)에서 밤에 읊다

龍門菴夜吟

용문암(龍門菴) 가을밤에 홀로 누(樓)에 기대니	龍門秋夜獨憑樓
이슬에 씻긴 하늘, 흰 달이 흘러가네.	露洗瑤空素月流.
산 아래 묵은 구름, 바다 같이 평평하니	山下宿雲平若海
문득 몸이 육오(六鼇)[87] 머리 위에 있는 듯하네.	卻疑身在六鼇頭.

18 유자경(柳子敬)[88]의 「영회(詠懷)」 시에 차운하다

次柳子敬詠懷韻

박학(博學)한 선비 참소 비방 많은 법	博士多讒謗
평생 다섯 궁귀(窮鬼)를 한탄하였네.[89]	生平歎五窮.
주머니에 놀이할 돈 없어도	囊無錢子母
갑 속에는 자웅검(雌雄劍)[90] 들어 있네.	匣有劒雌雄.

---

87 육오(六鼇) : 渤海의 동쪽 바다에서 岱輿 · 員嶠 · 方壺 · 瀛州 · 蓬萊 등 다섯 仙山을 6만 년을 주기로 하여 교대로 등에 지고 있다는 여섯 마리 자라를 가리킨다(『列子』, 「湯問」 참조).

88 유자경(柳子敬) : 子敬은 柳惺(1572~1616)의 자이다. 그의 본관은 全州이고, 李山海의 사위이다. 1599년(선조32) 정시 문과에 급제한 뒤, 문학 · 지평 · 직강 등을 역임하였다. 숙부인 柳永慶이 이끄는 小北에 가담하여 黨人들과 함께 永昌大君을 세자로 옹립하려 하였으나 1608년 광해군이 즉위하여 大北이 집권하게 되면서 탄핵을 받고 三水에 유배되었다. 1616년 죽임을 당하였고, 인조반정 후에 신원되었다.

89 다섯 궁귀(窮鬼)를 한탄하였네 : 韓愈가 일찍이 자기를 괴롭히는 다섯 궁귀를 물리친다는 뜻으로 「送窮文」을 지었는데, 다섯 궁귀란 바로 智窮 · 學窮 · 文窮 · 命窮 · 交窮을 말한다(『昌黎先生集』 卷36 참조).

90 자웅검(雌雄劍) : 춘추 시대 吳나라 사람 干將이 암수의 名劍 두 자루를 만든 뒤, 雄劍은

필세(筆勢)는 신이한 준마(駿馬) 내달리듯　　筆勢奔神驥
문장은 채색 무지개를 흩어놓은 듯하네.　　文章散彩虹.
높은 재주를 펼칠 수 없어　　高才不可展
돌아갈 생각, 나는 기러기[91] 좇을 뿐.　　歸思逐飛鴻.

19 장인(丈人)의 생신날에 석상(席上)의 운을 차하다 계해년(1623)

婦翁初度日 次席上韻 癸亥

사옹(簑翁)께선 기국(器局) 어찌 그리 뇌락(磊落)[92]하신고　　簑翁氣宇何磊落
가슴속엔 운몽택(雲夢澤) 여덟아홉 삼킨 듯.[93]　　雲夢胸中呑八九.
만사는 유유히 흐르는 물에 부치고　　萬事悠悠付東流
다만 약주 좋아하여 서수(犀首)[94] 뒤좇으려네.　　但將好飮追犀首.
하물며 지금 생신날은 맹춘에 속하니　　況今初度屬上春

간장이라 하고, 雌劍은 자신의 아내 이름을 붙여 莫邪라고 한 고사가 전한다(『吳地記』 참조).

91 나는 기러기 : 난세에 화를 피해 멀리 숨어 살고 싶다는 말인 듯하다. 揚雄의 『法言』, 「問明」에, “치세에는 출현하고 난세에는 숨어야 할 것이니, 기러기가 가물가물 날아가면 사냥꾼이 어찌 잡을쏘냐〔治則見, 亂則隱. 鴻飛冥冥, 弋人何簒焉〕.”라고 하였다.

92 뇌락(磊落) : 도량이 넓고 마음이 확 트인 모양.

93 운몽택(雲夢澤) …… 듯 : 楚나라 大澤의 이름. 사방 9백 리나 된다고 한다. 司馬相如의 「子虛賦」에, “운몽과 같은 것 여덟아홉 개를 한꺼번에 삼키듯, 그 흉중이 일찍이 막힘이 없었다〔呑若雲夢者八九, 於其胸中曾不蔕芥〕.”라고 하였다.

94 서수(犀首) : 虎牙將軍과 유사한 고대 중국의 武官職. 戰國時代 魏나라 公孫衍이 일찍이 이 관직에 몸담았으므로 그를 일컫는 별칭이 되었다. 『史記』, 「陳軫列傳」에, 공손연이, “공은 어째서 술 마시기를 좋아하느냐?〔公何好飮〕”라는 물음을 받고 “일이 없기 때문이다〔無事也〕.”라고 답했다고 한다.

작은 매화의 새 향기 옥주(玉酒)에 스며드네.	小梅新香侵玉酒.
상국(相國)[95]께서 세 분의 판서(判書) 이끌고 와서	相國爲携三尙書
높은 자리 휘황하여 북두성을 압도했네.	台座輝煌壓北斗.
경조(京兆)에 버들, 어사대(御史臺)의 잣나무에 비치면서	京兆柳映御史柏
소부(少傅)[96]에 대한 아름다운 칭찬 입에 가득했네.	少傅妙譽不容口.
주인이 소리 높이 읊조리는 「팔선가(八僊歌)」[97]	主人高吟八僊歌
당(堂) 가득 자리한 분들 모두 다 금란(金蘭)의 벗.	滿堂盡是金蘭友.
취기 돌아 붓 들어 웅장한 시구 쏟아내면	興酣落筆騁雄詞
쾌재라, 포정(庖丁)의 칼 두꺼운 물건 없듯이.[98]	快若庖丁刃無厚.
설아(雪兒)[99] 한 곡조 천금(千金) 값할 만하여	雪兒一曲直千金
이원(梨院)에서 소부(小部)를 연주할 필요조차 없네.	不用梨園奏小部.
눈앞의 깊은 술잔 또한 즐길 만하니	眼前深盃且可樂
몸 밖 부질없는 명성 어찌 족히 취할 쏘냐.	身外浮名安足取.
서울 거리 부슬비, 사람 잡아둘 줄 아는 듯	天街細雨解留人
좋은 일은 다시 관등(觀燈) 후에 볼 수 있으리라.	勝事復見觀燈後.

95 상국(相國) : 누구인지 알 수 없으나, 남이공은 1597년 정유재란 때 體察使 李元翼의 종사관이 되었고, 1615년 이원익과 더불어 폐모론을 반대하다 파직, 유배 생활을 한바 있다.

96 소부(少傅) : 남이공은 1593년 世子侍講院司書를 역임하였다.

97 팔선가(八僊歌) : 杜甫의 「飮中八仙歌」를 가리킨다. 술을 즐기는 여덟 신선으로, 賀知章 · 汝陽王進 · 李適之 · 崔宗之 · 蘇晉 · 李白 · 張旭 · 焦遂를 가리킨다.

98 포정(庖丁)의 …… 없듯이 : 『莊子』, 「養生主」에, 포정이 소 잡는 道를 말하면서 "두께가 없는 칼을 두께가 있는 틈새에 넣으니, 널찍하여 칼날을 움직이는 데에 반드시 여유가 있다〔以無厚入有間, 恢恢乎, 其於遊刃, 必有餘地矣〕."라고 하였다.

99 설아(雪兒) : 唐나라 李密의 愛姬. 가무에 능했는데, 이밀은 빈객의 훌륭한 시를 보면 반드시 그녀로 하여금 음률에 맞춰 노래 부르게 했다고 한다(『北夢瑣言』, 「韓定辭」 참조).

향산(香山)의 이도(履道),[100] 자취 이미 오래여도 香山履道跡已陳
옛일 더듬으매 사람 길이 감개하게 하네. 擥古令人感慨久.
시국(時局)이 위태하여 차마 강호생활 바라지 못하고 時危未忍乞江湖
몇 해 동안 낚싯대 든 손 한가히 되었던고. 幾年閑卻漁竿手.
운정(雲亭)[101]에 일찍이 「귀거래사(歸去來辭)」 지어 雲亭早賦歸去來
언건(偃蹇)[102]하여, 아침저녁 관청 에 추주(趨走)하는 것과 어떠할꼬.
偃蹇何如趨卯酉.
동상(東牀)에서 배 드러낸 일[103] 몹시 거칠고 방종했네 東牀坦腹太疎放
술주정 안 하는 것 말고는 무어 가진 게 있으랴.[104] 不爲酒困知何有.
절하며 「함곡관자기도(函谷關紫氣圖)」[105]를 올리오니 拜獻函關紫氣圖

---

100 향산(香山)의 이도(履道) : 향산은 白居易의 별호. 백거이는 벼슬길에서 물러나 東都 履道里에 살면서 龍門潭 남쪽 八節灘의 峭石을 開鑿하여 백성들의 수로 통행을 편리하게 하였다. 또 그곳 향산에 누각을 짓고 나이 많은 노인들과 九老會를 結社하고 풍류를 즐겼으므로 사람들이 九老圖를 그려 그를 길이 사모하였다고 한다(『新唐書』 卷119, 「白居易傳」 참조).

101 운정(雲亭) : 여기서는 亭子의 美稱.

102 언건(偃蹇) : 편안하고 자유롭게 몸을 움직이는 생활.

103 동상(東牀)에서 …… 일 : 사위가 됨을 이르는 말이다. 晉나라의 太傅 郗鑑이 王導의 집안에서 사윗감을 구할 때, 모두 잘 보이기 위해 애를 썼으나 유독 王羲之만은 동쪽 평상〔東牀〕 위에서 배를 드러내 놓고 누워 있었다. 치감은 그를 훌륭한 사윗감으로 여겨 마침내 사위로 삼았다고 한다(『世說新語』, 「雅量」 참조).

104 술주정 …… 있으랴 : 『論語』, 「子罕」에, “공자가 말하기를, ‘나가서는 공경을 섬기고, 들어와서는 부형을 섬기고, 상사에 대해 감히 힘쓰지 않음이 없고, 술에 취해서 문란해지지 않는다. 이 가운데 어찌 내가 잘하는 것이 있겠는가?’ 하였다〔子曰: 出則事公卿, 入則事父兄, 喪事不敢不勉, 不爲酒困, 何有於我哉〕.”라고 하였다.

105 함곡관자기도(函谷關紫氣圖) : 老子가 서쪽으로 길을 떠나 함곡관에 거의 이르렀을 때, 關令 尹喜가 누대에 올라 사방을 바라보다가 보라색 기운〔紫氣〕이 다가오는 것을 보고는 眞人이 올 것이라고 예측했는데, 과연 노자가 소를 타고 이르렀다고 한다(『列仙傳』 卷上 참조). 예로부터 이 고사는 장수의 기원을 담은 그림의 소재로 애용되었다. 속설에 노자는 150년 또는 200년 이상 수명을 누렸다고 한다.

나의 바람 공께서 이처럼 장수하시는 것이라네. 我願公如此老壽.

20 북경(北京)에 가는[106] 김 좌랑(金佐郞)을 전송하며

送金佐郞赴京

이 이별 이미 고생 된다 했는데 此別已云苦
하물며 다시 행장 꾸리기도 바빴음에랴. 況復行色忙.
닻줄 푸는 기일 정해져 있으니 解纜有定期
의복 마름질할 겨를조차 없었지. 未暇縫衣裳.
스스로 풍파에 맡겨야 하니 自可任風波
어떻게 눈서리 막을 수 있으리. 何以禦雪霜.
신선 뗏목[107] 팔월에 뜨니 僊槎泛八月
북경에는 일양(一陽)이 생겨날 즈음[108]이라. 帝京生一陽.
그대 만리 밖 여정(旅情)에 대한 생각 念子萬里情
끊임없이 이 가슴속에 있으리. 耿耿在中腸.

---

106 북경(北京)에 가는 : 여기서 북경은 明나라 수도를 가리킨다. 明 · 淸 교체기에 중국으로 가는 사신들은 평안도 宣川 宣槎浦에서 배를 타고 갔는데, 1627년 이후로는 甑山 石多山에서 출항하였다. 이 시가 쓰여진 때는 1623년이었으므로 선사포에서 출항하여 山東半島 登州에 기착, 육로로 북경에 들어갔다. 1624년의 사신 행차를 그린 『航海朝天圖』 제1엽에 「宣槎浦出港圖」가 들어 있다. 해로 사행은 1621년부터 對明外交가 단절되는 1637년까지 17년간 이루어졌다.

107 신선 뗏목 : 원문의 '僊槎'는 漢나라 때 西域에 사신으로 갔던 張騫이 뗏목을 타고 하늘로 올라가 견우와 직녀를 만나고 왔다는 전설에 보인다(『博物志』 卷3 참조). 그러므로 바다에 배 타고 가는 使臣의 행차를 거기에 비유하였다.

108 일양(一陽)이 생겨날 즈음 : 동지에 陽氣가 처음 발동하므로 一陽始生이라 한다. 일양이 생겨날 때 북경에 도착할 것으로 보았다.

21 9월 9일에 금성(錦城) 앙암(仰巖)[109]의 임씨(林氏) 정자[110]에 올라

重九登錦城仰巖林氏亭

주남(周南)에 유체(留滯)된[111] 나그네	留滯周南客
슬픈 기러기 소리 들을 수 없네.	哀鴻不可聽.
때마침 사모(紗帽) 날리는 절후(節候)[112]를 만나	幸逢吹帽節
이에 갓끈 씻는 정자[113]에 올랐네.	仍上濯纓亭.
물이 빠져 차가운 모래 희고	水落寒沙白
하늘은 틔어 멀리 산봉우리 푸르다.	天空遠岫青.

109 앙암(仰巖) : 羅州 영산강 南岸에 있는 바위. 鶻鵞巖이라고도 한다. 바위 밑에 구멍이 있고 물이 깊어 속설에 의하면 용이 있다고 한다(『新增東國輿地勝覽』, 「全羅道 羅州牧」 참조).

110 임씨(林氏) 정자 : 영산강가에 있었던 滄浪亭을 가리키는 듯하다. 林悌의 아우 滄浪亭 林恪이 세웠다.

111 주남(周南)에 유체(留滯)된 : 周南이란 외방 고을에 유체되어 조정 정사에 참여하지 못함을 가리킨다. 『史記』, 「太史公自序」에, "태사공이 주남 땅에 그대로 머물러 있는 바람에 국사에 참여할 수가 없었다〔太史公留滯周南, 不得與從事〕."라는 구절에 나오는 말이다. 태사공 司馬談은 주남 땅에 유체되어 漢 武帝가 태산에 封禪을 행하는 의식에 참여하지 못하였다.

112 사모(紗帽) 날리는 절후(節候) : 중양절을 가리킨다. 관련 고사는 『晉書』, 「孟嘉列傳」에 보인다. 晉나라 孟嘉가 중양절에 桓溫의 龍山 잔치 자리에 있을 때 바람이 불어 모자가 떨어졌으나 알지 못했다. 그러자 환온이 孫盛으로 하여금 그를 놀리는 시를 짓게 하였는데 그 시에 화답한 시가 매우 아름다웠다고 한다. 孟嘉落帽, 孟嘉龍山 고사로 알려져 있다.

113 갓끈 씻는 정자 : 정자 이름이 滄浪亭이기 때문에 屈原의 「漁夫辭」에 나오는 '濯纓'을 인용하였다. 「어부사」의 관련 구절은 다음과 같다. "창랑의 물이 맑으면 나의 갓끈을 씻고, 창랑의 물이 흐리면 나의 발을 씻으리라〔滄浪之水清兮, 可以濯我纓. 滄浪之水濁兮, 可以濯我足〕."

배를 돌리니 풍랑이 급하여　　回舟風浪急
높은 베개에 술이 처음 깨네.　　高枕酒初醒.

22 척번당(滌煩堂)에서 벽상(壁上)의 시에 차운하다 2수

滌煩堂 次壁上韻 二首

객은 섬강(蟾江)에서 들어오고　　客自蟾江入
중은 치악(雉嶽)에서 돌아왔네.　　僧從雉嶽回.
맑은 바람, 대숲속 길 따르고　　淸風隨竹徑
흐르는 물, 꽃핀 대(臺)를 둘러 있네.　　流水繞花臺.
성근 발은 산을 보려 말아 올렸고　　疎箔看山捲
빈 창은 달 기다려 열어 두었네.　　虛窓待月開.
마음 씻어내는 것 진실로 이로써이니　　洗心良以此
하루를 더 묵으며 돌아가지 않으리.　　信宿不歸來.

주살 피한 그날, 하늘 나는 기러기 흠모하며　　避矰當日慕鴻冥
손수 솔과 대 심어 지게와 뜰을 에워쌓네.　　手植松篁繞戶庭.
「백설가(白雪歌)」 더욱 고아(高雅)해 화답할 이 없고[114]　　白雪彌高歌莫和
기장밥 익기 전에 꿈 도리어 깨어 버렸네.[115]　　黃粱未熟夢還醒.

---

114 「백설가(白雪歌)」 …… 없고 : 「白雪歌」는 전국 시대 楚나라의 고아한 歌曲으로, 이 노래를 따라 부를 수 있는 자가 극히 드물었다는 내용이 宋玉의 「對楚王問」에 나온다(『文選』 卷45 참조).

115 기장밥 …… 버렸네 : 唐나라 沈旣濟의 『枕中記』에, 盧生이라는 사람이 邯鄲의 여관에서 道士 呂翁이 주는 베개를 베고 잠이 들었는데, 온갖 부귀영화를 누리다가 80세가 넘어

남쪽 연못 바람 멎자 밝은 거울 열리고	南塘風定開明鏡
동쪽 뫼 구름 개니 그림 병풍 펼쳐지네.	東嶽雲收列畵屛.
늙어가며 연하벽(煙霞癖) 고질을 이루어	老去煙霞成痼疾
한평생 세상 잊고 형해(形骸)조차 잊을거나.	百年忘世又忘形.

번역 **이현우**

죽는 꿈을 꾸었다. 꿈에서 깨어 보니, 잠들기 전에 주인 여자가 짓던 기장밥〔黃粱〕이 채 익지도 않았다는 얘기가 있다.

23 장인(丈人)을 대신하여 감사(監司) 유석증(俞昔曾)[116] 만시(輓詩)를 짓다

代婦翁輓兪方伯昔曾

금성(錦城)[117] 북쪽은 지난날 교귀(交龜)하던 곳[118]	錦城城北昔交龜
옥절이 바다 끝에 이르렀음을 조금 뒤에 들었네.	玉節俄聞到海陲.
누가 짐작했겠는가, 취향(醉鄕)의 천일 흥취가	誰料醉鄕千日興
홀연 뜬세상 백년 기약을 저버릴 줄.	忽違浮世百年期.
정공(鄭公)의 귀츤(歸櫬)[119]은 올 때의 길 그대로요	鄭公歸櫬來時路
소백(召伯)의 감당(甘棠)은[120] 떠난 뒤의 생각이네.[121]	召伯甘棠去後思.
옛 영문(營門)을 돌아보니 사람 보이지 않고	回首舊營人不見
눈물 자국 공연히 현산(峴山) 비석만 마주하네.[122]	淚痕空對峴山碑.

116 유석증(俞昔曾): 兪昔曾(1570~1623)의 자는 而省, 호는 獨松, 본관은 杞溪이며 兪綰의 증손이다. 1597년 문과에 급제, 지평·참의를 거쳐 나주목사·전라감사 등을 지냈다. 司僕寺에서 말〔馬〕을 기르던 邊忠吉의 도움을 받아 나주목사에 두 차례 임명되었다 하여 당시 사림의 비판이 있었다.

117 금성(錦城): 전라도 羅州의 古號. 이원진의 장인 남이공이 1623년에 나주목사에 부임하였고, 太湖가 이때 동행한 바 있다.

118 교귀(交龜): 監司 혹은 통제사 절도사 등이 교체될 때 發兵符나 印信 따위를 引受引繼하던 일을 말한다.

119 귀츤(歸櫬): 타향에서 죽어 시신이 고향으로 돌아가는 것. 櫬은 棺을 말한다.

120 소백(召伯)의 감당(甘棠): 周文王 때 백성들이 召伯의 善政에 감사한 나머지 그가 머물렀던 감당 나무를 소중히 여겨 "무성한 감당나무 자르지도 말고 베지도 말라. 소백께서 그 그늘에 쉬셨던 곳이니라〔蔽芾甘棠, 勿翦勿伐, 召伯所茇〕."라 노래했다 한다(『詩經』, 「召南 甘棠」 참조).

121 정공(鄭公)의 …… 생각나네: 미상이다.

122 눈물 …… 마주하네: 晉나라 羊祜는 武帝 때의 덕장으로, 병졸을 통솔할 때 항상 갑옷을 입지 않고 가벼운 옷만 입은 채 허리띠를 느슨히 풀어놓고 있었다. 그런데도 군사들이 모두 그 덕에 감복하였다. 양호가 죽자 그가 평소 오르내리던 峴山에 碑를 세웠는데,

24 금성(錦城)을 출발하여 오산(烏山)[123]에 묵으며

發錦城宿烏山

서리 어린 달빛 어여뻐 유달리 밝은데	霜月嬋娟分外明
객창 외로운 베개에 귀뚜라미 소리 가깝네.	客窓孤枕近蛩聲.
애달퍼라, 고개 아래 차가운 물소리	可憐嶺下寒溪水
하루밤에 수심(愁心) 이끌어 금성(錦城)에 당도했네.	一夜牽愁到錦城.

25 고곡장인(羔谷丈人)[124]이 자죽(紫竹) 지팡이를 준 것에 감사하며

謝羔谷丈人贈紫竹杖

아홉 마디 영롱한 자옥(紫玉)의 가지	九節玲瓏紫玉枝
이름난 곳 어디라도 따라가지 않은 데 없네.	名區無處不相隨.
평생에 진중한 호공(壺公)[125] 은혜	平生珎重壺公惠
문득 바람 번개 속에 갈피(葛陂)의 용이 될까 두렵네.[126]	卻恐風雷化葛陂.

이 비를 보는 사람들이 모두 눈물을 흘렸으므로 '墮淚碑'라 칭하였다.

123 오산(烏山) : 羅州의 북쪽 通峴山 부근에 있는 烏山里라는 지역을 말하는 듯하다.

124 고곡장인(羔谷丈人) : 미상이다. 羔谷은 충주에 있는 지명. 羔谷丈人은 충주에 거처하던 어떤 인물의 號인 듯하다.

125 호공(壺公) : 중국 고대의 신선. 後漢 때 費長房이 호공에게서 신선술을 배운 뒤 죽장을 타고 집으로 날아와 葛陂 호수 속에 죽장을 던지니, 그 정령이 青龍으로 화하여 구름 속으로 사라졌다고 한다(『神仙傳』, 「壺公」 참조).

126 갈피(葛陂)의 …… 두렵네 : 後漢의 汝南 사람 費長房이 老翁을 따라 깊은 산에 들어가 도를 배우다가 도를 이루지 못하고 집으로 돌아올 때, 노옹이 죽장 하나를 주며 "이것을

26 포모대(泡母臺)[127]에서 비를 만나

泡母臺遇雨

향기 품은 길 아스라이 취미(翠微)[128]로 들어가고	香徑迢迢入翠微
구소(九霄)[129]의 생학(笙鶴)[130] 소리 다시 어렴풋하네.	九霄笙鶴更依俙.
어여쁜 신녀(神女) 응당 나그네 머물게 하려	可憐神女應留客
대(臺) 앞 저물녘 비를 보내 오게 하였네.	爲送臺前暮雨歸.

27 용산(龍山)으로부터 배를 타고 미호(迷湖)[131]로 돌아와

自龍山舟行還迷湖

닻줄 풀고 용산(龍山) 포구를 출발했는데	解纜發龍浦
흐르는 물살 빨라 진실로 거슬러 오르기 어렵네.	流駛信難遡.
잠시 이화정(梨花亭)에 휴식하고	少憩梨花亭

타면 네가 가고 싶은 곳을 갈 수 있게 될 것이니, 그곳에 가서는 이 죽장을 반드시 葛陂에 던져야 한다."라고 하였다. 비장방은 집에 와서 그 죽장을 갈피에 던지니 죽장이 龍이 되었다는 고사가 있다(『後漢書』, 「方術列傳」 참조).

127 포모대(泡母臺) : 충북 충주 風流山에 있는 높은 臺. 속설에 전하기를, 옛적에 薔薇라는 선녀가 있었는데, 스스로 泡母라 칭하며 항상 그 위에서 놀아 향기가 골에 가득하였다. 唐明皇이 그 말을 듣고 道士를 보내 맞아서 궁에 들이고 貞完夫人이라 이름하였다고 한다(『新增東國輿地勝覽』, 「忠州牧」 참조).

128 취미(翠微) : 山頂에 조금 못 미치는 곳. 또는 산에 피어올라 산을 어렴풋하게 보이게 하는 이내.

129 구소(九霄) : 九霄는 본래 하늘 높은 곳을 말하며, 이로 인해 제왕 또는 제왕의 거처를 지칭하기도 한다. 도가에서는 仙人이 사는 곳을 구소라 하기도 한다.

130 생학(笙鶴) : 신선이 학을 타고 생황을 연주하는 것으로, 일반적으로 仙鶴을 뜻한다.

131 미호(迷湖) : 권1의 13번 각주를 참고할 것.

시골 술 홀로 사서 마시네. 村醪獨自沽.
해는 목멱산(木覓山)으로 지는데 日落木覓山
연기는 광릉(廣陵) 숲에 피어나네. 煙生廣陵樹.
물가를 따르니 강 이미 어두워 遵渚江已暗
모랫벌 위에 잠든 해오라기 놀라네. 沙頭驚宿鷺.
어린 자식 사립문에 나와 섰는데 稚子候柴門
앞산에선 달이 떠오르네. 前峰月欲吐.

28 청문노인(靑門老人)이 외를 보내준 것에 감사하며 갑자년(1624)

謝靑門老人惠苽 甲子

오색(五色)이 가득한 광주리, 구한 바 없었는데 五色盈筐不待求
은근히 소평후(邵平侯)로부터 왔네.[132] 慇懃來自邵平侯.
구리 소반에 미끄럽게 쏟아져 운지(雲芝)처럼 어지럽고 銅盤滑瀉雲芝亂
돌 우물에 차갑게 던져니 수옥(水玉)인양 떠 있네. 石井寒投水玉浮.
채탄(蔡誕)이 사람들 속인 일 웃을 만하고[133] 蔡誕欺人言可笑
등담(滕曇)은 어머니께 드려 병 낫게 했네.[134] 滕曇遺母病堪瘳.

---

132 소평후(邵平侯) : 漢나라 때 邵平이 東陵侯를 지냈으므로, 邵平侯라 불림. 그는 동릉후를 그만두고 靑門 밖에서 외를 가꾸었는데, 그 외가 매우 달았다고 전해진다. 소평의 외를 '東陵瓜'라 칭한다.

133 채탄(蔡誕)이 …… 만하고 : 五原 땅에 살던 蔡誕이란 인물이 어느날 깊은 산에 들어갔다 돌아와 말하길, "내가 곤륜산에 들어가 옥으로 된 외〔玉瓜〕를 얻었는데 우물에 씻어 먹어보니 맛이 연하여 먹을 만했다〔抱朴子云: 五原蔡誕, 入山而還, 語家人曰: 予至崑崙, 得玉瓜. 以玉瓜井水洗之, 乃軟可食〕."는 기록이 있다(『本草綱目』, 「玉瓜」 참조).

134 등담(滕曇)은 …… 했네 : 滕曇恭이 다섯 살 때 병든 어머니가 외를 먹고 싶다는 말을

다른 날 서울에서 정자(亭子)를 열게 되면 佗年洛下開亭後
응당 용문(龍門) 보며 지난날 놀던 때를 생각하겠지. 應向龍門憶舊遊.

29 대전(大殿) 춘첩(春帖) 병인년(1626)에 다른 사람을 대신하여 지음

大殿春帖 丙寅代人作

명엽(蓂葉)은 먼저 아홉 잎을 틔웠고 蓂葉先抽九
회(灰) 날아[135] 또 한 해이라. 灰飛又一元.
신반(辛盤)[136]으로 백옥(白玉) 같은 음식 나르고 辛盤行白玉
갑제(甲第)는 붉은 문 산재해 있네. 甲第散朱門.
순(舜)임금의 정사(政事) 삼신(三辰)[137]이 펼쳐있고 舜政三辰在
요(堯)임금의 마음 만고(萬古)에 남아있네. 堯心萬古存.
의상(衣裳)이 자극(紫極)[138]에 드리운 채 衣裳垂紫極
교화를 베풂이 무언(無言)을 체득했네. 施化體無言.
【입춘(立春)은 곧 1월 9일이다.】 【立春, 卽正月初九日也.】

하자, 살던 데서는 나지 않으므로 외를 찾아 여기저기 돌아다녔으나 얻지 못했다. 우연히 지나가던 한 승려가 말하기를 "내가 한 쌍의 외를 가지고 있는데 하나를 나누어 그대에게 준다오" 하여, 이것을 얻어 돌아오니 집안사람들이 놀라고 기이하게 여겼다 한다〔滕曇恭, 年五歲, 母患熱病, 思食寒瓜, 土俗不產, 曇恭歷訪而不得. 俄過一桑門, 曰: '我有雙瓜, 分一相遺.' 擧家驚異〕." 이로 인해 '寒瓜遺母'라는 말이 전한다(『事文類聚』, 「寒瓜遺母」 참조).

135 회(灰) 날아 : 입춘 날 갈대를 태워 재를 날리는 풍속이 있었다.

136 신반(辛盤) : 매운 맛이 나는 나물. 五辛盤이라고도 함. 『本草』에 "정월 초하루에 맵고 연한 나물 다섯 가지를 먹는데, 이는 새해를 맞는 뜻이다."라고 하였다.

137 삼신(三辰) : 해와 달과 별을 가리킨다. 『春秋左氏傳』에, "天有三辰, 地有五行."라는 구절이 있다.

138 자극(紫極) : 宮殿을 가리킨다.

30 대전(大殿) 연상첩(延祥帖) 정묘년(1627)에 다른 사람을 대신하여 지음

大殿延祥帖 丁卯代人作

발걸음 끝 자달(紫闥)[139]을 여니	履端開紫闥
아침 햇살 만년지(萬年枝)[140]를 비추네.	初旭萬年枝.
제력(帝曆)은 삼통(三統)[141]을 높였고	帝曆尊三統
왕춘(王春)은 사시(四時)에 일관하네.	王春貫四時.
현공(玄功)은 부재(不宰)에 돌아가고[142]	玄功歸不宰
지덕(至德)은 무지한 백성에게도 입혀지네.	至德被無知.
몸을 공손히 하고 의상(衣裳) 드리운 곳에	恭己垂衣處
당우(唐虞) 시대를 곧 기약할 수 있겠네.	唐虞直可期.

31 자전(慈殿) 단오첩(端午帖) 기사년(1629)에 다른 사람을 대신하여 지음

慈殿端午帖 己巳代人作

붉은 안석류(安石榴)[143] 열매 맺을 무렵	安石紅榴結子初
오운(五雲)의 아름다운 기운 내전(內殿)을 감싸네.	五雲佳氣擁瑤居.

139 자달(紫闥) : 宮廷. '闥'은 宮에 있는 작은 문을 가리킨다.

140 만년지(萬年枝) : 상록수를 가리킴. 南朝 謝朓의 「直中書省」 시에, "風動萬年枝, 日華承露掌."이란 구절이 있다.

141 삼통(三統) : 夏殷周 三代의 正朔을 말함. 하나라는 寅月로 歲首를 삼아 人統이 되고, 은나라는 丑月로 세수를 삼아 地統이 되고, 주나라는 子月로 세수를 삼아 天統이 된다. 이를 三正 또는 三統이라 한다.

142 부재(不宰)에 돌아가고 : '不宰'는 조물주의 주재하지 않는 공 즉 '不宰之功'을 말함. 여기서는 왕실의 덕화로 인해 不宰之功의 공덕을 이루었음을 말하는 듯하다.

143 안석류(安石榴) : 석류의 일종. 潘岳이 쓴 「安石榴賦」가 유명하다.

전(殿) 앞에 한 다리 두 줄이 활달히 움직이니　殿前一卻雙條達
응당 여사(女史)가 동관(彤管)[144] 잡아 기록하게 하리.　彤管應教女史書.

32 석매(石梅)[145] 3수 경오년(1630)

石梅 三首 庚午

돌은 청주(青州)[146]의 품(品)을 중히 여기고　石重青州品
매화는 녹악(綠萼)의 자태 보배로 친다네.　梅珍綠萼姿.
두 가지 기이함 묘하게 합해지니　兩奇仍妙合
천리(千里)에 어느 것 이보다 나으리.　千里孰能多.

나부산(羅浮山)[147]에서 흰 어여쁨을 만났고　羅浮逢素艷
대유령(大庾嶺)[148]에서 차가운 자태를 마주했네.　庾嶺對寒姿.
누가 땅을 줄이기 어렵다 말했던가　誰道地難縮
비로소 산 옮길 수 있음을 아네.　始知山可移.
이끼 덥수룩히 석간(石幹)을 감싸고　菭肥抱石幹

---

144 동관(彤管) : 붉은 칠을 한 붓대.

145 석매(石梅) : 산에 매화나무가 심겨져 있는 모양의 산호를 말함. 宋나라 范成大의 『桂海虞衡志』에 보인다.

146 청주(青州) : 중국 산동 지방의 고을로, 벼루 돌의 산지로 유명함. 이곳에서 나는 적황색의 돌을 紅絲石이라 부른다.

147 나부산(羅浮山) : 중국 광동성 增城縣에 있는 산. 이 산에 매화 숲이 있어 梅花村이라 불렸음.

148 대유령(大庾嶺) : 중국 강서성과 광동성의 경계에 있는 산. 漢나라 武帝 때 庾氏 성의 장군이 이 산 아래에 성을 쌓았기 때문에 大庾嶺이라 불렀음. 당나라 때 粵과 교통하는 要道였는데 張九齡이 이곳에 새로 길을 개통시키고 매화를 많이 심어 梅嶺이라 불렀다.

달은 야윈 채 창가 가지를 스쳐가네. 月瘦過牕枝.
매화 떨어질 때 피리 소리 근심스러워[149] 欲落愁吹笛
향기 더듬어 느리게 움직이지 말지라. 探香莫遣遲.

부열(傅說)[150]의 별 작은 돌산이 되고 傅說星爲小石巒
화갱(和羹)[151]의 남긴 뜻 바위 사이에 숨어 있네. 和羹遺意隱巖間.
가지가 해안(海眼)을 뚫어 꽃 더욱 차갑고 枝穿海眼花逾冷
줄기는 운근[152]을 안고 있어 이끼 쉽게 얼룩지네. 幹抱雲根蘚易斑.
처음엔 항아리 안에 대유령 감춰져 있음을 놀랬고 始訝壺中藏庾嶺
돌연 구슬 위에 고산(孤山)[153] 비춰짐을 의심하네. 卻疑珠上映孤山.
송광평(宋廣平)[154] 맘 속에 오히려 고운 것을 품고 있어 廣平心裏猶懷豔
새 시 지으려 하매 흥(興)이 줄어들지 않네. 欲賦新詩興未刪.

번역 **한영규**

149 매화……근심스러워 : 매화가 떨어질 때 피리를 분다는 고사가 있음. 범성대의 「二月三日登樓有懷金陵宣城諸友」 시에, "折柳故情多望斷, 落梅新曲與愁闗"이란 구절이 있다.
150 부열(傅說) : 별 이름. 後宮에서 아들 낳기를 원할 때 이 별에 제사를 지냈다고 한다.
151 화갱(和羹) : 和羹鹽梅. 소금과 매실 식초를 넣어 국의 간을 조화롭게 맞추는 것으로, 현명한 宰相을 일컫기도 함. 여기서 梅는 신맛이 나는 조미료. 『書經』, 「商書 說命」에, "若作和羹, 爾惟鹽梅"란 구절이 있다.
152 운근(雲根) : 돌을 가리킨다.
153 고산(孤山) : 중국 절강성 杭州 부근의 산 이름. 宋나라 때 林逋가 이 산에 살며 매화와 鶴을 특히 사랑하였다.
154 송광평(宋廣平) : 唐나라 玄宗 때의 宋璟을 가리킴. 그가 廣平公에 봉해졌으므로 宋廣平으로 불림. 송경은 일찍이 「梅花賦」를 지은 적이 있는데, 그것을 본 皮日休가 말하기를, "송광평은 강직하기가 쇠 같은 마음과 돌 같은 창자〔鐵心石腸〕인 줄 알았더니, 그가 지은 부를 보니 맑고 고왔다."라고 하였다.

『태호시고(太湖詩藁)』

권3

『태호시고』 권3

「동행록(東行錄)」 신미(辛未)

1 우통수(芋筒水)[1]를 마시다

飮芋筒水

지난날 우통수(芋筒水)엔 여러 신선 모였더니	昔日芋筒集衆僊
지금은 차고 푸르른 채 맑게 하늘 비추고 있네.	只今寒碧淨涵天.
신령한 물 한번 들이키매 바람이 겨드랑이에 이니	靈波一吸風生腋
돌 밑으로는 응당 옥유천(玉乳泉)과 통했으리.	石下應通玉乳泉.

2 한송정(寒松亭)[2]

寒松亭

들음에 여러 신선 여기서 단약(丹藥) 다렸다더니	聞道群仙此鍊丹

1 우통수(芋筒水) : 강원도 오대산 西臺 밑에서 솟아나는 샘으로, 한강의 근원이라 칭해진다(『新增東國輿地勝覽』, 「江陵府」 참조).

2 한송정(寒松亭) : 강원도 강릉시 강동면에 있던 정자.

십분(十分) 영험한 땅, 띠끌 세상에서 벗어났네.	十分靈境出塵寰.
창망(蒼茫)한 바다 빛깔 개인 날에도 비올 듯하고	蒼茫海色晴疑雨
소슬한 솔바람 소리 여름에 또한 한기 느끼네.	蕭瑟松聲夏亦寒.
이를 닦는 맑은 우물, 때 얼룩 전혀 없고	嗽齒井淸除垢點
머리 씻는 매끄러운 동이 이끼 흔적이 없네.	洗頭盆滑辟菭斑.
오래 머물렀어도 등림(登臨)의 흥 다하지 않아	淹留不盡登臨興
해지고 돌아갈 무렵 다시 안장을 멈추었네.	日暮歸時更駐鞍.

3 상운역(祥雲驛)[3] 가는 길에

祥雲道中

봉사(奉使)로 오는 박망사(博望槎)[4]를 따르니	奉使來隨博望槎
연도(沿途)의 물색(物色) 정히 자랑할 만하네.	沿途物色正堪誇.
창명(滄溟) 만리(萬里)에 붉은 해 떠오르고	滄溟萬里生紅日
고개길 천 겹 빨간 노을에 잠겨있네.	嶺嶠千重掩赤霞.
어사(漁舍)에는 시렁 위에 해산물 널려있고	漁舍倚棚羅海錯
역정(驛程)에는 언덕 따라 아가위꽃 흐드러졌네.	驛程緣岸散棠花.
가는 말 멈추고 예 어디런가 하는데	征驂欲歇知何處
나그네 붙잡는 당(堂) 앞 저녁 피리 소리.	留客堂前有暮笳.

3 상운역(祥雲驛) : 당시 강원도 남쪽 끝에 있던 驛院. 지금의 경상북도 봉화군 祥雲面 지역을 가리킨다.

4 박망사(博望槎) : 博望侯는 漢나라 張騫의 봉호이다. 장건이 황하의 근원을 밝히려고 뗏목을 타고 가다가, 하늘 궁전에 이르러 견우와 직녀를 만나고 왔다는 이야기가 있다(『博物志』 참조).

4 낙산(洛山) 동대(東臺)[5]

洛山東臺

표묘(縹緲)한 신선 누대 큰 바다 진압하고 縹緲僊臺壓大溟
땅의 형상 동(東)으로 끝나, 나라가 마름잎 같네. 地形東盡國如萍.
희화(羲和)[6]가 해를 부상(扶桑) 밖으로 보내니 羲和送日扶桑外
만 가닥 붉은 구름 온갖 신령(神靈) 껴안았네. 萬縷紅雲擁百靈.

5 인제현(麟蹏縣)[7]에 묵으며

宿麟蹏縣

황혼에 말을 몰아 구비진 시내 건너고 黃昏驅馬渡回溪
무너진 언덕 위태로운 다리 지나 버드나무 둑에 들었네. 缺岸危橋入柳堤.
외로운 베개에 천리 꿈을 꾸고자 하니 孤枕欲成千里夢
자규(子規)야, 객창(客窓) 가까이 울지 말아다오. 子規休傍客窓啼.

---

5 낙산(洛山) 동대(東臺) : 강원도 양양 낙산사의 동쪽 끝 바닷가에 義湘臺가 있는데, 이를 말하는 듯하다.

6 희화(羲和) : 고대 唐虞 시절의 羲氏와 和氏로, 해를 몰고 다녔다고 한다.

7 인제현(麟蹏縣) : 지금의 강원도 麟蹄郡을 가리킨다.

6 투초(鬪草)[8]

鬪草

이름난 정원 곳곳에서 새로 개인 날 즐기며	名園處處樂新晴
꽃 아래 한가히 온갖 풀 가지고 다투네.	花底閑將百草爭.
해지고 돌아올 때 향기 소매에 가득하고	日晩歸來香滿袖
사람 따라 온 나비 그 또한 다정하네.	趂人蝴蝶亦多情.

번역 **한영규**

8 풀 싸움: 풀잎이나 꽃 줄기를 꺾어서 승부를 겨루는 놀이로 草戰, 草戲, 較戰戲라고도 불림. 5월 단오 때 여성들이 주로 했다고 한다.

『태호시고』 권3

「춘방록(春坊錄)」 임신(壬申)

1 대전(大殿) 춘첩(春帖)

大殿春帖

큰 하늘 봄을 맞아 기상(氣象)이 아름답고 太昊迎春氣象佳
체원(體元)한 왕정(王政), 때와 더불어 조화롭네. 體元王政與時偕.
처음 우율(禹律)을 새 회관(灰管)[1]으로 불었고 初吹禹律新灰管
요임금 명협(蓂莢)[2]은 아직 옛 흙 뜰에 떨어지지 않았네. 未落堯蓂舊土階.

1 회관(灰管) : 節氣의 변화를 측정하던 기구. 갈대를 태운 재를 律管에 넣은 데서 灰管이란 이름이 붙었다.

2 명협(蓂莢) : 堯임금 때 조정의 뜰에 났다는 瑞草이다. 초하루부터 매일 한 잎씩 나서 자라다가 보름이 지난 16일부터는 매일 한 잎씩 져서 그믐에는 다 떨어지기 때문에 이것으로 날을 계산하여 달력을 삼았다는 고사가 전한다(『竹書紀年』, 「帝堯陶唐氏」 참조).

목부(木府)에서 이미 삼사(三事)[3]의 치소(治所) 닦았고 木府旣修三事治

각성(角聲)은 팔음(八音)의 조화로움 먼저 바루었네. 角聲先正八音諧.

천진(天津) 한 밤에 물결 맑고 잔잔한데 天津半夜波淸淺

두병(斗柄)[4]이 용(龍)을 이끌고 대궐 길 빛내준다. 斗柄携龍耀禁街.

2 대전(大殿) 연상첩(延祥帖)

大殿延祥帖

자어(紫籞)[5]에 봄빛 처음 움직이고 紫籞春初動

동위(彤闈)에 해 점차 길어지네. 彤闈日漸遲.

임금이 잔치하며 놀지 않으니 君王不遊宴

어찌 모임 날짜 물을 일 있으리. 何用問休知.

---

3 삼사(三事) : 세 가지 섬김. 즉 하늘을 섬기고, 땅을 섬기고, 사람을 섬기는 일.

4 두병(斗柄) : 북두칠성 가운데 국자 모양의 자루에 해당되는 부분. 곧 일곱 별 가운데 5·6·7번 째의 세 개의 별을 가리킨다.

5 자어(紫籞) : 임금의 정원.

3 일송 상공(一松相公)[6]이 충암 선생(冲庵先生)[7]의 은(銀) 장식 침향대(沈香帶)를 읊은 시에 내가 차운하여, 필선(弼善) 김성발(金聲發)[8] 선배께 드리다 2수

次一松相公詠冲庵先生銀飾沈香帶韻 贈金弼善聲發僚丈 二首

중종(中宗)께서 유(儒)를 높이고 도(道) 중시하던 때 中廟崇儒重道年
선생 등대(登對)하여 자주 어전(御前)에 나아갔네. 先生登對席頻前.
구천(九天)에 오래도록 비범한 물품 감추어 두었고 九天久秘非凡物
어느 하루 마침내 불세(不世)의 현자(賢者)에게 돌아갔네. 一日終歸不世賢.

순수(純粹)함이 아직 산에 넘쳐있고 純粹尙餘山溢在
향기는 공연히 물에 잠겼다고 말하며 전해온다. 馨香空寄水沈傳.
어찌 번거로이 가훈(家訓)을 띠 위에 쓰리오 何煩家訓書紳上
매양 묶고 입궐할 때 절로 늠연(凜然)하였네. 每束趨朝自凜然.

6 일송 상공(一松相公) : 一松은 조선 중기의 문신인 沈喜壽(1548~1622)의 호이다. 그의 자는 伯懼, 또다른 호는 水雷累人이며, 본관은 青松이다. 盧守愼의 문인으로, 1572년 문과에 급제하였고, 임진왜란 때에는 선조를 호종하여 도승지로 승진하고 곧 대사헌이 되었다. 1615년 영돈녕부사로 있을 때 許筠과 중국 野史에 나타난 宗系問題로 다투다가 권외로 축출되고, 이듬해 폐모론이 다시 일자 屯之山에 은거하여 두문불출 지조를 지켰다. 문집으로 『一松集』이 있다.

7 충암 선생(冲庵先生) : 冲庵은 조선 전기의 문신 金淨(1486~1521)의 호이다. 그의 자는 元冲이고, 본관은 慶州이다. 1507년 문과에 장원으로 급제한 이래, 도승지 · 대사헌 등을 지냈다. 기묘사화 때 극형에 처해지게 되었으나, 영의정 鄭光弼의 옹호로 錦山에 유배되었다가 다시 제주도로 옮겨졌다. 그 뒤 사림파 6인과 함께 다시 중죄에 처해져 사사되었다.

8 김성발(金聲發) : 金聲發(1569~1649)은 충암 金淨의 증손으로, 자는 景時이다. 1605년(선조 38) 문과에 급제한 이래로, 注書 · 持平 등을 거쳐, 인조반정 후 원주목사 등의 벼슬을 지냈다.

정련한 이름난 침향 두 아름다움 고르게 있어	精鍊名香二美均
옥당(玉堂) 화복(華服)이 빈빈(彬彬)함에 알맞네.	玉堂華服稱彬彬.
족히 유물(遺物) 가지고 현덕(賢德)을 쫓을 만하고	足將遺物追賢德
게다가 특별한 은혜 성신(聖神)으로부터였네.	況是殊恩自聖神.
땅 비추는 하얀 빛, 옷깃의 달이요	照地素光襟上月
사람에게 엄습하는 향기, 좌중(座中)의 봄일세.	襲人薰氣座中春.
이어서 도(道)를 지닌 청전(靑氈)[9] 이야기 듣노라니	仍聽有道靑氈說
백 년 전 일이 어제인양 느껴지네.	一百年前似隔晨.

번역 **한영규**

9 청전(靑氈) : 대대로 전해오는 家寶, 즉 靑氈舊物을 가리킨다.

『태호시고』 권3

「관서록(關西錄)」 임신(壬申)

1 기성(箕城) 등석(燈夕)에 소윤(少尹) 박수홍(朴守弘)[1] 군에게 보이다

箕城燈夕 示少尹朴君守弘

파발길 서쪽으로 패수(浿水)[2] 가에 통하는데	驛路西通浿水濱
청화(淸和)의 명절 손님 자리에 들었네.	淸和佳節入賓筵.
미원(薇垣)[3]에서 간쟁(諫諍)함은 원래 본분이 아니고	薇垣諫爭元非分
연막(蓮幕)[4]의 풍류에 도리어 인연이 있네.	蓮幕風流卻有緣.

1 박수홍(朴守弘) : 朴守弘(588~1644)은 조선 중기의 문신으로, 자는 彦裕, 본관은 密陽이다. 1618년(광해군 10) 문과에 급제한 이래 예조정랑 등을 지냈다. 1627년(인조 5) 정묘호란 때 인조를 강화도로 호종하였으며, 이후에 자진하여 金溝縣令으로 나가 민심을 수습하고 전쟁 복구에 힘썼다. 그 뒤 예조참의 · 平壤府庶尹 · 형조참의 등을 역임했다.

2 패수(浿水) : 평양의 대동강을 가리킨다.

3 미원(薇垣) : 司諫院의 별칭.

4 연막(蓮幕) : 연잎이 그려진 장막으로, 잔치의 자리를 말하는 듯하다.

넓은 들에 구름 걷혀 천 봉우리 드러나고　大野雲收千嶂出
겹 성(城)에 해가 지자 만 개의 등불 내걸렸네.　重城日落萬燈懸.
동(東)에서 온 자기(紫氣)를 아는 이 없으리니　東來紫氣無人識
관윤(關尹)은 책을 함부로 전하지 말라.　關尹將書莫浪傳.

2 강선루(降僊樓)[5] 시에 차운하다

次降僊樓韻

약관에 진선(眞仙)을 찾아 몸 이미 맑은데　弱歲尋眞骨已淸
다시 와 손으로 점 찍으매 눈 더욱 밝아지네.　重來指點眼增明.
항아리 속 해와 달은 현포(玄圃)[6]를 열었고　壺中日月開玄圃
거울 속 누대에는 적성(赤城)[7]이 거꾸로 비춰진 듯.　鏡裏樓臺倒赤城.
의구(依舊)한 강산(江山)은 기다림이 있는 듯하고　依舊江山如有待
지금의 구름과 비, 어찌 무정(無情)하랴.　只今雲雨豈無情.
술 깨어 유선침(遊僊枕) 물리치고 일어나니　酒醒推卻遊僊枕
시끄럽게 우짖는 꾀꼬리 개인 새벽을 희롱하네.　百囀流鶯弄曉晴.

5 강선루(降仙樓) : 평안남도 成川郡 성천읍에 있는 정자로, 關西八景의 하나이다. 고려 충혜왕 때 府使 吳長松이 건립하였고, 1613년(광해군 5)에 중건하였다.

6 현포(玄圃) : 崑崙山 정상에 있다는 신선이 사는 곳으로, 다섯 金臺와 열두 玉樓, 그리고 기이한 꽃과 바위가 많다고 한다.

7 적성(赤城) : 도교의 전설 속에 나오는 三十六洞天의 하나로, 仙境의 대명사로 쓰인다. 晉나라 孫綽의 「遊天台山賦」에, "적성의 붉은 노을이 일어나며 절로 표지가 세워진다〔赤城霞起而建標〕."라는 구절이 있다.

3 접반사(接伴使)[8] 김대덕(金大德)[9]이 준 시에 차운하다
次金接伴使大德贈詩韻

성대(聖代)에 중국을 높여	聖代尊中國
어진 인재로 대관(大官)을 접대하네.	賢材儐大官.
사성(使星)이 상궐(象闕)[10]을 떠나매	使星離象闕
향월(鄉月)은 계관(雞關)을[11] 비추네.	鄉月照雞關.
천사(天駟)는 하계(河界)를 뛰어넘어	天駟超河界
구름 같은 돛이 바다 굽어진 곳에 정박했네.	雲帆落海灣.
위태로운 기미 응당 일어나지 않았고	危幾當未發
지혜로운 판단 간극 없는 데에 들었네.	智算入無間.
필세(筆勢)로는 누가 있어 건장함 다투며	筆勢誰爭健
사장(詞章)에선 절로 한가롭게 이루어졌네.	詞章自任閑.
잔치 자리 예악(禮樂)에 맞는지 부끄럽고	賓筵慙禮樂
유석(儒席)에는 어리석고 미욱한 이를 권장해 주네.	儒席獎愚頑.
솜씨 있는 장인(匠人) 어찌 코를 다치게 하리	巧匠寧傷鼻
서툰 재주라 그저 땀이 얼굴에 흐르네.	踈才只汗顏.
관가(官街)의 주전자 때때로 대작하고	官樽時對酌

8 접반사(接伴使) : 중국 등 외국에 온 사신을 접대하던 임시직으로, 정3품 이상의 관직에서 임명하였다.

9 김대덕(金大德) : 金大德(1577~1639)은 조선 중기의 문신으로, 자는 得之, 호는 蘇峰과 易安堂이며, 본관은 光山이다. 1601년(선조 34) 문과에 급제한 이래로, 병조좌랑 · 한성부 좌윤 등을 지냈다. 1617년(광해군 9)에 인목대비를 서궁에 유폐시키려는 폐모론에 극력 반대하다가 삭직 당하였다. 병자호란 후 벼슬이 형조참판에 이르렀다. 글씨에 뛰어났는데, 특히 초서 · 예서에 능하였다.

10 상궐(象闕) : 임금이 거처하는 궁궐을 가리킨다.

11 계관(雞關) : 미상이다.

신선의 옷깃 날마다 서로 더위잡네. 仙袂日相攀.
다가올 약속의 무거움 비록 기쁘기는 하지만 縱喜前期重
도리어 이번 이별 아쉬움 알겠네. 還知此別慳.
은근하게 어느 곳에서 기다릴까 慇懃何處待
가을빛이 향기로운 산에 가득하네. 秋色滿香山.

4 진락당(眞樂堂)에서 동촌(東村)의 시에 차운하여 주인 조흥종(曺興宗)[12]에게 주다

眞樂堂次東村韻 贈主人曺興宗

독보적인 조장군(曺將軍)[13]의 그림 獨步將軍畫
아울러 조자건(曺子建)[14] 시를 써넣었네. 兼題子建詩.
물소리 밤의 벽에 들리고 水聲聞夜壁
풀빛은 봄 연못의 꿈을 꾸네.[15] 草色夢春池.
그림자를 쉬어 탑상(榻床) 구멍 뚫게 되고[16] 息影穿牀穴

12 조흥종(曺興宗) : 曺興宗(1584~1646)의 자는 君紹, 본관은 仁同이며 평양에 거주했다. 將仕郎 曺三樂의 아들로서, 63세 때 생원이 되었다.
13 조장군(曺將軍) : 曹霸를 가리킨다. 魏나라 武帝 曹操의 후손으로 그림을 잘 그렸다. 조패의 유명한 그림 솜씨를 읊은 杜甫의 「丹靑引」 시에, "잠깐 사이 대궐 안에 진짜 용마를 그려 놓자, 만고의 보통 말들 깨끗이 씻겨 없어졌네〔須臾九重眞龍出, 一洗萬古凡馬空〕."라고 한 구절이 있다.
14 조자건(曺子建) : 子建은 曺操의 아들 曺植의 字이다. 그는 시를 잘 지었다.
15 풀빛은 …… 꾸네 : 南朝 宋의 시인 謝靈運이 「登池上樓」라는 시를 지으면서 적당한 표현을 찾지 못해 고심했는데, 꿈속에서 族弟 謝惠連을 보고는 홀연히 '池塘生春草'라는 명구를 얻었다고 한다(『南史』, 「謝惠連傳」 참조).
16 탑상(榻床) …… 되고 : 魏나라 管寧의 고사. 관녕은 50여 년 동안 榻床에 단정히 꿇어앉아 공부하느라 양쪽 무릎이 닿은 곳이 움푹 패었다고 한다(『小學』, 「善行」 참조).

기심(機心) 잊은 채 낚시줄 말아 올리네. 忘機卷釣絲.
관서(關西)의 늙은 막객(幕客) 關西老幕客
때때로 찾아와 흉금을 털어 이야기 하네. 時赴話襟期.

5 연광정(練光亭)[17]에서 동악(東嶽)의 시를 차운하여,[18] 먼저 석다산(石多山)[19]으로 향한 일행에게 드리다

練光亭次東嶽韻 仍贈先向石多山之行

평양(平壤)의 이름난 경치 팔도의 으뜸이라 平壤名區冠八州
근심 잊으려 날마다 강루(江樓)에 앉았네. 消憂日日坐江樓.
산 높은 동북(東北)에 성곽이 장대하고 山高東北城闉壯
물 넓은 서남(西南)이라 고을들 떠 있네. 水闊西南郡邑浮.
푸른 소가 자기(紫氣) 띄고 오는 것 몹시 바라고 苦望青牛乘紫氣
채색 배가 창주(滄洲)에 정박한 것 기쁘게 쳐다보네. 欣瞻彩鷁駐滄洲.
잠시 이별에도 창자가 끊어질 듯한데 暫時分手猶腸斷
해상(海上)에서 어찌 만리 떠나는 근심 참을 수 있으리. 海上那堪萬里愁.

번역 **한영규**

---

17 연광정(鍊光亭) : 평양의 이름난 정자로 대동강 가에 있다.
18 연광정(鍊光亭)에서 …… 차운하여 : 東嶽은 李安訥의 호. 태호 이원진이 차운한 이안눌의 原詩가 『東岳集』에 실려 있다. 李安訥의 「題練光亭」 시 2수 가운데 제2수는 다음과 같다. "籍甚關河第一州, 萬方形勝此江樓. 簷西赤日雲邊沒, 郭北青山水上浮. 閭閈樹陰連睥睨, 舸船歌響散汀洲. 可憐戎馬交馳後, 煙火蕭條滿目愁." (『韓國文集叢刊』 卷78, 『東岳集』, 366면 참조).
19 석다산(石多山) : 평안도 甑山縣에 있는 산. 중국에 朝貢 가는 사신이 여기에서 출발하였다(『新增東國輿地勝覽』, 「甑山縣」 참조).

6 영유현(永柔縣)[20]에서 신기재(申企齋)[21]의 시에 차운하다

永柔 次申企齋韻

석다산에서 옮겨 영청군에서 노니는데	石多移作永淸遊
해거름 성 위의 구름이 현루(縣樓)를 짓누르네.	薄暮城雲壓縣樓.
오경 꿈속에 혼은 하늘 북쪽 끝에 있는데	五夜夢魂天北極
일 년 행역은 땅 서쪽 끄트머리라네.	一年行役地西頭.
바람이 궁궐에서 불어와 왕사를 재촉하는데	風來閶闔催王事
달은 관산 곁에 떠올라 나그네 시름 일으키네.	月旁關山動客愁.
글과 검 익힌 반평생이 참으로 우습나니	書劍半生眞可笑
기산 영수 멀리 생각하매 소부 허유에 부끄럽네.[22]	緬思箕潁愧巢由.

7 소상 팔경(瀟湘八景)

瀟湘八景

구름 속 새 그림자 정히 아련한데	雲中鳥影正依依
배 가득 가을바람 담고 마음껏 나네.	滿腹秋風得意飛.
부들 어두운데 금세 찬비 맞아 들어오고	蒲暗乍迎寒雨入
비단처럼 밝으니 길이 석양을 띠고 돌아오네.	錦明長帶夕陽歸.

20 영유현(永柔縣) : 조선시대 평안도에 있던 고을.

21 신기재(申企齋) : 企齋는 조선 중기의 문신인 申光漢(1484~1555)의 호이다.

22 기산(箕山) …… 부끄럽네 : 속세를 떠난 현자들을 생각하면 명리를 좇은 자신의 행적이 부끄럽다는 말이다. 許由와 巢父는 요임금의 讓位를 거절하고 은거한 현자이다. 허유는 箕山의 남쪽, 潁水의 북쪽에 은거하였다고 한다(『莊子』, 「逍遙遊」와 『史記』, 「燕世家」 참조).

누대 위의 시인은 시름 유독 아득하고	騷人樓上愁偏遠
모래밭가 장사하는 여인 점점 희미하게 보이네.	商婦沙頭望轉微.
누가 이름난 산을 사랑하여 탈 없이 돛을 걸었나	誰愛名山無恙掛
굳이 장한처럼 살진 농어 그리워할 것 없다네.[23]	不須張翰憶鱸肥.

【위는 먼 포구에 돌아가는 배】 【右遠浦歸帆】

한 구비 푸른 물이 외딴 마을 안았는데	一曲滄浪抱別村
하늘가 붉은 해 강물 반을 삼켰네.	天邊赤日半江呑.
고기잡이에서 돌아와 갈대 엮은 지붕에 그물 말리고	漁歸曬網編蘆屋
낚시 마치고 대나무 묶은 문에 배를 매네.	釣罷維舟縛竹門.
쇠잔한 그림자 외로운 따오기 따라 떨어지고	殘影欲隨孤鶩落
남은 빛은 이미 어지러운 까마귀 좇아 번득이네.	餘輝已逐亂鴉飜.
석양이 한없이 좋음을 비로소 믿게 되었으니	始信夕陽無限好
아이 불러 술 재촉해 깊은 술동이 기울이네.	呼兒促酒倒深樽.

【위는 어촌의 저녁 햇살】 【右漁村夕照】

아침 오니 첩첩 봉우리 갠 날 안개 띠었는데	朝來疊嶂帶晴嵐
나귀 등에서 눈을 돌려 보며 스스로 즐기네.	驢背回眸看自耽.
산허리에 숨은 오솔길일랑 근심하지 말자꾸나	半腹莫愁藏細徑
산머리에 보이는 외로운 암자 오히려 기쁘다오.	上頭猶喜露孤菴.

23 굳이 …… 없다네 : 張翰은 晉나라 때 문인으로, 洛陽에 들어가 東曹掾으로 있다가, 어느 날 갑자기 가을바람이 일어나는 것을 보고는 자기 고향인 江東 吳中의 순챗국과 농어회를 생각하면서 "인생은 자기 뜻에 맞게 사는 것이 귀하니, 어찌 수천 리 타관에서 벼슬살이하며 명예와 작위를 구할 수 있겠는가〔人生貴得適志, 何能羈宦數千里, 以要名爵乎〕."하고, 마침내 수레를 명하여 고향으로 돌아갔다(『晉書』 卷92, 「張翰列傳」 참조).

시내 노인 옷 윤기 나니 빛깔 물들일 만 하고	溪翁衣潤光堪染
산 나그네 시 맑으니 기운 이미 무젖었어라.	山客詩淸氣已涵.
어찌하면 용면(龍眠)[24]을 얻어 이 풍경 그려내	安得龍眠圖此景
당 안에서 누워 노닐며 상담(湘潭) 마주할거나.	臥遊堂裏對湘潭.
【위는 산골 저자의 갠 날 안개】	【右山市晴嵐】

영릉산 제비 돌이 소상을 향하는데[25]	零陵石燕向瀟湘
오경에 강물이 우니 빗줄기 장대 같네.	五夜江鳴雨脚長.
쏴아쏴아 하니 대나무 빛깔 보탬을 분명 알겠고	淅瀝定知資竹色
흩뿌리니 난초 향기 짓누름을 다시 생각하네.	離披更想壓蘭香.
창 아래 가인에겐 시름에 어울려 어둡고	佳人窓下和愁暗
배 안의 먼 객에겐 꿈에 들어와 서늘하네.	遠客舟中入夢凉.
새벽에 일어나 주렴 걷고 모래톱 바라보니	曉起捲簾洲渚望
쑥대가 잠길 듯 새 물이 창랑으로 불어나네.	沒蒿新水漲滄浪.
【위는 소상강에 내리는 밤비】	【右瀟湘夜雨】

북쪽 기러기 남으로 오매 구름길 아득한데	北鴈南來雲路賒
물가 모래톱 어느 곳에 갈대꽃이 있는가.	汀洲何處有蘆花.
글자 모양으로 쪽 같은 물을 곧장 지나는데	字形直過如藍水
진(陣)의 형세 눈 같이 흰 모래에 횡으로 이어졌네.	陣勢橫連似雪沙.

24 용면(龍眠) : 宋나라 때의 유명한 화가 李公麟이다. 이공린은 벼슬을 그만두고 龍眠山에 들어가서 지내며 龍眠居士라고 自號하였다.

25 영릉산 …… 향하는데 : 중국 湘州 零陵山에 제비처럼 생긴 돌들이 있는데, 풍우가 몰아치면 크고 작은 돌들이 진짜로 제비 母子처럼 날다가 풍우가 그치면 다시 돌로 환원한다는 전설이 北魏 酈道元의 『水經注』, 「湘水」 부분에 나온다.

초(楚)나라 포구에서 원망의 거문고를 놀라게 하지 말라[26] 楚浦莫教驚怨瑟
연(燕)나라 하수에서 슬픈 호각소리에 흩어진 적 있었지.[27] 燕河曾被散悲笳.
하늘 끝 먼 곳의 나그네 지금 너를 만나니 天涯遠客今逢汝
고향 생각 열 곱절 더함을 갑자기 깨닫게 되네. 斗覺鄕愁十倍加.
【위는 넓은 모래밭에 내려앉은 기러기】 【右平沙落雁】

동정호 구름 다하여 정히 가을 흠뻑 잠겼는데 洞庭雲盡正涵秋
담담한 넓은 호수는 고요히 흐르지 않네. 澹澹平湖靜不流.
위아래 하늘빛은 푸른 거울 합한 것 같고 上下天光靑鏡合
그 사이 달빛은 흰 연꽃 떠있는 듯. 中間月色白蓮浮.
뗏목 타면 가히 은하수를 오를 수 있으리니 乘槎耐可凌銀漢
지팡이 던지고 응당 옥루에 기대리라. 擲杖應須倚玉樓.
이어 적선(謫僊)[28]이 술 사던 때가 상상되는데 仍想謫僊曾買酒
지금은 남긴 시만이 강호에 진동하네. 只今遺詠動滄洲.
【위는 동정호의 가을 달】 【右洞庭秋月】

아름다운 종소리 짙은 쪽빛 하늘에서 오는데 華鐘來自蔚藍天

---

26 초(楚)나라 …… 말라 : 舜임금의 妃 娥皇과 女英의 고사를 두고 읊은 것이다. 옛날 순임금이 남방을 순행하다가 죽자 아황과 여영이 슬피 울다 죽었는데, 屈原의 『楚辭』, 「遠遊」에 "湘水의 女神에게 애절하게 비파를 타게 한다〔使湘靈鼓瑟兮〕."라고 하였다.
27 연(燕)나라 …… 있었지 : 전국시대 자객 荊軻의 고사를 가리킨다. 燕나라 태자 丹이 秦始皇帝를 암살하기 위해서 형가를 보냈는데, 易水를 건너기 전에 悲憤慷慨의 노래를 불러 좌중을 비감하게 하였다고 한다(『史記』 卷86, 「刺客列傳」 참조).
28 적선(謫僊) : 李太白을 가리킨다.

절은 보이지 않고 다만 저녁연기만 보이네.	不見招提但暮煙.
소나무 위에 이미 깃든 학의 울음과 어우러졌고	松上已和巢鶴唳
구릉 속에 도리어 숨은 용의 잠을 깨우네.	壑中還破蟄龍眠.
산을 나온 메아리 아득한데 승은 절로 돌아가고	出山響遠僧歸寺
물을 건너온 소리 성근데 객은 배안에 있네.	渡水音疎客在船.
멀리서 목란원 깊은 곳을 생각하니	遙憶木蘭深院裏
푸른 깁이 지난날 노닐던 시를 싸고 있겠지.[29]	碧紗應罩舊遊篇.
【위는 연기 오르는 산사의 저녁 종】	【右煙寺暮鍾】

언 구름이 어두컴컴 상수(湘水)를 건너는데	凍雲分暝渡湘川
눈 내릴 기미 어둑어둑 이미 하늘에 가득하네.	雪意陰陰已滿天.
온 숲에 어지러이 들어가 옥 나무를 단장하고	亂入千林粧玉樹
양쪽 언덕에 널리 퍼져 옥밭으로 바꾸네.	平鋪兩岸幻瓊田.
배 안의 어부는 계속 낚시 드리우고	船中漁子仍垂釣
다리 위 시옹은 홀연 어깨를 치켜 올리네.[30]	橋上詩翁忽聳肩.

29 멀리서 …… 있겠지 : 唐나라 王播가 어려서 가난하여 楊州 惠昭寺 木蘭院의 객이 되어 글을 읽으며 승려들을 따라 잿밥을 얻어먹었는데, 승려들이 그에게 염증을 내어 齋가 모두 파한 뒤에야 종을 치곤하였다. 그 뒤 20여 년이 지난 뒤에 왕파가 높은 지위에 있다가 이 지방에 出鎭해서 이 절을 찾아갔더니, 지난날 자기가 지어 놓은 시를 벌써 푸른 비단으로 감싸 놓고 있었다. 그 뒤에 “이십 년 동안 먼지를 뒤집어쓰고 있다가, 오늘에야 푸른 깁으로 장식되었구나〔二十年來塵撲面, 如今始得碧紗籠〕.”라고 시를 지었다고 한다(『唐摭言』, 「起自寒苦」 참조).

30 다리 …… 올리네 : 唐나라 孟浩然은 좋은 시를 지으려고 고심하다가 나귀 등에 타고서 눈발이 휘날리는 灞橋 위를 지나갈 때에야 그럴듯한 시상이 떠올랐다고 한다. 蘇軾의 「贈寫眞何充秀才」 시에, “그대 보지 못했던가 눈 속에 나귀 탄 맹호연이, 눈썹 찌푸리고 시 읊조리며 어깨 산처럼 한껏 치켜 올린 모습을〔又不見雪中騎驢孟浩然, 皺眉吟詩肩聳山〕.”이라는 구절이 있다.

술값이 얼마나 높은지 알지 못하지만 酒價不知高幾許
주머니 속에 동전 백 개 넉넉히 있다네. 囊中恰有百銅錢.
【위는 강 하늘의 저녁 눈】 【右江天暮雪】

8 박릉(博陵)의 옛 성에 오르다

登博陵古城

옛 성곽이 둘러 있는데 古郭周遭在
올라 보니 먼 들판이 확 트였네. 登臨豁遠郊.
세 길이 들어와 인후(咽喉)가 되었고 咽喉三路入
두 강[31]이 교차해 금대(襟帶)가 되었네. 襟帶二江交.
나라에 헌신하려는 마음 공연히 간절하여 許國心空切
전원으로 돌아갈 계획은 이미 버렸다오. 歸田計已抛.
분주히 내달리며 무슨 일을 이루었나 驅馳成底事
도리어 와룡[32]의 비웃음을 사는구나. 卻被臥龍嘲.

9 평안도 도중에

關西道中

마흔 두 개의 주(州)와 현(縣)이 四十二州縣
동서로 산과 바다 모두 갖추었네. 東西山海俱.

---

31 두 강: 淸川江과 大定江을 가리킨다.
32 와룡(臥龍): 초야에 묻혀 있는 큰 인물을 가리키는 말이다.

마음은 흐르는 물 따라 아득해지고	心將流水遠
자취는 조각구름과 더불어 외롭구나.	跡與片雲孤.
말 위에서 시도 때도 없이 주변이 변하고	馬上无時變
소반 안의 토산물은 자주 달라지네.	盤中土產殊.
풍진 세월 책과 검에 늙어가니	風塵老書劍
세상천하 한 사람의 오활한 선비로다.	宇宙一迂儒.

10 재를 날려 율(律)을 맞추다[33]

飛灰應律

역초[34]가 번성하지 않아 기삭(氣朔)[35]이 어그러졌으니	曆草無滋氣朔乖
누가 묘법을 가지고 양(陽)이 돌아오는 것을 살피겠는가.	誰將妙法候陽回.
둥글게 뚫린 대나무 관이 율을 마름할 만하고	圓通竹管堪裁律
가볍고 엷은 갈대청이 재 되어 움직이기 알맞네.	輕薄葭莩合動灰.
제실에서 하늘 위의 북두를 잠깐 점치니	緹室乍占天上斗

33 재를……맞추다 : 고대에 기후와 절기를 관찰할 때 갈대 줄기의 얇은 막인 갈대청〔葭莩〕을 태워 그 재를 12律管 안에 채우고 비단 천을 발라 공기가 통하지 않는 緹室에 놓아두고 절기를 점쳤는데, 이를테면 동지절이 돌아오면 그에 상응하는 黃鍾 율관 안의 葭灰가 날아서 움직인다고 한다(『後漢書』, 「律曆志」 上 참조).

34 역초(曆草) : 堯임금 때 조정의 뜰에 났다는 상서로운 풀 蓂莢을 가리킨다. 자세한 내용은 권3 「春坊錄」의 2번 각주를 참고할 것.

35 기삭(氣朔) : 氣盈과 朔虛의 병칭이다. 해가 하늘과 만나는 주기는 360일보다 5와 235/940일이 더 많은데 이를 기영이라 한다. 달이 해와 만나는 주기는 360일보다 5와 592/940일이 적은데 이를 삭허라 한다(『書傳』, 「堯典」 蔡沈注 참조).

황종이 땅 속의 우레[36]에 이미 응하였네. 黃鐘已應地中雷.
이로부터 도가 길고 삼원(三元)[37]이 바르리니 從玆道長三元正
앉아서 봄바람이 껍질과 뿌리 일으킴을 보겠네. 坐見春風振甲荄.

11 관해(觀海)의 「대설(大雪)」 삼십 운(韻)에 차운하다[38]

次觀海大雪三十韻

은하를 누가 공교히 잘라서 銀河誰巧剪
옥황상제 궁전에서 내려오게 하였나. 來自玉皇家.
구슬 나무 진나라 동산에 늘어섰고 瑤樹羅秦苑
옥밭〔玉田〕이 한수 가에 펼쳐졌네. 瓊田遍漢涯.
햇빛을 가리며 아침부터 이미 빽빽하더니 掩暉朝已密
바람몰이 좇아 저물녘에도 계속 비껴 내리네. 逐吹晩仍斜.
가까운 언덕인데 고니를 찾기 어렵고 近峙難尋鵠
먼 둥지라도 까마귀 금방 알아보겠네. 遙棲易辨鴉.
옛날에 듣기를 석 자 높이 큰 눈 왔다더니 舊聞三尺大

36 땅 속의 우레 : 5월에 陽氣가 처음 소멸되기 시작하는 姤卦가 되었다가, 純陰인 10월을 지나 11월이 되어서야 비로소 양기가 처음 회복되는 地雷復의 復卦가 이루어진다.
37 삼원(三元) : 정월 초하루를 가리킨다. 이 날이 연, 월, 일의 시작이므로 '삼원'이라 이른다.
38 관해(觀海)의 …… 차하다 : 觀海는 李敏求(1589~1690)의 호이다. 이 시는 이민구의 「大雪與隣人同賦三十韻」에 차운한 것이다. 본래 李烓의 작품에 이민구가 차운하였고, 다시 이원진이 차운한 것으로 족숙인 李志定〔자, 熙遠〕도 차운하여 「觀海諸公次熙遠大雪三十韻唱酬九首之作」을 지었다(김영진, 「새 발굴 驪州李氏 先世 문집 저술 고찰」, 溫知論叢 제36집 참조).

지금 보니 그보다 십분 더하네.	今見十分加.
파묻어 산 빛 짙푸름 거두어들였고	埋沒收山黛
꽁꽁 얼려 정화수 숨겨두었네.	堅凝秘井華.
공을 이룸은 비록 묵묵하지만	功成雖脈脈
기화(機化)를 희롱함은 정히 요란하네.	機弄定譁譁.
버드나무에 붙어 버들개지인양 속이고	著柳欺春絮
매화나무에 부딪혀 겨울 꽃을 시새우네.	衝梅妬臘花.
가만히 던져져 수놓은 발에 기대이고	潛投依箔繡
급히 뿌려져 비단 창을 울리네.	急灑響窓紗.
기세는 큰 바다를 메우고자 하고	勢欲塡溟渤
광채는 응당 막야검 빛을 발한 듯하네.[39]	光應射鏌鋣.
이른 아침 내려서 구덩이와 둑을 가지런히 하고	早施齊坎垤
드넓게 펴져 깊고 먼 곳까지 둘러쳤네.	廣布匝幽遐.
소나무 누워지니 백학이 서린 양 하고	松偃盤鮮鶴
둑이 헐어지니 흰 뱀이 베어진 듯.	堤頹斬素蛇.
성곽이 무너지니 부온(富媼)[40]이 검을 울리는 듯하고	城崩鳴劍媼
얼음이 흩어지니 여와(女媧)[41]가 거문고를 타는 듯.	氷散鼓琴媧.

39 광채는 …… 하네 : 막야검은 春秋시대 吳나라의 鏌鋣와 干將이 만든 명검이다. 晉나라 때 北斗星과 牽牛星 사이에 늘 보랏빛 기운이 감돌아서 張華가 豫章의 점성가 雷煥에게 물었더니 보검의 빛이라 하였고, 이에 豐城의 땅속에서 龍泉과 太阿 두 보검을 발견했다 한다(『晉書』 卷36, 「張華傳」 참조).

40 부온(富媼) : 地神을 말한다. 『漢書』, 「禮樂志」에, "后土의 부온이 三光을 밝힌다."라고 했는데, 그 주에, "媼은 老母를 칭하는 말인데, 坤이 母가 되므로 媼이라 한다."고 하였다.

41 여와(女媧) : 上古시대 帝王의 이름인데, 일찍이 五色의 돌을 달구어서 하늘의 이지러진 곳을 기웠다는 전설이 있다. 『禮記』, 「明堂位」에, "여와가 笙簧을 만들었다."는 기록이 있고, 曹植의 「洛神賦」)에, "풍이가 북을 치고, 여와가 노래를 부른다〔馮夷鳴鼓, 女媧淸

호표는 굶주려 동굴 속에서 죽어있고	虎豹飢殭穴
산호는 얼어서 싹이 꺾였네.	珊瑚凍折芽.
배에 가득하니 막 익새 그림 가리고	滿舟初隱鷁
집을 둘러싸니 문득 오두막을 숨기네.	圍室卻藏蝸.
바다가 천 층의 파도를 차고	海蹴千層浪
바람이 만 리 모래를 날리네.	風揚萬里沙.
버려진 진주라 눈물 흘렸나 의심하고[42]	遺珠疑有淚
되돌아온 벽옥이라 흠이 없음을 깨닫네.[43]	還璧覺無瑕.
껍질이 생겨 살갗이 온통 터지고	生甲肌全拆
재갈을 물린 듯 입을 벌릴 수도 없네.	銜箝喙莫呀.
가지를 봉했으니 어찌 재해가 나타나리오	封條寧表沴
보리농사에 알맞으니 풍년을 아뢰리라.	宜麥卽呈嘉.
화제(火帝)는 언 참새에 입김 불기 바쁠 텐데	火帝勤噓雀
항아(嫦娥)는 두꺼비를 살리지 못하리라.[44]	孀娥不活蟆.
이미 길 깊이 막힌 것 싫었는데	旣嫌深擁路
도리어 대나무 눌려 꺾이는 것 두렵네.	飜怕壓摧笆.

歌〕."는 구절이 있다.

42 버려진 …… 의심하고 : 張華의 『博物志』에, "남해에 鮫人이 있는데, 물고기처럼 물속에 살면서 베 짜는 것을 그만두지 않고 눈에서 눈물을 흘려 진주를 만들 수 있다."고 하였다.

43 되돌아온 …… 깨닫네 : 趙나라 藺相如가 和氏璧에 흠이 있다고 秦나라 昭王을 속여 아무런 손상 없이 무사히 벽옥을 되돌려 가지고 온 고사를 이른다(『史記』 卷81, 「廉頗藺相如列傳」 참조).

44 화제(火帝)는 …… 못하리라 : 火帝는 五方 天帝의 하나인 赤帝로서 남방과 여름과 불을 담당한다. 지금 온 세상에 눈이 가득하여 참새며 개구리며 다 얼어붙었는데, 화제는 불의 신이어서 참새에게 온기를 불어 넣어 살리려고 할 것이다. 하지만 嫦娥는 달의 여신으로 찬 기운이어서 달 속의 두꺼비를 살리지 못할 것이라는 의미이다.

재 어지러우니 깍지 콩에서 날리고	灰亂稭飛豆
갈대청 가벼우니 율관 속에서 가회(葭灰) 움직이네.[45]	莩輕管動葭.
불 땐 침상에 홀로 누울 만한데	炊牀堪獨臥
육진(肉陣)[46]으로 부질없이 겹겹이 가렸다네.	肉陣漫重遮.
왕씨(王氏)는 한가로이 학창의를 걸쳤고[47]	王氏閑披氅
유랑(劉郎)은 차갑게 설차(雪車)를 읊었네.[48]	劉郎冷賦車.
가락 고상하여 노래 화답할 수 없고[49]	調高歌莫和
값이 배가 되어도 술은 오히려 사온다.	價倍酒猶賖.
푸르른 기운은 뱃속까지 겁이 나고	蒼氣胚胎怯
어두운 위엄은 사나움을 뽐내는 듯.	玄威桀黠夸.
맺히고 녹는 것은 변화에 근거하고	結融資變幻
쌓이고 흩는 것은 호사스런 이와 비슷하네.	積散借豪奢.
뜰에 모이니 봉우리 우뚝하고	庭聚峯嶔岌

45 갈대청 …… 움직이네 : 권3 「關西錄」의 33번 각주를 참고할 것.

46 육진(肉陣) : 唐나라 玄宗 때 外戚 楊國忠이 권세를 휘두르며 극도로 호화로운 생활을 했는데, 겨울철에는 살집이 좋은 婢妾들을 앞에 세워 바람을 막고 그들의 온기로 방 안을 따뜻하게 하면서 이를 肉陣이라고 불렀다는 고사가 전한다(『開元天寶遺事』, 「肉陣」 참조).

47 왕씨(王氏)는 …… 걸쳤고 : 鶴氅衣는 학의 털로 만든 옷을 말하는데, 晉나라 王恭이 학창의를 입고 눈 속을 거닐자, 孟昶이 그것을 보고 감탄하여 말하기를, "이 사람은 참으로 신선 세계 속의 사람이다〔此眞神仙中人也〕."라고 한 데서 온 말이다(『晉書』 卷84, 「王恭列傳」 참조).

48 유랑(劉郎)은 …… 읊었네 : 唐나라 韓愈의 문인인 劉叉가 폭포를 뜻하는 「雪車」와 「氷柱」 두 시를 지은 뒤로 그 이름이 盧仝과 孟郊를 능가하게 되었다는 고사가 있다(『新唐書』 卷176, 「韓愈列傳 劉叉」 참조).

49 가락 …… 없고 : 전국시대 楚나라의 수도인 郢지역에서 불려진 「白雪歌」 또는 「白雪曲」을 가리키는데, 그 곡조가 고상하여 나라에서 화답하는 자가 수십 명에 불과했다고 한다. 자세한 내용은 권1의 91번 각주를 참고할 것.

섬돌에 뭉치니 짐승이 움켜 끈다.	階摶獸攫挐.
짠 소금 황폐한 땅에 쌓인 듯	鹹鹺堆斥鹵
진귀한 보물이 공파(邛巴)[50]에 벌여있는 듯.	珍寶列邛巴.
편지를 드리자니 재주 다함이 부끄러워	授簡慙才盡
조용히 읊으며 그저 손깍지만 낀다오.	沈吟手但叉.

12 계유년(1633) 설날 아침에 평양에서 회포를 쓰다

癸酉元朝箕城寫懷

마흔이 오늘 아침인데	四十今朝是
학력이 미미함이 매우 부끄럽네.	多慙學力微.
명성이 없으니 어찌 족히 두려워할 만하랴[51]	無聞寧足畏
부동심[52]은 내 맘과 어긋나있네.	不動與心違.
의혹을 풀려다 도리어 의혹을 만들고	解惑還成惑
잘못을 알면서 다시 잘못을 되풀이하네.	知非更遂非.
어찌하여 강사(强仕)[53]할 날에	如何彊仕日

50 공파(邛巴) : 邛州와 巴州를 가리키는데, 歐陽脩의 「初食硨螯」에, 보물이 많은 곳으로 소개되어 있다.

51 명성이 …… 만하랴 : 『논어』, 「子罕」에, "후생을 두려울 만하니, 앞으로 오는 이들이 어찌 지금의 나만 못하다고 장담할 수 있으리오. 그러나 마흔 살이나 쉰 살이 되어도 세상에 이름이 알려지지 않으면 그러한 사람은 또한 족히 두려워할 것이 없다〔後生可畏, 焉知來者之不如今也. 四十五十而無聞焉, 斯亦不足畏也已〕."라고 하였다.

52 부동심 : 『맹자』, 「公孫丑 下」에, "나는 마흔에 不動心하였다."라는 말이 보인다.

53 강사(强仕) : 40세를 말한다. 『禮記』, 「曲禮 上」에, "나이 사십을 强이라고 하니, 이때에 벼슬길에 나선다〔四十曰强而仕〕."는 말이 나온다.

여위고 병들어 다만 돌아가길 생각하는가. 疲病只思歸.

13 철원 부사 김확(金矱)[54]을 곡(哭)하다

哭金鐵原矱

조용히 장구(杖屨)[55]로 지난날 뒤를 따랐는데 從容杖屨昔追隨
주부(州府)에서 배회하느라 오래도록 이별했네. 州府回翔久別離.
도잠(陶潛)의 「귀거래부(歸去來賦)」 따라 지으려 했더니 擬作陶潛歸去賦
반악(潘嶽)의 도망시(悼亡詩)[56]를 홀연 전해왔네. 忽傳潘嶽悼亡詩.
철원(鐵原) 위에서 감당(甘棠)[57]으로 늙었고 黑金原上甘棠老
창옥병[58] 앞에서 흘러가는 물을 슬퍼하였네. 蒼玉屛前逝水悲.
어느 곳에서 이 생애 유독 눈물을 흘리나 何處此生偏墮淚
손수 지은 학성의 비가 일찍이 있다네.[59] 手題曾有鶴城碑.

54 김확(金矱) : 金矱(1572~1633)의 자는 正卿, 호는 金沙로 본관은 安東이다. 1618년 증광 문과에 급제하여 鐵原府使에 이르렀다.

55 장구(杖屨) : 지팡이와 신발로, 노년에 왕래하거나 웃어른의 행차를 모시는 것을 의미한다.

56 반악(潘岳)의 도망시(悼亡詩) : 晉나라 潘岳은 아내를 잃은 뒤에 「悼亡詩」를 지어 그 죽음을 슬퍼하였다(『文選』 卷23, 「悼亡詩」 참조).

57 감당(甘棠) : 지방관을 칭송하는 시편의 이름이다. 周나라 召公이 감당나무 아래에서 決獄하며 정사를 행했던 고사에서 유래한 것이다(『詩經』, 「召南 甘棠」과 『史記』, 「燕召公世家」 참조).

58 창옥병(蒼玉屛) : 경기도 永平 白雲山에 있는 봉우리.

59 어느 …… 있다네 : 晉나라 羊祜가 일찍이 襄陽太守로 있으면서 대단히 선정을 베풀었는데, 그가 죽은 뒤에 그 지방 백성들이 그가 자주 노닐던 峴山에 비를 세워서 그의 덕을 기렸다. 이후에 이 비를 바라보고 눈물을 떨어뜨리지 않은 이가 없어서 杜預가 墮淚碑라 이름하였

14 서흥 부사 윤형갑(尹衡甲)의 부인을 위한 만사(輓詞)

輓尹瑞興衡甲內室

젊은 나이에 명문벌열 가문에 시집갔으니	妙歲歸名閥
세 구슬[60]은 남은 경사였네.	三珠是慶餘.
외로운 난새 일찍이 그림자를 대하더니	孤鸞曾對影
한 쌍의 학이 홀연 공중으로 날아갔네.[61]	雙鶴忽冲虛.
병 고치는 귤이 소탐(蘇耽)의 우물에 있고[62]	病橘蘇耽井
싱싱한 꼴이 곽태(郭泰)의 여막에 있네.[63]	生芻郭泰廬.

다. 이 고사를 들어 그가 손수 지은 鶴城의 비가 남아 있으니 이것으로 김확을 위해 눈물을 흘릴 것이라고 말한 것이다. 이민구가 지은 김확의 묘지명을 보면 원주목사와 순창군수를 지낼 때 선정을 베풀어 두 곳에 모두 선정비가 세워졌다고 한다. 원주의 酒泉縣이 일명 鶴城이므로 여기의 학성비는 원주에 세운 선정비를 가리키는 듯하다.

60 세 구슬: 훌륭한 세 아들을 가리킨다.

61 외로운 …… 날아갔네: 남편 尹衡甲(1585～1618)을 먼저 여의고 이제 부인마저 죽은 것을 말한다.

62 병 …… 있고: 귤과 우물은 사람의 병을 치료하는 의약을 말한다. 漢나라 文帝 때 蘇耽이라는 사람이 도를 닦아 신선이 되었는데, 그가 떠날 때 그의 어머니와 첩이 앞으로 어떻게 살아가느냐고 물었다. 그러자 소탐이 “내년에 천하에 역질이 만연할 것인데, 뜰에 있는 우물물과 귤나무 열매를 먹이면 모두 치료할 수 있을 것이다.”라고 하였다. 그로부터 2년 뒤에 과연 역질이 만연하였는데, 우물물 한 바가지와 귤 하나를 먹이면 모든 병이 치료되었다(『神仙傳』 「蘇仙公」 참조).

63 싱싱한 …… 있네: 싱싱한 꼴은 변변찮은 賻儀를 이르는 말인데, 주로 謙辭로 쓰인다. 後漢 때의 高士인 郭泰가 모친상을 당하였을 때 徐穉가 곽태의 마을을 찾아가 생풀 한 다발을 마을 입구에 놓고 상주는 만나 보지도 않은 채 돌아가자, 주위 사람들이 그 일을 이상히 여기어 곽태에게 말하자 곽태가 말하기를, “그 사람은 틀림없이 南州의 고사 徐孺子일 것이다. 『詩經』에, ‘생풀 한 다발로 부의를 대신하니 그 사람의 덕이 옥처럼 훌륭하네.’라고 하였으나, 나는 그럴 만한 덕이 없는 사람이다.”라고 하였다(『後漢書』 卷53, 「徐穉列傳」 참조).

연평진에서 검이 이미 합하였는데[64]	延津劍已合
부인의 덕을 정히 누가 쓰겠는가.	婦德定誰書.

번역 **이라나**

64 연평진에서 …… 합하였는데 : 부부가 모두 세상을 떠나 지하에서 만나게 된 것, 또는 合葬하게 된 것을 말한다. 춘추시대 吳나라의 干將과 莫邪 부부가 陰陽 두 자루의 명검을 만들어 龍泉과 太阿라고 하였다. 晉나라 때에 와서 천문가인 張華와 雷煥 두 사람이 이 쌍검을 豐城縣에서 발굴한 다음 한 자루씩을 나누어 가졌는데, 그들이 죽은 뒤에는 결국 그 쌍검이 延平津의 깊은 물속으로 들어가 雙龍으로 변화했다는 고사에서 온 표현이다(『晉書』 卷36, 「張華列傳」 참조).

『태호시고』 권3

「옥당록(玉堂錄)」 상(上) 계유(癸酉)

1 부평 부사 이경엄(李景嚴)이 못과 정자를 중건한 후에 이어 이상국(李相國)의 옛 정자 시[1]에 차운하고 나에게 권하기에 나 또한 효빈(效嚬)[2]한다

富平李使君景嚴 重建池亭 仍次李相國舊亭詩韻 勸余 亦效嚬

일 묘(畝) 네모난 연못 위에	一畝方塘上
높은 집 채색 난간 활짝 열렸네.	崇軒闢彩欞.
달빛은 흰 벽옥이 잠긴 듯하고	月光沈素璧
산 그림자는 푸른 병풍이 거꾸로 선 듯하네.	山影倒蒼屛.
봉도(蓬島)[3]에 어찌 길이 막혔으랴	蓬島寧窮路

1 이상국(李相國)의 옛 정자 시: 李奎報의 「題南山茅亭」 시를 가리킨다.

2 효빈(效嚬): 자기의 재주는 헤아리지 않고 억지로 남을 흉내 내려고 하는 것을 비유한다. 춘추시대 越나라의 미인 西施가 심장병을 앓으면서 이마를 찌푸리자 찌푸린 모습도 매우 아름답게 보였으므로, 그 이웃의 醜女가 그 찌푸린 모습을 흉내 냈더니, 마을 사람들이 모두 그녀를 피해버리고 보지 않았다고 한다(『莊子』, 「天運」 참조).

화지(華池)[4]엔 신령이 모일만 하네.	華池可集靈.
방울은 한가로워 새울음에 맡기고	鈴閑從鳥弄
거문고 소리 고아하여 물고기 듣는 대로 두네.	琴古任魚聽.
국화 꽃술은 금빛 터지기 시작하고	菊蕊金初綻
단풍 숲은 비단채색 떨어지지 않았네.	楓林錦未零.
농어회를 쳐 유독 젓가락이 가고	鱠鱸偏放筯
차조술 빚어 마음껏 병을 기울이네.	釀秫恣傾甁.
부서진 것을 일으킴은 앞선 자취를 따랐고	興廢追前躅
잔결된 것을 소생시킴은 멀리 들리기에 충분하네.	蘇殘洽遠聆.
사적은 구름과 물에 남아 깨끗할 것이오	事留雲水白
이름은 간책에 들어가 푸르리라.	名入簡篇靑.
등왕각의 중수를 기록하고 싶지만[5]	欲記修滕閣
누가 재주(梓州)의 정자에서 취한 일[6] 노래해주랴.	誰歌醉梓亭.
각궁이 만인의 입에 전하니	角弓傳萬口
시구는 새길 필요 없네.[7]	詩句不須銘.

3 봉도(蓬島) : 仙人이 산다는 三神山의 하나로 동해 蓬萊山을 가리킨다.

4 화지(華池) : 전설상의 못 이름으로 곤륜산 위에 있다고 한다(『論衡』, 「談天」 참조).

5 등왕각(滕王閣)의 …… 싶지만 : 韓愈가 「新修滕王閣記」를 지은 것과 같이 기문을 짓고 싶다는 말이다.

6 재주(梓州)의 …… 일 : 杜甫가 梓州刺史 章彛의 물가 정자에서 읊은 「章梓州水亭」 시에, "형주 사람들 산간을 사랑하나니, 나도 취해 또한 길게 노래하노라〔荊州愛山簡, 吾醉亦長歌〕."라는 구절이 있다.

7 각궁이 …… 없네 : 李奎報의 原詩 結句에, "감당을 읊은 일에 짝하고자, 다시 경영하여 이 명을 새기네〔欲配甘棠詠, 重營刻此銘〕."라고 하였는데, 이에 대한 답으로 읊은 것이다. 「角弓」은 『詩經』, 「小雅」의 편명으로 원래는 周의 幽王이 자기 골육지친은 가까이 않고 아첨하는 무리들만 좋아하기 때문에 그의 친족들이 왕의 그러한 점을 풍자한 시이나, 그 내용에 형제는 서로 사이좋게 지내야 한다는 구절이 있기 때문에 우정을 강조하는

2 부총 정룡(程龍)[8]과 작별하며 주다 2수 갑술년(1634)

贈別程副總龍 二首 甲戌

문과 무의 천도(天都)에서 제일가는 호걸이	文武天都第一豪
나랏일 종사를 위해 홀로 수고하네.	爲從王事獨賢勞.
칙서는 해 뜨는 부상[9]에 처음 내려지고	鳳綸初下扶桑旭
뱃길은 갈석산[10]의 파도를 먼저 평온케 했네.	鷁路先平碣石濤.
눈 내린 후 매화를 멀리 산사에서 찾고	雪後梅花尋寺遠
비온 나머지 산 빛을 보며 높이 누대에 기대이네.	雨餘山色倚樓高.
깃발 위의 살기 어느 때에 사라지려나	旄頭殺氣何時滅
밤마다 등불 앞에서 보도(寶刀)를 바라보네.	夜夜燈前看寶刀.

천가(天家)[11]의 대장이 유림에서 나와	天家大將出儒林
시와 예로 장단(將壇)에 올라 뭇 마음을 흐뭇케 했네.	詩禮登壇愜衆心.
발해의 바람과 구름 매단 돛을 따르고	渤海風雲隨掛席

뜻으로 쓰이기도 한다. 晉나라의 韓起가 魯나라에 와서 연회 자리에서 '각궁'을 노래했는데, 이는 두 나라가 형제처럼 우의를 다지자는 뜻이었다. 연회가 끝나고 노나라의 季武子는 한기를 자기 집으로 초대하여 다시 주연을 베풀었는데, 그의 집 정원에 있는 나무를 보고서 한기는, 참 아름다운 나무라고 하였다. 이에 계무자가 말하기를, "내 그 나무를 잘 가꾸어 당신이 각궁시를 읊어준 그 호의를 꼭 잊지 않겠소."라고 하고 『詩經』, 「甘棠」편을 외웠다고 한다(『春秋左氏傳』, 昭公 2年 참조).

8 부총 정룡(程龍) : 명나라 詔使 부총 程龍이 嘉山을 안정시키고 屬國과 연합한다는 명목으로 등주에서 바다를 건너왔다(『仁祖實錄』, 11년 10월 27일 기사 참조).

9 부상(扶桑) : 동해의 해 뜨는 곳에 있다는 神木의 이름인데, 여기서는 우리나라를 뜻한다.

10 갈석산(碣石山) : 河北城 昌黎縣 북쪽에 위치한 산으로, 동해에 접하여 바닷물 속에 잠겨 있고 일부만 모습을 드러내고 있다.

11 천가(天家) : 중국 明나라를 가리킨다.

부상의 해와 달 풀어헤친 옷깃을 비추었네. 扶桑日月照披襟.
공훈의 명성 연산석[12]에 새길 만 하고 勳名擬勒燕山石
청렴한 조행(操行) 월나라 전대의 금[13]을 끝내 거절했네. 廉操終揮越橐金.
손님과 주인이 동남으로 여기에서 작별하니 賓主東南從此別
훗날 꿈속에서 홀로 찾아 가리라. 異時魂夢獨相尋.

3 호퇴(湖退)[14]의 시에 차운하다 을해년(1635)

次湖退韻 乙亥

와병 중에 그대 귀양 간다는 소식 듣고 臥病聞君謫
오히려 모구[15]에 머문 것 애틋하다네. 猶憐住某丘.
백해(伯諧)[16]처럼 신묘한 필법을 전하였고 伯諧傳妙筆

12 연산석(燕山石) : 燕然石이라고도 하는데, 後漢 和帝 때 車騎將軍 竇憲이 군사를 거느리고 출병하여 北單于를 크게 격파한 뒤에 오늘날 몽고의 愛杭山인 연연산에 올라가 비석을 세워 공적을 새기고 돌아왔는데, 그 비문은 반고가 천자의 명을 받고 지은 「燕然山銘」으로 漢나라의 위력과 공덕을 선양한 내용이다(『後漢書』 卷23, 「竇憲列傳」 참조).

13 월나라 전대의 금 : 漢나라 高祖가 陸賈를 越나라에 사신으로 보냈는데, 육가가 南越王 尉他를 설복시키자 그의 전대에 천금을 넣어 하사하였고, 위타 역시 그에게 천금을 보냈다고 한다(『史記』 卷97, 「酈生陸賈列傳」 참조).

14 호퇴(湖退) : 미상이다.

15 모구(某丘) : 고향의 언덕을 가리키는 말이다. 唐나라 韓愈의 「送楊少尹序」에, "지금 그대가 고향에 돌아가면, 서 있는 나무들을 가리키면서 '저 나무는 나의 선인께서 심으신 것이요.'라고 말할 것이요, 물가나 언덕을 가리키면서 '저 물가와 저 언덕은 내가 어린 시절에 물고기를 잡으며 노닐었던 곳이다〔某水某丘, 吾童子時所釣遊也〕.'라고 말할 것이다."라는 구절이 있다.

16 백해(伯諧) : 後漢의 문장가이자 서법가인 蔡邕(133~192)의 자이다. 飛白體를 창시하여

원례(元禮)[17]처럼 신선의 배 탄 것 추억되네.	元禮憶僊舟.
도성을 떠나매 푸른 강은 저물고	去國滄江晚
시절을 슬퍼하매 백발은 가을 맞았네.	傷時白髮秋.
지금 근심하고 즐거워하는 뜻[18] 같이 하면서	今同憂樂志
서로 더불어 한 번 누대에 오르세.	相與一登樓.

번역 **이라나**

후대 書法에 많은 영향을 주었다.

17 원례(元禮) : 元禮는 後漢 李膺(110~169)의 자이다. 이응은 미천한 시골 출신인 郭泰의 해박한 학식을 인정하여 오래 사귄 벗처럼 절친한 사이가 되었다. 나중에 곽태가 고향으로 돌아갈 때 낙양의 선비들이 모두 강변에 나와 전송하였는데, 이응과 단둘이서만 배를 타고 마치 신선처럼 강을 건너갔다고 한다(『後漢書』 卷68, 「郭泰列傳」 참조).

18 근심하고 즐거워하는 뜻 : 范仲淹의 「岳陽樓記」에, "廟堂에 높이 있을 때는 그 백성을 근심하고 강호에 멀리 있을 때는 그 임금을 근심하니, 이는 나아가도 근심하고 물러나도 근심하는 것이다. 그렇다면 어느 때 즐거운가. 반드시 천하가 근심하기에 앞서서 근심하고 천하가 즐거워한 뒤에 즐거워할 것이다〔先天下之憂而憂, 後天下之樂而樂歟〕."라는 구절이 있다.

『태호시고(太湖詩藁)』

권4

『태호시고』 권4

「평양록(平陽錄)」 병자 이후(丙子以後)

1 주계(朱溪)[1]의 동헌(東軒)에서 차운하다

朱溪東軒次韻

작은 서재 청정하여 속세의 시끄러움 끊겨	小齋淸淨絶囂塵
백리의 시내와 산, 주인을 얻었네.	百里溪山得主人.
풀은 정기 있고 꽃은 부귀스러워	草有精神花富貴
스스로의 생기로 가슴 가득 봄이었네.	自家生意滿腔春.

2 평양(平陽)[2]에서 주계(朱溪)에 당도하여 동악(東嶽)의 시에 차운하여 차산(次山)에게 보여주다

自平陽到朱溪次東嶽韻示次山

두 마리 봉새 연이어 날아 한강 가를 나와	兩鳳聯飛出漢濱

1 주계(朱溪) : 茂朱의 옛 이름. 이원진이 무주에 갔었던 것은 동생 李叔鎭(1602~1672)이 무주현감으로 있었기 때문이다.

2 평양(平陽) : 전라남도 순천의 옛 이름.

영남 호남의 산수로 청진(淸眞)함을 기르네.	二南山水養淸眞.
옥천(玉川)에 봄 이르니 풍광이 아름답고	玉川春早風光媚
금정(金井)에 가을 높으니 달빛이 새로워라.	金井秋高月色新.
이날 소공(蘇公)과 서로 바라보던 곳에[3]	此日蘇公相望地
언제 하씨(何氏)와 함께 깃드는 사람 되리오?[4]	幾年何氏並棲人.
순채국과 농어 이미 돌아올 흥을 일으키니[5]	蓴鱸已動歸來興
모래톱 갈매기를 또한 나무라지 말라 알려주네.	爲報沙鷗且莫嗔.

3 강남(江南)[6] 동헌(東軒)에서 우연히 읊조리다

江南東軒偶吟

제비의 지저귐 꾀꼬리 울음소리 대낮이 긴데	燕語鸎啼白日長
귤나무 떨기 그림자 옮겨 금당(琴堂)[7]에 오르네.	橘叢移影上琴堂.

---

3 이날 …… 바라보던 곳에 : 소공은 소동파이다. 소동파가 동생 소철과 마주해 있던 곳을 가리킨다. 소동파의 「辛丑十一月十九日 旣與子由別於鄭州西門之外 馬上賦詩一篇寄之」라는 시에, "寒燈相對記疇昔, 夜雨何時聽蕭瑟. 君知此意不可忘, 愼勿苦愛高官職."라는 구절이 있다. 이 시는 소동파가 26살 되던 해에 첫 관직을 얻어 부임하게 되면서 동생 소철과 이별하면서 지어준 시이다.

4 언제 …… 사람 되리오 : 중국 南朝 齊나라의 何胤과 그의 두 형인 何求와 何點을 가리킨다. 이들 삼형제는 비록 남다른 뜻이 있었지만 끝내 모두 은둔하였으므로 당시 사람들이 이 삼형제를 '何氏三高'라 하였다(『南史』, 「何胤傳」 참조).

5 순채국과 …… 흥을 일으키니 : 晉나라 문장가 張翰이 東曹掾 벼슬을 하다가 가을바람이 불어오자 고향의 순채국과 농어회가 불현듯 생각나서 사직하고 돌아갔다는 고사가 있다(『晉書』 卷92, 「文苑傳」 참조).

6 강남(江南) : 순천의 이칭. 순천은 산 · 호수 · 강 · 들판 · 바다가 완벽한 조화를 이룬 땅으로 물산이 풍부하여 예전에 小江南이라 불리기도 했다.

7 금당(琴堂) : 거문고를 타는 당〔마루〕이라는 의미로, 고을 수령의 집무실을 가리킨다. 공

뜰 한가로운 것 백성들 송사함이 없어서가 아니요　庭閑不是民無訟
보리 베고 모내기하느라 일이 정말 바빠서라네.　割麥分秧事正忙.

4 평양의 동천(東川)[8]

平陽東川

넘실대며 흐르는 한 줄기 물　溶溶一帶水
묘리를 보매 뜻이 창망하구나.[9]　觀妙意蒼茫.
계족산[10]은 산이 멀리 보이고　雞足辭山遠
용두산[11]은 바다 긴 것 바라보네.　龍頭謁海長.
동쪽 서쪽으로 들 빛이 나뉘고　東西分野色
위 아래로 하늘빛이 합쳐지네.　上下合天光.
만물에 영향 미치는 개울물 이루어　及物成渠雨
가을 구름, 눈에 누런 빛 그득하네.　秋雲滿目黃.

자의 제자 宓子賤이 單父의 고을 수령이 되었는데, 덕이 있었으므로 항상 거문고를 타며 東軒 아래를 내려가지 않고도 政事가 잘 이루어진 고사에서 유래한 말이다(『呂氏春秋』, 「察賢」 참조).

8 동천(東川) : 전라남도 순천시에 있는 하천. 순천의 북쪽인 서면 청소리 계족산에서 발원하여 남쪽으로 순천 시내를 가로질러 순천만까지 27.8km를 흐른다.

9 묘리를 …… 창망하구나 : 물이 흘러가는 묘한 이치를 지켜보니 그 물의 이치가 깊고 원대하다는 의미이다. 『論語』, 「子罕」에, "逝者如斯, 不舍晝夜."라는 구절이 있는데, 공자가 제자들과 함께 물가에 서 있다가 한 말이다.

10 계족산(鷄足山) : 전라남도 순천의 서면에 있는 산. 산의 형세가 닭의 발모양을 닮았다 하여 붙여진 이름이다.

11 용두산(龍頭山) : 전라남도 순천에 있는 산. 현재 용두산 전망대에서 순천만을 한눈에 바라다 볼 수 있다.

5 비를 무릅쓰고 진휼어사 임담(林墰)[12]을 송광사로 찾아가다

冒雨尋林繡衣墰于松廣寺

돌아가는 깃발 영평[13]으로부터 쳐다보며 瞻望歸旌自永平

은근히 이능성(爾陵城)[14]에서 서로 기다리네. 慇懃相待爾陵城.

어찌 알았으랴, 절에 이르러 사흘간 머물러있어 那知到寺留三日

오히려 등불 돋우며 새벽까지 이야기함이 막힐 줄이야. 猶隔挑燈話五更.

사명(使命) 받들고 와서 능히 안씨(顔氏)의 비[15]를 행하였고 奉使能行顔氏雨

---

12 임담(林墰) : 林墰(1596~1652)의 자는 載叔, 호는 淸癯 또는 淸曜, 시호는 忠翼, 본관은 羅州이다. 1616년 생원이 되고 1635년 증광문과에 병과로 급제하였다. 1636년 병자호란이 일어나자 사헌부 지평으로 남한산성에 들어가 摠戎事의 從事官이 되어 南格臺를 수비하였는데, 이로부터 이름이 알려져 1637년에 還都하자 호남 賑恤御史가 되었다. 이후 세 번 淸國에 사신으로 갔고 다섯 번 接伴使가 되었으며, 숭정대부 · 이조 판서가 되었다(『練藜室記述』 卷29, 「仁祖朝故事本末」 참조).

13 영평(永平) : 전라도 南平縣을 가리킨다. 현재 행정구역상으로 전라남도 화순군 이서면 영평리라는 지명이 있다. 『新增東國輿地勝覽』에 의하면, 남평현은 동쪽으로 綾城縣과 和順縣에, 남쪽으로 나주에 접해있다고 한다.

14 이능성(爾陵城) : 전라도 능성현을 가리킨다. 능주 또는 능천이라고도 한다. 백제 때 爾陵夫里라고 지칭하였으므로 이능성이라 말한 것이다. 신라 때 陵城이라 지칭했고, 고려 때 나주에 예속시켰다. 1632년(인조 10) 綾州牧으로 승격되었다. 현재 행정구역상으로 전라남도 화순군에 능주면이란 지명이 있다.

15 안씨의 비 : 唐나라 때 顔眞卿이 監察御史가 되어 백성들을 다스렸는데, 그 지역에는 오랫동안 비가 내리지 않아 가뭄이 심했다. 그때 억울한 獄事가 있어 안진경이 정확한 판결을 내려 억울함을 풀어주자 갑자기 단비가 내렸다고 한다. 이에 백성들이 기뻐하며 이는 모두 어사님의 덕이라 하며 그 비를 '御史雨'라고 일컬었다고 한다(『舊唐書』, 「顔眞卿傳」 참조).

나가서 놀매 단공(段公)의 개임[16]을 뉘에게 청할 수 있을까? 出遊誰乞段公晴.

도롱이 걸치고 힘써 어옹(漁翁)에게 배우러 가매 披蓑彊學漁翁去
낙성(洛城)의 나무 먼저 이 먼 정(情)을 머금고 있네. 洛樹先含此遠情.

6 임경당(臨鏡堂)[17]에서 지봉(芝峯)[18]의 시에 차운하다 3수

臨鏡堂次芝峯韻 三首

제일의 수선사(修禪社)[19] 第一修禪社
산반에 폐부처럼 거듭해 있네. 山盤肺腑重.
물결을 쌓아 달이 찍힘에 따르고 貯波隨月印
오솔길 숨겨져 이끼 덮힘에 맡겨있네. 藏徑任落封.
생생한 그림은 천 길 벼랑의 비이고 活畫千崖雨
놀란 물결은 만 구렁의 소나무라네. 驚濤萬壑松.
오래된 단향목[20] 만지고 있노라니 摩挲檀樹久

---

16 단공(段公)의 개임: 미상이다.

17 임경당(臨鏡堂): 거울에 임해 지은 집이란 뜻이다. 송광사 경내에 있는 건물로, 건물 옆에 바로 시내가 흐르는데, 물이 맑아 임경당이 선명하게 비쳐 마치 거울에 비친듯하다고 한다.

18 지봉(芝峯): 李睟光(1563~1628)의 호이다. 이수광은 1616년~1619년까지 만3년 동안 순천부사로 재임했었다. 『지봉집』 卷18, 『昇平錄』에도 「임경당」이라는 오언율시가 있다.

19 수선사(修禪社): 순천 송광사의 대표적 건물로 대웅전 뒤편 석축 위에 자리하고 있는데, 禪을 행하는 修善道場으로 사용할 목적으로 조성되었다. 수선사란 이름은 보조국사 지눌이 삼국시대의 길상사를 중창하면서 새롭게 바꾼 사찰명으로, 당시에는 方丈이라 하여 보조 스님의 처소로 사용되었다.

20 단향목: 사찰에서 木佛이나 편액 등을 제작할 때 쓰이는 목재이다.

날 저물어 이미 종소리 울리네	日暮已鳴鐘.

주묵(朱墨)[21]의 공무를 포기한 채	朱墨抛公務
조계(曹溪)[22]에 마음먹고 왔다네.	曹溪作意行.
침향수[23]로 십지(十地)[24] 설법을 듣고	水香聞十地
구름에 누우니 삼청(三淸)[25]에 다가가네.	雲臥偪三淸.
등라(藤蘿) 그윽하여 아지랑이 빛을 업신여기고	蘿暗欺嵐色
샘이 울어 빗소리 배우려하네.	泉鳴學雨聲.
머물러 있으니 세속의 생각 흩어지고	淹留塵慮散
이에 고향 그리는 마음 일어나네.	仍起故園情.

상방(上方)에서 며칠을 머물렀나	上方留幾日
안석에 기대 잠루(岑樓)[26]를 마주하네.	隱几對岑樓.
구렁 가로질러 빈 난간을 설치했고	截壑安虛檻
연못 만들어 급한 물살 줄였네.	開潭殺急流.

21 주묵(朱墨) : 관리가 사무를 볼 때 쓰는 관청에서의 필기구를 가리킨다.

22 조계(曹溪) : 송광사가 있는 조계산을 가리킨다.

23 침향수(沈香水) : 침향목을 우려내서 만든 향수. 불교의 의식에서 사용된다.

24 십지(十地) : 보살이 수행하는 과정에서 거치는 52위 가운데 제41위로부터 제50위까지의 階位. 부처의 지혜를 만들어 내고 온갖 중생을 가르치고 이끌어서 이롭게 하는 지위에 이르는 것으로, 歡喜地 · 離垢地 · 發光地 · 焰慧地 · 難勝地 · 現前地 · 遠行地 · 不動地 · 善慧地 · 法雲地 따위가 있다.

25 삼청(三淸) : 道敎에서 신선이 산다는 玉淸 · 上淸 · 太淸의 세 宮을 아울러 이르는 말이다.

26 잠루(岑樓) : 높고 끝이 뾰족한 누각. 여기서는 송광사 경내에 있는 沈溪樓를 가리킨다. 침계루는 정면 7칸, 측면 3칸, 맞배지붕의 초대형 누각형태의 건물이다. 우화각 위쪽 하천가에 축대를 쌓아 2층으로 기둥을 세워 만들었다.

불단의 등불은 백세에 전해졌고 　龕燈傳百世
굳어진 사목(死木)은 천추를 거쳤네. 　殭木閱千秋.
입정(入定)[27]하여 이곳 스님 늙어 있으니 　入定居僧老
하늘 끝에 벼슬 위해 돌아다니는 것 부끄럽네. 　天涯愧宦遊.

7 모양(牟陽)[28]에서 청절당(淸絶堂)[29]의 시에 차운하다

牟陽次淸絶堂韻

그윽한 곳 보고 있으매 안목 갖추어짐 알겠고 　覿幽知眼具
대면한 형세는 공사가 잘되었음을 깨닫겠네. 　面勢覺工良.
대 오솔길 동서로 좁다랗게 나있고 　竹徑東西小
연꽃 핀 연못은 위아래로 반듯하네. 　荷池上下方.
마을 인심 순박하니 감영 뜰이 절로 고요하고 　邑淳庭自靜
샘이 차고 맑아 술이 유난히 향기롭네. 　泉洌酒偏香.
이후 밤 강남의 꿈에서 　佗夜江南夢
응당 이 당(堂)에 들어가리라. 　唯應入此堂.

27 입정(入定) : 수행하기 위하여 방안에 들어간다는 말이다.
28 모양(牟陽) : 전라북도 고창의 옛 이름. 백제시대 고창지역을 모량부리라 부른데서 비롯되었다.
29 청절당(淸絶堂) : 고창현감이었던 鄭雲龍(1542~1593)이 창건하였다. 그의 문집인 『霞谷先生遺集』에, 「題牟陽淸節堂」이라는 시가 수록되어 있다. 이후 辛應時 · 李德馨 · 李廷馣 · 李純仁 등이 청절당에 대한 시를 남겼다.

8 송광사의 썩지 않는 향기로운 물

松廣寺不朽香水

단향목의 묘한 외관[30] 옛부터 신과 통하여	梅檀妙觀昔通神
화(化)하여 금강불괴신(金剛不壞身)[31] 되었네.	化作金剛不壞身.
그 향기 조계(曹溪)로 흘러들어 멈추지 않으니	香入曹溪流未已
비로소 마른 나무가 늘 봄을 품고 있음 알겠네.	始知枯木抱長春.

9 환선정(喚僊亭)[32]에서 대방(帶防)[33]의 목사군(睦使君)을 생각하며

喚僊亭憶帶防睦使君

방장(方丈)[34]은 흰 구름 밖이요	方丈白雲外

---

30 단향목의 묘한 외관 : 송광사 天子庵에 있는 雙香樹를 가리킨다. 두 그루의 곱향나무가 쌍으로 나란히 서있는데, 줄기가 심하게 꼬인 모습이 마치 용이 하늘로 승천하는 모습을 방불케 한다.

31 금강불괴신(金剛不壞身) : 금강과 같이 파괴되지 않는 法身〔佛身〕을 가리킨다. 법신은 생멸법과 생사의 인연법을 초월한 지혜를 소유하고 있기 때문에 금강불괴신이라 지칭한 것이다.

32 환선정(喚僊亭) : 1543년(중종 38) 순천부사 沈通源이 지금의 순천시 동외동 東川 변에 건립하여 무예를 시험하던 講武亭으로 사용하였던 곳이다. 1597년 정유재란 때 왜구에 의해 소실되었었는데, 1614년(광해군 6) 순천부사 柳舜翼이 중건하였다. 1862년과 1869년에 重修되었고, 1910년 이후 송광사와 선암사 승려들의 포교소로 이용되었으나 1962년 순천의 대홍수 때 유실되었다. 산중턱에 위치해 양지바르고 한 눈에 순천 시내가 내려다보인다. 이순신의 『난중일기』에는, "순천부사가 환선정에서 술자리를 베풀고 겸하여 활도 쏘다. 3월 17일 맑았다."라고 환선정 官歷 기록이 적혀 있다.

33 대방(帶防) : 남원(南原)의 옛 이름.

34 방장(方丈) : 원래 방장산은 중국 전설에 나오는 상상속의 세 개의 神山 가운데 하나이다. 그런데 우리나라에서는 지리산을 방장산이라 부르기도 했다. 여기서는 지리산을 가리키는 듯하다.

영주(瀛洲)[35]는 푸른 바다 앞이라네. 瀛洲滄海前.
정자 텅 비고 밝은 달만 가까우니 亭虛明月近
광한전(廣寒殿)[36]의 신선을 부르고자 하네. 欲喚廣寒僊.

10 임경당(臨鏡堂)에서 즉흥적으로 읊다

臨鏡堂卽事

쇠 녹인 것도 만든 것도 아니면서 저절로 생겨난 빛 非鎔非鑄自生華
거꾸로 된 그림자 들쑥날쑥 부처의 집이라네. 倒影參差梵帝家.
난간에 임해 한참 응시하는 것 괴이쩍어하지 말라 莫怪臨軒凝睇久
고요한 속에 수사화(水梭花)[37]를 낱낱이 헤아려보네. 靜中枚數水梭花.

11 허사(虛師)의 시축(詩軸) 속 시에 차운하다

次虛師軸中韻

도(道) 닦는 선종(禪宗)을 누가 감히 모방하랴 修道禪宗孰敢侔
옛 보금자리에 게(偈)를 머물러둔 지 벌써 가을 석 달이었네.
舊巢留偈已三秋.

35 영주(瀛洲) : 중국 전설에 나오는 상상속의 神山 가운데 하나이다. 그런데 우리나라에서는 제주도의 한라산과 전라북도 부안군에 있는 邊山을 영주산이라 부르기도 했다. 여기서는 변산을 가리키는 듯하다.

36 광한전(廣寒殿) : 달 속에 있다는 상상 속의 궁전을 말하는데, 여기서는 남원의 廣寒樓를 가리키는 듯하다.

37 수사화(水梭花) : 절에서 '물고기'를 이르는 말.

불경을 강론하매 사람에게 믿음 없다 원망치 말라　　談經莫恨人無信
지극한 이치 응당 돌들도 고개 끄덕이게 하리.[38]　　至理應教石點頭.

12 운영당(雲影堂)의 시에 차운하다
雲影堂次韻

【지금의 운영당은 바로 예전의 하향정(荷香亭)이다.】
【今之雲影堂, 卽古之荷香亭也.】

주렴 내린 당(堂) 깊고 깊어 한낮 햇빛 더딘데　　簾閣深深晝景遲
이 당의 아름다운 정취 고요한 가운데 알겠네.　　此堂佳趣靜中知.
회옹(晦翁)[39]의 물은 시를 쓰는 곳에 살아 있었고[40]　　晦翁水活題詩處
무숙(茂叔)[41]의 꽃은 애련설(愛蓮說)을 지은 때 피었네.　　茂叔花開著說時.
구름 그림자 예전 그대로 응당 있을 것이고[42]　　雲影昔季應自在
연꽃 향기 오늘도 아직 완전히 사리지지 않았으리.　　荷香今日未全衰.

38 돌들도 고개 끄덕이게 하리 : 道理가 투철하고 說服하는 힘이 강하여 다른 사람을 능히 信服시키는 것을 말한다. 중국의 竺道生이 虎丘山에 들어가서 돌들을 모아 놓고 門徒로 삼아 『涅槃經』을 강론하면서 “내가 설법한 것이 부처의 마음에 부합하는가?”라고 하니 돌들이 모두 고개를 끄덕였다. 이후 열흘 만에 불법을 배우려는 사람들이 구름처럼 몰려들었다고 한다.
39 회옹(晦翁) : 중국 송대의 철학자 朱子의 호.
40 회옹의 물은 …… 있었고 : 주자의 「觀書有感」이라는 시에, “샘이 있어 물 흘러오기 때문이지〔爲有源頭活水來〕.”라는 구절이 있다.
41 무숙(茂叔) : 중국 송나라 때 철학자 周敦頤의 字.
42 구름 그림자 …… 것이고 : 주자의 「觀書有感」이라는 시에, “하늘빛 구름 그림자 그 안에 함께 배회하네〔天光雲影共徘徊〕.”라는 구절이 있다.

늙은 이 몸 몹시 사랑하여 돌아가길 잊어버리고　　老夫酷愛忘歸去
다시 술주전자 앞을 향해 한 잔을 기울이네.　　更向樽前倒一巵.

13 풍영정(風詠亭)[43]의 시에 차운하다

次風詠亭韻

산림으로 돌아와 진정한 퇴휴(退休)[44]를 하여　　歸來林下作眞休
세간의 온갖 시름 씻어내어 버렸네.　　洗卻塵寰萬種愁.
한 때 고풍(高風)이 우주에 불었고　　一代高風吹宇宙
백 년 전 읊조린 시가 창주(滄洲)[45]를 진동시키네.　　百年遺詠動滄洲.
옛 사람의 기상 어찌 그리 겸손한가　　昔人氣象何多讓
지금 나는 오르내리며 이곳에 잠시 머물렀네.　　今我登臨爲少留.
강 위의 작은 집이 도리어 꿈에 들어　　江上小庄飜入夢
조각배 평온히 태호(太湖)[46]의 가을에 떠있네.　　扁舟穩泛太湖秋.

43 풍영정(風詠亭) : 조선시대 승문원 판교를 끝으로 관직에서 물러난 金彦据(1503~1584)가 고향으로 돌아와 지은 정자이다. 정자 안쪽에는 이황 · 김인후 등이 지은 작품의 현판들과 한석봉이 쓴 '第一湖山'이라는 현판이 걸려 있다. 현재 광주시문화재자료 제4호로 지정되어 있고, 전남 광주시 광산구 신창동에 있다. 풍영정은 영산강 8경 중에 제7경이라고 한다. 風詠亭을 소재로 시를 지은 인물로는 기대승 · 신응시 · 김인후 · 유희춘 등이 있다.

44 진정한 퇴휴 : 진정으로 벼슬자리에서 물러나 쉼을 의미한다. 蘇軾의 「次韻子由書王晉卿畫山水而晉卿和」라는 시에, "눈 앞의 이 경계 망상이니 숲속의 몇 사람이나 참된 퇴휴자일까〔此境眼前聊妄想, 幾人林下是眞休〕."라는 구절이 있다.

45 창주(滄洲) : 물가 근처의 지역을 가리키는데, 옛날 은사의 거처로 常用되었다. 杜甫의 「曲江對酒」 시에, "吏情更覺滄洲遠, 老大悲傷未拂衣."라는 구절이 있다.

46 태호(太湖) : 원래는 중국 강소성 동남쪽에 있는 호수 이름인데, 여기서는 풍영정 앞으로 흐르는 극락강과 이원진의 집이 있는 한강 주변을 가리키는 듯하다.

14 환선정(喚仙亭)[47]에서 소재(蘇齋)[48]의 시에 차운하다

喚仙亭次蘇[49]齋韵

예전에 묘향(妙香) 밖을 지나갔고	昔過妙香外
지금은 방장(方丈) 앞에 와있네.	今來方丈前.
취한 때는 객노릇함을 잊어버리고	醉時忘作客
한가한 날엔 신선됨을 깨달았네.	閑日覺成仙.
백발이 남쪽 가서[50] 누웠으나	白髮南圖臥
단심(丹心)은 북극에 달려 있네.[51]	丹心北極懸.
즐거운 놀이 누가 알아줄까	樂遊誰會得
꿈속의 학이 너울너울 날아가네.[52]	夢裏鶴蹁躚.

47 환선정(喚仙亭) : 권4 「平陽錄」의 32번 각주를 참고할 것.

48 소재(蘇齋) : 조선 중기의 문신이며 학자인 盧守愼(1515~1590)의 호. 1545년 명종이 즉위하자 을사사화가 일어났고, 이에 노수신은 이조좌랑에서 파직되었고, 1547년 순천에 유배되었다. 유배지에서 지은 시 가운데 「十六夜喚仙亭」라는 작품이 있다.

49 蘇 : 저본에는 '穌'자로 되어있는데 '蘇'자로 바로잡는다.

50 남쪽 가서 : 南飛 또는 南征을 말한다. 『莊子』, 「逍遙遊」에, "鵬背負靑天, …… 而後乃今將圖南."이라는 구절이 있다.

51 단심은 북극에 매달려 있네 : 임금을 향한 충심이 여전히 남아있다는 뜻이다.

52 꿈속의 …… 날아가네 : 소동파가 한밤에 배를 타고 적벽에서 노닐 때 한 마리 학이 강을 가로질러 동쪽에서 날아와 길게 한번 울더니 소동파가 탄 배를 스치듯이 지나 서쪽으로 날아갔다. 그날 밤 소동파의 꿈속에 羽衣를 입은 도사가 나타나 적벽의 놀이는 즐거웠느냐고 물어보았는데, 소동파는 이 도사가 지난밤의 바로 그 학임을 알게 된다(『古文眞寶』, 「後赤壁賦」 참조).

15 공북당(拱北堂)[53]에서 지봉(芝峯)의 시[54]에 차운하다 2수

拱北堂次芝峯韵 二首

지세와 풍광이 뛰어난 강남부 形勝江南府
이곳에 머무르며 나그네 심정 위로하네. 淹留慰旅情.
산은 천주(天柱)[55]에 이어져 웅장하고 山連天柱壯
시내는 해문(海門)[56]을 향해 평평히 흐르네. 川向海門平.
대 숲에 드니 바람이 더욱 담담하고 入竹風逾淡
매화에 대하니 달이 곱절이나 맑네. 當梅月倍清.
차를 달이려 활화(活火)를 보태고 烹茶添活火
안석에 기대 솔바람 소리 듣네. 隱几聽松聲.

둥그런 부채 달 같고 대자리 물결 같은데 扇團如月簟如波
고요히 동재(東齋)에 앉아있으매 좋은 일 많네. 静坐東齋勝事多.
물고기 작은 못에서 노니는데 사람은 보이지 않고 魚戲小塘人不見
물결무늬 미미하게 주름 잡혀 새로 핀 연꽃 움직이네.
水紋微皺[57]動新荷.

53 공북당(拱北堂) : 순천부 관아의 東軒으로, 蓮池 위쪽에 있었다고 한다(『湖南邑誌』 참조).
54 지봉(芝峯)의 시 : 지봉의 시에 「拱北堂」이라는 작품이 있다.
55 천주(天柱) : 하늘을 괴고 있다는 상상의 기둥.
56 해문(海門) : 육지와 육지 사이에 끼여 있는, 바다로 이어지는 통로.
57 皺 : 원문에는 '皺'자로 되어 있는데, 의미상 '皺'자가 되어야하므로 바로잡는다.

16 망해대(望海臺)[58] 2수

望海臺 二首

옛 성은 아득히 멀어 푸른 하늘로 들어가고　古城迢遆入穹蒼
비 갠 뒤 올라 임함에 시야가 넓고 길다네.　霽後登臨眼界長.
산세(山勢)는 북쪽이 높아 서석산(瑞石山)[59]에 이어졌고　山勢北高連瑞石
지형(地形)은 동쪽이 다하여 부상(扶桑)[60]을 마주했네.　地形東盡對扶桑.
당시 참담한 용사굴(龍蛇窟)이었지만　當時慘惔龍蛇窟
이날은 즐거운 시와 술의 마당일새.　此日歡娛酒賦場.
바다에 물결 일어나지 않는 것, 모두 성덕이니　海不揚波皆聖德
오색구름 쳐다보며 강릉(岡陵)과 같기로 기원해보네.[61]　五雲瞻望祝如岡.

---

58 망해대(望海臺) : 정유재란 당시 왜군이 쌓은 城으로 소서행장의 주둔지였다. 현재 순천 도심에서 약 10km 가량 떨어진 해룡면 신성리 광양만에 접한 나지막한 송림에 자리 잡고 있다. 倭橋城 · 왜성 · 왜교 · 曳橋 · 예교성 · 순천성 등 여러 이름으로 불리어진다. 외성과 내성으로 축조된 석성으로 길이가 약 2Km에 달하지만, 현재는 내성 일부와 바다에 접한 외성 일부가 원형대로 남아있다. 바다가 한 눈에 내려다보이는 곳에 있으므로, 광해군 때 순천부사로 부임한 지봉 이수광이 望海臺라 이름 지었다.

59 서석산(瑞石山) : 전라남도 광주에 있는 無等山의 별칭. 무등산 해발 1100m 위에 瑞石臺가 있다.

60 부상(扶桑) : 해가 돋는 동쪽 바다를 가리킨다.

61 강릉(岡陵)과 같기로 기원해보네 : 강릉은 如岡如陵의 준말이다.

용사년(龍蛇年)[62] 우리 조선에 요상한 기운 그득하매 龍蛇東國滿妖雰
이 땅에 누가 커다란 공훈을 세웠던가. 此地誰能樹茂勳.
계책을 낸 것은 함께 진곡역(陳曲逆)[63]으로 전해오고 出計共傳陳曲逆
관문 막음은 모두 이장군(李將軍)[64]을 손꼽아오네. 折關咸數李將軍.
바다엔 고래물결 잠잠하고 배는 항구에 정박해있으며
海安鯨浪舟藏港
산에선 낭연(狼煙)[65] 그치고 깃발은 구름을 흩어버렸네.
山息狼煙旆卷雲.
한가한 시절 사군(使君)이 와서 사방을 두루 바라보고
暇日使君來騁望
조용히 시주(詩酒)로써 아침저녁을 보내네. 漫將詩酒送朝曛.

62 용사년(龍蛇年) : 임진왜란이 일어난 龍의 해인 壬辰年(1592)과 蛇의 해인 이듬해 癸巳年(1593)을 가리키는 말이다.

63 진곡역(陳曲逆) : 명나라 수군제독 陳璘을 가리킨다. 曲逆은 원래 지명인데, 한나라 고조가 이곳을 지나다가 功臣인 陳平을 封하여 曲逆侯로 삼은 일이 있다. 여기서는 공신이라는 의미에서 진린을 진곡역이라고 한 듯하다. 그는 임진왜란 때 浙江의 수군 5백여 척을 이끌고 와서 唐津에 정박했다가 이어 전라도로 내려가 露梁海峽에서 이순신 장군이 이끄는 우리 수군과 연합작전을 폈쳤다.

64 이장군(李將軍) : 임진왜란 때 혁혁한 공을 세운 이순신을 가리킨다.

65 낭연(狼煙) : 이리 똥을 태워서 일으키는 연기로, 軍事상의 警報 신호로 쓰인다. 일종의 烽火이다.

17 호남좌수영

湖南左水營

진례산(進禮山)[66]이 바닷가에 서려있는데	進禮山蟠積水涯
한가(漢家)[67]는 바다 가로지르며 수군(水軍)을 거느렸네.	漢家橫海領舟師.
파도 소리 팽배한 장군도(將軍島)[68]요	濤聲澎湃將軍島
돌 빛깔 어슴푸레한 통제비(統制碑)[69]라네.	石色蒼茫統制碑.
고래갈기[70] 멀리 감추어져 봄날의 경계 멈추어졌고	鯨鬣遠藏春息警
호랑이 이빨[71] 높이 걸어두니 날마다 기쁨 펼쳐지네.	虎牙高揭日張嬉.
남방이 다행히 근심 없는 시절에 속했으니	南方幸屬無虞際
용하[72]에서 북방 평정할 때를 함께 기다리네.	共待龍河北定時.

66 진례산(進禮山) : 전남 여수시 북동쪽에 있는 산 이름이다.

67 한가(漢家) : 여기서는 우리나라를 가리킨다. 조선은 당시 中原 지역을 차지하고 있던 만주족이 세운 청나라를 인정하지 않고 비록 망했지만 적통인 명나라를 지지한다는 정통론의 입장에서 한 말인 듯하다.

68 장군도(將軍島) : 여수 앞바다에 놓여 있는 둘레 600m의 작은 섬. 연산군 때 전라좌수사 이량 장군이 왜구의 침입에 대항하기 위해 이곳 주변에 해저 석성을 쌓았다고 해서 '장군도'라는 이름이 붙여졌다 한다.

69 통제비(統制碑) : 左水營 안에 있는 李統制碑를 가리킨다. 순천부 선비로 이순신 장군의 막하에 있었던 鄭思竣이 세운 비라고 한다(『湖南邑誌』 참조).

70 고래갈기 : 조선을 공격한 왜군을 가리키는 듯하다. 신흠의 「述懷」 시에, "…… 憶在壬辰夏, 鯨鬣掀彤闕. 長驅二千里, 腥塵暗日月. ……"라는 구절이 있다.

71 호랑이 이빨 : 장군의 용맹과 날쌤을 상징하는 말이다.

72 용하(龍河) : 발해의 행정구역상의 명칭이었던 龍河郡 또는 龍河縣을 가리키는 듯하다. 『동사강목』, 「渤海國 郡縣考」에서, 鹽州에 대해 설명하면서 "龍河郡을 두어 海陽 · 接海 · 格川 · 龍河 등 4현을 거느렸다. 지금의 봉황성 지경이다."라고 하였다.

18 윤도재(尹陶齋)[73]가 읊조린 목단(牧丹) 시에 차운하다

次尹陶齋詠牧丹韻

저문 봄 모란꽃[74]을 앉아서 안타까워하면서	坐惜春殘一捻紅
낙양(洛陽)의 고상한 모임[75] 누구와 함께 하리.[76]	洛陽高會與誰同.
내일 아침은 국색(國色)[77] 만날 가기(佳期)이니	明朝國色佳期在
봉이(封姨)[78] 보내 밤바람 일으키지 말지어다.	莫遣封姨作夜風.

번역 윤세순

73 윤도재(尹陶齋) : 도재는 尹昕(1564~1638)의 호이다. 윤흔의 자는 時晦, 또 다른 호는 晴江이다. 영의정 윤두수의 차남이자 영의정 尹昉의 동생이며, 成渾의 문인이다.

74 모란꽃 : 원시에 '一捻紅'이라 하였는데, 일염홍은 모란〔牧丹〕의 품종 가운데 하나이다.

75 낙양(洛陽)의 고상한 모임 : 洛陽九老會와 洛陽耆英會를 가리킨다. 낙양 구로회는 唐나라 백거이가 노년에 아홉 명의 친구와 낙양의 향산에 모여 결성한 모임이고, 낙양기영회는 宋나라 文彦博이 司馬光·富弼 등 열 세 사람과 함께 백거이의 구로회를 모방하여 만든 모임이다(『舊唐書』, 「白居易傳」과 『宋史』, 「文彦博傳」 참조).

76 낙양의 …… 하리 : 낙양의 대표적인 꽃이 모란이므로 벗들과 모여서 함께 모란을 감상하고 싶다는 의미이다.

77 국색(國色) : 아름다운 꽃을 지칭하는데, 대개 모란을 가리킨다.

78 봉이(封姨) : 전설상에 나오는 바람의 신.

『태호시고』 권4

「미호록(迷湖錄)」

1 연못을 수리하다

修塘

예전 사람이 파놓은 뒤에　　昔人疏鑿後
버려둔 지 몇 년째던가.　　抛棄幾回秋.
물 마르자 모래가 그대로 쌓였고　　水涸沙仍擁
연 시드니 풀이 또 무성하네.　　荷殘草又稠.
조심스레 땅의 구멍 통하게 하여　　慇懃開土口
고생하며 근원 찾아보네.　　辛苦索源頭.
앉아서 몽천(蒙泉)[1]이 도달한 것 보니　　坐見蒙泉達
고기 새끼 자유롭게 노니네.　　魚兒自在遊.

1 몽천(蒙泉) : 『주역』의 64괘 가운데 4번째 괘인 蒙卦의 의미를 취한 것이다. 몽괘는 산골짜기에서 솟아나는 작은 샘물을 상징한다.

2 난가대(爛柯臺)[2]

爛柯臺

하늘이 만든 반듯하고 평평한 형세 天作方平勢
높이 솟아 한강 물가를 눌렀네. 岧嶢壓漢汀.
굽이 서린 소나무는 덮개 드리운 것 같고 蟠松如偃盖
비껴있는 돌은 병풍 펼쳐놓은 듯하네. 橫石似張屛.
허물 거두어들이며[3] 판에 임하려 생각하고 收蛻思臨局
정신 오로지하여 경서 토해냄 마주하네. 專精對吐經.
곁에서 지켜보는 나무꾼 있으니 旁觀有樵父
옥소리 울리듯 바둑알 톡톡 놓지 말게나. 響玉莫丁丁.

3 정자 앞 돌 사이의 소나무

亭前石間松

위하여 적송자[4]를 사랑하면서 爲愛赤松子

---

2 난가대(爛柯臺) : 난가란 바둑이나 장기 따위의 오락에 정신이 팔려 시간 가는 줄 모름을 이르는 말이다. 중국 晉나라의 王質이라는 나무꾼이 신선들이 바둑 두는 것을 구경하다가 도낏자루가 썩는 줄도 몰랐다는 고사에서 유래한 말이다. 여기서 말하는 난가대는 경기도 남양주시 수석동 渼陰에 있었다. 즉 孤山 남쪽 기슭의 강벽 위에 있었는데, 이곳에서 한강변을 바라보면 그 경관이 수려하였다고 한다.

3 허물 거두어들이며 : 사람이 羽化登仙하는 모습이 마치 매미나 나비 등이 고치에서 허물을 벗으면서 날개를 펴고 날아오르는 모습과 같다고 한다.

4 적송자(赤松子) : 중국 고대 전설상의 신선 이름. 『列仙傳』에 의하면, 적송자는 神農氏 때 雨師였는데 불 속에 들어가도 타지 않았고, 곤륜산에서 늘 西王母의 석실에 들어가 비바람을 타고 놀았다고 전해진다. 한편 『史記』, 「留侯世家」에 의하면, 漢나라의 개국공

스스로 황석공[5]의 무리 되었네.	自成黃石羣.
용의 몸 가파른 구렁에 솟아올랐고	龍身騰絶壑
학의 날개는 층층 구름을 떨치네.	鶴翅拂層雲.
검푸른 산색은 창 너머 보이는데	黛色當窓見
물결 소리를 안석에 기대어 듣네.	濤聲隱几聞.
어루만지며 그윽한 생각 깊어지니	摩挲幽思永
세 갈래 오솔길에 해가 장차 뉘엿거리네.	三徑日將曛.

4 호정(湖亭)에서 우연히 읊조리다

湖亭偶吟

승지(勝地) 골라 그 해에 정자를 지었으니	選勝當年結構成
한강가 정자들 명성 다투지 못하네.	漢濱臺榭莫爭名.
강의 흐름 곧장 삼한의 경계 가르고	江流直割三韓界
산의 형세 평평히 백제성이 임해있네.	山勢平臨百濟城.
나비 꿈 꾼 옛사람 기이한 자취 남겼는데[6]	夢蝶昔人留異跡
갈매기와 친한 지금의 나는 새 맹세에 부치네.	狎鷗今我寄新盟.

신인 張良은 자신이 세운 공으로 얻어진 부귀공명을 버리고 적송자를 따라 노닐며 신선이 되길 원했다고 한다.

5 황석공(黃石公) : 황석공은 漢나라 劉邦의 책사인 張良에게 兵書인 『三略』을 전해준 노인을 가리킨다. 장량에게 『삼략』을 전해준 뒤 13년 후에 濟水 북쪽 곡성산에서 다시 만나자고 하면서 곡성산 아래 누런 돌이 바로 자신이라고 말했다. 13년 후에 장량이 그곳으로 가보니 과연 노인은 없고 길가에 누런 돌〔黃石〕만이 있었다고 한다.

6 나비 …… 남겼는데 : 湖亭 주변에 장주의 나비꿈 이야기를 연상할 수 있는 유적이 있는 듯하나 현재로서는 미상이다.

다만 의지할 벗이 적다 말하지 말라	休言獨倚知音少
풍월이 서로 따르매 도리어 정이 있다네.	風月相隨卻有情.

5 부질없이 짓다

謾成

강 위의 사립문 낮에도 열지 않고	江上柴扉晝不開
험한 돌계단 사람들 오는 것 끊었네.	崎嶇石燈斷人來.
한가로운 뜰엔 오직 맑은 바람 지나가고	閑庭獨有淸風過
대 그림자 어른거리며 푸른 이끼 쓸어내듯.	竹影依依掃碧苔.

6 박도산(朴陶山)이 사과를 보내준 것에 사례하며

謝朴陶山惠來禽

재상의 후손 별업(別業) 마련해	相國雲孫別業成
아름다운 과일 심어 전하매 만전으로 이름났네.	種傳佳果萬錢名.
어찌 상자를 문림(文林)에 바친 자취 따르려하는가	寧隨奩獻文林跡
문득 주머니엔 묵객(墨客)의 정이 담겨있음 알겠네.	卻會囊盛墨客情.
온전히 젖은 푸른 흔적에 봄 술이 진하고	全濕碧痕春酒重
반쯤 물든 붉은 기운은 새벽 놀처럼 가볍네.	半潮紅暈曉霞輕.
단 서리 입에 대어보니 묵은 병이 사라지고	甛霜近口沈痾祛
다시 맑은 바람 양 겨드랑이에 일어남을 깨닫네.	更覺淸風兩腋生.

7 송금대(宋金臺)가 고사리 나물을 보내준 것에 사례하며

謝宋金臺惠薇菜

자주빛 흙색 가느다란 것 낱낱이 같고	紫土纖纖箇箇同
이름 드리운 두 아들[7] 일시(逸詩) 중에 있네.[8]	名垂二子逸詩中.
외로운 줄기 서산의 절개[9] 안은 듯	孤莖似抱西山節
맑은 맛 오히려 북해의 풍취[10] 머금었네.	淸味猶含北海風.
위하여 맛난 음식 나누어주매[11] 정이 얕지 않음을 사례하고	爲謝折甘情不淺
이어 아름다운 맛 먹음에 흥취 끝없음 알게 되었네.	仍知茹美興無窮.
범사정(泛槎亭)[12] 밝은 달에 아름다운 기약 있으니	槎亭明月佳期在

7 두 아들 : 고죽군의 두 아들인 백이와 숙제를 가리키는 듯하다.

8 일시(逸詩) : 백이와 숙제가 지은 「采薇歌」가 『詩經』에 수록되지 않았으므로 일시라고 한 듯하다.

9 서산의 절개 : 중국 고대 은나라의 백이와 숙제가 은나라를 멸망시킨 주나라 무왕의 녹을 받아먹고 사는 것을 부끄럽게 여겨 수양산〔서산〕에 들어가 고사리를 캐어먹고 살다가 굶어죽은 고사를 가리킨다.

10 북해의 풍취 : 漢나라 말기 北海太守였던 孔融이 말하길, "자리 위에 손님이 항상 그득하고, 술동이 속에 술이 늘 비어 있지 않다면, 내가 걱정할 것이 하나도 없다."고 하면서 술과 빈객을 몹시 사랑했다는 고사가 있다(『後漢書』 권70, 「孔融列傳」 참조). 여기서는 고사리에서 북해태수 공융의 풍취가 느껴진다는 의미로 사용된 듯하다.

11 맛난 음식 나누어 주매 : 원문의 '折甘'은 '絶甘'이라고도 한다. 絶甘分少는 맛있는 음식은 남에게 주고 적은 것도 남과 함께 나눈다는 의미이다. 사마천이 「報任安書」에서 "以爲李陵素與士大夫絶甘分少, 能得人死力, 雖古之名將不能過也."라고 이릉을 두둔할 적에 사용한 말이다.

12 범사정(泛槎亭) : 조선 전기의 문신인 金安國(1478~1543)이 지은 정자인 듯한데, 확실하지는 않다. 김안국은 관직에서 물러난 이후 驪興〔현재 경기도 여주〕의 梨湖로 내려와 범사정을 짓고 머물면서 후진을 양성하고, 신륵사 등 주변의 명승지를 유람하며 유유자적한 적이 있다.

회를 은실처럼 가늘게 마련해 벽통주(碧筒酒)[13] 마시네.

鱠設銀絲飮碧筒.

번역 **윤세순**

13 벽통주(碧筒酒) : 중국 삼국시대 魏나라 鄭公 慤이 三伏 더위 때마다 賓僚들을 거느리고 使君林에서 피서를 했는데, 이때 항상 큰 연잎에다 술을 담아서 연잎과 줄기의 사이를 비녀로 뚫어서 술이 줄기를 타고 내려오게 하여 줄기를 마치 코끼리의 코〔象鼻〕처럼 구부려서 줄기 끝에 입을 대고 술을 빨아 마셨다. 이렇게 마시는 술을 碧筒酒라 하였는데, 그 술 향기가 맑고 시원했다 한다.

8 잡영(雜詠) 8수

雜詠 八首

표각(豹脚)[14]인 모기떼[15] 불러 豹脚招呼白鳥羣
길게 내쉬고 짧게 들이마시며 제군(齊君)을 만났네.[16] 長噓短吸遇齊君.
어둠 속 가벼운 버들개지 누가 밝게 보며 暗中輕絮誰明見
고요 속 시끄러운 우레 스스로 듣기 싫다. 靜裏喧雷自厭聞.
고기 즐긴다는 극담(劇談)은 변론을 좋아해서[17]가 아니며 嗜肉劇談非好辯
살갗 문다는 진결(眞訣)이 어찌 실속 없는 글[18]이리오. 噆膚眞訣豈空文.
뱀장어 태우는 법 어떻게 시험하랴[19] 鰻鱺燒法何由試

---

14 표각(豹脚) : 다리에 꽃무늬가 있는 모기를 가리킨다.

15 모기떼 : '白鳥'는 모기의 별칭이다. 『大戴禮記』, 「夏小正」에, "단조란 반딧불〔丹良〕이요, 백조란 모기〔蚊蚋〕를 이름이다〔丹鳥也者, 謂丹良也. 白鳥也者, 謂蚊蚋也〕."라는 구절이 있다.

16 길게 …… 만났네 : 춘추시대 齊나라 桓公이 柏寢에 누워 있는데 모기가 앵앵거리며 굶주려 배부를 것을 구하니 푸른 깁 장막을 열어주며 모기를 들였다. 그 모기 중에 예를 아는 놈은 공의 살을 물지 않고 물러갔으며, 만족을 아는 놈은 공의 살에 앉았다가 물러가고, 만족을 알지 못하는 놈은 마침내 실컷 피를 빨아먹다 배가 불러 복장이 터져 죽었다고 한다〔齊桓公臥於柏寢, 白鳥營營, 飢而求飽, 因開翠紗之幬, 進蚊子焉. 其蚊有知禮者, 不食公之肉而退, 有知足者, 嘄公之肉而退, 有不知足者, 遂長噓短吸而食之, 及其飽也, 腹爲之潰〕. (『類聚』, 「金樓子」 참조).

17 변론을 좋아해서 : 『爾雅翼』에 東方朔의 말을 인용하여 모기의 성질을 '고기를 즐긴다〔嗜肉〕'라고 했는데, 동방삭이 그저 변론을 좋아해서 한 말이 아니라 실제에 부합하는 말이란 의미인 듯하다. 『이아익』 卷26, 「釋蟲」 3에, "東方朔隱語云: '長喙細身, 晝亡夜存, 嗜肉惡煙, 爲掌指所捫."라는 구절이 있다.

18 살갗 …… 글 : 『莊子』, 「天運」에, "모기와 등에가 살갗을 물면 밤새도록 잠들지 못한다〔蚊虻噆膚, 則通夕不寐矣〕."라는 구절이 있다.

19 뱀장어 …… 시험하랴 : 뱀장어를 말렸다가 방안에서 태우면 모기가 물로 변한다고 한다

서풍을 빌리지 않고도 문득 어지러움 해결하리.	不借西風便解紛.
【위는 모기】	【右蚊】

누가 미물로 하여금 땅 전체에 두루 있게 했나	誰教微物遍坤垠
매미 날개에 벌의 머리로 화진(火辰)[20]을 점했네.	蜩翼蜂冠占火辰.
이미 뛰어난 무리는 천리마 꼬리 따라감을 얻었고[21]	已獲絶羣隨驥尾
다시 남은 부류는 누에 몸에 의탁하기를 바랐네.[22]	更希遺類托蠶身.
시(詩)로 참설(讒說) 기롱하니[23] 정밀함 극에 달하고	詩譏讒說精臻極
부(賦)로 증오하는 말 지으니[24] 신묘함 무리에 빼어났네.	賦著憎辭妙邁倫.

(『東醫寶鑑』 참조).

20 화진(火辰) : 별이름으로 大火를 가리킨다. 대화성은 28宿 중 하나인 心星이며 時候를 주관하는 별이다(『文選』, 「答賈謐詩」 참조).

21 이미 …… 얻었고 : 『史記』, 「伯夷列傳」에, "顏淵이 비록 독실하게 학문을 닦긴 했지만, 그래도 천리마 꼬리 끝에 붙었기 때문에 그 행동이 더욱 이 세상에 드러나게 되었다."고 하였는데, 唐나라 司馬貞의 주석에, "파리가 천리마 꼬리 끝에 붙어서 천리를 치달리는 것〔蒼蠅附驥尾而致千里〕처럼 안연도 공자 덕분에 이름이 드러나게 되었다는 뜻이다."라고 하였다.

22 다시 …… 바랐네 : 『埤雅』 10장 '蠁'에, "파리 알이 누에 몸에 붙어 오래되면 알이 변하여 누에를 뚫고 나온다〔蠅卵寄附於蠶身, 久之, 其卵化穴繭而出也〕."라는 구절이 있다.

23 시(詩)로 …… 기롱하니 : 『詩經』, 「青蠅」에, "앵앵거리는 파리가 울타리에 앉았구나. 화락한 군자여, 참소를 믿지 말지어다. 앵앵거리는 파리가 가시나무에 앉았구나. 참소하는 이 끝이 없어 온 나라를 교란하네〔營營青蠅, 止于樊. 豈弟君子, 無信讒言. 營營青蠅, 止于棘. 讒人罔極, 交亂四國〕."라는 구절이 있다. 여기서는 파리에 빗대어 소인의 폐해를 기롱한 것이다.

24 부(賦)로 …… 지으니 : 宋나라 歐陽脩는 「憎蒼蠅賦」에, "네 형체는 지극히 작고 네 욕심은 채우기 쉬우니, 술잔에 남은 찌꺼기나 도마 위에 남은 비린 것 정도로 바라는 바가 아주 적고, 이보다 지나치면 감당하기가 어렵다. 그런데도 괴로이 무엇을 구하기에 부족해서 종일토록 윙윙거리며 다니느냐. 냄새를 쫓고 향기를 찾아 이르지 않는 곳이 없어 잠깐 사이에 모여들곤 하니, 누가 서로 일러준단 말이냐〔爾形至眇, 爾欲易盈, 盃盂殘瀝, 砧几餘腥, 所希秒忽, 過則難勝. 苦何求而不足, 乃終日而營營, 逐氣尋香, 無處不到, 頃刻而集,

가소롭구나, 왕사(王思)의 한갓 칼 빼듦이여[25] 可笑王思徒拔劍
인내하여 가을 하늘을 기다림만 못하네. 不如含忍待霜旻.
【위는 파리】 【右蠅】

한가로이 밤 촛불[26] 대 뿌리에서 생기는 것 보니 閑看宵燭竹根生
기운을 얻어 응당 대화성(大火星) 좇아 이루어졌으리. 得氣應從大火成.
물에 비친 별빛 높았다 다시 내려가고 映水星輝高復下
숲을 뚫은 등불 그림자 줄었다 또 밝아지네. 透林燈影減還明.
책을 비추는 기이한 쓰임[27] 누가 중함을 알리 照書奇用知誰重
도리어 신공(神功) 맹세하여 너와 다툴 이 없네. 卻矢神功莫汝爭.
몇 섬을 바위에 푼 것[28]은 진실로 무슨 뜻인가? 數斛放巖誠底意
산창(山窗)의 한 점으로 시정(詩情)이 족하리. 山窗一點足詩情.
【위는 반딧불】 【右螢】

무너진 벽 비 온 뒤 축축하니 壞壁雨餘濕
달팽이가 걸음을 멈추지 않네. 蝸牛行不停.

誰相告報].”라는 구절이 있는데, 파리의 구차하고 얄미운 행태를 자세하게 표현한 것이다.

25 왕사(王思)의 …… 빼듦이여 : 魏나라 王思는 성질이 매우 급하여 한번은 글씨를 쓰다가 붓 끝에 파리가 날아 앉자, 바로 일어나서 칼을 뽑아 들고 그 파리를 쫓아갔다고 한다(『�河文集』 卷4, 「筆賦」 참조).

26 밤 촛불 : 원문은 ‘宵燭’으로 반딧불의 별칭이다.

27 책을 …… 쓰임 : 東晉의 車胤은 집이 가난하여 반딧불을 주머니에 많이 잡아넣고 그 불빛으로 글을 읽었다.

28 몇 …… 것 : 隋나라의 대업이 끝나자, 煬帝는 반딧불 몇 섬을 구하여 밤에 산으로 나가 노닐면서 놓아주었더니 불빛이 바위 골짜기에 두루 퍼져있었다고 전한다. 『嘉靖惟揚志』 卷7에, “隋大業末, 煬帝徵求螢火數斛, 夜出遊山始放之, 火光徧巖谷.”라는 구절이 있다.

침으로 문자 흔적 남겼으며[29]	涎留文字跡
뿔에는 전쟁 형상 붙어 있네.[30]	角寓戰爭形.
처음엔 머리 감추는 지혜를 쓰고	始用藏頭智
마침내 껍질로 들어가는 신령스러움에 통하였네.	終通入殼靈.
풍진 속에서 출처를 아니	塵中知出處
물(物)을 살피며 난간에 기대었네.	觀物倚書欞.
【위는 달팽이】	【右蝸】

금당(金塘)[31]의 물 가득 채워	貯滿金塘水
옥정(玉井)의 연꽃[32] 옮겨 심었네.	移栽玉井蓮.
일천 자루의 덮개를 펼치고자 하여	擬張千柄盖
먼저 몇 푼의 돈을 던졌네.	先擲數文錢.
군자의 꽃이 장차 피려 하는데[33]	君子花將發

29 침으로 …… 남겼으며 : 달팽이 침이란 곧 달팽이가 이리저리 꼬불꼬불 다니는 곳마다 그 체내에서 분비시키는 점액을 말하는데, 예로부터 이것을 흔히 篆書에 비유하였다.

30 뿔에는 …… 있네 : 달팽이 왼쪽 뿔에 있는 나라를 촉씨라 하고 오른쪽 뿔에 있는 나라를 만씨라 하는데, 때로 서로 땅을 다투어 싸우면 넘어진 시체가 수만에 이르고, 패하면 달아났다가 15일 뒤에 돌아온다고 한다. 『莊子』, 「則陽」에, "有國于蝸之左角者曰觸氏, 有國于蝸之右角者曰蠻氏, 時相與爭地, 而戰伏屍數萬, 逐北旬有五日而後反."라는 구절이 있다.

31 금당(金塘) : 견고한 돌못을 가리킨다. 唐나라 李賀의 『河南府試十二月樂詞』, 「四月」에서 王琦匯는, "금당은 돌로 만든 못이다. 돌로 연못을 만들어 마치 금으로 만든 것처럼 견고하다〔金塘, 石塘也. 以石爲塘, 喩其堅固若以金爲之〕."라고 풀이하였다.

32 옥정(玉井)의 연꽃 : 華山의 꼭대기 玉井에 핀 연꽃을 말한다. 韓愈의 「古意」 시에, "태화봉 꼭대기 옥정의 연은, 꽃 피면 직경이 열 길 둘레가 배 같다네〔太華峯頭玉井蓮, 開花十丈藕如船〕."라는 표현이 보인다(『韓昌黎集』 卷3 참조).

33 군자의 …… 하는데 : 宋나라 학자 周敦頤의 「愛蓮說」에, "나는 유독 연꽃을 사랑한다. …… 연꽃은 꽃 가운데 군자이다〔予獨愛蓮 …… 蓮花之君子也〕."라는 구절이 있다.

현인인 술을 전해올 만 하네.[34] 賢人釀可傳.
빛나는 바람 능히 잠깐 불어와 光風能乍至
응당 사랑하는 마음 치우침을 이해하리. 應會愛心偏.

【연을 심다】 【種藕】

고기 잡고 나물 캘 뿐 달리 일이 없어 釣採無餘事
한가로이 거처하며 생계 스스로 이루네. 閑居計自成.
이미 장한(張翰)의 회 싫증나[35] 已厭張翰鱠
유독 육기(陸機)의 국을 즐기네.[36] 偏嗜陸機羹.
옥색 뿌리 진흙에 섞인 채 심겨져 있고 玉本和泥種
은빛 줄기 물을 뚫고 나와 있네. 銀莖透水生.
가져다 삶아 늙은 몸에 온기를 보태면 取烹添暖老
감로(甘露) 맛이 응당 가벼우리.[37] 甘露味應輕.

【순채를 심다】 【種蓴】

34 현인인 …… 하네 : 옛날에 酒客들이 淸酒를 聖人이라 하고 濁酒를 賢人이라 칭했다.

35 이미 …… 싫증나 : 晉나라 張翰은 가을바람이 불어오는 것을 보고는 고향인 吳땅의 순채국〔蓴羹〕과 농어회〔鱸膾〕가 생각나서 벼슬을 그만두고 바로 돌아갔다는 고사가 있다(『晉書』 卷92, 「文苑列傳 張翰」 참조).

36 유독 …… 즐기네 : 晉나라 陸機가 王濟를 찾아갔을 때, 왕제가 羊酪을 자랑하면서 東吳 땅에도 이것과 비교할 것이 있냐고 묻자, "천리의 호수에서 나는 순채로 끓인 국이 있는데, 이 국에는 소금이나 된장을 칠 필요도 없다."고 대답한 고사가 있다. 『晉書』 卷54, 「陸機列傳」에, "又嘗詣侍中王濟, 濟指羊酪謂機曰: '卿吳中何以敵此?' 答云: '千里蓴羹, 未下鹽豉.'"라는 구절이 있다.

37 감로(甘露) …… 가벼우리 : 감로는 불교에서 나온 말로, 도리천에는 달콤한 靈液이 있는데 이 액체를 마시면 괴로움이 없어지고 장수한다고 전한다. 佛法의 가르침을 통해 깨달음을 얻으면 감로의 맛을 본다고 하였으며, 오묘한 깨달음의 경지를 甘露味라고 한다. 다만 여기서 감로 맛이 가볍다는 것은 의미가 자세하지 않다.

연에 물을 주니 맑은 못에 가득차고	灌藕清池滿
남은 물결은 밭두둑에 미쳤네.	餘波及圃畦.
물 향기는 푸른 시내에 통하고	水香通碧澗
들 빛은 푸른 진흙에 연해 있네.	野色接青泥.
현성(玄成)의 젓가락[38]을 본뜰까 하여	擬放玄成箸
먼저 건수(建秀)의 부추[39]를 읊조렸네.	先吟建秀虀.
아름다움 응당 헌앙(獻仰)을 생각하여[40]	美應思獻仰
무성하길 바라며 잔디 둑길 걷노라.	冀茂步莎堤.
【미나리를 심다】	【種芹】

어린 아이 힘이 세어 음양을 잡아	小兒多力握陰陽
동풍을 구십일 동안 물리치느라 바빴네.	擊退東風九十忙.
문득 시옹(詩翁)의 봄 생각이 줄어들까 두려워	卻恐詩翁春思減
생의(生意)를 움켜쥐고 마른 창자 흔들었네.[41]	掬將生意攪枯腸.
【고사리】	【蕨拳】

38 현성(玄成)의 젓가락 : 玄成은 唐나라 太宗 때 名臣인 魏徵의 자이다. 위징이 미나리 초절임을 좋아하여 먹을 때마다 기뻐하며 '맛있다〔快〕'고 외친다는 말을 듣고 태종이 미나리 초절임 세 그릇을 하사하자, 위징은 뛸 듯이 기뻐하며 식사가 끝나기도 전에 미나리를 모두 비웠다고 한다(『說郛』 卷26, 「魏證嗜醋芹」 참조).

39 건수(建秀)의 부추 : 『御定韻府拾遺』 권8, '芹虀'의 주석에 王建秀가 지은 「근제」 시가 있다고 하는데, 자세한 것은 미상이다.

40 아름다움 …… 생각하여 : 옛날 미나리 맛이 기막히다고 생각하여 윗사람에게 바쳤다가 조소를 당한 獻芹의 고사가 있다. 見識은 천박해도 성의만은 지극하다는 뜻으로 쓰이는 겸사이다(『列子』, 「楊朱」 참조).

41 마른 …… 흔들었네 : 봄에 대한 시상을 촉진시키는 것을 의미한다.

9 병든 팔

病臂

어린 나이의 작은 상처로 점점 마르더니	髫齡微損漸成枯
기혈(氣血)이 모두 쇠하여 반백이 되었네.	氣血俱衰到二毛.
붓을 들어도 어찌 귀신 곡소리 들을 수 있으며	落筆詎能聞鬼哭
활을 당겨도 원숭이 우는 모습 보기 어렵네.[42]	調弓難得見猿號.
팔뚝이 꺾여 의술이 장차 커지리라 자부했지만[43]	折肱自許醫將大
손을 다쳐 어찌 복이 이에 높아질 줄 알았으랴.[44]	傷手安知福乃高.
폐질(廢疾)에 필요한 건 오직 음식이니	廢疾所須唯飮食
오히려 술잔 들고 또 게 다리를 들 만하다네.[45]	尙堪持酒更持螯.

42 활을 …… 어렵네 : 楚王이 활 잘 쏘는 養由基에게 원숭이를 쏘게 하니, 활을 쏘기도 전에 원숭이가 기둥을 안고 울부짖었다는 고사가 전한다. 『淮南子』, 「說山訓」에, "楚王有白猿, 王自射之, 則搏矢而熙, 使養由基射之, 始調弓矯矢, 未發, 而猨擁柱號矣."라는 구절이 있다.

43 팔뚝이 …… 자부했지만 : 춘추시대 晉나라 신하 范氏와 中行氏가 자신들을 제거하려 한 군주 定公에게 역공을 가하려고 했는데, 역시 자신의 군주를 제거하려다가 실패하여 망명해 와 있던 齊나라의 高彊이 "팔뚝을 세 차례 정도 부러뜨린 경험이 있으면 좋은 의사가 될 수 있다〔三折肱, 知爲良醫〕."라고 말하면서 자신의 경험을 거울삼으라고 만류했다는 고사가 있다(『春秋左氏傳』, 定公 13년 참조).

44 손을 …… 알았으랴 : 隋唐 시대에 스스로 손과 발을 훼손시키는 것을 '福手福足'이라 했는데, 손과 발이 殘廢하면 수자리에 징집되는 것을 피할 수 있었기 때문이다. 宋王溥의 『唐會要』, 「議刑輕重」에, "정관 16년(642) 7월의 칙명에, 지금 이후로 자신의 몸을 훼손시키는 사람은 법에 따라 죄를 추가하며 부역을 따른다〔貞觀十六年七月勅:今後自害之人, 據法加罪, 仍從賦役〕고 하였다."라고 했다. 그 原注에, "隋나라 말에 정치가 어지러워지면서 징벌과 부역이 많아져 사람들은 살아갈 수가 없었다. 또 스스로 신체를 자르는 것을 손과 발에 복이 된다고 하였으니, 수자리에 징벌되는 것을 피할 수 있기 때문이다〔自隋季政亂, 徵役繁多, 人不聊生, 又自折生體, 稱爲福手福足, 以避征戍〕."라고 하였다.

45 오히려 …… 만하다네 : 晉나라의 酒豪였던 畢卓이 일찍이 사람들에게 말하길, "술을 수

10 강가 정자에서 즉흥적으로 읊다

江亭卽事

홀로 강가 정자에 기대인 흥취	獨倚江亭興
동서로 조망(眺望)이 트였어라.	東西眺望通.
물은 관령(關嶺)의 비에 살지고	水肥關嶺雨
돛은 해문(海門) 바람에 부풀었네.	帆飽海門風.
세월은 시 위에서 사라지고	日月消詩上
건곤(乾坤)은 술 속에서 늙어가네.	乾坤老酒中.
일신(一身)이 한가로이 절로 있으며	一身閑自在
흰 갈매기와 함께하기를 맹서하네.	盟與白鷗同.

11 주역을 읽다

讀易

모든 책은 다 『주역』을 조종(祖宗)으로 삼으니	群書皆祖易
사성(四聖)[46]은 직접 일찍이 경험했으리.	四聖手曾經.
바로 삼재(三才)[47]의 도 꿰뚫었고	直貫三才道

백 곡의 배에 가득 싣고, 사철의 맛 좋은 음식들을 배의 양쪽 머리에 쌓아두고, 오른손으로는 술잔을 들고, 왼손에는 게의 집게다리를 들고서 술 실은 배에 둥둥 떠서 노닌다면 일생을 마치기에 넉넉할 것이다〔得酒滿數百斛船, 四時甘味置兩頭, 右手持酒杯, 左手持蟹螯, 拍浮酒船中, 便足了一生矣〕."라고 한 데서 온 말이다(『晉書』 卷49, 「畢卓傳」 참조).

46 사성(四聖) : 顔子 · 曾子 · 子思 · 孟子를 가리킨다.

47 삼재(三才) : 우주를 구성하는 세 가지 바탕, 곧 하늘〔天〕 · 땅〔地〕 · 사람〔人〕을 말한다.

두루 만물(萬物)의 정에 통하였네.	旁通萬物情.
길흉(吉凶)에 누가 변화를 살폈던고	吉凶誰考變
소장(消長)에 스스로 정밀함 오롯이 하였네.	消長自專精.
중정(中正)[48]은 남은 뜻 없으니	中正無餘義
편안히 살면서 묵묵히 이루어지길 바라노라.	安居冀默成.

12 병에서 일어나다

病起

병든 나머지 게으름 더해	病餘增懶慢
적막하게 강 고을에 누웠네.	寂寞臥江鄉.
배 드러내어[49] 서궤(書樻) 텅 비고	坦腹枵書樻
마음 거둬 지낭(智囊)을 졸라매네.	冥心括智囊.
오히려 「백설곡(白雪曲)」[50]을 읊조리고	猶能吟白雪

48 중정(中正) : 正道를 의미한다. 『周易』, 「離卦」에, "柔가 中正에 붙어 있으므로 형통하니, 이 때문에 암소를 기르듯이 하면 길한 것이다.〔柔麗乎中正, 故亨, 是以畜牝牛吉也〕."라는 구절이 있다. 高亨은 그 注에서, "나무인형이 柔和한 덕이 있으면 正道에 붙는다〔象人有柔和之德, 附麗於正道〕."고 하였다.

49 배 드러내어 : 後漢의 邊韶가 일찍이 수백 명의 門徒를 가르칠 때 한번은 낮잠을 자는데, 한 제자가 선생을 조롱하여 "변효선은 뚱뚱한 배로 글 읽기는 싫어하고 잠만 자려고 한다〔邊孝先, 腹便便, 懶讀書, 但欲眠〕."고 하였다. 변소가 그 말을 듣고 즉시 대구를 지어 "배가 뚱뚱한 것은 오경의 상자이고, 잠만 자려고 한 것은 오경을 생각하기 위함이다〔腹便便, 五經笥, 但欲眠, 思經事〕."고 한 고사가 전한다(『後漢書』 卷80, 「文苑列傳 邊韶」, 참조).

50 「백설곡(白雪曲)」 : 「陽春曲」과 함께 꼽히는 楚나라의 2대 명곡으로 내용이 매우 고상하여 예로부터 唱和하기 어려운 곡으로 알려져 있다(『文選』, 「宋玉對楚王問」 참조).

다시는 황량지몽(黃粱之夢)[51]을 꿈꾸지 않으리. 無復夢黃粱.
흥이 이르면 구름을 뚫고 가고 興到穿雲去
돌아오면 약이 광주리에 가득하네. 歸來藥滿筐.

13 호정(湖亭)에서 채백창(蔡伯昌)[52]의 시에 차운하다 2수
湖亭次蔡伯昌韻 二首

돌을 베개 삼아 한가로이 잠들며 꽃을 자리로 하고 枕石閑眠花作茵
갑자기 문 두드리는 소리에 놀라니 청안(青眼)[53]이 새롭네. 忽驚剝啄青眼新.
칠송(七松)으로 자호(自號)한 노처사(老處士)[54] 七松自號老處士
오류(五柳)[55]는 어떠한 사람인지 알지 못하네. 五柳不知何許人.

---

51 황량지몽(黃粱之夢) : 唐나라 때 道士 呂翁이 기장밥을 짓는 동안, 곤궁함을 탄식하는 盧生을 위해 부귀공명을 누리는 꿈을 꾸게 해 주었던 고사로, 인생의 영화라는 것도 一場春夢이라는 의미이다(『枕中記』 참조).
52 채백창(蔡伯昌) : 蔡裕後(1599~1660)를 가리킨다. 伯昌은 그의 자이며, 호는 湖洲, 본관은 平康이다. 1623년 문과에 장원 급제하였고, 벼슬은 대사헌 · 이조판서를 지냈다. 문집으로 『湖洲集』이 있다.
53 청안(青眼) : 반가워하는 눈빛을 말한다. 晉나라 竹林七賢의 한 사람인 阮籍은 속된 선비가 찾아오면 흰 눈〔白眼〕을 뜨고, 맑은 高士가 찾아오면 青眼을 뜨고 대했다고 한다(『晉書』 卷49, 「阮籍列傳」 참조).
54 칠송(七松)으로 …… 노처사(老處士) : 唐나라 때 鄭薰은 일찍이 두 번이나 과거의 試官을 지내고, 늙어 은퇴해서는 자기 집에 작은 소나무 일곱 그루를 심고서 七松處士라 자호하였다(『唐書』 참조).
55 오류(五柳) : 晉나라 陶淵明이 지은 「五柳先生傳」에, "집 옆에 버드나무 다섯 그루가 있기에 이를 나 자신의 호로 삼았다〔宅邊有五柳樹, 因以爲號焉〕."는 구절이 나오는데, 志趣가 고상한 隱士를 가리킬 때 쓰는 말이다.

나는 칼날 길게 뽑으니 비단 빛 생선회요 飛鍔長抽錦縷鱠
술잔 띄워 나부춘(羅浮春)[56]을 가득 잔질하네. 流觴滿酌羅浮春.
그대의 시 매우 섬세함을 사랑하여 愛君詩律十分細
아울러 깨달았네, 문장은 원래 신(神)이 있음을. 轉覺文章元有神.

버드나무 휘장에 드리우고 풀은 자리인 양 펴져있으니 楊柳垂帷草展茵
한 해의 풍경 절로 청신(淸新)하네. 一年光景自淸新.
산 속에 술 익으니 좋은 계절 만났고 山中酒熟逢佳節
강가에 꽃 피니 옛 친구 보았네. 江上花開見故人.
증점(曾點)은 이미 기수(沂水)에서 목욕을 이루었고[57] 點也已成沂水浴
요부(堯夫)는 다시 낙양(洛陽)의 봄 감상하였네.[58] 堯夫更賞洛[59]陽春.

56 나부춘(羅浮春) : 蘇軾이 惠州에 있을 때 만든 술로, 혜주에 있는 羅浮山에서 취한 이름이다. 소식의 「寓居合江樓」에, "삼산이 지척이라 돌아가지 않고 한 잔 나부춘을 주노라〔三山咫尺不歸去, 一杯付與羅浮春〕."라는 구절이 있는데, 그 自注에서, "내 집에서 빚은 술을 나부춘이라 한다〔予家釀酒, 名羅浮春〕."고 하였다.

57 증점(曾點)은 …… 이루었고 : 孔子의 제자 曾點이 자신의 뜻을 말하라는 공자의 말씀에 瑟을 울리다 말고, "늦은 봄날 봄옷이 이루어지거든 어른 대여섯 사람, 동자 예닐곱 사람과 함께 沂水에서 목욕하고 舞雩에서 바람 쏘이고 시 읊으면서 돌아오겠다〔莫春者, 春服旣成, 冠者五六人, 童子六七人, 浴乎沂, 風乎舞雩, 詠而歸〕."고 하니, 공자가 허여하였다고 한다(『論語』, 「先進」 참조).

58 요부(堯夫)는 …… 감상하였네 : 요부는 송나라 학자 邵雍의 자이다. 호는 安樂窩 · 百源이며 시호는 康節이다. 『주역』에 정통하였는데, 易傳에 근거하여 八卦를 해석하였고, 도가사상을 참고하여 '象數之學'을 개창하였다. 일생을 洛陽에 숨어 살았으며, "봄에는 낙성의 꽃 구경하고, 가을에는 천진에서 달 감상하며, 여름에는 숭산에서 바람 쏘이고, 겨울에는 용산의 눈 구경한다오〔春看洛城花, 秋翫天津月, 夏披嵩岑風, 冬賞龍山雪〕."라는 시가 있다(『擊壤集』 卷12, 「閑適吟」 참조).

59 낙(洛) : 원문에는 '雒'자로 되어 있는데, 문맥상 오류이므로 '洛'자로 바로잡는다.

이 사이 한가로운 정취 누가 묘사하랴 此間閑趣誰描寫
그대 시 있음에 힘입어 신묘한 경지에 들리라. 賴有君詩妙入神.

14 호정에서 또 백창의 시에 차운하다

湖亭又次伯昌韻

협곡이 동남으로 갈라지고 운무 걷히니 峽拆東南雲霧開
창랑(滄浪) 일대 이 사이를 도네. 滄浪一帶此間廻.
공중에서 홀로 요부의 누각[60]에 기대고 空中獨倚堯夫閣
천상에서 함께 태백(太白)의 술잔[61]을 드네. 天上兼行太白盃.
밤 고요하니 강물 소리 베개까지 굴러오고 夜靜江聲連枕轉
봄 개니 산 빛 주렴 가득히 오네. 春晴山色滿簾來.
시정(詩情)의 도움 받아 신속함을 자랑하니 詩情得助誇神速
하필 읊을 때에 동발(銅鉢)을 쳐서 재촉하랴.[62] 何用吟時擊鉢催.

60 요부의 누각: 소옹은 벼슬에 나가지 않고 蘇門山 百泉에서 독서하며 자신이 사는 집을 安樂窩라 이름 붙이고 安樂先生이라 자호하였으며, 낙양에 살 때에는 空中樓閣을 지어 無名公이라 자호하였다(『宋史』 卷427 참조).

61 태백(太白)의 술잔: 太白은 唐나라 시인 李白의 자인데, 이백이 酒豪였기 때문에 술을 즐겨 마신 것을 비유한 말이다.

62 하필 …… 재촉하랴: 南齊 때 竟陵王 蕭子良이 밤이면 문인 학사들을 초청하여 술을 마시며 촛불 1寸이 타는 동안에 四韻詩를 짓게 하였다. 이후 蕭文琰이 그보다 더 빠른 방법으로, 즉 동발을 쳐서 그 소리가 한 번 그칠 동안에 사운시를 짓도록 했던 데서 온 말이다(『南史』 卷59, 「王僧孺列傳」 참조).

15 서원(西原)[63]에서 저물녘 바라보며

西原晩望

우뚝 솟은 구리 돛대[64] 아래	矗矗銅檣下
호서(湖西) 제일의 고을이라.	湖西第一州.
산은 평지를 둘러싸 드넓고	山圍平陸闊
나무는 고성(古城)을 껴안아 떠 있네.	樹擁古城浮.
부처 돌은 사람이 되어 서 있고	佛石成人立
공천(功川)은 글자를 배워 흐른다.	功川學字流.
남쪽 누대에 홀로 올라 바라보니	南樓獨登眺
날 저물어 향수가 이네.	日暮動鄕愁.

16 읍청정(挹淸亭)에 차운하다

挹淸亭次韻

물가 정자 한낮에 쉴 만하니	水亭當午憩
바람 가늘어 물결 잔잔히 움직이네.	風細動波微.
성곽 나서자 먼지가 인하여 줄어들고	出郭塵仍少
다리 지나니 관리가 더욱 드물구나.	過橋吏更稀.

63 서원(西原) : 충청도 淸州의 옛 이름.

64 구리 돛대 : 『新增東國輿地勝覽』 卷15, 「淸州牧古跡銅檣」에 이르길, "고을 성안의 龍頭寺에 있다. 절은 廢寺가 되었지만 돛대는 남아 있으며 높이가 10여 길이다. 세상에 전하기를, '처음 州를 설치할 때 術者의 말을 듣고 이것을 세워 배가 가는 형국을 나타내었다.' 한다." 고 하였다.

도잠(陶潛)은 바야흐로 옳음을 깨달았고[65]	陶潛方覺是
거원(蘧瑗)은 이미 그름을 알았다네.[66]	蘧瑗已知非.
위상(渭上)에 어느 때 돌아가	渭上何時返
이끼 낀 낚시대에서 석양에 낚시질할까.[67]	苔磯釣夕暉.

번역 **손혜리**

65 도잠(陶潛)은 …… 깨달았고 : 도잠의 「歸去來辭」에, "지금이 옳고 지난날이 그름을 깨달았다〔覺今是而昨非〕."라는 구절이 있는데, 벼슬길에 있던 과거가 잘못이고 향리로 돌아갈 결심을 한 지금이 옳음을 깨달았다는 뜻이다.

66 거원(蘧瑗)은 …… 알았다네 : 거원은 춘추시대 衛나라 대부 蘧伯玉의 본명이다. 거백옥은 50세 때에 49년 동안의 잘못을 깨달았다〔年五十而知四十九年非〕고 한 데서 온 말로, 50세를 知非라고도 한다(『淮南子』, 「原道訓」 참조).

67 위상(渭上)에 …… 낚시질할까 : 渭水에서 낚시를 드리우고 文王을 기다렸다가 뒤에 武王을 도와 殷을 정복하고 周나라를 세우는 데 큰 공헌을 한 姜太公처럼, 낚시하며 때를 기다린다는 의미이다.

『태호시고(太湖詩藁)』

권5

『태호시고』 권5

「옥당록(玉堂錄)」 중(中) 기묘(己卯)

1 북백(北伯) 고석(孤石)[1] 태장(台丈)이 연필(延筆) 네 자루를 주신 것에 사례하여

謝北伯孤石台丈惠延筆四枝

털을 뽑은 이름난 장인 신묘함을 헤아리기 어려운데　拔毫[2]名匠妙難量
귀한 선물이 옛날의 삭방(朔方)으로부터 왔다네.　寶貺來從古朔方.
다섯 형과 어여쁘게 이불을 함께 하는 것[3]보다 약간 적지만
差少五兄憐共被

1 고석(孤石) : 조선 중기 문신인 睦長欽(1572~1641)의 호. 그의 자는 禹卿, 본관은 泗川이다. 1599년 정시 문과에 병과로 급제하고 이조정랑을 거쳐 1613년 좌부승지가 되었을 때 李爾瞻·鄭仁弘 등이 永昌大君을 폐하려 하자 이를 저지하려다가 청풍군수로 좌천된 뒤 고향으로 돌아갔다. 1623년 인조반정으로 승지에 임명되고, 판결사·함경도관찰사·경주부윤 등을 거쳐 호조참판으로 備邊司提調를 겸하였다. 병자호란 때는 왕을 모시고 남한산성으로 피난하였으며, 1641년 도승지가 되었다.
2 毫 : 원문은 '豪'자로 되어 있는데, 문맥상 오류이므로 '毫'자로 바로잡는다.
3 다섯……하는 것 : 형제간의 우애를 뜻한다. 姜肱은 後漢 사람으로 자가 伯淮인데, 두

도리어 세 벗이 책상을 함께함[4]을 기뻐함이 많았네. 卻多三友喜同牀.
주머니 속 송곳 끝이 나오니[5] 쇠송곳 마냥 예리하고 囊中脫穎金錐利
연꽃송이 속에 칼끝을 감추니[6] 쇠칼처럼 굳세다네. 藕裏藏鋒鐵劍剛.
감사의 뜻을 남산(南山)의 대나무[7]로 쓰고자 하니 欲書謝意南山竹
큰 솜씨라 도리어 금수(錦繡)의 간장(肝臟)[8]에도 부끄럽구나. 大手還慙錦繡腸.

아우인 仲海·季江과 우애가 돈독하여 항상 한 이불을 덮고 잤으므로 姜肱共被라는 고사가 생겼다(『後漢書』 卷53, 「姜肱列傳」 참조). 다섯 형제가 한 이불을 덮는 것에 관한 고사는 미상이다.

4 세 벗이 …… 함께함 : 韓愈의 「毛穎傳」에, "모영은 絳 땅 사람 陳玄과 弘農의 陶泓과 會稽의 楮先生과 더불어 매우 친하여 서로 추천하고 詔致하여 출처를 반드시 함께 하였다〔穎, 與絳人陳玄·弘農陶泓及會稽楮先生, 友善相推致, 其出處必偕〕."라는 구절이 있다. 이때 진현은 먹, 도홍은 벼루, 저선생은 종이를 가리키는 것으로, 모영 즉 붓과 더불어 '文房四友'가 된다.

5 주머니 …… 나오니 : 송곳의 끝이 주머니 밖으로 삐져나오는 것으로 자신의 재능을 다 드러내는 것을 뜻한다. 『史記』 卷76, 「平原君虞卿列傳」에, "평원군이 말하기를, '무릇 賢士가 이 세상에 처함에 있어서는 비유하자면 송곳이 주머니 속에 있는 것과 같다. 그 끝이 드러나지 않으면……'이라 하자, 毛遂가 말하기를, '신을 오늘 주머니 속에 있게 해 주시기 바랍니다. 저로 하여금 일찌감치 주머니 속에 있게 했더라면 송곳 끝이 주머니를 뚫고 나와서〔穎脫而出〕 끝이 보이는 정도만이 아니었을 것입니다.' 하였다."라는 구절이 있다.

6 연꽃송이 …… 감추니 : 칼끝을 감추는 것은 재주가 뛰어나지만 밖으로 드러내지 않는 것을 비유한 말이다. 唐나라 劉肅의 『大唐新語』, 「聰敏」에, "공의 문장이 이와 같은데 어찌 차마 칼끝을 감추어 비루한 사내의 과오를 이루겠습니까?〔公詞翰若此, 何忍藏鋒, 以成鄙夫之過〕."라는 구절이 있다.

7 남산(南山)의 대나무 : 李密이 隋나라 煬帝의 죄악을 열거하는 격문에 이르길, "남산의 대나무를 모두 깎아서 기록한다고 해도 그의 죄는 끝이 없고, 동해의 물을 쏟아서 흘러 내리게 한다 해도 그의 죄는 다 씻기가 어렵다〔罄南山之竹, 書罪無窮, 決東海之波, 流惡難盡也〕."라고 하였다. 여기서 남산의 대나무는 붓을 의미한다(『舊唐書』 卷53, 「李密列傳」 참조).

8 금수(錦繡)의 간장(肝臟) : 뱃속에 시문이 가득 들어 있어 문장을 잘한다는 말이다. 이백의

【연필은 곧 북방의 뛰어난 장인인 연택(延澤)이 묶어놓은 것이다.】

【延筆, 卽北方良工延澤所束也.】

2 감초를 빌리는 절구 한 수를 고석 태장에게 드리다

乞甘草一絶呈孤石台丈

약초 캐러 간 누선(樓船)은 오래도록 돌아오지 않고 採藥樓船久不回

이 한 몸 병이 많아 강굽이에 누워있네. 一身多病臥江隈.

십전(十全)[9]과 같은 신명(神明)에 통하는 조제를 구하려면 十全若要通神劑

모름지기 북방에 있는 국로(國老)의 약재를 써야하리. 須用幽都國老材.

3 윤청안(尹淸安)[10]을 곡하며

哭尹淸安

해평(海平)의 명문가 후예 산림의 명성을 독차지했고 海平華胄擅林名

「送從弟令問序」에, "자운선의 아우가 일찍이 술에 취하여 나를 보고 말하길, '형의 心肝五臟은 모두가 錦繡란 말입니까. 그렇지 않으면 어떻게 입만 열면 글을 이루고 붓만 휘두르면 안개처럼 쏟아져 나온단 말입니까.'라고 했다〔紫雲仙季常醉目吾曰: '兄心肝五臟, 皆錦繡耶? 不然, 何開口成文, 揮翰霧散〕."고 하였다.

9 십전(十全) : 十全大補湯을 말한다. 백복령 · 백출 · 인삼 · 숙지황 · 백작약 · 감초 · 황기 · 육계 · 당귀 · 천궁의 열 가지 약물을 같은 비율로 넣고 생강 3조각과 대추 2알을 첨가하여 끓인 물에 복용한다.

10 윤청안(尹淸安) : 淸安縣監을 지낸 尹悅之(1589~?)인 듯하다. 그의 자는 長豫, 본관은 海平이다. 1615년 생원시에 합격한 뒤 1632년에 청안현감을 역임하였다.

비단을 재단함[11]이 넉넉하여 두 성(城)에 걸터 앉았네.	製錦恢恢跨二城.
웃고 말함에 봄바람이 옥 술잔에 일고	笑語春風生玉酒
흉금엔 가을 달이 금경(金莖)[12]에 떠올랐네.	襟懷秋月上金莖.
관문(關門)에서 이미 신선의 기운을 바라보았고[13]	關門已望僊人氣
택읍(澤邑)에는 공연히 불자의 소리만 전하였네.[14]	澤邑空傳佛子聲.
다행히 옹(翁)이 돌아갈 세 아들[15] 있어	幸有翁歸三寶樹
응당 사대(四代)가 정려에 표창 받는 영광을 보리라.	應看四葉表閭榮.

11 비단을 재단함 : 원문은 '製錦'으로, 고을을 다스린다는 의미이다. 춘추시대 鄭나라 子皮가 일찍이 尹何에게 읍을 다스리게 하려고 하자, 子産이 말하길, "윤하는 나이가 적으니, 그가 해낼 수 있을지 모르겠소." 하니, 자피가 말하길, "그는 성실한 사람이라, 내가 그를 사랑하고 있으니, 그는 나를 배반하지 않을 것이오. 그로 하여금 읍으로 나가서 정치를 배우게 한다면 그도 차츰 정치를 알게 될 것입니다." 하였다. 그러자 자산이 말하길, "안 됩니다. …… 당신에게 아름다운 비단이 있다면 그것을 옷 지을 줄 모르는 사람에게 주어 옷 짓는 일을 배우게 하지는 않을 것입니다. 큰 벼슬과 큰 읍은 백성의 몸이 의탁하는 곳인데, 배우는 사람에게 시험 삼아 다스리게 한단 말입니까. 큰 벼슬과 큰 읍이야말로 그 아름다운 비단보다 훨씬 더 중요한 것이 아니겠습니까〔不可 …… 子有美錦, 不使人學製焉. 大官大邑, 身之所庇也, 而使學者製焉? 其爲美錦, 不亦多乎?〕."라고 하였다(『春秋左傳』 襄公 31년 참조).

12 금경(金莖) : 구리로 만든 기둥을 가리킨다. 漢나라 武帝가 柏梁臺를 쌓고 20丈 높이의 銅柱를 세워 이슬을 받는 仙人掌을 그 동주 위에 설치하였다고 한다. 『後漢書』, 「班固傳」의 주석에, "金莖銅柱也.'라는 구절이 있다.

13 관문(關門)에서 …… 바라보았고 : 函谷關의 關令 尹喜가 동쪽에서 서쪽으로 옮겨 오는 紫氣를 보고 성인이 오실 것이라고 기대하였는데, 과연 老子가 靑牛를 타고 왔다는 전설이 전한다(『列仙傳』 上 참조).

14 택읍에는 …… 전하였네 : 미상이다.

15 아들 : 원문은 '寶樹'인데 玉樹와 같은 뜻으로, 훌륭한 자손을 가리킨다. 晉나라 때 큰 문벌을 이루었던 謝安이 子姪들에게, "어찌하여 사람들은 자기 자제가 출중하기를 바라는가?" 하고 묻자, 조카 謝玄이 "비유하자면 마치 芝蘭과 玉樹가 자기 집 뜰에 자라기를 바라는 것과 같습니다."라고 하였다. 謝家寶樹 또는 謝家芝蘭이라고도 한다(『世說新語』, 「語言」 참조).

4 법헌 노사(法軒老師)에게 주다

贈法軒老師

노승이 인연 따라 푸른 산기슭에 사니 老宿隨緣住翠微
기원(祇園)[16]은 보배 감춰 광채가 있네. 祇園藏寶有光輝.
청오(青烏)의 비결 받아 신비로운 술법을 통하고[17] 青烏授訣通神術
백마(白馬)에 실어 온 경(經)으로 변화의 기미 깨달았네.[18] 白馬馱經悟化機.
가는 걸음은 훗날 석장(錫杖)을 날리고[19] 行脚異時飛錫杖
마음잡아 많은 날 절의 사립문 닫고 있네. 秉心多日掩禪扉.
삼생(三生)[20]의 습관이 모두 사라졌으니 三生結習都消盡
천화(天花)로 하여금 옷을 물들이도록 시험치 말라.[21] 莫遣天花試染衣.

---

16 기원(祇園) : 불교 신도의 시주에 의해 세워지는 절이란 의미이다. 晉나라 法顯의 『佛國記』에, 인도의 給孤獨長者가 석가모니에게 사찰을 지어 기증하려고 祇陀太子를 찾아가 정원을 팔도록 종용하자, 태자가 농담삼아 "그 땅에다 황금을 깔아 놓아야만 팔 수 있다."고 하니, 장자가 전 재산을 기울여 그곳에 황금을 깔아 놓자, 태자가 감동하여 그 땅에 절을 짓게 하였다는 고사가 전한다. 이 절이 바로 祇園精舍로 기타태자의 수목과 급고독장자의 땅이란 뜻〔祇樹給孤獨園〕이다.

17 청오(青烏)의 …… 통하고 : 青烏는 漢나라 때 地理術에 정통한 青烏子를 가리키는데, 그가 『葬經』을 저술하였기 때문에 『장경』을 말하기도 한다.

18 백마(白馬)에 …… 깨달았네 : 後漢 明帝가 서역에 사신을 보내 당시 서역의 고승이었던 迦葉摩騰과 竺法蘭을 통하여 불경 및 불상과 사리를 구해 백마에 싣고 돌아왔다고 한다.

19 석장(錫杖)을 날리고 : 得道한 고승은 錫杖을 날려 허공을 비행한다는 말이 있다. 『釋氏要覽』에, "지금 중들이 유람하는 것을 飛錫이라 하는데, 이는 고승 隱峯이 五台山을 유람하고 淮西로 나갈 적에 석장을 공중에 던져 날게 하여 그 석장을 타고 갔기 때문이다."라고 하였다.

20 삼생(三生) : 불교에 나오는 말로 전생 · 이승 · 저승, 또는 과거 · 현재 · 미래를 뜻한다.

21 천화(天花)로 …… 말라 : 中印度 毘舍離城의 長者인 維摩詰이 여러 보살과 舍利佛 등의 大弟子들을 위하여 설법할 때 마침 天女가 여러 사람들의 몸에 天花를 흩어 내렸다.

5 옥인 상인(玉印上人)에게 주다

贈玉印上人

불성(佛性)과 시정(詩情)의 학문 두 가지가 넉넉하여	佛性詩情學兩優
선림(禪林)의 영수(領袖)로 스스로 짝할 이 없네.	禪林領袖自無儔.
한 칸 방에서 경전 연설하며 진각(眞覺)을 말하고	演經一室談眞覺
천 산에 석장(錫杖)을 날려 장유(壯遊)를 지었네.	飛錫千山賦壯遊.
뜻하지 않게, 문공(文公)이 가도(賈島)를 만났고[22]	不意文公逢賈島
어찌 무제(武帝)가 탕휴(湯休) 알아줌[23]을 생각하랴.	寧思武帝識湯休.
거듭 옛 자취 찾아 늙기를 기약하여	重尋舊跡期終老
절을 쌍계(雙溪)에 연 것이 이십 년이네.	開寺雙溪二十秋.

이때 이미 일체의 分別想을 단절한 보살에게는 이 천화가 달라붙지 않았으나, 아직 분별상을 단절하지 못한 대제자 등의 옷에는 천화가 달라붙었다는 고사가 있다(『維摩經』, 「觀衆生品」 참조).

22 문공(文公)이 …… 만났고 : 文公은 시호가 文인 韓愈이다. 賈島는 唐나라 때 시인으로, 처음에 중이 되었다가 뒤에 환속하였다. 그가 나귀를 타고 시를 읊다가 "새는 못 속의 나무에 잠들고 중은 달 아래 문을 두드린다〔鳥宿池邊樹, 僧敲月下門〕."는 구절이 생각났는데, '敲'자가 좋을지 '推'자가 좋을지 고민하다가 우연히 길에서 만난 한유의 말에 따라 '敲'자로 결정했다는 고사가 있다(『新唐書』 卷176, 「賈島傳」 참조).

23 무제(武帝)가 …… 알아줌 : 武帝는 南朝 송나라 世祖인 孝武帝이며, 湯休는 같은 시대에 활동한 승려 惠休이다. 혜휴는 시문에 능하여 무제로부터 환속의 명을 받고 湯의 성을 하사받았다(『宋書』 참조).

6 경원 상인(冏元上人)에게 주다
贈冏元上人

옛날에 상문(桑門)[24]으로 호를 경원(冏元)이라는 이를 만나 昔遇桑門號冏元
법주(法舟)를 처음 당겨 강의 근원 거슬러 올라갔네. 法舟初輓遡江源.
황려(黃驪)[25]의 물 속 달은 선(禪)의 고요함에 참여했고 黃驪水月參禪寂
오압산(烏鴨山)[26] 연기노을에서 속세의 시끄러움 피했네. 烏鴨煙霞避俗喧.
지팡이 들어 막 승지(勝地) 찾는다는 것 들었는데 卓錫纔聞謀勝地
금을 펼쳐 이윽고 기원이 열리는 것[27] 보았네. 布金俄見闢祇園.
어느 때 다시 장경각(藏經閣)을 얽어 何時更搆藏經閣
패엽(貝葉)의 진전(眞詮)[28]이 하나하나 나부끼게 하랴. 貝葉眞詮一一飛.

---

24 상문(桑門) : 梵語를 音譯한 沙門의 異譯으로, 승려를 뜻한다.
25 황려(黃驪) : 경기도 驪州의 옛 이름.
26 오압산(烏鴨山) : 경기도 여주 남쪽 10 리에 있는 산으로, 黃龍山이라고도 한다.
27 금을 …… 열리는 것 : 권5 「玉堂錄」 中의 16번 각주를 참고할 것.
28 패엽(貝葉)의 진전(眞詮) : 貝葉은 인도의 貝多羅 나뭇잎이라는 뜻인데, 이 잎사귀 위에 불경을 썼기 때문에 보통 불경을 가리킨다. 眞詮은 眞諦와 같은 뜻의 불교 용어로, 出世間의 최상인 究竟의 진리를 뜻한다.

7 오여확(吳汝擴)[29]이 해서 안찰사로 가는 것을 전송하다

送吳汝擴按海西

성은 스물넷으로 산천을 전정(奠定)하고	城分四六奠山川
골짜기 속 인가의 연기 바닷가에 접했네.	峽裏人煙接海堧.
고려 태조가 사냥한 밭은 푸른 나무 밖이오[30]	麗祖獵田靑木外
단군의 신비한 궁궐은 흰 구름 가라네.[31]	檀君神闕白雲邊.
웅장한 번진 예부터 순행의 소임을 중히 여겼고	雄藩舊重驅馳任
큰 명망은 낮밤의 현로(賢勞)를 새로 나누었네.	碩望新分夙夜賢.
걸음이 월강(月崗)에 이르러 옥절(玉節)[32]을 멈추니	行到月崗留玉節
중씨(仲氏)는 비단옷 입은 해를 말하지 마오.[33]	仲多休說錦衣年.

29 오여확(吳汝擴) : 吳端(1592~1640)을 가리킨다. 汝擴은 그의 자이며, 호는 東巖 · 白巖, 본관은 同福이다. 1624년 문과에 급제한 뒤 병조정랑 · 정언 · 持平 등을 역임했으며, 1634년에 둘째 딸을 麟坪大君에게 출가시켰다. 1637년에 황해도감사를 역임하였다. 왕자의 장인으로서 사후에 우의정에 추증되었다.

30 고려 …… 밖이오 : 태조 王建이 고려를 세운 일을 말한다. 唐나라 상인 王昌瑾이 오래된 거울을 얻었는데, 거기에 "두 마리의 용이 나타나, 한 마리는 청목 가운데 몸을 감추고 한 마리는 흑금 동쪽에 그림자를 드러내리라〔二龍見, 一則藏身靑木中, 一則現影黑金東〕."를 포함하여 모두 147자가 쓰여 있었다. 청목은 소나무〔松〕를 가리킨 것이니, 松嶽郡 사람인 侍中 왕건을 가리킨 말이고, 흑금은 쇠〔鐵〕를 가리킨 것이니 당시 철원에 도읍한 궁예를 가리킨 말이었다(『東史綱目』 卷5, 戊寅年 참조).

31 단군의 …… 가라네 : 단군을 탄생시킨 桓雄이 흰 구름을 타고 蓬萊山으로 가서 赤松子를 만나 仙境에서 永生했다는 신화가 있다. 10세기경부터 황해도 구월산에는 단군을 비롯해 그의 할아버지와 아버지인 환인 · 환웅을 함께 모시는 三聖堂이 있었는데, 이곳은 영험 있는 祈雨處로 여겨졌다고 전한다.

32 옥절(玉節) : 옥으로 만든 符節로, 예전 관찰사는 임금이 하사한 옥절을 지녔다.

33 중씨(仲氏)는 …… 마오 : 仲氏는 오단의 형인 吳竣(1587~1666)이다. 오준의 자는 汝完, 호는 竹南, 본관은 同福으로, 1618년 문과에 급제한 뒤 1627년 연안부사를 역임하였다. 세 차례 청나라에 다녀왔으며, 한성부판윤 · 예조판서 · 판중추부사 등을 지냈다. 오단은

【월강(月岡) 오가(吳家)의 선영이 연안(延安)에 있으며, 백령공(伯令公)은 일찍이 부사(府使)가 되었다】

【月岡吳家先壟在延安, 伯令公曾爲府使.】

8 저물녘 강도(江都) 뒤 물가에 정박하다

晩泊江都後渚

몸은 많은 병을 앓은 뒤 한가롭고	身閑多病後
강한(江漢)에 자취가 부평 같네.	江漢跡如萍.
잠두봉(蠶頭峯)[34] 물가에서 닻을 풀고	解纜蠶頭渚
연미정(燕尾亭)[35]에서 노를 멈추네.	停橈燕尾亭.
늙은이 말이 끝나기도 전에	老翁言未了
외로운 나그네 눈물이 먼저 떨어지네.	孤客淚先零.
긴 노래로 누가 다시 전송하리	長歌誰更送
슬픈 원망은 차마 듣지 못하겠네.	哀怨不堪聽.

33세의 나이로 문과에 급제한 뒤 46세에 황해도 관찰사를 지냈고, 오준은 32세에 급제한 뒤 41세에 연안부사를 지냈다. 여기서는 형인 오준이 오단보다 황해도를 다스리는 관직에 먼저 임명된 것을 말한 것이다.

34 잠두봉(蠶頭峯) : 서울 한강 하류 楊花大橋 북쪽편의 동쪽에 강으로 불쑥 튀어나와 절벽을 이룬 곳으로, 지금의 切頭山이다.

35 연미정(燕尾亭) : 강화군 강화읍 월곶리에 있는 고려 시대의 누정이다. 한강과 임진강이 합류하는 지점의 물길이 하나는 서해로, 또 하나는 甲串의 앞을 지나 인천 쪽으로 흐르는데, 그 모양이 제비꼬리와 같다 하여 정자 이름을 연미정이라 지었다고 한다 (『新增東國輿地勝覽』 卷12, 「江華都護府」 참조).

9 강도(江都)를 애도하여 2수

哀江都 二首

젊은이 외람되게도 곤(閫)을 나누자[36]	弟子叨分閫
우리나라 국세(國勢)가 기울어졌네.	吾東國勢傾.
배 안은 도리어 적이 되고[37]	舟中飜作敵
성 아래선 스스로 맹세를 이루었네.	城下自成盟.
천연의 요새도 오히려 믿기 어렵고	天險猶難恃
사람의 계책이 가벼울 순 없네.	人謀未可輕.
입 속으로 웅얼거리며 우주를 바라보자니	沈吟瞻宇宙
백발이 머리 가득 생겼네.	白髮滿頭生.

한 척 배로 겨우 지나는 보장(保障)은 이지러졌고	一葦纔過保障虧
모신(謀臣)[38]은 비처럼 많지만 계책은 기이함이 없네.	謀臣如雨計無奇.

36 젊은이 …… 나누자 : 젊은이는 병자호란 때 강화유수를 지낸 張紳(?~1637)을 가리키는 듯하다. 장신은 1636년 강화유수로 전임되었으며, 그 해 12월 병자호란을 당하여 강도(江都) 방위를 맡았는데 전세가 불리해지자 왕실과 노모를 버리고 먼저 도망하여 강도가 함락되었다. '閫을 나눈다'는 것은 외방의 兵權을 맡아서 나가는 것을 말한다. 『史記』, 「馮唐傳」에, "곤의 밖은 장군이 맡고 곤의 안은 寡人이 맡는다〔閫以外者, 將軍制之, 閫以內者, 寡人制之〕."라는 구절이 있다.

37 배 안은 …… 되고 : 전국 시대 魏나라 武侯가 배를 타고 西河의 중류를 내려가다가 吳起를 돌아보고는 산천이 험고한 것이야말로 위나라의 보배라고 자랑하자, 오기가 "사람의 덕에 달려 있지, 산천의 험고함에 있는 것이 아닙니다. 만약 통치자가 덕을 닦지 않으면 이 배 안에 있는 사람들 모두가 적국의 사람이 될 것입니다〔在德不在險, 若君不修德, 舟中之人, 盡爲敵國也〕."라고 대답한 고사가 전한다(『史記』 卷65, 「孫子吳起列傳」 참조).

38 모신(謀臣) : 국가의 중요한 정책을 결정하는 과정에 참여하는 重臣을 가리킨다.

장순(張巡)은 죽음으로 지키려 했으나[39] 어찌 얻을 수 있으랴 張巡死守何能得
홍호(洪皓)의 생환(生還)[40]은 기약할 수 없구나. 洪皓[41]生還未可期.
목구멍이 끊어진 장부는 부질없이 스스로 흥분하였고 脰絶壯夫空自奮
애간장 탄 정부(貞婦)를 다시 누가 알리오. 腹悲貞婦更誰知.
사방으로 에워싼 천연의 요새는 한갓 옛 그대로인데 四環天塹徒依舊
홀로 조각배에 기대니 눈물이 턱에 가득하구나. 獨倚扁舟淚滿頤.

번역 손혜리

39 장순(張巡)은 …… 했으나 : 唐나라 玄宗 때 安祿山의 난이 일어났을 때 다른 성들은 모두 함락되었으나 張巡과 許遠 등이 睢陽을 굳게 지켜 2년을 버텼다. 그러나 지원군이 이르지 않아 결국 성이 함락되어 사로잡히고 말았다. 그 전에 장순이 전투를 독려하면서 눈을 부릅뜨다가 눈자위가 찢어져 피가 흘렀고 이를 악물어 이가 부서졌는데, 포로가 된 뒤에 적장 尹子奇가 장순의 입을 칼로 찢어 보니 남아 있는 이가 서너 개뿐이었다. 장순이 죽으면서 말하길, "나는 君父를 위해 의리로 죽지만 너희들은 역적에게 붙었으니 개돼지만 못하다. 어찌 오래 가겠느냐."고 하였다고 전한다(『舊唐書』 卷187, 「忠義列傳」 下 참조).

40 홍호(洪皓)의 생환(生還) : 南宋 高宗 때의 충신인 洪皓는 金나라에 사신으로 갔다가 억류되어 15년 동안 冷山에 갇혀 있다가 돌아왔는데 온갖 위협과 회유에도 굴하지 않으니, 당시 사람들이 한나라의 蘇武라고 칭송하였다 한다(『宋史』 卷373, 「洪皓列傳」 참조).

41 皓 : 원문은 '浩'자로 되어 있는데, 문맥상 오류이므로 '皓'자로 바로잡는다.

10 뜰의 매화

庭梅

뜰의 매화 두세 가지에 막 꽃이 피니	庭梅初發兩三枝
문득 강남에서 나무에 만발한 때 생각난다.	忽憶江南滿樹時.
하손(何遜)처럼 번거로이 다시 갈 필요 없이	何遜不須煩再往
완연히 동각(東閣)에서 대하고 시를 읊는다.[42]	宛然東閣對吟詩.

11 매화

梅花

매화가 피려 하는데 눈이 막 녹으니	梅花欲動雪初殘
세모(歲暮)에 맑은 자태 홀로 서있기 어렵네.	歲暮淸姿獨立難.
고야(姑射)[43]에 조용히 깃들어 어찌 여윈 것 한하랴	姑射冥棲寧恨瘦
낙양(洛陽)에 높이 누워[44] 추위를 염려하지 않네.	洛陽高臥不疑寒.

42 문득 …… 읊는다 : 중국 남북조시대 梁나라 시인 何遜(?~518)이 建安王의 水曹官으로 揚州에 있을 때 관청 뜰〔東閣〕의 매화나무에 심취하였다. 그 후 洛陽에 돌아간 뒤 매화가 그리워 다시 자청하여 그 곳에 부임하였는데, 마침 꽃이 활짝 핀 것을 보고 「詠早梅」라는 시를 지어 세상에 회자되었다고 한다 (『중국역대인명사전』 참조). 杜甫는 하손의 고사를 인용하여 「和裴迪登蜀州東亭送客逢早梅相憶見寄」에서, "동각의 관매가 시흥을 일으키니, 도리어 하손이 양주에 있을 때 같구나〔東閣官梅動詩興 還如何遜在揚州〕."라고 하였다.

43 고야(姑射) : 『莊子』, 「逍遙遊」에, "막고야 산에 신인이 살고 있는데, 살결이 빙설과 같고 부드럽기가 처녀와 같으며, 오곡을 먹지 않고 바람을 호흡하며 이슬을 마신다〔藐姑射之山 有神人居焉 肌膚若氷雪 綽約若處子 不食五穀 吸風飮露〕."라는 말이 있다.

44 낙양에 …… 누워 : 後漢의 袁安이 집밖에 눈이 三尺이나 왔는데도 낙양에 높이 누워 태평하게 눈을 쓸지도 않았다는 고사가 있다.

빙태(冰胎)는 이미 처마 돌며 찾아봄이 기쁘고 冰胎已喜巡簷索
옥담(玉膽)은 오히려 자리에 들어와 보니 어여쁘네.[45] 玉膽翻憐入座看.
아리따운 열매 기러기 알처럼 익기 기다려 佳實冀成如鴈子
국을 끓이면 응당 한 사람분 초로 족하리.[46] 作羹應足一人酸.

12 판교(判校)[47] 숙부가 매화를 찾기에 가지 하나를 꺾어 보내다
判校叔父索梅折送一枝

매화 관상하는 묘법 신의 솜씨 뺏을 정도니 觀梅妙法奪神工
홀연히 서호처사[48]와 같은 풍모가 있네. 忽有西湖處士風.
담 머리 지나며 꺾은 것 역사(驛使)에 부치지 않고[49] 折過牆頭休寄驛

---

45 빙태(冰胎) …… 어여쁘네 : 杜甫의 「舍弟觀赴藍田取妻子到江陵喜寄」 시에, "처마를 따라 매화 찾아서 웃음 함께 하려 했더니, 찬 꽃술 성근 가지 반쯤은 웃음을 못 참는 듯하다〔巡簷索共梅花笑 冷蘂疎枝半不禁〕."라는 구절이 있다. 冰胎와 玉膽은 찬 꽃술을 가리킨다.

46 국을 …… 족하리 : 매실을 소금처럼 조미료로 사용함을 말한다. 殷나라 高宗이 일찍이 傅說에게 이르길, "만일 국을 조리하려 하거든 그대가 바로 소금과 매실이 되어야 한다〔若作和羹 爾惟鹽梅〕."고 하였다(『書經』, 「說命」 下 참조).

47 판교(判校) : 承文院 校書館에 속한 정3품 벼슬.

48 서호처사(西湖處士) : 北宋시대 林逋(967~1028)를 가리킨다. 그는 杭州 錢塘 사람으로, 西湖의 孤山에 초막을 지어 매화를 심고 학을 기르며 살았다(『宋史』 卷457, 「林逋列傳」, 『世說新語補』 「棲逸」 참조).

49 역사(驛使)에 …… 않고 : 南北朝시대 宋나라의 陸凱가 강남의 매화 가지 하나를 꺾어 驛使를 통해서 長安에 있는 친구 范曄에게 안부를 전한 고사에서 유래한 것이다. 역사는 공문서나 서신을 전달하는 사람을 말한다. 육개의 시에, "꽃가지 꺾어 역사를 통해, 농두에 있는 사람에게 부쳐 보내네. 강남땅엔 별 것 없기에, 애오라지 한 가지 봄을 부치네〔折花逢驛使 寄與隴頭人 江南無所有 聊寄一枝春〕."라는 구절이 있다(『太平御覽』 卷970 참조).

병 속에 꽂아 전하며 통에 봉하지 않았네.	揷傳缾口舍緘筒.
어찌 달그림자가 남쪽 가지[50]에 줄어든 것 싫어할까	寧嫌月影南枝減
정히 봄빛이 북쪽 골목과 같음을 기뻐하네.	定喜春光北巷同.
이제부터 맑은 향기 함께 보존하길 기약하며	從此淸香期共保
날마다 대 숲속에서 준주(樽酒)로 모시리.	日陪樽酒竹林中.

번역 **서경희**

50 남쪽 가지 : 원문의 '南枝'는 매화를 가리키는 詩語이다. 蘇軾의 「次韻蘇伯高遊蜀岡途李孝博奉使嶺表」 시에, "나의 소원은 매화꽃 질 무렵에, 일찍 북쪽 기러기 따라 날개짓 해 보는 것〔願及南枝謝 早隨北雁翩〕."이라는 구절이 있다.

『태호시고』 권5

「서행록(西行錄)」 기묘(己卯)

1 임진(臨津)에서 정자수(鄭子脩)[1]의 시에 차운하다

臨津次鄭子脩韻

관서(關西) 지방에서 만남,[2] 묻노니 몇 해인고	關右追隨問幾年
지금 행색이 또 서천(西川)[3]이로다.	卽今行色又西川.
지음(知音)은 이미 현(絃)의 조습(燥濕) 분변하니[4]	知音已辨絃燥濕

1 정자수(鄭子脩) : 子修는 鄭之羽(1592~1646)의 자. 그의 호는 滄海, 본관은 동래이다. 1615년에 진사시에 합격하고 1624년(인조 2) 별시문과 병과로 급제하였다. 관직은 승정원 승지로 기록되어 있다(『조선왕조실록』 인조 15년(1637) 2월 5일 기사 참조).

2 관서(關西) 지방에서 …… 해인고 : 태호 이원진이 1632년에 平安道都事로 부임한 적이 있다.

3 서천(西川) : 臨津을 가리키는 듯하다.

4 지음(知音)은 …… 분변하니 : 知音은 친구 간에 서로 상대의 포부나 경륜을 알아줌을 비유하는 말인데, 춘추시대 伯牙와 鍾子期의 이야기에서 유래하였다. 『列子』, 「湯問」에, "伯牙는 琴을 잘 연주했고, 鍾子期는 금을 잘 들을 줄 알았다. 백아의 금 연주 소리의 뜻이 높은 산에 있으면 종자기가 '높디 높다! 태산 같도다!'라고 하였고, 금 연주 소리의

취함을 얻는 이가 어찌 술의 성현(聖賢) 구분하리.[5] 取醉寧分酒聖賢.
서리 온 후 단풍 벼랑, 붉음이 물에 비치고 霜後楓崖紅映水
비온 후 소나무 산, 푸름이 하늘에 닿았네. 雨餘松嶽碧磨天.
엄한 일정 기한 있어 가는 말 재촉하니 嚴程有限催征馬
공연히 어부의 자유로운 배가 부러워라. 空羨漁翁自在船.

2 병풍암(屛風巖)[6]에서 자수의 시에 차운하다

屛風巖次子脩韻

다리 입구에 말 세우고 모래 물가에 앉은 것은 橋頭歇馬坐沙汀
영양의 백학산(白鶴山) 석병(石屛)[7] 사랑해서라네. 爲愛零陽白鶴屛.
웅장한 바위[8], 물을 뚫은 채 검어져 있고 磅礴雲根穿水黑
우뚝한 돌덩이[9], 하늘에 들어 푸르네. 崢嶸氣核入天靑.

뜻이 흐르는 물에 있으면 종자기가 '넘실넘실하다! 강하 같도다!'라고 하여, 백아가 품은 생각을 종자기가 어김없이 알았다〔伯牙善鼓琴, 鍾子期善聽琴, 伯牙琴音志在高山, 子期說'峨峨兮若泰山', 琴音意在流水, 子期說'洋洋兮若江河', 伯牙所念, 鍾子期必得之〕."라는 내용이 있다.

5 취함을 …… 구분하리 : 술에 聖賢이 있다는 것은 옛날에 酒客들이 淸酒를 성인이라 하고, 濁酒를 賢人이라 칭했던 데서 온 말이다. 중국 삼국시대 魏나라 尙書郞 徐邈이 술을 너무 좋아하여, 금주령이 내렸는데도 술에 잔뜩 취하였으므로, 校尉 趙達이 가서 그 경위를 묻자, "내가 성인에게 도취되었다〔中聖人〕."고 하였다(『三國志』 卷27, 「魏書 徐邈傳」 참조).

6 병풍암(屛風巖) : 황해도 瑞興에 있는 명승지.

7 영양(零陽)의 …… 석병(石屛) : 중국 영양은 병풍암 석병으로 유명하다고 한다.

8 웅장한 바위 : 원문은 '雲根'인데 바위를 가리킨다. 宋나라 梅堯臣의 「次韻答吳長文內翰遺石器」 시에, "땅을 파서 운근을 가져다가 단단한 돌 쪼개는 것이 옥 쪼개는 것 같네〔掘地取雲根 剖堅如剖玉〕."라는 구절이 있다.

9 돌덩이 : 원문은 '氣核'인데 단단한 덩어리나 돌을 가리킨다.

팔 때의 괴로움, 우(禹)임금이 수고로웠고[10] 鑿時辛苦勞神禹
쪼개진 곳의 시끄러움, 거령(巨靈)이 노하였네.[11] 劈處咆哮怒巨靈.
대나무 평상에 옮겨 기대, 보아도 부족하여 徙倚筠牀看不足
문득 부절 갖고 용정(龍庭)[12]으로 향함도 잊었네. 卻忘持節向龍庭.

3 총수산(葱秀山)[13]에서 또 차운하다 2수

葱秀山又次韻 二首

바위가 물을 뚫어 서있고 雲根穿水立
단풍잎이 하늘에 기대어 붉네. 楓葉倚天紅.
처음에 봉래 섬을 찾은 듯 했는데 始訝尋蓬島
도리어 낭풍(閬風)[14]에 들어온 듯 의심스럽네. 飜疑入閬風.
말은 밝은 거울 속을 다니고 馬行明鏡裏
사람은 비단 병풍 속에 있네. 人在錦屛中.

10 팔 …… 수고로웠고 : 우임금이 용문산을 뚫어 지주를 부러뜨리고 伊闕山을 잘라〔神禹之鑿龍門折砥柱闢伊闕〕 치수를 한 노고를 말한다.

11 쪼개진 …… 노하였네 : 산의 중간을 쪼개어 폭포수로 흘러내리게 하였다는 말이다. 後漢 張衡의 「西京賦」 注에, "華山이 황하의 흐름을 막아 휘돌아 가게 되자, 巨靈이 손으로 내리치고 발로 밟으니, 화산의 가운데가 갈라져 둘이 되면서 물이 직진하게 되었다."는 구절이 있다. 거령은 河神을 가리킨다.

12 용정(龍庭) : 흉노의 單于가 5월에 큰 회합을 갖고 천지 귀신에게 제사를 올리는 곳으로, 북쪽 변방을 가리킨다(『後漢書』 卷23, 「竇憲傳」 참조).

13 총수산(葱秀山) : 황해도 平山 북쪽 30리 지점에 있는 산. 옛날에 서북 지역으로 가기 위해서는 이곳을 지나가야 했으므로 많은 사람들이 이곳에서 시를 남겼다. 「董越記」에, "평산의 총수산은 깎아 세운 듯한 절벽과 가파른 벼랑이 흐르는 물을 아래로 굽어보고 있다."고 하였다(『練藜室記述』 別集 卷16권 참조).

14 낭풍(閬風) : 崑崙山 꼭대기의 신선이 산다는 곳.

도연명, 사령운이 함께 노니는 곳	陶謝同遊處
새 시가 조물주의 솜씨를 빼앗았네.	新詩奪化工.
모래 희니 물 더욱 푸르고	沙白水逾碧
벽 푸르니 단풍 다시 붉다.[15]	壁青楓更紅.
새로 청동 거울 문지른 듯하고	新摩金錯鏡
높다랗게 옥 병풍 펼쳐졌네.	高展玉屛風.
관리는 스스로 다리 밖에 드물었고	吏自稀橋外
신선이 인하여 자리에 모였네.	僊仍會榻中.
하늘 계단 유맥(乳脈)[16]과 통하여	天階通乳覛
혼돈을 뚫어 깬 것이[17] 유달리 묘하구나.	混沌鑿偏工.

15 모래 …… 붉다 : 두보의 「絶句」 시에, "강이 푸르니 새가 더욱 희고, 산이 푸르니 꽃이 불붙는 듯하다〔江碧鳥愈白 山靑花欲然〕."라는 구절이 있다.

16 유맥(乳脈) : 山陵의 4대 기본 원칙에는 窩形 · 鉗形 · 乳形 · 突形이 있다. 유맥은 긴 乳房形의 乳穴이 있는 작은 둔덕을 가리킨다.

17 혼돈을 …… 것이 : 중앙의 帝인 混沌이 南海의 帝인 儵과 北海의 帝인 忽을 융숭히 대접하자, 숙과 홀이 이에 보답하기 위하여 하루에 구멍 하나씩 뚫어주니 7일 만에 혼돈이 죽었다고 한다(『莊子』, 「應帝王」 참조). 혼돈은 이목구비의 욕구가 일지 않는 순수한 본성을 뜻한다.

4 황강(黃岡)[18]에서 또 자수(子脩)가 자피(子皮)[19]와 작별하면서 남겨준 시에 차운하다

黃岡 又次子脩留別子皮韻

태평성대에 엄중한 견책(譴責)을 만나	盛世逢嚴譴
노쇠한 나이에 멀리 행차하게 되었네.	衰年作遠行.
황강(黃岡)은 소동파의 한이오[20]	黃岡蘇子恨
청초(青草)는 사령운의 정이라.[21]	青草謝公情.
작별 아쉬움에 이어 한밤중인데	惜別仍分夜
재촉하는 일정에 문득 새벽이라.	催程卻遲明.
응당 알리라, 애써 머리 돌려 보면	應知苦回首
관령(關嶺)이 하늘 끝까지 가로질러 있음을.	關嶺極天橫.

18 황강(黃岡) : 황해도 黃州의 별칭.

19 자피(子皮) : 鄭之虎(1605~1678)의 자. 그의 본관은 東萊이다. 1635년 진사시에 합격하고, 이듬해 洗馬가 되었으며, 1637년 별시문과에 병과로 급제하였다. 世子翊衛司侍直을 지냈다.

20 황강(黃岡)은 …… 한이오 : 중국의 황강은 湖北省 黃岡山 동쪽에 있으며, 소동파가 貶謫되어 머물며, 「赤壁賦」를 지은 곳이다.

21 청초(青草)는 …… 정이라 : 중국 南朝시대 시인 謝靈運(385~433)이 시상이 떠오르지 않아 고민하다가 꿈속에서 族弟 謝惠連을 만난 후 "못가에 봄 풀이 났다〔池塘生春草〕."는 명구를 얻었다고 한다. 이를 '青草句'라고 한다(『南史』 卷19, 「謝惠連列傳」 참조).

5 제승당(制勝堂)[22] 시에 차운하다

制勝堂次韻

뇌락할사 웅장한 번진은 옛부터 열렸으나	磊落雄藩自古開
새 집이 구름산 모퉁이 누름에 홀연 놀랐네.	忽驚新搆壓雲隈.
구룡산 빛이 가을 맞아 들어오고	九龍山色迎秋入
칠불강 소리는 비를 끼고 들려오네.	七佛江聲挾雨來.
막부를 보좌하여[23] 옛날엔 절도사 모시고 머물렀는데	佐幕昔陪巡節住
총마를 타고[24] 지금은 사신 수레 짝하여 돌아왔네.	乘驄今伴使車廻.
십년 세월, 책과 칼 마침내 소용없으니	十年書劍終無用
거울 속에 공연히 백발 재촉됨을 슬퍼하네.	鏡裏空悲白髮催.

22 제승당(制勝堂) : 평안북도 安州의 제승당. 曺好益(1545~1609)의 「安州制勝堂」 시가 유명하다. 조호익의 자는 士友이고, 본관은 昌寧이다. 李滉의 문하에서 성리학을 연구하였고, 임진왜란과 정유재란 때 의병을 모아 활약하였다. 평안도 安州牧使를 지냈고, 그곳의 학풍을 크게 진작시켜 關西夫子로 불렸다. 문집으로 『芝山集』이 전한다(『芝山集』 참조). 1645년에 金堉도 「安州制勝堂」 시에 차운하였다.

23 막부를 보좌하여 : 원문은 '佐幕'으로, 조선시대 감사 · 절도사 등 지방장관의 幕僚, 즉 裨將을 가리킨다. 태호 이원진이 1632년에 平安道都事로 잠시 재직하였다. 都事는 조선시대 忠勳府 · 義禁府 · 中樞府 · 五衛都摠府 등에 소속되어 관리의 감찰, 규탄 등을 맡아보던 종5품의 벼슬이다.

24 총마를 타고 : 乘驄은 총마를 타는 御史의 별칭. 後漢 때 桓典이 御史가 되었을 적에 총마를 타고 다니면서 권력자들의 비행을 거리낌 없이 탄핵했던 데서 온 말이다.

6 정자수(鄭子脩)가 물고기 배 요리를 읊은 시에 화답하다

和鄭子脩詠魚腹饌

배 살진 진미가 곰발바닥 맛 뺏으니	腹腴珍味奪熊蹯
문득 권하는 깊은 정 잊을 수 없네.	偏勸深情不可諼.
세 번 향내 맡고 술잔 멈추며 옥 젓가락 대니	三嗅停盃投玉筋
여기에 초나라 비린 혼[25]이 있는가 의심되네.	此間疑有楚腥魂.

7 용만(龍灣)[26]에서 엄중숙(嚴重叔)[27]과 작별하며

龍灣 別嚴重叔

남아(男兒)가 나라를 떠나매 한 몸이 가볍고[28]	男兒去國一身輕
뗏목 그림자 들쑥날쑥 갈석산(碣石山)[29]에 빗겨있네.	槎影參差碣石橫.

25 초나라……혼: 汨羅水에 몸을 던져 물고기 배에 장사지낸 楚나라 屈原을 가리킨다.

26 용만(龍灣): 義州의 별칭.

27 엄중숙(嚴重叔): 重叔은 嚴鼎耈(1605~1670)의 자. 그의 호는 滄浪, 同知中樞府事 愰의 아들이다. 1630년 별시 문과에 丙科로 급제, 1636년 병자호란 때 說書의 직분으로 南漢山城에 왕을 扈從했다. 이후 持平·忠淸道廉問使를 거쳐 修撰·平安道都事 등을 역임했다.

28 한 몸이 가볍고: 임금의 명을 받고 사신으로 나아감에 사욕이 없음을 뜻한다. 宋나라 高宗 때 胡銓이 귀양 갔다가 10년 만에 풀려나 돌아오는 길에 梅溪館의 미인 黎倩을 가까이 했는데, 그 이튿날 주인이 이를 추하게 여겨 밥 대신 여물을 주었다고 한다. 그 뒤에 주희가 그곳을 지나다가 "십 년 동안 호해에선 한 몸 가벼웠는데, 풀려나 돌아오다가 여천의 보조개에 정이 일었네. 세상 길 욕심보다 더 험한 것 없는데, 몇 사람이나 이로 인해 일생을 망쳤던가〔十年湖海一身輕 歸對黎渦却有情 世路無如人欲險 幾人到此誤平生〕."라는 시를 지었다(『宋史』 卷374, 『朱子大全』 卷5 참조).

29 갈석산(碣石山): 遼東과 渤海 인근에 갈석이 많은데, 일찍이 秦始皇이 巡狩하다가 갈석산에 이르러 바위에 자신의 공을 새겼다고 한다(『史記』 卷6, 「秦始皇本紀」 참조).

하늘 나루로 머리 돌리니 옛길 아득하여　回首天津迷舊路
지기석(支機石)을 군평(君平)에게 묻기 어렵겠네.[30]　支機難得問君平.

8 정자수의 삼강(三江)[31] 시에 차운하다

次鄭子脩三江韻

용만이 겨우 큰 물로 보이더니　龍灣纔大涯
압록강이 홀연 두 섬으로 나타났네.　鴨水忽雙洲.
띠의 형세로 성 밖을 둘러싸고　帶勢圍城外
옷깃 모습으로 바다 모퉁이에 합했네.　襟形合海陬.
가운데 물줄기가 땅의 경계를 나누어도　中條分地界
한 빛으로 하늘의 가을을 함께 했네.　一色共天秋.
어찌 '파(巴)'자 이름을[32] 배우랴　肯學成巴字
삼강(三江)이 각각 절로 흐르는 것을.　三江各自流.

30 지기석(支機石)을 …… 어렵겠네 : 張騫이 떼[槎]를 타고 河의 근원까지 갔는데, 한 곳에 성곽이 있었다. 방에는 베를 짜는 여인이 보였으며, 한 남자가 소를 끌고 물을 먹이고 있었다. 장건이 이곳이 어디냐고 물었더니, "그대가 다시 蜀 땅에 가서 嚴君平에게 물으면 알 것이다."라고 하였다. 그 후 장건이 돌아와 織女에게서 받은 支機石을 엄군평에게 보였더니, "아무날 客星이 斗牛星을 범하더니 그대가 은하에 올랐었군."라고 했다고 한다(『博物志』 참조).

31 삼강(三江) : 압록강에 두 섬이 생겨 세 물줄기가 생겼음을 말한다.

32 파(巴)자 이름을 : 두 섬 사이로 흐르는 강의 모습이 '巴'자의 형상을 이룬다는 뜻이다.

9 요양(遼陽)에서 출발하여 사하(沙河)[33]로 향하며

發遼陽向沙河

성곽이 허물어져 옛날과 다르고	城郭虧殘異昔時
하늘이 차니 화표학(華表鶴)[34] 돌아옴 더디네.	天寒華表鶴歸遲.
마음 아파라, 팔참(八站)에서 연경으로 조회가던 길	傷心八站朝燕路
겨우 요양(遼陽)을 지나서 따로 갈림길이 있네.	纔過遼陽別有岐.

10 요동(遼東)의 옛 성을 지나며 느낀 바가 있어서

過遼東舊城 有感

요동 들판 망망(茫茫)하여 낙조(落照)가 희미한데	遼野茫茫落照微
해동의 외로운 사람, 눈물이 옷에 가득하네.	海東孤客淚盈衣.
가련하다, 흰 학 돌아옴이 늦으니	可憐白鶴歸來晚
성곽과 백성, 다 이미 아니로다.[35]	城郭人民總已非.

33 사하(沙河) : 「燕行記」에서, 사하의 근원이 遷安縣 서쪽 橫山의 赤崖에서 나와, 남으로 흘러서 石河와 만나 사하역의 동쪽을 지나고, 또 남으로 灤州를 거쳐 서쪽으로 海子長灣과 크고 작은 沼湖와 합쳐서 동남으로 돌아서 바다에 들어간다고 했다. 醫巫閭山의 三道溝에서 나와 牽馬嶺을 거쳐 동남으로 흘러들어 동사하로 들어간다고도 한다.

34 화표학(華表鶴) : 遼東의 白鶴을 가리킨다. 漢나라 때 요동의 丁令威가 靈虛山에 들어가 신선술을 배워 천년 만에 학으로 변신하여 고향 성문의 화표주에 내려앉았는데, 아무도 몰라보았다는 고사가 있다(『搜神後記』 卷1 참조).

35 성곽과 …… 아니로다 : 丁令威가 학이 되어 화표주에 내려앉았을 때, 소년 하나가 활을 쏘려 하자 허공으로 날아올라 배회하면서 "옛날 정영위가 한 마리 새가 되어, 집 떠난 지 천년 만에 이제 처음 돌아왔소. 성곽은 의구한데 사람은 모두 바뀌었나니, 신선술 왜 안 배우고 무덤만 이리도 즐비한고〔有鳥有鳥丁令威 去家千年今始歸 城郭如故人民非 何不學仙冢纍纍〕."라고 탄식했다는 시가 전해진다(『搜神後記』 卷1 참조).

11 백탑[36]

白塔

우뚝한 백탑 푸른 하늘에 꽂히고	崔巍白塔揷穹蒼
하계의 바람 연기 큰 벌판에 접해 있네.	下界風煙接大荒.
그림자는 자색 바다에 드리워 갈석(碣石)을 흔들고	影落紫溟搖碣石
빛은 붉은 해를 통해 부상(扶桑)[37]에 빛나네.	光通紅旭晃扶桑.
깊이 감춰진 불골(佛骨)[38], 건곤(乾坤)과 함께 늙었고	深藏佛骨乾坤老
높이 모인 선금(僊禽)[39], 세월이 오래되었네.	高集僊禽日月長.
애석하다. 윗 벽돌에 반 박힌 화살 남아 있는데	可惜上甎留半箭
하란(賀蘭)은 마침내 수양(睢陽)을 구원하지 않았네.[40]	賀蘭終不救睢陽.

36 백탑(白塔) : 요동성 서문 밖, 관제묘의 북쪽 2,3리 지점에 있는 8面 13층 탑으로, 팔각의 한 면마다 羅漢과 神將의 형상을 새겨 놓았다고 한다(『國譯 燕行錄選集』 卷8 참조).

37 부상(扶桑) : 해가 뜨는 곳에 있다는 나무 이름으로, 해가 뜨는 동해를 가리킨다.

38 불골(佛骨) : 부처의 사리를 가리킨다.

39 선금(僊禽) : 백학을 가리킨다.

40 하란(賀蘭)은 …… 않았네 : 하란은 唐나라 賀蘭進明이다. 安史의 난 때 張巡 등이 睢陽에서 반란군에게 포위되자, 南霽雲이 포위망을 뚫고 가서 河南節度使 하란진명에게 구원을 요청하였다. 그러나 하란진명은 장순의 명성을 시기하여 구원병을 보내 주지 않았다. 이에 남제운이 돌아가면서 화살로 절의 탑을 쏘아 맞히고 말하길, "내가 적을 무찌르고 돌아오면 반드시 하란을 죽이리라. 이 화살이 그 증거이다." 라고 하였다. 결국 수양은 함락되고 장순과 남제운은 적의 손에 죽었다(『新唐書』 卷192, 「張巡列傳」 참조).

12 동관(東舘)[41]에서 차운하다

東舘次韻

동관이 깊숙한데 홀로 문을 닫았으니	東館深深獨掩門
까마귀가 성 위에 깃들고 황혼이 되려하네.	烏棲城上欲黃昏.
임금 계신 서쪽 바라며 마음은 천리를 가니	美人西望心千里
손수(孫秀)[42]의 미간에 옛 은혜 맺혔네.	孫秀眉頭結舊恩.

13 정성능(鄭聖能)[43]을 위해 한스런 마음을 읊다

爲鄭聖能賦恨情

청의(青衣)로 빈관(賓館)에서 옛날에 정을 남겼는데	青衣賓館昔留情
꽃이 동풍에 떨어지니 원망이 펴지지 못했네.	花落東風怨未平.
홀로 가락지를 보물 상자에 간직하고서	獨有指環藏寶篋
십년동안 아직도 옥소생(玉簫生)[44]을 기다리네.	十年猶待玉簫生.

41 동관(東舘) : 瀋陽의 동관은 조선에서 온 사신이 머무르는 곳이다.

42 손수(孫秀) : 중국 삼국시대 吳나라의 황족. 孫堅의 넷째 아들 孫匡의 손자이다. 손호의 견제를 받아 가족과 함께 晉나라로 도망하자, 司馬炎이 그를 驃騎將軍으로 임명하고 會稽公으로 봉했다. 280년에 결국 오나라가 멸망하자, "손책이 세운 오나라를 손호가 저버렸으니, 하늘이여, 이것은 누구의 죄인가?"라고 한탄했다고 한다(『三國志』 참조).

43 정성능(鄭聖能) : 聖能은 鄭致和(1609～1677)의 자. 그의 호는 棋洲, 본관은 東萊이고, 영의정 鄭光弼의 5대손이며, 영의정 鄭太和의 동생이다. 1628년 별시 문과에 을과로 급제, 여러 文翰의 관직을 거쳤다. 1640년에는 세자시강원보덕이 되어 瀋陽에서 昭顯世子를 모시기도 하였다. 이 때 세자가 서양 문물을 玩好하는 것을 크게 북돋운 인물로 전해진다(『한국민족문화대백과사전』 참조).

44 옥소생(玉簫生) : 淸나라 孟毓參의 호. 그는 산수화를 잘 그렸고, 篆刻에도 뛰어났다고 한다(『중국역대인명사전』 참조).

14 이서화(李西華)[45]를 위해 고운 정을 읊다

爲李西華賦麗情

옛날 꽃을 찾는 나비의 뜻 은근함 생각나나니	憶昔尋芳蝶意勤
이른 봄이라 꽃기운 아직 영글지 못했네.[46]	早春花氣未氤氳.
향산(香山)에서 노래 속 버들 꺾으려 했고[47]	香山欲折歌中柳
무협(巫峽)에서 꿈속 구름 처음 다녔네.[48]	巫峽初行夢裏雲.
고니[49]는 다리에서 훗날 만남 기대할 수 있으나	可待鵠橋佗日會
난새는 거울에서[50] 작별할 때 나뉨 견디지 못했네.	不堪鸞鏡別時分.

---

45 이서화(李西華) : 李行遠(1592~1648)의 호는 西華, 자는 士致, 본관은 全義이다. 1610년 진사시에 합격한 뒤, 1617년 알성 문과에 을과로 급제하여 정자로 기용되었다. 인조반정 후 문장으로 인정받아 왕이 내리는 전교와 교유문을 거의 맡아서 지었다. 병자호란이 일어나자 왕을 扈從하여 남한산성에 들어갔고, 청나라와 화의가 성립되자 副賓客이 되어 昭顯世子를 瀋陽까지 호종하였다. 심양에서 돌아온 뒤에는 대사헌을 지내고, 이조판서와 병조판서를 역임하였다.

46 아직 …… 못했네 : 하늘과 땅의 기운이 합하여 무르익은 경지를 氤氳이라고 한다.

47 향산(香山)에서 …… 했고 : 唐나라 武宗 때 白居易가 刑部尙書로 있다가 致仕한 뒤에 향산으로 들어가서 香山居士라고 자호하였다. 折柳는 이별을 뜻한다. 漢나라 사람들이 전별할 때 長安 동쪽에 있던 灞橋에 이르러 버들가지를 꺾어 주었던 데서 유래하였는데, 석별의 마음을 노래한 '折楊柳'라는 고대의 악곡이 있다(『舊唐書』 卷166, 「白居易列傳」 참조).

48 무협(巫峽)에서 …… 다녔네 : 무협은 揚子江 상류에 있는 세 협곡 중 하나이다. 宋玉의 「高唐賦」 序文에, "赤帝가 출가하지 못하고 죽은 딸 姚姬를 巫山 남쪽에 장사지냈는데, 楚나라 회왕이 고당에 놀러 나와 낮잠을 자다가 꿈속에 무산에 있는 神女라고 자칭하는 미녀를 만나 풍정을 나눴다."고 하였다(『文選』 卷19, 「高唐賦」 참조).

49 고니 : 미상. 혹 원문의 '鵠'자가 '鵲'자의 오류라면, 칠석날 견우와 직녀를 만나게 해준 烏鵲橋일 가능성이 있다.

50 난새는 거울에서 : 원문은 '鸞鏡'인데, 일반적으로 남편을 잃은 부인의 슬픔을 뜻한다. 南朝 宋나라 范泰의 「鸞鳥詩序」에 나오는 고사이다. 罽賓國의 임금이 峻祁山에 그물을 쳐서 鸞鳥 한 마리를 잡아 애지중지하였는데 3년 동안 울지 않았다. 그 부인이 "일찍이 들으니 새는 자기와 같은 무리를 보면 운다고 하였으니 거울을 걸어서 제 모습을 비추어

적요(寂寥)한 외로운 객관에서 새 기러기에 놀랐는데 寂寞孤館驚新鴈
비단 글자[51]로 응당 완곡한 문장 전하리. 錦字應傳宛轉文.

15 포로가 된, 중원(中原)의 그림 잘 그리는 맹영광(孟永光)[52]과 작별하며 남기다

留別被虜中原善畫孟永光

듣건대 그대가 경호(鏡湖)[53]에 산다고 하니 聞道君家住鏡湖
월중(越中)[54]으로 돌아가는 길은 꿈 혼(魂)도 쓸쓸하리. 越中歸路夢魂孤.
옛날에 왕의 모임에서 단청하던 솜씨로 舊時王會丹靑手
차마 하량읍별도(河梁泣別圖)[55]를 그리는가. 忍寫河梁泣別圖.

보게 하지 않겠습니까?"라고 하여 거울을 걸어 두었더니, 난조가 거울에 비친 제 모습을 보고 슬피 울더니 하늘로 한번 날아오르고는 바로 죽었다고 한다(『太平御覽』 卷916, 「鸞鳥詩序」 참조).

51 비단 글자 : 錦字書를 가리키는 말로, 여자의 편지를 가리킨다. 前秦 竇滔의 처 蘇蕙가 자신을 남겨두고 流沙로 간 남편을 그리워하며 비단 옷감 위에 廻文詩를 지어 보낸 고사에서 유래한 것이다(『晉書』, 「列女傳 竇滔妻蘇氏」 참조).

52 맹영광(孟永光) : 孟永光(1590~1648)은 淸나라 때 화가인데, 1645년 昭顯世子를 따라 來朝하여 활약하다가 3년 뒤에 본국으로 돌아갔다. 조선에 머물면서 金堉의 초상화 등을 그려 남겼다.

53 경호(鏡湖) : 唐나라 玄宗이 賀知章에게 하사한 중국 浙江 紹興 지역을 가리키는 듯하다.

54 월중(越中) : 중국 杭州 지역이 속해 있는 浙江省 북부 일대를 가리킨다.

55 하량읍별도(河梁泣別圖) : 河梁은 河水의 다리로서, 다시는 만날 수 없는 생이별의 장소를 가리킨다. 漢나라 李陵이 匈奴와 싸우다가 항복하였는데, 그의 친구 蘇武가 흉노에 억류되었다가 돌아올 때 하량에서 이릉과 작별하면서 소무에게 준 송별시 「與蘇武」에, "손을 잡고서 하수의 다리에 오르노니, 그대는 저물녘 어디로 가느뇨〔携手上河梁 遊子暮何之〕."라고 한 구절이 있다(『漢書』 卷54, 「李廣傳」 참조). 河梁泣別圖는 이릉과 소무가 하량에서

16 강을 건넌 뒤 동관에서 요속(僚屬)[56]에게 부치다

渡江後 寄東館諸僚屬

이역의 바람과 모래 감개가 많았는데	異域風沙感慨多
이별한 이래로 소식 다시 어떠한지.	別來消息更如何.
꿈속에선 관산(關山)[57]이 멂을 깨닫지 못하고	夢中不覺關山遠
밤마다 돌아가 태자하(太子河)[58]를 찾누나.	夜夜歸尋太子河.

번역 서경희

작별하는 모습을 담은 그림으로, 이덕무의『靑莊館全書』권37에도 보이고, 洪敬謨(1774~1851)의「四宜堂志」에도 보인다.

56 요속(僚屬) : 직위가 아래인 동료를 가리킨다.

57 관산(關山) : 중국의 關이 있는 첩첩 산을 가리킨다.

58 태자하(太子河) : 중국 遼寧省 중부에 있는 하천으로 요녕성 동부에서 발원하여 동쪽에서 서쪽으로 흘러 本溪市와 遼陽市를 지나 遼河에 합류하여 바다로 들어간다. 옛날에 태자하는 요양을 지켜주는 천연 방어벽의 역할을 하였다.『讀史方輿紀要』에, 태자하는 바로 옛 衍水로, 燕나라 太子 丹이 연수에 숨어 있었으므로 후세 사람들이 이 때문에 태자하라고 불렀다고 한다.

『태호시고』 권5

「옥당록(玉堂錄)」 하(下) 경진(庚辰)

1 오여확(吳汝擴)[1]을 곡(哭)하다

哭吳汝擴

덕을 쌓은 유래가 오래더니	積德由來久
명가(名家)는 대대로 혁혁하게 창성했네.	名家奕世昌.
유풍(遺風)은 오직 효도와 우애였고	遺風唯孝友
여사(餘事)는 곧 문장이었네.	餘事卽文章.
옥절(玉節)[2]은 서쪽 바다 위였고	玉節西溟上
은대(銀臺)[3]는 북두 곁이었네.	銀臺北斗傍.
문설주는 자손 번창[4]의 경사요	門楣麟趾慶

1 오여확(吳汝擴) : 汝擴은 吳端(1592~1640)의 자. 1634년에 인조의 셋째 아들인 麟坪大君의 장인이 되었다. 46세인 1637년에 황해도 관찰사를 지냈고, 49세에 세상을 떠났다.

2 옥절(玉節) : 임금이 관찰사에게 하사한 옥으로 만든 부절.

3 은대(銀臺) : 承政院의 별칭.

4 자손 번창 : 원문은 '麟趾'인데, 『詩經』, 「周南」의 편명인 '麟之趾'의 준말로, 자손 번창을

관모는 뛰어난 자손[5]의 상서라. 冠冕鳳毛祥.
지난 밤에 진몽(辰夢)[6]에 놀랐고 昔夜驚辰夢
흐르는 세월에 정상(井桑)이[7] 지났네. 流年過井桑.
지위가 차지 않았다고 하지 마시게 休論位不滿
오히려 분 글씨[8]의 명정(銘旌)이 빛나네. 還向粉書光.

2 임재숙(林載叔)[9]이 다시 영남에 안찰하러 감을 전송하다

送林載叔再按嶺南

웅식(熊軾)[10]에 의지한 길 익숙하고 사거(使車) 가벼운데 憑熊路熟使車輕

칭송하는 내용으로 되어 있다.

5 뛰어난 자손 : 원문은 '鳳毛'인데, 父祖처럼 뛰어난 재질을 소유한 자손을 가리킨다(『世說新語』, 「容止」 참조).

6 진몽(辰夢) : 辰巳夢은 현인이 액운을 당한다는 의미이다. 鄭玄의 꿈에 공자가 나타나서 "올해가 辰년이고 내년이 巳년이다"라고 하니, 정현이 "내가 죽을 때가 되었구나"라고 했다고 한다(『後漢書』, 「鄭玄傳」 참조).

7 정상(井桑) : 陳壽의 『三國志』, 裴松之의 注 「何祗傳」에, 廣漢太守를 지낸 何祗가 일찍이 우물 속에서 뽕나무가 생겨나는 꿈을 꾸었는데, 48세에 세상을 떠났다고 한다(『사문유취』 年齒 참조). 오여확이 49세에 세상을 떠났기 때문에 48세를 지났다고 하였다.

8 분 글씨 : 원문은 '粉書'로, 분처럼 흰 글씨라는 뜻이다. 관을 덮는 銘旌에는 品官의 경우, 붉은 비단에 흰 글씨로 '某官某公之柩'라고 써넣는다.

9 임재숙(林載叔) : 載叔은 林墰(1596~1652)의 자. 그의 호는 淸臞, 시호는 忠翼, 본관은 羅州이다. 1616년 생원이 되고, 1635년 증광 문과에 병과로 급제하였다. 1639년 좌승지로 謝恩副使가 되어 청나라에 다녀왔고, 1644년 경상도관찰사로 서원이 사당화 되는 폐습을 상소하였다. 1652년 청나라 사신의 伴送使로 다녀오다가 가산에서 죽었다. 영남 안찰사와 이조 판서를 지냈다(『한국역대인물종합정보시스템』 참조).

10 웅식(熊軾) : 엎드린 곰 모양으로 수레 앞 가로대를 장식한 수레. 지방관이 타는 수레이며, 고을 수령을 뜻하는 말로 쓰인다.

눈 아래 별처럼 칠십 성(城)[11]이 나열해있네. 眼底星羅七十城.
회창(會唱)을 복창해 옴[12]이 원래 성대한 일이고 會唱復來元盛事
홀연 거듭 줌을 반포함은 또 각별한 영화라네. 忽頒重授又殊榮.
가을 그늘이 잠깐 감당(甘棠) 나무 초사(草舍)에 가리고 秋陰乍隱甘棠芨
봄빛이 따라서 세류영(細柳營)[13]에 돌아왔네. 春色仍回細柳營.
오늘날 혼자 현능한 일 함을 그대는 탄식 말라 今日獨賢君莫歎
고인은 세 번이나 검남(劍南)[14] 행을 지었네. 古人三作劍南行.

3 함양부사 이인후(李仁後)[15]를 곡(哭)하다

哭李咸陽仁後

이웃에서 지팡이와 신발로 자주 추수(追隨)했는데 比鄰杖屨數追隨
일찍이 왕가 부자(父子)[16]의 앎에 의탁했네. 早托王家父子知.

---

11 칠십 성(城) : 영남지방을 일컫는 말. 『澤堂先生續集』 卷6 '送嶺伯林載叔再按'에, '영남 칠십 고을 풍속의 순후함이 한결같다〔七十城同俗〕.'라는 구절이 있다.

12 회창(會唱)을……옴 : 임금의 교시를 신하가 다시 복창함을 말한다.

13 세류영(細柳營) : 漢나라의 장수인 周亞夫가 細柳 땅에 주둔할 때 쳤던 군영. 주아부는 군문의 규율을 엄정하게 하여, 文帝가 순시 차 군문에 이르렀을 때에도 문을 지키는 군사가 '주아부의 명이 없이는 비록 임금이라도 문을 열어 줄 수 없다.'고 하였다고 한다(『漢書』 卷40, 「周亞夫傳」 참조).

14 검남(劍南) : 중국 사천성 蜀지역의 지명.

15 이인후(李仁後) : 李海昌(1599~1651)의 부친. 『승정원일기』 1627년부터 1637년까지의 기사 중에 이인후 관련 기사가 8건 보인다. 1632년에 洪川縣監을, 1637년에 司僕寺 僉正을 지냈다.

16 왕가(王家) 부자(父子) : 미상이다. 이인후와 그의 아들 李海昌(1599~1651)을 중국 王羲之·王獻之 부자에 비긴 듯하다. 이해창은 1624년 사마시에 합격하여 진사가 되었고,

오마(五馬)[17]로 십년에 이별 오래함이 아팠고	五馬十年傷別久
쌍어(雙魚)[18] 천리에 서신 늦어 한스러웠네.	雙魚千里恨書遲.
어찌하여 팽택(彭澤)에서 돌아오는[19] 날이	如何彭澤歸來日
문득 산양(山陽)의 젓대소리[20] 듣는 때인지.	便是山陽聽笛時.
스스로 부끄러워하건대, 내 심장에 좋은 문장 없으니	自愧心腸無錦繡
좋은 글 누가 수광비(壽光碑)[21]에 새길까.	好辭誰勒壽光碑.

1630년 식년문과에 병과로 급제하였다. 1638년 지평으로 있을 때에 金尙憲을 伸救하다가 영덕에 유배되었다. 그 후 부수찬에 복직되고, 1649년에 이조정랑에 올랐으며, 1650년 춘추관편수관으로서 『인조실록』의 편찬에 참여하였다.

17 오마(五馬) : 太守의 별칭. 漢나라 때 태수의 수레를 다섯 필의 말이 끌었던 데서 온 말로, 여기서는 고을 수령으로 부임한 것을 뜻한다.

18 쌍어(雙魚) : 멀리서 보내 온 두 마리의 잉어 뱃속에 편지가 들어 있었다는 고사에서 나온 말이다. 雙鯉, 혹은 鯉素라고도 한다. 古樂府인 「飮馬長城窟行」에, "나그네가 먼 곳에서 여기 와서는, 두 마리의 잉어를 내게 주었네. 아이 불러 잉어를 끓이게 하니, 배 속에 비단에 쓴 편지 들었네〔客從遠方來, 遺我雙鯉魚. 呼兒烹鯉魚, 中有尺素書〕."라는 구절이 있다.

19 팽택(彭澤)에서 돌아오는 : 벼슬자리에서 물러나는 것을 말함. 晉나라 때의 隱士인 陶淵明이 彭澤縣令이 되었다가 석 달 만에 벼슬을 버리고 돌아와 「歸去來辭」를 지었다.

20 산양(山陽)의 젓대소리 : 晉나라 向秀가 산양의 옛집을 지나다가 이웃 사람이 부는 피리 소리를 듣고, 이미 세상을 떠난 嵇康과 呂安을 생각하여 「思舊賦」을 지어 읊었는데, 그 뒤로 '산양의 피리 소리'는 옛 친구를 생각하는 말로 쓰였다(『晉書』 卷49, 「向秀列傳」 참조).

21 수광비(壽光碑) : 중국 산동성에 있는 수광의 비를 가리키는 듯한데, 미상이다. 『曝書亭集』에, 孟子의 제자인 公孫丑가 壽光伯에 追贈되었다고 하였다(李圭景의 「五洲衍文長箋散稿」 참조).

4 이백헌(李伯獻)[22]의 부인에 대한 만사(輓詞)

輓李伯獻內子

옛날 강 남쪽으로부터 이르러	昔自江南至
황산(荒山)에서 친구를 곡했는데.	荒山哭故人.
십 년 만에 신구(新舊)의 한	十年新舊恨
헛되이 맹가의 이웃[23]만 대하였네.	虛對孟家鄰.

5 병중에 옥당(玉堂)[24]에서 숙직하며 은대(銀臺)의 모든 영공을 바라본다

病中直玉堂 望見銀臺諸令公

지척에 공연히 관부만 연결되어	咫尺空連省
서로 바라보며 잠시도 따르지 못하네.	相望不暫隨.
병중에 길게 읊기를 폐하니	病中長詠廢
호두(虎頭) 장군의 치(癡)[25] 지을 수 없네.	難作虎頭癡.

---

22 이백헌(李伯獻) : 伯獻은 李璹(1582~?)의 자. 본관은 全州이다. 1612년 식년시 무과 병과로 급제하였다.

23 맹가의 이웃 : 어진 이웃을 뜻한다. 맹자의 어머니가 아들의 교육을 위해 훌륭한 이웃을 찾아 세 번이나 이사한 孟母三遷의 고사에서 유래하였다.

24 옥당(玉堂) : 弘文館의 별칭. 홍문관 副提學 이하 校理·副校理·修撰·副修撰 등의 호칭으로도 쓰인다.

25 호두(虎頭) 장군의 치(癡) : 중국 東晉의 화가인 顧愷之는 虎頭將軍을 역임했으므로, 사람들이 顧虎頭 또는 虎頭公이라 불렀다. 그는 세상에서 才·書·癡의 三絶로 일컬어졌다(『晉書』 卷92 참조).

6 목행지(睦行之)[26]와 옥당에서 함께 숙직하면서, 행지는 누(樓)에 올라가고 나는 바야흐로 베개에 엎드려 시 한 수를 짓다

與睦行之同直玉堂 行之登樓 余方伏枕爲賦一絶

듣건대 난간에 기대어 북두성을 바라본다 하니	聞道憑危望北斗
생각건대 천하에 대한 고인의 근심[27]을 품었으리.	想懷天下古人憂.
스스로 연민컨대, 바닥에 누워 안면 대하기 어려우니	自憐臥地難當面
부질없이 원룡(元龍)의 백척 누(樓)[28]를 올려 본다.	空仰元龍百尺樓.

7 풍양(豊壤)[29]을 지나면서 정현곡(鄭玄谷)[30]을 아파하다

過豊壤傷鄭玄谷

생각건대 일찍 강 위에서 새 시에 화답하였고	憶曾江上和新詩

26 목행지(睦行之) : 睦行善(1609~1663)의 자는 行之, 호는 南磵이며, 본관은 泗川이다. 1633년 식년 문과에 갑과로 급제하여 京畿道都事로 병자호란에 공을 세우고, 1645년 교리 · 이조좌랑을 역임하였다. 1649년 謝恩使의 서장관으로 청나라에 다녀온 뒤 대사성 · 대사간 등을 지냈다. 목행지가 延安으로 부임할 때 姜栢年 · 洪宇遠 · 金得臣이 지은 송별시가 남아 있다.

27 천하에 …… 품었으리 : 卞季良의 시에, '병객이 어떻게 천하를 걱정하랴〔多病詎懷天下憂〕.'라는 구절이 있고, 盧守愼의 시에, '고인은 도를 근심하지, 가난을 근심하지 않는다〔古人憂道不憂貧〕.'라는 구절이 있다.

28 원룡(元龍)의 …… 누(樓) : 원룡은 東漢 陳登의 자이다. 어느 날 許汜가 진등을 찾아왔을 때 자신은 침상에 눕고 허사는 침상 아래에 눕게 하였다. 허사가 劉備에게 "진원룡은 湖海之士로서 豪氣가 여전하다."고 하자, 劉備가 말하기를, "그대가 만약 소인이었다면, 원룡 자신은 백 척의 樓 위에 눕고 그대는 땅에 눕게 하였을 것이다."라고 하였는데, '백척 누'란 여기에서 유래된 말이다(『三國志』 卷7, 「魏書 陳登傳」 참조).

29 풍양(豊壤) : 경기도 남양주군의 옛 지명. 이곳에 태종이 세종에게 왕위를 물려준 후 머물렀던 豊壤離宮이 있었다고 한다.

30 정현곡(鄭玄谷) : 玄谷은 鄭百昌(1588~1635)의 호. 그의 자는 德餘, 본관은 晉州이다.

옥서(玉署)[31]에서도 맑은 밤 이불 함께 하였네.	玉署淸宵被共持.
홀로 중산(中山)의 술 파는 곳을 지나면서	獨過中山沽酒處
어느 날이 깨어날 때인가 모르겠네[32].	不知何日是醒時.

8 한평군(韓平君)[33]을 곡(哭)하다

哭韓平君

한산(韓山)의 큰 덕으로 후손[34]이 번성하고	韓山大德盛雲仍
훌륭한 그릇과 큰 재주로 계속 울흥(蔚興)했네.	偉器宏才蔚繼興.
벌열(閥閱)은 업후(鄴侯)[35]라, 누가 그 현달함과 비하랴	閥閱鄴侯誰比顯

1606년 생원 · 진사가 되고, 1611년 별시 문과에 병과로 급제했다. 폐모론에 반대하다가 파직되어 경기도 楊根에 들어가 任叔英 · 李植 등과 더불어 은둔생활을 하였다. 1623년 인조반정으로 다시 등용되어 부제학을 거쳐 도승지를 지내고, 1635년 경기도관찰사 재직 중 병으로 죽었다. 저서로는 『玄谷集』 7권 3책이 있다(『민족문화대백과사전』 참조).

31 옥서(玉署) : 弘文館을 가리킨다. 조선시대에, 三司 가운데 궁중의 경서, 문서 따위를 관리하고 임금의 자문에 응하는 일을 맡아보던 관아.

32 중산(中山)의 …… 모르겠네 : 中山은 춘추시대 中山國을 가리키는데, 지금의 河北省 定縣과 唐縣 일대에 있었다. 中山 사람 狄希가 술을 만들었는데, 그 술을 마시면 천일 동안 깨어나지 못한다고 하여 중산주를 千日酒라고도 한다(『搜神記』 참조).

33 한평군(韓平君) : 조선 중기의 문신인 李慶全(1567~1644)의 封號. 그의 자는 仲集, 호는 石樓이며, 본관은 韓山이다. 부친은 영의정 李山海이고, 1590년 증광 문과에 병과로 급제하여, 이듬해 賜暇讀書를 하였다. 1618년 韓平君을 襲封하고 좌참찬에 올랐다. 인조반정 후 奏請使로 명나라에 가서 인조의 책봉을 요청하였다. 1637년에 張維 · 李景奭 등과 함께 三田渡의 비문 작성의 명을 받았으나 병을 빙자하고 거절하였다. 문필이 뛰어나 이름이 높았고, 저서로 『石樓遺稿』가 있다.

34 후손 : 雲孫과 仍孫으로, 먼 후손을 가리킨다.

35 업후(鄴侯) : 唐나라 德宗 연간에 門下平章事를 지낸 李泌의 봉호인데, 鄴縣侯에 봉해졌으므로, 鄴侯로 칭해졌다(『舊唐書』 卷130 「李泌列傳」 참조). 韓愈의 送諸葛覺往隨州讀書시에, "업후의 집에는 책이 하도 많아서, 서가에 꽂힌 것이 삼만 축이나 되네〔鄴侯家多書

문장(文章)은 하숙(遐叔)[36]이라, 그 능함 다툴 이 없으리. 文章遐叔莫爭能.

한단(邯鄲)의 베개[37] 작아도 영화 외려 충분했고 邯鄲枕小榮猶足

박망후의 뗏목 가벼워도 험함 가히 탈 수 있었네. 博望槎輕險可乘.

아량은 왕왕(汪汪)하여 천 이랑의 물이오[38] 宇量汪汪千頃水

흉금은 교교(皎皎)하여 한 가닥 얼음이라.[39] 襟懷皎皎一條冰.

구슬 꿴 책 밖에[40] 잠부(潛夫)가 지었고[41] 聯珠卷外潛夫著

옥 나열한 뜰 가에 택상(宅相)이 응당 그러했으리.[42] 羅玉庭邊宅相應.

揷架三萬軸〕."라고 하여, 그의 집에 많은 藏書가 있었음을 말하였다.

36 하숙(遐叔) : 唐나라의 문인 李華를 가리킴. 『李遐叔文集』이 있다고 한다.

37 한단(邯鄲)의 …… 작아도 : 唐나라 沈旣濟의 「枕中記」에, "盧生이 邯鄲의 여관에서 道人 呂翁을 만났다. 노생이 자기의 곤궁한 신세를 한탄하자 여옹은 그에게 목침을 주고 잠을 자게 하였는데, 노생은 꿈속에서 온갖 부귀영화를 다 누렸다. 꿈을 깨고 나니 여관 집주인이 짓던 누런 기장밥이 채 익지도 않았다."고 하였다.

38 아량은 …… 물이오 : 도량이 넓음을 가리킴. 後漢 때의 黃憲은 자가 叔度인데, 郭泰가 그를 평가하기를, "숙도는 너무나 드넓어 마치 천 이랑의 물결과 같은 사람이라서 맑게 하려 해도 맑아지지 않고 흐리게 하려 해도 흐려지지 않으니, 참으로 헤아릴 수 없다〔叔度汪汪如千頃陂 澄之不清 淆之不濁 不可量也〕."라고 하였다(『後漢書』 卷83, 「黃憲列傳」 참조).

39 흉금은 …… 얼음이라 : 마음이 맑음을 가리킴. 『詩經』 「小雅 白駒」에, "희고 깨끗한 망아지가 저 빈 골짜기에 있다. 싱싱한 풀 한 다발을 주노니 그 사람은 옥처럼 맑도다〔皎皎白駒 在彼空谷 生芻一束 其人如玉〕."라고 하여 어진 이를 떠나지 못하게 만류하는 뜻을 노래하였다.

40 구슬 꿴 : 원문은 '聯珠'인데, 구슬 꿰듯 많은 시를 지음을 의미한다.

41 잠부(潛夫)가 지었고 : 潛夫는 隱者를 말함. 後漢 王符는 亂世를 만나 세속과 영합하지 않았으며, 외가가 미천하여 한평생 벼슬길에 나아가지 않았다. 줄곧 은거 생활을 하면서 10여 편에 달하는 책을 저술하였는데, 이름이 알려지는 것을 싫어하여 책명을 『潛夫論』이라고까지 하였다(『後漢書』 卷49, 「王符列傳」 참조).

42 택상(宅相)이 …… 그러했으리 : 相宅 혹은 宅相은 외손을 의미한다. 晉나라 魏舒가 어려서 외가인 寧氏 집에서 자랐는데, 집터를 볼 줄 아는 이가 장차 귀한 外孫이 나오게 될 것이라

구로(九老)[43]는 이미 그림에도 나타났고	九老已從圖上見
팔선(八僊)[44]은 어찌 음주로만 일컫겠나.	八僊寧向飮中稱.
백양(伯陽)의 우가(牛駕)를 마침내 끌지 못했고[45]	伯陽牛駕終難輓
원례(元禮)의 용문(龍門)을 오를 수 없었네.[46]	元禮龍門不可登.
선세에 제명(題名)한 것이 안탑(鴈塔)에 남아 있으니[47]	先世題名留鴈塔
후생이 우러러보며 눈물로 가슴 적시네.	後生瞻仰淚交膺.

번역 서경희

고 예언하였다. 뒷날 위서는 司徒의 지위에까지 올랐다고 한다(『晉書』 卷41, 「魏舒列傳」 참조).

43 구로(九老) : 구로회는 唐나라 백거이가 老年의 친구 9인과 향산에서 모여 결성한 모임이다. 香山九老會라고도 한다(『唐書』, 「白居易傳」 참조).

44 팔선(八僊) : 두보는 「飮中八僊歌」 시에서, 술을 잘 마시는 여덟 사람으로 賀知章 · 汝王李璡 · 李適之 · 崔宗之 · 蘇晉 · 李白 · 張旭 · 焦遂를 언급하였다.

45 백양(伯陽)의 …… 못했고 : 백양은 老子의 자. 노자가 서쪽으로 길을 떠나 函谷關에 거의 이르렀을 때, 關令 尹喜가 누대에 올라 사방을 바라보다가, 보라색 기운이 관문 위로 떠오른 것을 살펴보고는 분명히 眞人이 올 것이라고 예측을 하였는데, 얼마 뒤에 과연 노자가 푸른 소를 타고 왔다는 '東來紫氣'의 고사가 있다(『列仙傳』, 「關令內傳」 참조).

46 원례(元禮)의 …… 없었네 : 元禮는 後漢 李膺의 자. 선비들이 그로부터 인정을 받으면 명성이 높아졌으므로 그에게 접대를 받으면 登龍門, 즉 龍門에 오른다고 하였다(『後漢書』 卷97, 「李膺列傳」 참조).

47 안탑(鴈塔)에 …… 있으니 : 大科에 급제한 것을 말한다. 大雁塔은 중국 慈恩寺 안에 있는 7층 탑으로, 진사과에 합격한 이의 이름을 자은사의 대안탑 아래에 기록해 넣었다고 한다(『慈恩寺題名游賞賦詠雜記』 참조).

9 옥당 동루(東樓)에서 달을 구경하고 심원직(沈元直)[48]에게 보여주다

玉堂東樓翫月 示沈元直

달빛은 유난히 옥로(玉露)의 가을에 형형하고	月色偏多玉露秋
은하수 맑고 얕아 사람 가까이 흐르네.	銀河淸淺近人流.
은후(隱侯)의 팔영(八詠)[49]은 원래 멀어	隱侯八詠元來逈
다시 봉산(蓬山)[50]의 으뜸 누(樓)에 기대네.	更倚蓬山第一樓.

10 16일 망(望)에 달을 구경하다

十六日望 翫月

항아(姮娥)의 아름다운 기약, 어젯밤에는 실수했는지	月姊佳期昨夜愆
누가 16일로 하여금 더욱 아리땁게 하였나?	誰敎二八更嬋娟.
세상 사람들 다만 15일에 보는 것만 중하게 여길 뿐	世人只重看三五
오늘밤이 완전히 둥근 줄은 모른다네.	不識今宵十分圓.

48 심원직(沈元直) : 元直은 沈廥(1590～?)의 자. 그의 호는 竹沙 또는 竹溪이고, 본관은 豐山이다. 1635년 증광 문과에 을과로 급제하였다. 1646년 獻納으로 있을 때 昭顯世子嬪 姜氏를 변호하다가 인조의 노여움을 사서 남해에 유배되었다. 효종이 즉위한 뒤에 집의와 승지를 지냈다.

49 은후(隱侯)의 팔영(八詠) : 隱侯는 중국 南朝 梁나라의 문인 沈約의 諡號이다. 그가 東陽太守를 지낼 때에 元暢樓를 짓고 八詠詩를 읊었는데, 宋代에 馮伉이란 자가 심약이 팔영시를 읊은 곳이라 하여 그 누대 이름을 八詠樓로 고쳤다. 여기서 심약을 거론한 것은 심로와 姓이 같기 때문인 듯하다.

50 봉산(蓬山) : 蓬萊山의 준말인데 여기서는 玉堂, 즉 弘文館의 별칭으로 쓴 것이다. 홍문관을 蓬館이라고도 하였다.

11 박노직(朴魯直)[51]을 곡(哭)하다 이 한 수는 계미년(1643) 작(作)인데, 또 옥당에 있을 때 초고를 썼던 것이다.[52]

哭朴魯直 此一首, 癸未, 又爲玉堂時所藁.

붓 잡고 어떤 마음으로 이 시를 짓는가?	把筆何心作此詩
시력을 잃고 이어 끊어진 줄 안고 슬퍼하네.[53]	喪明仍抱絶絃悲.
인간 세상에서 차마 붕성(崩城)의 곡(哭)[54] 들으랴	人間忍聽崩城哭
지하에서 응당 알겠노라, 내 아이 볼 것을.	地下應知見我兒.

번역 김종민

51 박노직(朴魯直) : 魯直은 朴簹의 자이다.

52 이 …… 것이다 : 이 시는 「玉堂錄」 下 庚辰에 편차되어 있는데, 이 작품의 창작 시기는 庚辰年(1640)이 아니라 癸未年(1643)임을 밝혀준 것이다.

53 시력을 …… 슬퍼하네 : '시력을 잃다〔喪明〕'는 것은 子夏의 고사에 출처를 둔 말로, 자식의 죽음을 뜻한다. 끊어진 줄을 안고 슬퍼한다는 것은 琴을 잘 연주했던 伯牙가 자신의 음악을 잘 알아주었던 鍾子期가 죽자 그 줄을 끊고 더 이상 연주하지 않았다는 고사에서 나온 말로, 자기를 알아주는 벗의 죽음을 뜻한다. 이원진이 자신의 아들을 잃고 나서 곧이어 벗 박로의 죽음을 맞이하게 된 슬픔을 표현한 것이다.

54 붕성(崩城)의 곡(哭) : 춘추시대 齊나라 莊公의 大夫 杞梁이 戰死하자, 그 아내가 시신을 城 아래에 두고 열흘 간 통곡하매 성이 무너졌다 한다. 이것을 典故로 삼아, 남편의 죽음을 일컫는 말로 '崩城哭' 또는 '崩城之痛'이란 성어가 쓰인다.

『태호시고(太湖詩藁)』

권6

「태호시고」 권6

「봉래록(蓬萊錄)」 을유 이후(乙酉以後)

1 영남 관찰사 임재숙(林載叔)[1]에게 부치다

寄南伯林載叔

옥당에서 이불 가지고 떠나보냄 더뎠고	玉堂持被送行遲
막부에서 상봉했었는데 또 헤어졌네.	幕府相逢又別時.
기러기 떠나고 제비 오는[2] 다소의 한(恨)	鴻去燕來多少恨
역사(驛使)의 매화[3] 향기 속엔 한 편의 시.	驛梅香裏一篇詩.

1 임재숙(林載叔) : 載叔은 林墰(1596~1652)의 자. 그의 호는 淸臞, 본관은 羅州이다. 1637년에 홍문관 수찬을 지냈고, 1644년에 영남 관찰사로 부임하였다(『國朝人物考』 참조).

2 기러기 떠나고 제비 오는 : 기러기는 가을에 왔다가 봄에 떠나고, 제비는 가을에 떠났다가 봄에 온다. 즉 기러기가 떠날 때 제비가 오므로 시기적으로 서로 어긋난다. 이로부터 친구끼리 서로 만나보기 어려운 정황을 비유하는 말로 많이 쓰인다.

3 역사(驛使)의 매화 : 南朝 宋나라의 陸凱가 江南에 있을 때, 長安에 있는 벗 范曄에게 매화 한 가지를 부치며, "매화를 꺾다 역사를 만나, 농산 머리에 사는 사람에게 부치오. 강남에는 가진 게 없어 애오라지 한 가지 봄을 보내오〔折梅逢驛使, 寄與隴頭人. 江南無所有, 聊贈一枝春〕."라는 내용의 「贈范曄」 詩도 함께 보내주었다(『太平御覽』 卷970 참조).

2 월출도(月出圖)에 제하다

題月出圖

끝없는 갈대엔 이슬이 서리되려 하고	無限蒹葭露欲霜
달은 구름바다에서 나타나 더욱 아득하네.	月生雲海更蒼茫.
어떻게 중천의 비춤을 기다려	如何待得中天照
만수 천강이 하나의 빛을 함께 받을런가?	萬水千江共一光.

3 몰운대[4]

沒雲臺

좋은 자취, 푸르른 섬을 다하였는데	勝跡窮蒼島
이곳에 오르니 한 번 쾌하도다!	登玆一快哉.
뱀 서린 듯 처음에 오솔길이었는데	蛇盤初細徑
자라 이고 있는 듯[5] 문득 평평한 대(臺)라.	鼇戴忽平臺.

---

4 몰운대(沒雲臺): 東萊 앞바다에 있던 臺 이름이다. 현재 부산시 다대곶 동편에 있다. 다대곶 일대는 해류의 영향으로 짙은 안개가 끼어 시야가 자주 가려지기 때문에 몰운대라 일컬었다고 한다.

5 자라 이고 있는 듯: 『列子』, 「湯問」에 다음과 같은 이야기가 있다. 渤海의 동쪽에 큰 골짜기가 있는데, 그 아래에는 바닥도 없고 그 가운데에 岱輿山·員嶠山·方壺山·瀛洲山·蓬萊山 등 仙山 다섯 座가 있으며, 늘 潮水 물결을 따라 위로 올랐다 아래로 내려갔다 하며 떠다녔다. 天帝가 이 다섯 산이 西極으로 떠내려가 신선들의 거처를 잃게 될까 염려하여, 열다섯 마리의 큰 자라들로 하여금 돌아가면서 머리에 이게 하자, 다섯 산이 우뚝이 서서 움직이지 않게 되었다. 그런데 龍伯國의 巨人이 한 번 낚시질하여 자라 여섯 마리를 연달아 낚아 짊어지고 자기 나라로 돌아갔다. 그러자 대여산과 원교산이 북극으로 떠내려가 대해에 잠기게 되었다. 방호산은 方丈山이라고도 한다.

동해를 지나가고자 하니 欲過東溟去
응당 북극으로부터 왔으리. 應從北極來.
부상(扶桑)에서 장차 달을 보낼 터 扶桑將送月
돌아가는 말을 서로 재촉하지 말라. 歸騎莫相催.

4 일본 산렬 빙실에 제(題)하여 부치다

寄題日本山列冰室

인덕(仁德)의 권여(權輿) 대대로 이어져 仁德權輿世世承
청원(淸原)의 남은 자취 자손들에게 기탁했네. 淸原遺跡寄雲仍.
산중에서 천 년 언 것을 함께 보았고 山中共見千年凍
우물 속에서 여섯 달 동안 엉겨 있음 다투어 보았네. 井裏爭看六月凝.
월(越) 땅 개가 눈을 보고 짖는 것 그만하게 할 수 있겠고[6] 越犬可令休吠雪
여름 벌레는 마침내 얼음을 의심하지 않으리.[7] 夏蟲終得不疑冰.
삼라만상이 눈에 가득 찬듯하여 森羅景物如盈目

6 월 땅 …… 있겠고 : 柳宗元의 「答韋中立論師道書」에 '越犬吠雪'이란 말이 나오는데, 越 땅의 개가 눈을 보고 짖는다는 뜻이다. 월 땅에는 눈이 내리지 않았던 탓에 눈을 처음 본 월 땅의 개가 두려워하여 짖었다고 한다. 견문이 적으면 괴이하게 여기는 것이 많게 됨을 비유한 것이다.

7 여름 …… 않으리 : 『莊子』, 「秋水」의 "여름 벌레에게 얼음에 대해 말할 수 없는 것은 계절에 얽매여 있기 때문이다〔夏蟲不可以語於氷者, 篤於時也〕."라는 내용을 활용하여 지은 시구다. 여름에 나서 가을에 죽는 벌레는 얼음이 무엇인지 알지 못하는 법이다. 이에 출전을 둔 '얼음을 의심한다〔疑氷〕'라는 성어가 식견이 얕고 무지하면서 제 스스로는 옳다고 여김을 비유하는 말로 쓰인다.

만리 장풍을 곧장 타고자 하노라. 萬里長風直欲乘.

5 빙실 팔영

冰室八詠

하늘 기둥 높은 봉 아득한 사이 天柱危峯縹緲間
머리 위 갠 달은 참으로 물굽이 같네. 當頭霽月正如灣.
섬궁(蟾宮)에 은교(銀橋)로 오를 필요 없나니[8] 蟾宮不待銀橋上
옥계수 너울거려 손으로 더위잡을 수 있네. 玉桂婆娑手可攀.
【반월령(攀月嶺)】 【攀月嶺】

옥류 맑고 얕아 신령스런 근원이 발했는데 玉流淸淺發靈源
산문(山門)을 나가지 않아선 혼탁함을 띠지 않았네. 未出山門不帶渾.
시내 표면 매양 부촌(膚寸) 만큼 합해짐[9]을 보니 溪面每看膚寸合
비로소 알겠네, 물을 뚫는 운근(雲根)[10]이 있음을. 始知穿水有雲根.
【운와계(雲窩溪)】 【雲窩溪】

8 섬궁(蟾宮)에 …… 없나니 : 섬궁은 달의 별칭이고, 은교는 신선의 지팡이가 변하여 만들어졌다는 은빛 다리로, 이 다리를 통해 달에 갔다는 전설이 있다.

9 부촌(膚寸) 만큼 합해짐 : 『春秋公羊傳』 僖公 31년 조에, "바위에 부딪쳐 나와 부촌만큼 합해져 아침이 끝나기도 전에 천하에 두루 비를 내리는 것은 오직 태산뿐이다〔觸石而出, 膚寸而合, 不崇朝而徧雨乎天下者, 惟泰山爾〕."라고 한 데에서 나온 말이다. 膚와 寸은 길이의 단위로 4촌이 1부이다.

10 운근(雲根) : 깊은 산에서 구름이 발생하는 곳이다. 구름이 바위에 부딪쳐 나온 것을 말하는데, 바위의 별칭으로도 쓰인다.

한 가닥 푸른 산 지팡이 앞에 기대어 있고 一抹青山倚杖前
흰 구름 배를 감추니 더욱 한가롭네. 白雲藏腹更悠然.
비껴있는 봉우리 반쯤 드러나 사람이 누워있는 듯 橫峯半露如人臥
도남(圖南)이 백 일 동안 자는가[11] 의심했네. 疑是圖南百日眠.
【면운봉(眠雲峯)】 【眠雲峯】

밀랍 바른 나막신으로 가고 가매 먼 것을 아쉬워 안 해
蠟屐行行未惜遙
그윽한 자취 속세의 시끄러움 벗어남을 스스로 기꺼워하네.
自憐幽蹟脫塵囂.
도공(陶公)이 일어나 춤춘 것[12]은 참으로 즐거움 알아서라
陶公起舞眞知樂
무한한 솔바람은 바다 조수인 양하네. 無限松風學海潮.
【전조산(轉潮山)】 【轉潮山】

대 그림자 솔 그늘에 한 길이 통해 竹影松陰一徑通
청량(淸凉)해서 광한궁(廣寒宮)에 들었나 의심했네. 淸凉疑入廣寒宮.
신선 언덕은 인간 세상의 열기와 멀리 떨어져 있어 僊丘遠隔人間熱

---

11 도남(圖南)이 …… 자는가 : 圖南은 중국 宋代의 인물 陳摶의 字이다. 그는 希夷라는 號로 유명하다. 李石의 『續博物志』 卷2에, "진희이 선생은 한 번 잠들면 반 년 동안 자기도 하고 석 달 정도 자기도 하는데, 요즘도 한 달 남짓 아래로 내려가지는 않는다〔陳希夷先生一睡或半歲, 或三數月, 近亦不下月餘〕."라고 하는 내용이 보인다.

12 도공(陶公)이 일어나 춤춘 것 : 陶公은 중국 南朝 梁나라의 陶弘景(456~536)을 가리킨다. 『南史』, 「隱逸傳 陶弘景」에, "솔바람을 특히 사랑하여 庭院에 다 소나무를 심었다. 매양 그 솔바람 소리를 들을 적마다 흔연히 樂으로 여겼다〔特愛松風, 庭院皆植松, 每聞其響, 欣然爲樂〕."라고 하였다.

가는 칡으로 길이 만리풍(萬里風)을 머금고 있네.	細葛長含萬里風.
【복량판(服凉坂)】	【服凉坂】

물소리 시원스러워 가락이 이루어지고	水樂泠泠節奏成
천구(天球) 서로 두드리니[13] 고금에 울리네.	天球相戛古今鳴.
사양(師襄)이 바다에 들었으나[14] 혼은 아직 남아있어	師襄入海魂猶在
응당 이 여울 향해 경쇠 소리 짓고 있으리.	應向玆灘作磬聲.
【알구탄(戛球灘)】	【戛球灘】

하늘과 물이 서로 적시매 아래 위가 빛나고	天水相涵上下光
중간의 하얀 달 부상(扶桑)에 솟아오르네.	中間白月湧扶桑.
은두꺼비 옥토끼는 습한 데 꺼리지 말라	銀蟾玉兎休嫌濕
항아(姮娥)가 옅은 화장 씻은 걸 가장 사랑하노라.	最愛姮娥洗淡粧.
【욕월소(浴月沼)】	【浴月沼】

청원빙실(淸源氷室) 옛 적 써두었던 글자	淸源氷室舊留題
옛 자취 그대로건만 풀 나무 아리송하네.	古跡依然草樹迷.
상상하건대, 당시 사흘 얼음 넣어두면	想得當時三日納
땅 속에서 응당 저절로 수정이 되었으리.	地中應自化玻瓈.
【장빙굴(藏氷窟)】	【藏氷窟】

13 천구(天球) 서로 두드리니 : 여기서 球는 玉磬을 가리킨다. 『書經』, 「益稷」에, "두드리거나 쳐서 옥경을 울리다〔戛擊鳴球〕."라는 구절이 있다.

14 사양(師襄)이 바다에 들었으나 : 사양은 경쇠를 잘 연주하여 그 연주법을 남들에게 가르쳤던 고대의 인물이다. 세상을 피해 바닷가에 거처했다는 사실이 『論語』, 「微子」에 보인다.

6 비오(飛烏)[15]의 봉화

飛烏烽火

매양 동해가 평안함을 보고하면서	每報桑溟晏
처음 제1 산등성이에서 불 피우네.	初燃第一巒.
천리 먼 곳으로 빛을 전해	傳光千里遠
하룻저녁에 서울 남산에 이르네.	一夕到南山.

7 봉래(蓬萊) 동헌(東軒)에서 우연히 읊다

蓬萊東軒 偶吟

물고기 금정산(金井山)에서 노닐고 오색구름 에돌며[16]	魚遊金井五雲廻
동부(洞府)는 깊고 깊은데 해와 달이 열려 있네.	洞府深深日月開.
『황정경(黃庭經)』[17] 오독했음을 어찌 족히 탄식하랴	誤讀黃庭安足歎

15 비오(飛烏) : 干飛烏山의 준말이다. 1740년에 東萊府使를 지낸 朴師昌이 편찬한 『東萊府誌』(奎章閣 所藏), 「山川」에, "간비오산은 上山의 남쪽 봉우리인데, 烽燧가 있다〔干飛烏山, 上山南峯也, 有烽燧〕."라고 되어 있고, 「烽燧」에, "간비오산은 府의 동쪽 20리 되는 곳에 있다. 北으로 機張의 남산에 응하고, 西로 荒嶺山에 응한다〔干飛烏山, 在府東二十里, 北應機張南山, 西應荒嶺山〕."라고 기록되어 있다. 이하 『東萊府誌』는 이 책을 인용하였다.

16 물고기 …… 에돌며 : 『國譯 新增東國輿地勝覽』 경상도 동래현 조에 金井山에 대해 다음과 같이 기록되어 있다. 현의 북쪽 20리에 있으며, 산마루에 3丈 정도 높이의 돌이 있는데, 위에 우물이 있다. 둘레가 10여 자이며, 깊이는 7치 쯤 된다. 물이 항상 가득 차 있어 가뭄에도 마르지 않고, 빛은 황금색이다. 세상에 전하는 말로는, 한 마리의 금빛 물고기가 오색 구름을 타고 하늘에서 내려와, 그 속에서 놀았다 하여 이렇게 그 산을 이름 지었고, 인하여 절을 짓고 梵魚寺라 불렀다.

17 『황정경(黃庭經)』 : 흔히 道家의 경전을 통칭하는 말로 쓰인다. 蘇軾의 『東坡詩集』 卷4,

귀양 와 오히려 봉래(蓬萊)에 누울 수 있다네. 謫來猶得臥蓬萊.

8 인빈헌(寅賓軒)[18]에서 우연히 읊다

寅賓軒 偶吟

지세는 동남쪽으로 바다 모퉁이를 다하였고 地勢東南盡海隅
산천은 에돌아 합해져 이름난 지역 되었네. 山川回合作名區.
신령스런 물고기는 매양 황금 우물에 내려오고[19] 神魚每降黃金井
신선 사슴은 많이들 자주빛 비단 저고리를 걸쳐 있네.[20] 僊鹿多披紫纈襦.
갈석(碣石)의 미친 파도 대마도(對馬島)에 불어닥치고 碣石狂濤吹對馬
부상(扶桑)의 상서로운 햇빛 비오산(飛烏山)에 내리쬐네. 扶桑瑞旭射飛烏.
매헌(梅軒)은 적막하여 남은 일 없고 梅軒寂寞無餘事

「芙蓉城」에, "삼세 동안 왕래하며 공연히 형체만 단련하더니, 끝내 『황정경』을 오독하고 말았네〔往來三世空鍊形 竟坐誤讀黃庭經〕."라고 하였다. 그 註에, "옛날 신선이 『황정경』을 오독해서 下界로 귀양 갔다."라고 되어 있다.

18 인빈헌(寅賓軒) : 『書經』, 「堯典」에, "寅賓出日〔떠오르는 해를 공경히 맞이한다〕"이란 말이 있는데, 주석에 따르면 寅은 敬, 賓은 導의 뜻이라고 한다. 『東萊府誌』, 「官舍」에, "蓬萊館은 39間으로, 곧 客舍이다. 동쪽을 寅賓軒이라 하고, 서쪽을 秩成軒이라 하며, 忠信堂의 북쪽에 있다. 어느 해에 창건했는지는 알지 못한다〔蓬萊館, 三十九間, 卽客舍也. 東曰寅賓軒, 西曰秩成, 在忠信堂北. 未知創於何年(下略)〕."라고 기록되어 있다.

19 신령스런 …… 내려오고 : 권6 「蓬萊錄」의 16번 각주를 참고할 것.

20 신선 …… 있네 : 『國譯 新增東國輿地勝覽』 卷23, 경상도 동래현 조에, 동래의 古蹟으로 '蘇嘏亭'을 거론하면서 "蘇嘏는 항상 흰 사슴을 타고 금 거북 탄 선인과 놀았다 해서 속칭 소하정이라 하였는데, 새들도 깃들지 않는다."라고 기록되어 있다. 한편, 陶淵明의 『搜神後記』에, 미녀의 옷차림을 묘사하면서 '紫纈襦를 입고 있다'라는 표현이 보이는데, 僊鹿과 紫纈襦의 관련성에 대해서는 미상이다.

홀로 운대(雲臺)를 향해 옥호(玉壺)에 취하네. 獨向雲臺醉玉壺.

9 5월 11일 비가 내리다

五月十一日雨

태종의 신령스런 비,[21] 고금에 전하는데 太宗靈雨古今傳
어제는 어찌 패연(沛然)히 내리지 않았던가? 昨日胡爲不沛然.
문득 깨닫노니, 명협(蓂莢)[22] 세어보매 한 잎 차이 나 忽覺數蓂差一葉
새벽 오니 단비가 평평한 밭에 가득 차네. 曉來甘澍滿平田.

10 영가정(永嘉亭)[23]

永嘉亭

배를 갈무리해두고자 깊은 못을 파 欲藏舟艦鑿深池

---

21 태종의 신령스런 비 : 조선시대 태종이 재위하던 때에 오랜 가뭄으로 근심하다가 "가뭄이 이토록 극심하면 백성들이 어떻게 살겠는가? 내가 죽어서라도 하늘에 고해 단비를 내리게 하여, 백성들이 그 혜택을 입게 하리라."라는 유언을 남기고 5월 10일에 서거하였다. 그러자 큰 비가 내려 풍년이 들었다. 이 일로 인해 5월 10일에 내리는 비를 '태종비'라고 하게 되었다.

22 명협(蓂莢) : 堯임금 때 조정의 뜰에 났다는 瑞草이다. 자세한 내용은 권3 「春坊錄」의 2번 각주를 참고할 것.

23 영가정(永嘉亭) : 永嘉臺에 있던 亭子를 가리키는데, 朝鮮通信使의 출항지로 널리 알려져 있다. 『東萊府誌』, 「古跡」에, "永嘉臺. 府의 남쪽 21리 되는 釜山鎭 앞에 있다. 1614년에 순찰사 權盼이 못을 파서 호수를 만들어 戰船을 갈무리해두고, 작은 언덕을 쌓아 臺를 만들었다. 권공이 永嘉人이므로 이로써 명명하였다고 한다〔永嘉臺, 在府南二十一里釜山鎭前. 万曆甲寅, 巡察使權盼, 穿池爲湖, 以藏戰船, 築小丘爲坮. 權公卽永嘉人, 故名以此

흙을 수레로 날라, 이어서 아홉 길 높이를 이루었네. 輦壤仍成九仞危.
외로운 섬 문득 떠 있으니 자라가 이미 떠받쳐 있고[24] 孤嶼忽浮鼇已戴
작은 누(樓) 갑자기 일어났으니 조개가 응당 불었으리.[25] 小樓俄起蜃應吹.
길천(吉川)[26]의 사업 천 년토록 전해지고 吉川事業流千載
관해(觀海)[27]의 문장은 한 시대에 으뜸이라. 觀海文章冠一時.
석목(析木)[28] 물결 맑고 한가한 날은 많아 析木波淸多暇日
매양 빈 헌함(軒檻)에 기대 홀로 시를 읊노라. 每憑虛檻獨哦詩.

云].”라고 되어 있다. 부산진에 풍랑이 심해 戰艦이 훼손되기까지 하자, 권반이 해안에서 굴착할 만한 곳을 물색하여 큰 항구를 만들어 배를 보관하게 하여, 더 이상 피해가 없게 된 것이다. ‘권반과 영가대’에 대해서는 한태문의 「『釜鎭諸詠』 연구」(『韓民族語文學』 68, 한민족어문학회, 2014, 294~403면)를 참조할 것.

24 외로운 …… 있고 : 권6 「蓬萊錄」의 5번 각주를 참고할 것.

25 작은 …… 불었으리 : 옛사람들은 조개들이 기운을 불어서 숨을 쉬면 영롱한 빛을 내며 누각을 만들어낸다고 생각했다. 이른바 蜃氣樓 또는 蜃樓라고 하는 것이다.

26 길천(吉川) : 吉川君이라는 봉호를 받았던 權盼(1564~1631)을 가리킨다. 1613년에 경상도관찰사로서 지방 행정을 잘 다스려, 길천군에 봉해졌다. 李敏求의 「永嘉臺記」에 권반이 영가대를 조성한 행적이 자세히 기록되어 있다.

27 관해(觀海) : 李敏求(1589~1670)의 호. 그의 문집 『東洲集』 卷3에 「永嘉臺記」가 실려 있는데, 1624년에 지은 작품으로 명시되어 있다. 이 글은 『동래부지』에도 수록되어 있다. 이 글에서 이민구는 영가대 조성의 전말을 상세히 기록하였고, 이 臺를 조성한 권반이 永嘉人, 즉 安東 권씨이므로 그것을 기념하기 위해 자신이 永嘉臺라 명명하였다고 밝혔다. 蒼石 李埈의 「資憲大夫刑曹判書吉川君權公行狀」을 바탕으로 이민구는 「刑曹判書吉川君權公神道碑銘 幷序」를 짓기도 하였는데, 이 두 글에도 권반의 영가대 조성 행적이 간략히 언급되어 있다.

28 석목(析木) : 권2의 36번 각주를 참고할 것.

11 일본 부관 승(僧) 인숙(仁叔)이 감귤을 보내준 데 사례하다

謝日本副官僧仁叔送柑

배도(盃渡)[29]의 전단(栴檀)[30] 바닷길 길고	盃渡栴檀海路長
바라(娑羅) 쌍수(雙樹)[31]는 곧 부상(扶桑)이라.	娑羅雙樹卽扶桑.
선근(善根)[32] 처음 심어 직관에 통했고	善根初植通直觀
법실(法實) 갑자기 이뤄 묘향을 퍼뜨렸네.	法實俄成播妙香.
옥색 과즙은 이미 감로(甘露)[33]의 맛 머금었고	玉液已含甘露味
금색 껍질 오히려 보주(寶洲)[34]의 빛을 띠었네.	金苞猶帶寶洲光.
겨우 한 열매 맛보자마자 바람이 겨드랑이에 일어	纔嘗一瓣風生腋
화택(火宅)[35]처럼 번민스런 흉금, 십분 서늘해지네.	火宅煩襟十分涼.

29 배도(盃渡) : 중국 晉宋시대 승려인데 성명은 알려져 있지 않다. 그가 늘 나무잔을 타고 물을 건너므로 '배도'로 이름을 삼게 되었다고 한다(『高僧傳』「神異 盃渡」 참조).

30 전단(栴檀) : 승려들이 수행하는 道場을 지칭하는 듯하다. 檀香木에 새긴 釋迦牟尼像을 旃檀瑞像이라고 한다.

31 바라(娑羅) 쌍수(雙樹) : 『五洲衍文長箋散稿』, 「釋敎梵書佛經辨證說」에 다음과 같은 내용이 보인다. 석가가 세상에 나와 교화한 49년 동안에, 天·龍·人·鬼까지 모두 와서 설법을 듣고, 得道한 제자가 무려 백천 만억으로 헤아리게 되었다. 그런 뒤에는 拘尸那城의 娑羅雙樹 사이에서 2월 15일 涅槃에 들었다.

32 선근(善根) : 불교 용어로, 몸〔身〕·입〔口〕·뜻〔意〕을 가리킨다.

33 감로(甘露) : 불교 용어로, 佛法이나 槃의 비유로 쓰인다.

34 보주(寶洲) : 불교 용어로, 佛果의 大妙한 땅을 말한다. '불과'란 成佛이 오래도록 수행하여 얻은 결과라는 데서 나온 말이다.

35 화택(火宅) : 불타고 있는 집이란 뜻으로, 번뇌와 고통이 가득함을 이른다.

12 장산(萇山)[36]에서 고학사(高學士)[37]의 시에 차운하다

萇山 次高學士韻

장산(萇山)은 좌해를 베고 있어	萇山枕左海
높은 곳에 오르니 마음과 눈을 장하게 하네.	登高壯心目.
일월은 부상(扶桑)을 빛내고	日月光扶桑
파도는 석목(析木)을 편안하게 하네.	波濤安析木.
거칠산국(居柒山國) 옛 터 남아 있고	居柒餘古基
가락국(駕洛國) 오랜 풍속 남겨놓았네.[38]	駕洛留舊俗.
그윽한 구멍에 온천이 흘러나오고	幽竇洩溫泉
돌 아래 양곡(暘谷)[39]과 통하네.	石下通暘谷.
이끼를 벗겨내 끊어진 비(碑)를 읽으니	剔蘚讀斷碑
왕노릇 하는 자가 탕목(湯沐)으로 삼았네.	王者爲湯沐.
이 땅은 본래 진계(眞界)라	此地本眞界

36 장산(萇山): 지금의 부산시 해운대구 북부에 있는 산으로, 조선시대에는 上山 또는 蓬萊라고도 일컬어졌다. 『新增東國輿地勝覽』에 따르면, 동래는 고대의 萇山國이었다고 한다. 즉, 장산은 동래의 고호이다. 또한 『東萊府誌』, 「郡名」에, "萇山 · 萊山 · 居漆山 · 蓬萊 · 蓬山" 등이 열거되어 있다.

37 고학사(高學士): 고려시대 시인 高中址를 가리킨다. 고중지의 「送崔咸一直郎出按慶尙」이 『東文選』 卷4에 실려 있는데, 이원진이 이 시에 次韻한 것이다. 고중지의 원래 시는 총 32구의 五言古詩로서 편폭이 긴 편인데, 『新增東國輿地勝覽』 卷23 경상도 동래현조에도 그 全文이 수록되어 있는 것으로 보아 명작으로 膾炙된 시인 듯하다.

38 거칠산국 …… 남겨놓았네: 거칠산국과 가락국은 모두 동래 인근 지방에 있던 고대의 국가명이다. 이 두 나라는 모두 新羅에 병합되었다. 가락국은 지금의 김해 지역을 거점으로 한 나라였는데, 김해와 동래는 인접해 있으므로 이와 같이 언급한 것으로 이해된다.

39 양곡(暘谷): 해가 뜨는 곳을 말한다. 『書經』, 「堯典」에, "羲仲에게 나누어 명하여 嵎夷에 머물게 하시니, 暘谷이라 하며, 떠오르는 해를 공경히 맞이한다〔分命羲仲, 宅嵎夷, 曰暘谷, 寅賓出日〕."라고 하였다.

기화(琪花)가 바위와 산기슭에 흩어 있네.	琪花散巖麓.
고로(故老)들 기이한 견문 있어	故老有異聞
지난 일 거북과 사슴[40]을 전해오는데	往事傳龜鹿.
오늘에 이르러 다시 어떤 사람이	至今復何人
진세(塵世)를 초월해 그윽한 고독을 지킬꼬?	超塵保幽獨.
모래 우물에서 금을 단련함을 알겠고	砂井認鍊金
과정(苽亭)[41]에서 옥을 씹음을 생각하네.	苽亭思嚼玉.
바다 위에서 운대(雲臺)를 찾고	海上尋雲臺
아름다운 유람, 길은 이미 익숙하네.	佳遊路已熟.
은궐(銀闕)은 들쭉날쭉하게 바라보이고	銀闕望參差
삼산(三山)은 자라 등에 우뚝 솟아 있네.	三山鼇背矗.
자신을 도모하매 도리어 졸함을 탄식하고	謀身卻歎拙
뱀을 그리고는 이어 발을 덧붙였네.	畫蛇仍着足.
세상 그물을 벗어날 수 없어	世網不可脫
한밤중에 매양 대들보만 우러러보네.[42]	中宵每仰屋.

40 거북과 사슴: 권6 「蓬萊錄」의 20번 각주를 참고할 것.

41 과정(苽亭) : 朴師昌이 편찬한 『東萊府誌』, 「樓亭」에, "苽亭은 府의 남쪽 10리 되는 곳에 있었는데, 지금은 없어졌다. 鄭敍는 고려조에 벼슬하였는데, 恭睿太后의 妹夫로서 仁宗에게 총애를 받았다. 毅宗 때 참소를 입고 쫓겨나 시골로 돌아갔는데, 왕이 그에게 "장차 의당 불러서 돌아오도록 하겠다."라고 하였다. 오래되어도 부르지 않자, 마침내 정자를 짓고 외를 심고는 琴을 어루만지며 노래를 지어 임금을 그리워하는 마음을 부쳤다. 가사가 지극히 悽惋하다. 瓜亭이라 자호하였으니, 樂府 鄭瓜亭이 바로 그의 曲이다. 정자 터가 지금까지 남아있다〔苽亭, 在府南十里, 今無. 鄭敍仕高麗, 以恭睿太后之妹壻, 有寵於仁宗. 毅宗朝, 被譖放, 歸田里. 王謂曰: "行當召還." 久而不召, 乃築亭種瓜, 撫琴作歌, 以寓戀君之懷, 詞極悽惋. 自号瓜亭, 樂府鄭瓜亭, 卽其曲也. 亭基至今存〕."라고 되어 있다.

42 대들보만 우러러보네: 현실을 타개할 방도가 마뜩잖아 고심하는 행동을 뜻한다.

성긴 재주 전대(專對)[43]에 부끄럽고	疎才愧專對
공밥만 한갓 녹록히 먹네.	素餐徒碌碌.
고향은 천 리나 떨어져 있어	故園隔千里
꿈은 서울 굽이에 들어가네.	夢入淸漢曲.
어느 날에 「귀거래사(歸去來辭)」[44] 지어	幾日賦歸來
한가히 동쪽 울타리 아래서 국화를 캘꼬?[45]	閑採東蘺菊.

13 아헌(衙軒)의 시에 차운하다

次衙軒韻

주묵(朱墨)[46] 던져놓고 작은 서재에 앉아	朱墨抛來坐小齋
타향이라 어느 곳에 회포 잊을 수 있으랴.	異鄕何處可忘懷.
술로 좋은 시절 보답하매 잔이 이어 그득하고	酒酬令節盃仍凸
시로 그윽한 정 쓰니 글귀가 절로 기이하네.	詩寫幽情句自奇.
바람 멎자 꽃 그늘 뒷 언덕을 두르고	風定花陰團後塢
비온 뒤 이끼 무리 앞 섬돌에 자라고 있네.	雨餘苔暈長前階.
청산이 자리에 들어 서로 약속이나 한 듯	靑山入座如相約
대면한 헌창(軒窓)을 느지막 향해 밀치네.	面勢軒窓向晩排.

43 전대(專對) : 使臣으로서 다른 나라에 가서 독자적으로 응대함을 말한다.

44 「귀거래사(歸去來辭)」 : 田園으로 돌아가고자 하는 마음을 읊은 陶淵明의 대표작이다.

45 한가히 …… 캘꼬 : 도연명의 「飮酒」 시에, "동쪽 울타리 아래서 국화를 캐다가, 한가로이 남산이 눈에 들어왔네〔採菊東籬下, 悠然見南山〕."라는 구절이 있다.

46 주묵(朱墨) : 권4 「平陽錄」의 21번 각주를 참고할 것.

14 소하정(蘇嘏亭)

蘇嘏亭

소하(蘇嘏) 신선의 자취 묻노니 어느 해이던가?	蘇嘏僊蹤問幾秋
나무엔 둥지 튼 새 없고 물은 부질없이 흐르네.	樹無巢鳥水空流.
푸른 벼랑 흰 사슴을 만약 빌릴 수 있다면	青崖白鹿如能借
바다 위 천 개의 봉우리, 하나하나 유람하리.	海上千峯一一遊.

15 과정(苽亭)

苽亭

금(琴) 위에서 일찍이 옛부터 전해온 곡[47] 들었는데	琴上曾聞古曲傳
이에 유적 찾으니 더욱 의연(依然)하네.	此尋遺跡更依然.
임금 그리는 깊은 뜻 알아주는 이 없어	戀君深意無人會
오직 솔바람만 칠현(七絃)을 배우는 듯하네.	唯有松風學七絃.

16 일본 의승(醫僧) 현철(玄哲)과 작별하며

別日本醫僧玄哲

부상(扶桑) 섬에 지암(芝菴)[48]이 있어	桑島芝菴在

47 옛부터 전해온 곡 : 「鄭瓜亭曲」을 말한다. 자세한 내용은 권6 「蓬萊錄」의 41번 각주를 참고할 것.

48 지암(芝菴) : 玄哲이라는 일본 승려의 號인 듯한데, 未詳이다.

공(空)에 대해 말하고 또 의술도 알고 있네.	談空復解醫.
신비한 처방, 패엽(貝葉)[49]을 연이었고	禁方聯貝葉
신령스런 약, 양지(楊枝)[50]가 섞여 있네.	靈藥雜揚枝.
성명(性命)을 보양해[51] 원각(元覺)[52]을 열었고	養性開元覺
숙환을 없애 큰 자비로움 베풀었네.	除痾布大慈.
서로 만났다가 곧 서로 헤어지니	相逢卽相別
잔으로 건너옴[53], 다시 어느 때이려나?	盃渡更何時.

49 패엽(貝葉) : 고대 인도 사람들이 經을 베껴 쓸 때 사용한 나뭇잎을 말하는데, 佛經을 뜻하는 말로 쓰인다.

50 양지(楊枝) : 원문의 '揚'은 '楊'의 오자인 듯하다. 양지는 불교 용어로, 만물을 소생하게 하는 甘露를 비유하는 楊枝水를 뜻한다. "石勒이 아끼는 아들 石斌이 갑자기 병들어 죽었다. …… 이에 圖澄에게 알리게 하였다. 도징이 양지를 취해 물에 적시고 물 뿌리며 빌고는 석빈에게 다가가 그의 손을 잡으며 '일어나라!'라고 하자, 드디어 소생하였다〔勒愛子斌暴病死 …… 乃令告澄. 澄取楊枝沾水, 灑而呪之, 就執斌手曰: '可起矣!' 因此遂蘇〕."라는 고사가 『晉書』, 「佛圖澄傳」에 보인다.

51 성명(性命)을 보양해 : 원문은 '養性'으로 여기서의 '性'은 '生'의 뜻이다. 『後漢書』, 「方術列傳 華陀」에 "생명을 보양하는 재주를 깨우쳐 나이가 100세가 되었는데도 여전히 왕성한 용모가 있었다. 당시 사람들이 신선이라 여겼다〔曉養性之術, 年且百歲, 而猶有壯容, 時人以爲仙〕."라는 내용이 있다.

52 원각(元覺) : 중국 宋代의 醫僧. 그의 스승 奉眞, 그의 제자 法琮과 함께 의술로 유명하였다고 한다.

53 잔으로 건너옴 : 원문은 '盃渡'로, 중국 晉宋 때의 姓名이 알려져 있지 않은 승려의 별명이다. 전설에 이 승려가 늘 나뭇잔을 타고 물을 건너므로 '배도'라고 이름하였다고 한다(『高僧傳』, 「神異 盃渡」 참조). 일본 醫僧 玄哲을 '배도'라고 지칭한 것으로 이해할 수도 있다. 여기서는 문맥상 '나뭇배를 타고 바다를 건너와 어느 때 다시 만날 수 있을까' 하는 마음을 표현한 것이다.

17 일본 부관 승(僧) 인숙(仁叔)과 작별하며

別日本副官僧仁叔

도솔(兜率)[54] 가유(迦維)[55]에 옛날 신이 내려왔었는데	兜率迦維昔降神
문득 듣자니 동역(東域)에서 금빛 불상 꿈 꾸었다 하네.[56]	忽聞東域夢金人.
가는 터럭의 빛 일찍이 부상도(扶桑島)에 발하였고	毫光早發扶桑島
뗏목 그림자 멀리 석목진(析木津)[57]에 통하였네.	槎影遙通析木津.
사해(四海)가 함께 살아감 원래 설(說)이 있고[58]	四海竝生元有說
일당(一堂)에 서로 모임 어찌 원인이 없으랴?	一堂相會豈無因.
다른 때 어느 곳인들 헤어지는 정 괴롭겠지만	異時何處離情苦
하늘과 물 아득한데 다만 달만 둥글구나.	天水茫茫但月輪.

54 도솔(兜率) : 불교에서는 하늘을 여러 층으로 나누어 놓았는데 제4층이 도솔천이다. 도솔천의 內院은 彌勒菩薩의 淨土이고, 그 外院은 천상의 중생들이 거처하는 곳이다.

55 가유(迦維) : '迦維羅衛'의 준말로, 석가모니가 탄생한 곳이다.

56 금빛 …… 하네 : 漢나라 明帝가 꿈속에 丈六金身을 보았는데, 목에는 圓光이 둘러 있고 가슴에는 卍 자가 쓰여 있으며 머리에는 螺髻가 있고 이마에는 毫光을 띠고 있었다(金長生, 『近思錄釋疑』 참조).

57 석목진(析木津) : 석목진이란 석목 星次의 은하수를 말한다. 자세한 내용은 권2의 36번 각주를 참고할 것.

58 사해(四海)가 …… 있고 : 『荀子』, 「議兵」에, "사해의 안을 한 집안처럼 여겼다〔四海之內若一家〕."라고 하였다.

18 구장사(球藏司)[59]의 시에 차운하여 과일과 부채를 보내준 데 감사하다

次球藏司韻 謝惠果扇

장사(藏司)가 특별한 선물을 전하니	藏司傳異貺
영분(英粉), 구화(九華)[60]와 같다네.	英粉九華同.
감로(甘露)는 단꿀을 나누었고	甘露分深蜜
청풍(淸風)은 축융(祝融)[61]을 물러나게 하네.	淸風退祝融.
황홀히 금해(金海) 위 유람하고	恍遊金海上
설산(雪山) 속에 들어갔나 의심하네.	疑入雪山中.
음성과 용모 떨어져 있음 한하지 말라	莫恨音容隔
정신이 자연 감통(感通)되리니.	精靈自感通.

59 구장사(球藏司) : 藏司는 大藏經을 관리하는 직책이다. 일본인으로 성이 球이며 장사를 맡고 있던 사람인 듯한데, 未詳이다. 黃㦿(1604~1656)의 「球藏司寄書惠詩, 副以貺儀, 走次其韻, 用謝盛意. 十首」라는 시에도 보인다.

60 영분(英粉), 구화(九華) : 英粉은 맛 좋은 과일을 가리키는 듯한데, 未詳이다. 九華는 현재 중국 安徽省 青陽縣에 있는 산이름으로, 중국 불교계의 四大名山 중 하나이다. 원래는 九子山이었는데 아홉 개의 봉우리가 연꽃 같다고 하여 李白이 구화산으로 산명을 바꾸었다고 한다. 이로부터 구화는 화려함을 나타낼 때 쓰이게 되었는바 九華玉 또는 九華之寶라는 말이 쓰인다. 여기서는 시 제목에 보이는 부채와 관련된 九華扇을 염두에 두고 한 표현인 듯하다.

61 축융(祝融) : 帝嚳 시절의 火官이었는데, 후에 火神이 되었다. 불 또는 火災를 가리키는 말로도 쓰인다.

19 남루(南樓)의 달밤

南樓月夜

달은 상산(上山)[62] 위로 떠오르고 月出上山上
바람은 동해 동녘으로 불어오네. 風來東海東.
호상(胡牀)에서의 오늘 밤 흥취 胡牀今夜興
꼭 옛사람과 같다네.[63] 卻與古人同.

20 차운하다

次韻

관부(官府) 안에 한가한 날 많고 府中多暇日
바다 평안하니 태평한 시절에 속하네. 海晏屬明時.
차조로 술 빚어, 게도 맛있고[64] 釀秫螯仍美

62 상산(上山) : 『東萊府誌』, 「山川」에, "上山은 萇山이라고도 하고, 蓬萊라고도 한다. 府의 동쪽 15리 되는 곳에 있어, 對馬島를 바라보기에 가장 가깝다. 위쪽에 평탄한 곳이 있으며 그 가운데 쯤의 낮고 습한 데는 사면이 土城의 형상과 같고, 둘레는 2천 여 步이다. 세속에서는 '萇山國의 터'라고도 한다〔上山. 一云萇山, 一云蓬萊. 在府東十五里. 望對馬島最近. 上有平坦處, 其中卑濕, 四面如土城狀, 周回二千餘步, 俗云萇山國基〕."라고 기록되어 있다.

63 호상(胡牀)에서의 …… 같다네 : 晉나라 庾亮이 武昌을 다스릴 때, 경치 좋은 어느 가을밤에 부하 관원이었던 殷浩·王胡之 등이 南樓에 올라 시를 읊고 있었다. 이때 유량의 나막신소리가 들리자 관원들이 자리를 피하려 하니, 그가 "제군들은 잠시 더 머물게! 이 늙은이도 이곳에 흥이 두터워 얕지 않네."하고는, 胡床에 걸터앉아 함께 시를 읊으며 즐겼다(『世說新語』, 「容止」 참조). 이원진이 말한 옛 사람은 곧 유량을 가리키며, 시 제목 또한 이 고사와 조응한다.

64 차조로 …… 맛있고 : 가을철에 게를 먹고 술을 마시는 즐거움을 형용한 '持螯把酒'라는

금(琴) 가지고 다니니 학(鶴)이 절로 따르네.[65] 攜琴鶴自隨.
산을 좋아해 먼 데 절도 찾아가고 樂山尋寺遠
달을 즐겨 누(樓)를 내려옴 더디다네. 耽月下樓遲.
타향 땅이라 지음(知音)[66]이 적어 異地知音少
맑은 밤 홀로 시를 읊노라. 淸宵獨詠詩.

번역 **김종민**

성어가 있다. 劉義慶의 『世說新語』, 「任誕」에 晉代에 술을 좋아한 畢卓이 '한 손에는 게를 잡고 한 손에는 술잔을 잡으면 일생을 마쳐도 족하다〔一手拿着蟹螯, 一手捧着酒杯, 便足以了一生〕.'라고 한 고사가 보인다.

65 금(琴) …… 따르네 : 琴과 鶴은 붙여서 많이 쓰는 詩語로, 淸高 · 廉潔 · 高雅함 등을 나타낸다. 『韓非子』, 「十過」에, "師曠은 그만둘 수 없어 琴을 당겨 연주하였는데, 한 번 연주하자 검은 鶴 열 여섯 마리가 남방에서 와서 낭문의 높다란 담장에 모여들었고, 두 번 연주하자 학들이 줄을 지었으며, 세 번 연주하자 목을 길게 빼고서 울고 날개를 펼치며 춤췄다〔師曠不得已, 援琴而鼓, 一奏之, 有玄鶴二八, 道南方來, 集於郎門之垝, 再奏之而列, 三奏之, 延頸而鳴, 舒翼而舞〕."라는 내용이 있다. 이 고사는 『史記』, 「樂書」와 『論衡』, 「感虛」 및 『風俗通』, 「聲音」 등에도 실려 있다.

66 지음(知音) : '자기를 알아주는 벗'을 뜻한다. 자세한 내용은 권5 「西行錄」의 4번 각주를 참고할 것.

21 식파루[67]

息波樓

칼에 기대니 높은 가을에 감개함도 많아라	倚劍高秋感慨多
지난날 풍진(風塵) 임진년 떠오르네.	昔年氛祲憶龍蛇.
어느 날 다시 떠도는 산 대나무를 잘라서	何當更斫浮山竹
동해바다 수만 파도를 불어서 잠재울까.[68]	吹息東溟萬萬波.

22 충렬사[69]

忠烈祠

충렬(忠烈)이 당당히 우주에 드리웠으니	忠烈堂堂宇宙垂
뒤늦게 조락하는 송백(松柏)은 한 해가 추워져야 알 수 있네.	後凋松柏歲寒知.

67 식파루: 東萊 客舍의 대문 역할을 하였던 누대.

68 떠도는 …… 잠재울까: 이는 『三國遺事』에 나오는 '萬波息笛'이야기를 典故로 가져온 것이다. 『삼국유사』 「紀異」 第二에 따르면, '神文王 …… 임오년 5월 …… 동해 가운데 작은 산이 있어 떠서 감은사로 와서 물결을 따라 오고 갔다〔東海中有小山, 浮來向感恩寺, 隨波往來〕. …… 산의 형세는 거북이 머리와 같은데 그 위에 대나무 한 줄기가 있어〔山勢如龜頭, 上有一竿竹〕 …… 그 대나무로 피리를 만들어 월성 천존고에 보관하였는데, 이 피리를 불면 군대가 물러가고 병이 나으며, 가물다가 비가 오고 비가 오다 개었으며, 바람은 그치고 파도 잔잔해져 만파식적이라 이름하였다〔以其竹作笛, 藏於月城天尊庫, 吹此笛, 則兵退病愈, 旱雨雨晴, 風定波平. 號萬波息笛〕.'고 한다.

69 충렬사: 임진왜란 때 순절한 東萊府使 宋象賢(1551~1592)과 釜山鎭僉節制使 鄭撥(1553~1592)의 위패를 모신 사당. 1605년 당시의 동래부사 尹暄이 동래읍성 남문 밖 농주산에 송상현의 위패를 모신 宋公祠를 지어 해마다 제사를 지내다가 1624년 선위사 李敏求의 요청으로 충렬사라는 사액이 내려져 충렬사로 명칭이 바뀌었다. 문신인 송상현의 시호는 '忠烈'이며, 무신인 정발의 시호는 '忠壯'이다.

표창(表彰)함에 반드시 두 사당으로 나눌 필요 없으니 旌褒不必分雙廟
문신과 무신, 의당 하나의 사우에 합해야 하네. 文武端宜合一祠.
일월은 순국(殉國)의 절개를 높이 달아 두었고 日月高懸徇國節
풍운은 살신(殺身)의 비장함을 길이 띠고 있네. 風雲長帶殺身悲.
기운이 산하의 장대함을 만들었다고만 논하지 말라[70] 休論氣作山河壯
백세토록 삼한은 떳떳한 윤리를 높이 걸었네. 百世三韓揭秉彝.

23 범어사(梵魚寺)에서 택당(澤堂) 이식(李植)의 시에 차운하여 해사(海師)[71]에게 주다

梵魚寺 次澤堂韻 贈海師

해사(海師)의 단향(檀香)이 정겹게 느껴지니 海佛栴檀覺有情
비로소 알았노라, 정진(精進)이 근행(勤行)에 있음을.
始知精[72]進在勤行.
입정(入定) 가운데 매양 부상(扶桑)을 향해 앉으면 定中每向扶桑坐
해와 달이 등불 되어 만상이 밝아지리. 日月爲燈萬象明.

70 기운이 …… 말라 : 南宋의 재상이었던 趙鼎은 金나라와 화친을 주장하는 秦檜에게 맞서 失地 회복을 주장하다가 좌천되어 유배를 당했다. 죽기에 앞서 스스로 銘旌에 쓰기를, "몸은 箕尾星을 타고 하늘 위로 오르지만, 기운은 산하가 되어 이 나라를 장대하게 하리라〔身騎箕尾歸天上, 氣作山河壯本朝〕." 하고는 밥을 먹지 않고 죽었다고 한다(『宋史』, 「列傳」 참조).

71 해사(海師) : 범어사의 승려일 것으로 추측되나 자세한 내용은 미상. 법명에 '海' 글자가 들어가는 승려일 것이다.

72 精 : 원문에는 '情'자로 되어 있는데, 문맥상 오류이므로 '精'자로 바로잡는다.

24 양산 창포정(菖蒲亭)에서 주인 이비경(李棐卿)[73]을 위해 쓰다

梁山菖蒲亭 爲主人李棐卿題

정자 앞 네모난 거울, 누가 능히 주조하였나	亭前方鏡孰能鎔
그림자 속 영험한 뿌리로 자주빛 봉우리 토해내네.	影裏靈根吐紫茸.
일이 없어 채찍 하나 끝내 쓰지 않는데	無事一鞭終不用
괜히 천 개의 검[74]을 남겨 연꽃을 비추게 하네.	漫留千劍照芙蓉.

25 경주에서 옛일을 그리며

月城懷古

혁거세 유적을 동경(東京, 경주)으로 찾아가니	赫居遺跡訪東京
산세는 용이 서린 듯, 월성(月城)을 보호하네.	山勢龍盤護月城.
누대 위로는 황학(黃鶴) 그림자[75] 지나는 듯하고	樓上似過黃鶴影
수풀 가운데에는 흰 닭 소리[76] 들리는 듯 의심되네.	林中疑動白鷄聲.

73 이비경(李棐卿) : 棐卿은 李汝翊(1591～?) 자. 그는 1644년에 양산군수가 되었는데, 이때 관아 서편 연못가에 '菖蒲亭'을 지었다.

74 검 : 창포잎을 가리킨다. 창포잎은 그 모양이 칼과 비슷하여 蒲劍 · 水劍 · 綠劍이라 불리기도 하였다.

75 황학(黃鶴) 그림자 : 월성에는 '鳴鶴樓'가 있었다고 한다(『三國遺事』, 「新羅本紀」, 文聖王 13年 참조).

76 흰 닭 소리 : 金閼智의 탄생과 관련한 전설이다. 月城 부근 鷄林에서 빛이 나고 紫雲이 서리며 흰 닭이 울어 살펴보니 黃金櫃가 있어 그 궤를 열어보니 아이가 나와, 그 아이의 이름을 알지라 하였다고 한다(『三國遺事』, 「紀異」1 참조).

천년의 보배로운 피리, 옮기면 다시 벙어리가 되고[77]	千年寶笛移還啞
만세의 영험한 소나무, 베어도 다시 나네.	萬歲靈松斫又生.
무엇보다 황창랑[78]이 전해준 칼춤이 으뜸이니	最是昌郎傳舞劒
당시 담력과 용기는 형가(荊軻)[79]를 비웃었으리.	當時膽勇笑荊卿.

번역 **김용태**

77 천년의 …… 되고 : 현재 국립경주박물관에는 신라시대의 玉笛이라 전해지는 유물이 소장되어 있으며, 조선시대 여러 문인들은 '鷄林玉笛'에 대한 기록을 남겼다. 그 가운데 洪聖民의 「鷄林玉笛」(『拙翁集』 卷3)에는, "옥적이 조령을 넘으면 소리가 나지 않는다〔笛度鳥嶺則無聲〕."라는 기록이 보인다.

78 황창랑(黃昌郎) : 金宗直의 「東都樂府」에 다음과 같은 내용이 있다. "황창랑은 어느 시대 사람인지 알 수 없다. 세속에 전하기를 8세의 童子가 신라왕을 위하여 백제에 원수를 갚으려고 백제의 시장에 가서 칼춤을 추자, 그것을 구경하는 시장 사람들이 담장처럼 둘러쌌는데, 백제왕이 그 말을 듣고는 그를 궁궐로 불러들여 춤을 추게 하니 창랑은 그 자리에서 백제왕을 찔러 죽였다고 한다. 후세에 가면을 만들어 그를 흉내 내고, 處容舞와 함께 진설하였다. 그러나 史傳에 상고해보면 전혀 증거될 만한 것이 없다〔黃昌郎, 不知何代人. 諺相傳, 八歲童子, 爲新羅王, 謀釋憾於百濟, 往百濟市, 以釼舞, 市人觀者如堵墻. 百濟王聞之, 召入宮令舞, 昌郎於座 揕王殺之. 後世, 作假面以像之, 與處容舞並陳, 考之史傳, 絶無左驗〕."

79 형가(荊軻) : 전국시대 衛나라의 협객. 燕나라 태자 丹을 위해 秦王을 죽이려고 진나라로 들어갔으나 실패하여 죽고 말았다.

『태호시고』 권6

「은대록(銀臺錄)」 병술 이후(丙戌以後)

1 만휴정(晩休亭)[1]에서 차운하다 2수

晩休亭 次韻 二首

늙은 신선 거처할 곳 이미 잡으니 老僊居已卜
광객(狂客)의 눈이 인하여 푸르게 되네.[2] 狂客眼仍青.
물 위 헌함(軒檻)은 맑은 거울을 임해 있고 水檻臨明鏡
산으로 난 창은 저녁 병풍을 마주했네. 山窗對晩屛.

1 만휴정 : 李敏求의 「晩休亭記」(『東州集』 卷3)에, "…… 延川 李子陵이 …… 望七의 나이에 서호 동쪽 언덕에 터를 잡아 세 칸 정자를 지으니 겨울에 따스하고 여름에 시원한 곳이 갖추어져 드디어 이름 짓기를 '만휴'라 하였다〔延川李子陵 …… 乃於望七之歲, 占地于西湖東岸, 爲亭三間, 冬溫夏涼之區具焉, 遂名之曰晩休〕."는 기록이 보인다. '연천 이자릉'은 延川君 李景嚴(1579~1652)으로, '자릉'은 그의 字이다.

2 눈이 …… 되네 : 다정하게 바라본다는 뜻이다. 죽림칠현의 한 사람인 阮籍은 속된 사람을 만나면 '白眼'으로 보고, 마음에 드는 사람을 만나면 '青眼'으로 보았다고 한다(『晉書』, 「阮籍傳」 참조).

갈매기도 친숙해 잠이 편안하고[3] 鷗親眠自在
제비는 축하하며 말이 곡진하네.[4] 燕賀語丁寧.
이틀을 묵으며 강 가에 있었으니 信宿留河上
이제부터 형체(形體) 수련을 공부해야겠네. 從今學鍊形.

승경(勝景) 찾는 봄나들이에 익숙해 選勝春遊慣
한가함을 틈타 서울을 나서네. 乘閑出斗城.
여러 산들, 자라가 이고 서있고[5] 剩山鼇戴立
높다란 집, 이무기가 불어 이루어졌네.[6] 危構蜃嘘成.
술이 아름다워 천금도 부족하고 酒美千錢少
시가 호방하니 만호(萬戶)도 가볍다네.[7] 詩豪萬戶輕.

---

3 갈매기도 …… 편안하고 : 갈매기도 의심을 품지 않아 사람 가까이에서 잠을 잔다는 뜻이다. 『列子』, 「黃帝」에, "바닷가 사람 가운데 갈매기와 친한 자가 있어 매일 아침 바닷가로 가서 갈매기를 따라 노닐면 갈매기 수백 마리가 와서 머물기를 그치지 않았다. 그 부친이 말하기를, '내가 들으니 갈매기가 모두 너를 따라 논다고 하더라. 너는 잡아 오너라. 내가 완상하리라'고 했다. 다음날 바닷가로 가자 갈매기가 춤을 추기만 하고 내려오지 않았다〔海上之人有好鷗鳥者, 每旦之海上, 從鷗鳥游, 鷗鳥之至者百住而不止. 其父曰, '吾聞鷗鳥皆從汝游, 汝取來, 吾玩之.' 明日之海上, 鷗鳥舞而不下也〕."고 하는 이야기가 있다.

4 제비는 …… 곡진하네 : 『淮南子』, 「說林訓」에, "큰 집이 완성되매 제비와 참새가 서로 축하한다〔大廈成而燕雀相賀〕."라는 말이 있다. 제비와 참새가 머물 곳을 얻게 되어 기뻐한다는 뜻인데, 이후로는 落成을 축하하는 표현으로 쓰이게 되었다.

5 자라가 …… 서있고 : 옛 전설에 따르면, 바다에 다섯 개의 仙山이 떠 있었는데 흘러가지 않도록 15마리의 거대한 자라가 그 산들을 이고 있었다고 한다(『列子』, 「湯問」 참조).

6 이무기가 …… 이루어졌네 : 옛 전설에 따르면, 이무기가 기를 내뿜어 구름도 만들고 蜃氣樓도 만든다고 한다.

7 만호(萬戶)도 가볍다네 : 唐나라 杜牧의 「登池州九峯樓寄張祜」에, "千首 詩로 만호후를 가볍게 보다〔千首詩輕萬戶侯〕."라는 구절이 있다. 만호의 제후 자리보다 시가 더 귀중하다는 의미이다.

미호(迷湖)[8]가 이 물로 이어지니	迷湖連此水
나를 위해 한번 맑음에 임하라.[9]	爲我一臨淸.

2 만휴정(晩休亭)에 쓰다

題晩休亭

처음 한강 북쪽으로 시력(視力)을 다하니	初殫目力漢之陽
오래 숨겼던 땅의 신령도 감히 감추지 못하네.	久秘坤靈不敢藏.
금장(金掌)은 어느덧 경월(卿月)의 색을 나누고[10]	金掌乍分卿月色
돌여울은 잠깐 객성(客星)의 빛을 움직이네.	石灘俄動客星光.
안개 낀 물결은 멀리 파릉(巴陵)에 접하여 넓고	煙波逈接巴陵闊
구름 낀 산기슭 비껴 화악(華嶽)[11]에 이어져 기네.	雲麓斜連華嶽長.
어느 곳에 적선(謫仙)이 와서 붓을 휘두를 것인가	何處謫僊來落筆
술에 취한 호쾌한 흥취, 너른 물결에 가득하네.	酒酣豪興滿滄浪.

8 미호(迷湖) : 권1의 13번 각주를 참고할 것.

9 맑음에 임하라 : 陶潛의 「歸去來辭」에, "맑은 물에 임해 시를 짓다〔臨淸流而賦詩〕."라는 구절이 있다.

10 금장(金掌)은 …… 나누고 : '금장'은 仙人의 손바닥 모양을 한 承露盤〔이슬을 모으는 그릇〕인데, 漢나라 武帝는 長生을 위해 금장에 이슬을 모아 마셨다고 한다. 杜甫의 「暮春江陵送馬大卿赴闕下」에, "경월이 금장에 오르네〔卿月昇金掌〕."라는 구절이 있다. 경월은 달의 미칭이다.

11 화악(華嶽) : 본래는 중국에 있는 산의 이름이지만, 여기서는 삼각산을 가리킨다.

3 한원(漢原)[12] 부원군을 곡(哭)하다

哭漢原

대덕(大德)인 문강(文剛)[13]의 후손으로	大德文剛後
높은 누대에서 채봉(彩鳳)이 우네.	高臺彩鳳鳴.
사리(楂梨)[14]는 사람들이 함께 우러르고	楂梨人共仰
용호(龍虎)는 세상이 모두 놀랐네.	龍虎世皆驚.
효도와 우애로 가정에 경사가 넘치고	孝友家肥慶
존귀와 영광스런 국구(國舅) 명칭 받았네.	尊榮國舅名.
전성(婰星)[15]이 바야흐로 밝음을 내리고	婰星方降耀
화씨벽(和氏璧)은 이미 정기를 발했네.	和璧已騰精.
옛 은혜는 감당나무 그늘[16]에 가득한데	舊惠棠陰滿
새 근심이 수가(樹稼)[17]에 생기네.	新愁樹稼生.

12 한원(漢原) : 漢原府院君 趙昌遠(1583~1646). 그의 자는 大亨, 호는 悟隱이며, 본관은 楊州이다. 仁祖의 繼妃 莊烈王后의 부친으로 시호는 惠穆이다.

13 문강(文剛) : 조선 전기의 문신 趙末生(1370~1447)의 시호.

14 사리(楂梨) : 미상이다.

15 전성(婰星) : 『甘氏星經』에, "태백성을 上公이라 하고 그 처를 女婰이라 하는데, 南斗에 거하면서 厲〔惡鬼〕를 잡아먹으므로 천하가 제를 올리며 明星이라 부른다〔太白號上公. 妻曰女婰, 尻南斗食厲, 天下祭之, 曰明星〕."라는 기록이 있다.

16 감당나무 그늘 : 원문은 '棠陰'으로 지방관의 善政을 뜻한다. 자세한 내용은 권2의 120번 각주를 참고할 것.

17 수가(樹稼) : '樹介'라고도 하는데 날씨가 매우 추우면 나무에 맺힌 氷雪이 마치 투구를 쓴 것과 같다고 해서 나온 표현이다. 『舊唐書』, 「讓皇帝憲傳」에, "開元 29년 겨울 경성이 몹시 추워 서리가 엉겨 나무를 감쌌다. …… 李憲이 그 모습을 보고 탄식하며 말하기를, '이는 세속에서 말하는 樹嫁이다. 속담에 수가가 생기면 현달한 관리가 두려워한다고 하였다. 필시 대신이 이에 해당하리니 내가 죽고 말 것이다〔開元二十九年冬, 京城寒甚, 凝霜封樹 …… 憲見而歎曰 '此俗謂樹稼者也. 諺曰 樹稼, 達官怕, 必有大臣當之, 吾其死矣〕."라는 기록이 보인다. 여기서는 조창원의 죽음을 나타내는 표현으로 생각된다.

금곡(金谷) 속으로 머리를 돌리니 回頭金谷裏
눈물이 강처럼 빗겨 흐름을 깨닫지 못하네. 不覺淚河傾.

4 은대에서 새벽에 읊다

銀臺曉吟

수달(獸闥)[18] 열릴 때 약어(鑰魚)[19] 소리 울리고 獸闥開時響鑰魚
여명이라 발걸음 이어지고 또 옷소매 잇닿네. 平明接武又聯裾.
해는 금궐(金闕)에 임해 붉은 노을 흩어지고 日臨金闕彤霞散
서리가 은대(銀臺)에 내려 푸른 나무 성그네. 霜落銀臺碧樹疎.
백발(白髮)이 오래 남두(南斗)[20]에 나누어 앉고 白髮久分南斗坐
단심(丹心)은 길이 북신(北辰)을 향해 있네. 丹心長向北辰居.
예로부터 왕명의 출납은 윤허가 어려운 줄 알았지만 古來出納知難允
온갖 병치레 끝이나마 다만 부지런히 힘쓰네. 但有勤勞百病餘.

---

18 수달(獸闥) : 대궐의 문을 일컫는 말. 唐나라 때 장안 궁궐의 문이 '白虎門'이었는데 唐나라 太祖의 이름이 '李虎'였던 관계로 후대에 이를 諱하여 '白獸門' 또는 '白獸闥'이라 부르게 되었다.

19 약어(鑰魚) : 물고기 모양의 빗장을 일컫는 말.

20 남두(南斗) : 북극성 남쪽에 위치한 별자리. 임금을 상징하는 북극성 가까이 있으므로 여기서는 정승과 판서 등의 높은 관직을 뜻하고 있다.

5 시패(時牌)[21] 소나무에 걸린 시를 차운하다

次時牌松官韻

희씨(羲氏)와 화씨(和氏)[22]의 정신과 혼백이 소나무에 의탁해
羲和精魄托蒼官
머리에는 명협(蓂莢) 조정[23]의 옛 법관(法冠)[24]을 쓰고 있네.
頭戴蓂庭舊法冠.
그날 시간을 주던 때를 지금도 잊지 못해 當日授時今不忘
한 고리 오래도록 희롱하매 스스로 끝이 없네. 一環長弄自無端.

6 시패 소나무를 장난삼아 읊어 우부(右副) 정중휘(丁仲徽)[25] 영공에게 보여주다

戲詠時牌松官 示丁右副仲徽令公

꿈속에서 일찍이 십팔공(十八公)[26]을 전했으니 夢裏曾傳十八公

---

21 시패(時牌) : 卯時부터 酉時까지의 시각을 적은 패. 궁궐의 各司에 세워두었다. 이원진이 이때 근무하였던 승정원에서는 시패를 소나무에 걸어두었던 것으로 짐작된다.

22 희씨와 화씨 : 堯임금의 신하들이다. 『書經』, 「堯典」에, "이에 희씨 화씨에게 명하여 昊天을 공경히 따라서 日月과 星辰을 曆象하여 人時를 공경히 주게 하셨다〔乃命羲和, 欽若昊天, 曆象日月星辰, 敬授人時〕."라는 구절이 있다.

23 명협(蓂莢) 조정 : 堯임금 시절의 조정이란 뜻이다. 자세한 내용은 권3 「春坊錄」의 2번 각주를 참고할 것.

24 법관(法冠) : '獬豸冠'이라고도 한다. 고대에 법의 집행을 맡았던 관리들이 썼다고 전해지는 모자. '해치'는 전설상의 동물로 뿔이 하나 있는데, 그 뿔로 나쁜 사람들만 들이받았다고 한다.

25 정중휘(丁仲徽) : 丁彦璜(1597~1672)의 자. 그의 호는 默拱翁, 본관은 나주이다. 1646년 우부승지가 되어 이원진과 함께 승정원에서 근무하였다.

26 십팔공(十八公) : 晉나라 張勃의 『吳錄』에, "丁固의 꿈에 소나무가 자신의 배위에서 자라

벼슬함이 어찌 대부의 공에 힘입은 것이랴.	作官寧藉大夫功.
전생이 분명코 용성자(容成子)[27]였으니	前身定是容成子
음양을 한 손바닥 가운데 파악했네.	把握陰陽一掌中.

7 공작

孔雀

공작은 남극[28]에서 태어나	孔雀生南極
깃털은 밝고도 곱네.	羽毛明且鮮.
아침에 적소(赤霄) 아래에서 노닐고	朝遊赤霄下
저녁에 현포(玄圃) 앞에 모이네.[29]	暮集玄圃前.
어찌하여 우인(虞人)[30]의 그물에 들어가	胡爲入虞羅
만리길 해선(海船)으로 끌려 왔나.	萬里隨海船.
하룻저녁에 회오리바람[31]을 만나	一夕遇風飆

났다. 어떤 사람이 말하기를, '松이라는 글자는 十과 八과 公이다. 18년 뒤에 公이 되리라'〔丁固夢松樹生其腹上, 人謂曰, 松字, 十八公也, 後十八年, 其爲公乎〕."고 했다는 이야기가 있다.

27 용성자(容成子) : 전설상의 인물로, 黃帝의 신하였으며 曆法을 만들었다고 한다.

28 남극 : 여기서의 남극은 적도 지방을 가리키는 것이다.

29 적소(赤霄) …… 모이네 : 적소는 높은 하늘을 가리키고, 현포는 곤륜산 위의 신선이 사는 곳을 가리킨다. 杜甫는 「赤霄行」에서 공작에 대해 읊조리길, "공작은 소에게 뿔이 있는 줄 알지 못하고, 목말라 찬 샘물 마시다 뿔에 받히네. 적소와 현표를 왕래하느라, 푸른 꼬리 황금 무늬로 욕을 당하는 것도 마다하지 않네〔孔雀未知牛有角, 渴飮寒泉逢觝觸. 赤霄玄圃須往來, 翠尾金花不辭辱〕."라고 하여 소인들에게 핍박을 받는 현인의 모습으로 그렸다.

30 우인(虞人) : 山澤과 苑囿를 관리하는 관원을 뜻한다.

31 회오리바람 : 여기서는 공작을 실은 중국 배가 풍랑을 만나 표류했던 것을 가리키는 것으

그림자가 창도(蒼島)[32] 바닷가에 떨어졌네.	影落蒼島堧.
탐욕스런 장사치, 임의로 자기가 취했으니	貪賈信自取
이 날짐승 참으로 가련하구나.	此禽眞可憐.
비록 주조(朱鳥)의 터[33]에서 걸렸으나	雖離朱鳥墟
거의 금오(金烏)의 궤도[34]에 가까웠네.	遮近金烏躔.
조롱이 홀연 북으로 옮겨지니	雕籠忽轉北
본성은 연(燕) 땅을 좋아하지 않았네.	本性不戀燕.
흰 눈이 차가운 골짝에 가득한데	白雪滿寒谷
염주(炎洲)로 돌아가는 꿈에 이끌렸네.	炎洲歸夢牽.
마시고 쪼는 것을 이미 신중히 하지 않았고	飮啄旣不愼
아름다운 무늬가 화(禍)의 전조(前兆)가 되었네.	文章爲禍先.
그래서 봉황새는	所以鳳凰鳥
아득히 구천리 하늘로 난다네.[35]	邈爾翔九千.

로 생각된다. 『인조실록』을 살펴보면, 인조 25년(1647)에 중국 福建의 상인 51명이 거제도 부근으로 표류하였는데, 그들은 孔雀 3마리를 가지고 있었다는 기록이 있다.

32 창도(蒼島) : 우리나라 땅을 가리킨다. 『三國史記』, 「新羅本紀」에 薛仁貴의 글이 실려 있는데, 그 가운데 "수십 년 넘어 중국이 피로하여 창고를 때때로 열고 식량을 날마다 공급한 것은 창도의 땅 때문이다〔數十年外, 中國疲勞, 帑藏時開, 飛芻日給. 以蒼島之地〕."라는 기록이 보인다. 이 문맥에서 창도는 신라를 가리키고 있다.

33 주조(朱鳥)의 터 : 28宿 가운데 남쪽의 井 · 鬼 · 柳 · 星 · 張 · 翼 · 軫 7개 별을 총칭하는 말. 붉은색은 남쪽을 상징하고 새는 7개 별을 연결한 모습을 형용한 것이라 한다.

34 금오(金烏)의 궤도 : 금오는 태양의 뜻하므로 금오의 궤도는 곧 '赤道'를 가리킨다.

35 봉황새는 …… 난다네 : 楚나라 宋玉의 「對楚王問」에 "봉황은 위로 구천리에 떨쳐 난다(〔凰上擊九千里〕."라는 구절이 있다.

8 호주(湖洲)[36]가 부채에 쓴 시에 차운하다

次湖洲題扇韻

대나무를 끼고 붉은 눈물 아로새기며	挾竹雕紅淚
종려나무 배열하고 푸른 이끼 긁어냈네.	排椶刮碧苔.
깨끗함은 강물 빛을 잘랐나 의심하고	淨疑江色剪
둥근 모양은 달 형체를 배워 마름질했네.	團學月形裁.
절기를 따라 감춰졌다 다시 쓰이고	順節藏還用
때를 따라 접었다 또 펴네.	隨時合又開.
바람이 와도 먼지가 더럽히지 못하고	風來塵不汚
해를 가리다 신시(申時)를 좇아 돌아오네.	遮日趂申回.

9 호주(湖洲)의 시에 차운하여 남호(南湖)에게 보이다

次湖洲韻 示南湖

동방삭(東方朔)[37]이 금마문(金馬門)[38]에서 모셔	曼倩金門侍
배회하면서 세월이 더했네.	徘徊歲月增.

---

36 호주(湖洲) : 湖洲는 蔡裕後(1599~1660)의 호이다. 자세한 내용은 권4 「迷湖錄」의 52번 각주를 참고할 것.

37 동방삭(東方朔) : 漢나라 武帝를 가까이서 모신 신하로, 언변이 매우 뛰어났다고 전해지는 인물이다. 『史記』, 「滑稽列傳」에, 동방삭이 "술에 취해 땅바닥에 의지해 노래하기를 '속세에 숨고 금마문에서 세상을 피하나니 궁궐에서 가히 세상을 피해 몸을 온전히 할 수 있다. 어찌 반드시 깊은 산 가운데와 초가집 아래이겠는가'〔酒酣, 據地歌曰, '陸沈於俗, 避世金馬門. 宮殿中可以避世全身, 何必深山之中蒿廬之下'〕."라고 했다는 기록이 있다.

38 금마문(金馬門) : 漢代의 관청으로 學士들이 황제의 명을 받드는 곳이었다.

아침에는 오색필(五色筆)[39]을 휘두르고　朝揮五色筆
밤에는 구화전(九華殿)[40]의 등불을 켜네.　夜點九華燈.
작은 안석, 게으르게 은둔에 탐닉하고　小几慵耽隱
높은 누대, 병이 들어 기대는 것 두렵네.　危樓病怯憑.
시명(詩名) 감추기 이미 괴로우니　詩名藏已苦
괜한 흥취 자랑할 것도 없네.　漫興不須矜.

10 병으로 누워 니옹(泥翁)[41]의 시에 차운하다

臥病次泥翁韻

옥 술잔의 감로(甘露), 누구를 향해 열까　玉樽甘露向誰開
세세히 니옹이 홀로 대에 오르던 일 생각하네.　細想泥翁獨上臺.
동쪽 성곽 상서로운 햇빛 갈가마귀 띠고 가며　東郭瑞輝雅帶去
북쪽 산 가을빛은 기러기가 끌어 왔네.　北山秋色雁拖來.
붓을 휘두르매 종왕(鍾王)[42]의 자취에 핍진하려 하고　揮毫欲偪鍾王跡
문장을 펼치매 유포(庾鮑)[43]의 재주를 응당 겸했으리.　摛藻[44]應兼庾鮑才.
요즘 모시고 노닒을 자리에 누워 어기니　近日陪遊違伏枕

---

39 오색필(五色筆) : '다섯까지 색이 나는 붓'이라는 의미인데, 문장을 짓는 재주가 뛰어남을 나타내는 표현이다. 南朝 梁나라 江淹이 만년에 꿈속에서 오색필을 郭璞에게 돌려준 뒤로부터 문장이 나오지 않았다는 고사가 있다(『南史』, 「江淹列傳」 참조).
40 구화전(九華殿) : 漢나라 때의 궁궐에 있던 전각의 명칭.
41 니옹(泥翁) : 申濡(1610~1665)의 호. 그의 자는 君澤, 본관은 高靈이다.
42 종왕(鍾王) : 남북조시대 魏나라의 서예가 鍾繇와 晉나라의 서예가 王羲之의 병칭.
43 유포(庾鮑) : 北周의 문장가 庾信과 南朝 宋의 문장가 鮑照의 병칭.
44 藻 : 원문에는 '操'자로 되어 있는데, 문맥상 오류이므로 '藻'자로 바로잡는다.

깊은 골목에 문을 닫고 한을 추스르기 어렵네. 閉門深巷恨難裁.

11 다시 앞의 운을 쓰다

再用前韻

한나라 궁전 구천(九天)[45]에서 열리니 漢家宮殿九天開
낭원(閬苑)[46]의 바람과 연기가 노대(露臺)[47]에 접했네. 閬苑風煙接露臺.
베개 밀침은 매양 종소리 인해 일어나고 推枕每因鐘響起
명가(鳴珂)[48] 많이 달빛을 좇아 왔네. 鳴珂多趂月華來.
팔화전(八花磚)[49] 위에선 응당 게으름을 싫어했고 八花磚上應嫌懶
칠보상(七寶牀)[50] 가운데에선 문득 재주를 부끄러워하네. 七寶牀中卻愧才.

---

45 구천(九天) : 본래는 하늘 중앙의 가장 높은 곳을 뜻하는 말인데, 여기서는 임금이 사는 궁궐을 가리킨다.

46 낭원(閬苑) : 본래는 신선들이 사는 동산을 가리킨다.

47 노대(露臺) : 지붕 없이 높이 쌓은 臺를 뜻한다.

48 명가(鳴珂) : 수레를 장식하는 방울로, 움직일 때마다 소리가 난다. 唐나라 王昌齡의 「朝來曲」에, "달이 이울자 명가 울리네〔月昃鳴珂動〕."라는 시구가 있다.

49 팔화전(八花磚) : 唐나라 德宗 때 翰林院 앞에 花磚을 여덟 줄로 깔아, 해 그림자가 五塼에 이르면 학사들이 입직을 하였다. 그런데 李程은 매번 지각을 하여 해 그림자가 八塼을 지난 뒤에 들어왔으므로 사람들이 그를 八塼學士라고 불렀다는 고사가 전한다(『新唐書』, 「李程列傳」 참조).

50 칠보상(七寶牀) : 唐나라 말기의 승려 貫休의 「古意」 시에, "언제나 생각하노니 이태백은, 신선의 필치로 조화를 부렸네. 현종이 칠보상을 권하여, 虎殿이며 龍樓며 안 될 것이 없었네. 일조에 高力士가 신을 벗긴 이후로, 옥 위에 쉬파리 하나가 생겨났네〔常思李太白, 仙筆驅造化. 玄宗致之七寶牀, 虎殿龍樓無不可. 一朝力士脫靴後, 玉上青蠅生一箇〕."라고 하였다. 칠보상은 唐나라 현종이 그만큼 이태백을 우대했음을 나타내는 표현이고, 쉬파리는 이태백의 신발을 벗겨준 것에 앙심을 품은 高力士를 뜻하는 말이다.

후설(喉舌)[51]로 이년 동안 북두(北斗)[52]를 섬겨　　　喉舌二年司北斗
자니(紫泥)[53]로 봉하는 곳에서 곡두(鵠頭)[54] 마름질했네.
紫泥封處鵠頭裁.

12 판윤 민성휘(閔聖徽)[55]가 연경(燕京)으로 가는 것을 전송하다
送閔判尹聖徽赴燕京

생각건대 옛날 은하수에 객성(客星)[56]이 비쳤더니　　　憶昔天津照客星
곧 보았네, 달이 요동성(遼東城) 지나감을.　　　卽看卿月度遼城.
주나라를 관광한 계찰(季札)[57], 지난 자취 되었지만　　　觀周季札成陳跡

---

51 후설(喉舌) : 임금의 목구멍과 혀가 된다는 말로, 왕명의 출납을 맡은 관원을 가리킨다.
52 북두(北斗) : 北斗星으로 帝王을 지칭한다.
53 자니(紫泥) : 편지를 봉할 때 진흙을 바르고 그 위에 도장을 찍는데, 제왕의 경우는 '紫泥' 즉 붉은 진흙을 사용했다.
54 곡두(鵠頭) : 고니 머리 모양의 書體. 주로 임금의 詔書에 썼다고 한다.
55 민성휘(閔聖徽) : 閔聖徽(1582~1647)의 자는 士尙, 호는 拙堂, 본관은 驪興이다. 1627년 崇禎帝의 즉위를 축하하기 해로사행을 다녀온 바 있고, 1640년부터 2년 동안은 瀋陽에 억류되어 있었다. 1647년 사은사로 북경에 갔다가 병이 들어 그곳에서 사망하였다.
56 객성(客星) : 객성은 하늘에 새롭게 나타난 별들을 일컫는 말이다. 옛 전설에 바다와 은하수는 연결되어 있었는데, 매년 팔월이면 뗏목이 그 사이를 왕래했다. 어떤 사람이 그 뗏목을 타고 은하수에 가서 견우를 만나 이야기하고 돌아와 촉 땅에 이르렀는데 嚴光이 말하기, '모년 모월에 어떤 客星이 견우자리를 범하더니 이 사람이 은하수에 당도하던 때이다.'라고 말했다는 이야기가 晉나라 張華의 『博物志』에 보인다. 여기서는 민성휘가 해로사행을 다녀왔던 일을 비유적으로 표현한 듯하다.
57 계찰(季札) : 춘추시대 吳나라의 公子이다. 그가 魯나라에 사신으로 갔을 때 周樂의 관람을 청했다는 이야기가 『史記』「吳太伯世家」에 전한다. 여기서는 민성휘가 명나라에 사신 다녀왔던 일을 비유적으로 표현한 듯하다.

조나라를 무겁게 한 인상여(藺相如),[58] 이번 행차에 있네. 重趙相如在此行.

조습(燥濕)[59]이 어찌 앞과 뒤의 길을 나누리오 燥濕肯分前後路
육침(陸沈)[60]은 응당 예와 지금의 정을 구별하리. 陸沈應別古今情.
황금대(黃金臺)[61] 적막하여 사람 보임이 없고 金臺寂寞無人見
역수(易水)[62]에는 차가운 바람이 저녁 소리 보내리. 易水寒風送暮聲.

【중추의 달 아래, 공달(公達)과 사겸(士謙)이 옥당으로부터 함께 은대를 방문했기에 차운하다.】
【中秋月, 公達士謙, 自玉堂同訪銀臺, 次韻.】

옥서는 침침하여 밤빛이 그윽한데 玉署沈沈夜色幽
맑은 놀이 홀연 봉황루 생각나네. 淸遊忽憶鳳凰樓.
정현의 유아(儒雅)[63]함은 한 시대의 명망을 기울였고 鄭玄儒雅傾時望

---

58 인상여(藺相如) : 전국시대 趙나라 장수로, 조나라의 보물인 和氏璧을 손에 넣고자 하는 秦나라 昭王에게 맞서 화씨벽을 온전하게 지켜내었던 일〔完璧〕이 있다(『史記』, 「廉頗藺相如列傳」 참조). 여기서는 민성휘가 새로 건국된 淸나라에 사신으로 간 것을 비유적으로 표현한 듯하다.

59 조습(燥濕) : '건조함과 습함'의 뜻하는 말이지만, 여기서는 해로사행과 육로사행을 가리키는 말로 쓰인 듯하다.

60 육침(陸沈) : '육지가 침몰했다'는 말로, 나라가 적국의 손에 넘어간 것을 표현한 말인 듯하다.

61 황금대(黃金臺) : 전국시대 燕나라 昭王이 齊나라의 원수를 갚고자 천하의 어진 선비를 맞아들이려고 만든 누대. 누대 위에 황금을 쌓아두고 기다렸다 한다.

62 역수(易水) : 燕나라의 태자 丹이 秦王을 암살하려고 荊軻를 떠나보낼 때 작별하던 장소이다. 이때 형가가 "바람 쓸쓸하고 역수는 차구나. 장사가 한번 가면 돌아오지 않으리〔風蕭蕭兮易水寒, 壯士一去兮不復還〕."라고 노래했다는 「易水歌」가 유명하다.

63 정현의 유아(儒雅) : 鄭玄은 漢代의 유학자이다. 여기서 儒雅는 학식이 깊고 풍도가 우아함을 나타내는 말로 쓰였다.

이백의 선표(僊標)[64]는 속류(俗流)에서 뛰어났네. 李白僊標拔俗流.
백척 높은 누대는 원래 상계(上界)[65]이고 百尺高臺元上界
십분 밝은 달, 또한 중추(中秋)라네. 十分明月又中秋.
금주전자의 술이 다하자 표연히 가는데 金壺酒盡飄然去
길은 봉래산 제일봉을 가리키네. 路指蓬山第一頭.

13 조설정(曹雪汀)[66]이 강원도 관찰사로 가는 것을 전송하다

送曹雪汀按關東

통달한 재주는 다만 자순(諮詢)[67]에 합당할 뿐 아니라 通才不但合諮詢
예단(藝團)의 뛰어난 명성 더욱 무리에서 우뚝하네. 藝圃英聲更絶倫.
아름다운 글귀 홀로 조자건(曹子建)[68]을 전하고 佳句獨傳曹子建
오묘한 글씨 아울러 위부인(衛夫人)[69]을 배웠네. 妙書兼學衛夫人.
동해바다 달빛에 지은 시가 가득하고 桑溟月色裁詩滿
풍악산 구름빛에 휘두른 붓이 새로우리. 楓嶽雲光落筆新.

---

64 이백의 선표(僊標) : 李白은 脫俗灑落하여 신선의 풍표가 있음을 말한 것이다.
65 상계(上界) : 신선이 사는 곳을 가리킨다.
66 조설정(曹雪汀) : 雪汀은 曺文秀(1590~1647)의 호. 그의 자는 子實, 본관은 昌寧이다. 1647년 강원도관찰사로 부임하여 임지에서 사망했다. 글씨를 잘 썼는데, 그의 증손 曺夏望은 「夏寧君行狀」에서, "글씨의 오묘함이 스스로 일가를 이루었다〔墨妙自成一家〕."고 하였다.
67 자순(諮詢) : 지방의 상황에 대해 널리 의견을 묻는 것을 뜻하는 말이다.
68 조자건(曹子建) : 子建은 삼국시대 魏나라의 문인 曹植의 자. 그는 曹操의 아들이다.
69 위부인(衛夫人) : 東晉의 여성 서예가 衛鑠. 그의 자는 茂漪이고, 汝陰太守 李矩의 부인이다. 鍾繇에게 배웠고, 王羲之와 王獻之가 그녀에게서 배웠다고 한다.

옥절(玉節)[70]이 생각건대 삼일포를 지날 때에 玉節想過三日浦
사선(四仙)[71]이 응당 옛적 서로 친했던 벗 기다리리. 四僊應待舊相親.

【설정의 이름은 문수(文秀)인데 일찍이 고성군수를 지냈다.】
【雪汀名文秀[72] 曾爲高城守】

번역 **김용태**

70 옥절(玉節) : 옥으로 만든 符節. 임금의 명을 받들고 멀리 갈 때 信標로 가지고 갔다.

71 사선(四仙) : 삼일포에 와서 삼일 동안 놀았다는 신라시대 4명의 신선. 삼일포 바위에 "述郎徒南石行"이라고 새겨져 있다.

72 秀 : 원문에는 '遂'자로 되어 있는데, 문맥상 오류이므로 '秀'자로 바로잡는다.

『태호시고(太湖詩藁)』

권7

『태호시고』 권7

「용산록(龍山錄)」 무자 이후(戊子以後)

1 천안으로 가는 도중에 서수부(徐秀夫)[1]의 증별시에 차운하다

天安途中 次徐秀夫贈別韻

청련(青蓮)[2]이 일찍이 옥경(玉京)[3]을 향해 노닐 제	青蓮曾向玉京遊
높이 옥 누대 첫 번째 머리에 기대었지.	高倚瓊樓第一頭.
사람 세상에 귀양 와서 원래 한(恨)이 있는데	謫下人間元有恨
어찌하여 야랑(夜郎)의 근심[4]을 더하였나.	如何添作夜郎愁.

1 서수부(徐秀夫) : 秀夫는 徐挺然(1588~?)의 자. 그의 호는 沙峰, 본관은 南陽이다. 1615년 생원시에 합격하고 1625년 문과에 합격하였다. 병자호란 때 인조를 모신 공로로 原從功臣에 봉해졌다. 『사마방목』에 따르면 거주지가 천안인데, 洪奭周가 천안 출신의 6학자를 기리기 위해 쓴 「天安六賢贊」에서도 서정연을 언급하고 있다.

2 청련(青蓮) : 李白의 별칭. 여기서는 태호 이원진이 스스로를 지칭한 말인 듯하다.

3 옥경(玉京) : 도교에서 말하는 天帝가 사는 곳. 임금이 있는 도읍을 지칭하는 말로도 쓰인다.

4 야랑(夜郎)의 근심 : 漢나라 때 서남쪽에 있던 작은 나라의 이름. 지금의 雲南省과 四川省 일대에 해당된다. 李白의 「야랑으로 유배가며 신판관에게 주다〔流夜郎贈辛判官〕」에, “나

● 원운(元韻)[5]을 붙이다

附元韻

포의(布衣)로 서울에서 예전에 함께 노닐었는데	布衣京洛昔同遊
오늘 서로 보니 각자 백두(白頭)일세.	今日相看各白頭.
삼첩(三疊) 죽지사[6] 응당 지음이 있으리니	三疊竹枝應有作
바다 산, 꽃과 달에 두견새 근심하리.	海山花月杜鵑愁.

2 공산에서 신군택(申君澤)[7]의 증별시에 차운하다

公山 次申君澤贈別韻

함라산(咸羅山)[8] 아래 적선(謫仙)이 사는데	咸羅山下謫僊居
옛 역의 찬 매화에 달그림자 성그네.	古驛寒梅月影疎.

는 멀리 야랑으로 유배 가는 것 근심하니, 어느 날 금계의 사면 받아 돌아올까〔我愁遠謫夜郎去, 何日金雞放赦回〕."라는 구절이 있다. 여기서는 이원진이 익산의 咸悅로 유배를 가던 심정을 나타낸 것이다. 李瀷의 「從祖叔父太湖公行錄」에 따르면, "무자년 작은 일에 연루되어 함종으로 유배 갔다가 이듬해 풀려나 돌아왔다〔戊子坐微事謫咸從, 明年宥還〕."고 하였다.

5 원운(元韻) : 徐秀夫가 지은 「贈別」 시를 가르킨다.

6 삼첩(三疊) 죽지사 : 宋나라 岳珂의 시화집 『桯史』의 '李白竹枝詞' 조에, "(黃庭堅이) 꿈에 이백을 만났는데 이백이 말하길, '내가 야랑으로 귀양갈 때에 여기에서 두견새 소리를 듣고서 죽지사 3첩을 지었는데 세상에 전해지는 것이 자세하지 않다. 생각해 보면 시집에도 들어 있지 않다'고 하고 세 번 읊어 그로 하여금 전하게 하였다〔是夜宿於驛. 夢李白相見於山間, 曰, 予往謫夜郎, 於此聞杜鵑, 作竹枝詞三疊, 世傳之不子細, 憶集中無有, 三誦而使之傳焉〕."는 기록이 있다.

7 신군택(申君澤) : 君澤은 申濡(1610~1665)의 자, 그의 호는 竹堂, 본관은 高靈이다. 이 시가 지어진 1648년 당시 신유는 공산현감이었다.

8 함라산(咸羅山) : 익산 함열리와 웅포리 · 송천리의 경계에 있는 산으로, 해발 240미터이다.

꺾어 강남 소식을 부쳐 보내니[9] 折寄江南消息去
한 가지가 몇 줄 편지보다 훨씬 나으리. 一枝全勝數行書.

● 원운(元韻)[10]을 붙이다
附元韻

남으로 가매 적거(謫居) 문안할 방도가 없는데 南去無因問謫居
역(驛)의 매화도 영락하여 서너 가지 성그네. 驛梅零落幾枝疎.
봄이 오매 금강에서 응당 잉어를 만날 테지만 春來錦水應逢鯉
문득 물고기를 요리해도 편지를 볼 수 없을까 두렵네.[11] 卻恐烹魚未見書.

3 은산에서 정몽뢰(鄭夢賚)[12]와 작별하다
恩山 別鄭夢賚

함께 임금의 견책 받들어 남쪽 관문으로 향하니 同承天譴向南關

9 꺾어 …… 보내니 : 南朝 宋나라 陸凱가 강남에 있을 때 벗 范曄에게 매화 한 가지를 부치면서, "매화를 꺾다가 驛使를 만나, 농두에 사는 그대에게 부치네. 강남에는 있는 것 없어, 애오라지 한 가지 봄을 보내네〔折梅逢驛使, 寄與隴頭人. 江南無所有, 聊贈一枝春〕"라는 시를 함께 쳤다고 한다(『太平御覽』 참조).
10 원운(元韻) : 앞의 申君澤이 지은 「贈別」 시를 가리킨다.
11 물고기를 …… 두렵네 : 古樂府 「飮馬長城窟行」에, "손님이 먼 지방에서 와서, 나에게 한 쌍의 잉어를 주기에, 아이를 불러 잉어를 삶게 하였더니, 뱃속에서 한 자의 흰 비단 편지가 나왔네〔客從遠方來, 遺我雙鯉魚. 呼童烹鯉魚, 中有尺素書〕."라는 구절이 있다. 이후로 '잉어'는 곧 편지를 뜻하는 말로 쓰이게 되었다.
12 정몽뢰(鄭夢賚) : 夢賚는 鄭良弼(1593~1661)의 자. 그의 호는 秋川, 본관은 東萊이다. 『인조실록』 26년(1648) 1월 10일 기사에, 정양필을 유배에 처하는 내용이 보이는데 그 사유는 분명치 않다.

흰 머리 창백한 얼굴이 백중(伯仲)의 사이이네. 白髮蒼顔伯仲間.
여기서 영원(瀛原)[13]에 가자면 더욱 멂을 아나니 此去瀛原知更遠
은산에서 차마 길을 나눌 수 있으리오. 可堪分路在恩山.

4 청좌정(淸坐亭)에서 취하여 읊어 현감 강급[14]에게 보이다

淸坐亭醉吟 示姜縣宰圾

병에서 일어나 대지팡이 붙잡고 病起扶笻杖
근심을 풀고 폭포를 마주했네. 消憂對瀑泉.
다행히 아름다운 경치의 가까움을 만났고 幸逢佳境近
깊이 주인의 어짊에 의지하네. 深仗[15]主人賢.
감히 청운(靑雲)의 객(客)[16]에 견주랴 敢擬靑雲客
공연히 자색(紫色) 기운 신선에게 부끄럽네. 空慙紫氣僊.
타향에서 능히 취함을 얻었는데 佗鄕能得醉
봄빛이 꽃 주위에 이르렀네. 春色到花邊.

---

13 영원(瀛原) : 전라북도 정읍에 속한 고을.
14 강급(姜圾) : 본관은 진주로, 姜弘重(1577~1642)의 아들이다. 『승정원일기』 인조26년(1648) 1월 6일 기사에 강급을 함열현감으로 제수한다는 기록이 보인다.
15 深仗 : 원문에는 '仗深'으로 되어 있으나 평측을 고려하여 '深仗'으로 바로잡는다.
16 청운(靑雲)의 객(客) : 벼슬자리에 있는 사람을 가리킨다.

5 청좌정 시에 차운하다

次淸坐亭韻

구릉 가운데서 누가 설도(薛濤)[17]의 집 찾을까　　壑中誰覓薛濤椽
땅이 숨겨도 안목 갖춘 자 앞에선 감추기 어렵네.　　地秘難藏具眼前.
발〔簾〕 빛은 왕후(王詡)[18]의 동굴을 엿보는 듯하고　　簾色似窺王詡洞
금(琴) 소리는 백아(伯牙)의 줄을 듣나 의심되네.　　琴聲疑聽伯牙絃.
잠깐 임해도 뱃속의 때 씻을 만하고　　乍臨腸胃塵堪洗
오래 대하면 고황(膏肓)의 병[19]이 고질이 되려하네.　　久對膏肓疾欲纏.
날마다 탐해 보니 나그네 한(恨)도 잊게 되고　　日日耽看忘客恨
고향 산 날으는 폭포와 더욱 비슷하네.　　故山飛瀑更依然.

6 자다가 일어나 우연히 읊다

睡起偶吟

낮 꿈 깨니 대나무 집 맑고　　午夢醒來竹屋淸
먼 숲 어느 곳인지 또 예쁜 꾀꼬리 소리.　　遠林何處又嬌鸎.

---

17 설도(薛濤) : 唐代의 여류시인, 자는 洪度. 원래는 長安의 良家에서 출생하였으나 부친을 따라 蜀 땅으로 옮겨 살았다. 이후에 집안이 몰락하여 妓女가 되었으나, 시를 잘 지어 시인으로 알려졌다. 韋泉이 四川按撫使로 촉 땅에 왔을 때, 설도를 불러 시를 짓게 하고 女校書라 칭했다.

18 왕후(王詡) : 전국시대 蘇秦과 張儀의 스승. 鬼谷에 거처했기 때문에 '귀곡선생'이라 불렸다. 왕후는 水簾洞〔폭포가 발처럼 드리운 동굴〕에서 수련을 했다는 전설이 있다.

19 고황(膏肓)의 병 : '泉石膏肓'과 같은 말로, 山水를 사랑함이 뼛속 깊이 癖을 이루어 고치기 어렵다는 말이다.

새 파초 아직 펴지지 않고 첫 연잎 말려 있는데 新蕉未展初荷卷
원래 이 무정(無情)함이 유정(有情)한 듯도 하네. 自是無情似有情.

7 칠석
七夕

욕수(蓐收)[20]가 흰색 기운 움직이니 蓐收行素氣
화성(火星)이 흐르고[21] 북두자루 옮겨졌네. 流火斗杓移.
오작교 이루어지는 날이요 烏鵲橋成日
오동잎 떨어지는 때라. 梧桐葉落時.
타향에선 취함을 얻기도 어려워 異鄕難得醉
외로운 나그네 쉬이 슬픔 생기네. 孤客易生悲.
문득 기뻐하건데 구름 그늘이 걷히고 卻喜雲陰卷
빈 창에서 이지러진 달이 엿보네. 虛窓缺月窺.

번역 김용태

20 욕수(蓐收): 西方을 관장한다는 전설상의 神. 서쪽은 五行으로 볼 때 金에 속하고, 색깔로는 흰색에 해당하며 가을을 주관한다고 한다.
21 화성(火星)이 흐르고: 『詩經』, 「豳風 七月」에, "7월에 화성이 흘러가고, 9월에는 옷을 만들어 준다〔七月流火, 九月授衣〕."는 구절이 있다. 7월에 가을 기운이 들기 시작한다는 의미이다.

8 우거(寓居)하던 곳 창밖에 장씨(張氏)가 파초(芭蕉)를 심어준 데 감사하며

謝張姓人種芭蕉寓居窓外

이웃 노인이 정의(情意)가 많아 파초를 심어주었으니 鄰翁多意種芭蕉
어찌 개인 헌함(軒檻)에 적료(寂寥)하게 대할 뿐이겠는가. 可但晴軒對寂寥.
응당 잠 못 이루며 한밤을 지남에 應爲不眠過夜半
창 너머 성근 비 소소(蕭蕭)하게 들리리. 隔窓踈雨聽蕭蕭.

9 중추(中秋)의 달

中秋月

은하수 사라지고 구름 걷혀 푸른 하늘 너른데 河沒雲收碧落寬
부상(扶桑)에서 달 떠오르니 정히 둥글고도 둥글구나. 扶桑月出正彎彎.
금 두꺼비[22] 찬 그림자 처음 물에 떠오르니 金蟾冷影初浮水
옥토끼 맑은 빛 이미 산에 가득하네. 玉兎淸輝已滿山.
열두 번 둥근 가운데 오늘 밤이 최고요 十二圓中今夜最
삼천계(三千界)[23] 위에 몇 사람이 한가할까. 三千界上幾人閑.

22 금 두꺼비 : 달의 별칭이다. 달에 두꺼비가 산다는 전설에서 유래하였다. 漢나라 張衡의 『靈憲』에, "羿가 西王母에게 不死의 약을 청했는데 姮娥가 훔쳐가지고 달나라로 달아났다. …… 마침내 달에 몸을 의탁하였으니 이것이 蟾蠩이다〔羿請不死之藥於西王母, 姮娥竊之以奔月. …… 遂託身於月, 是爲蟾蠩〕."라고 하였다. 섬저는 섬여와 같다.

23 삼천계(三千界) : 불교 용어인 三千大千世界의 준말로 宇宙를 뜻한다. 須彌山이 중심에 있고 七山八海가 에워싸며 다시 鐵圍山이 외곽에 있는 것을 하나의 小世界라 한다. 천

까닭 없이 홀연히 미호(迷湖)[24]의 흥취 생각하여	無端忽憶迷湖興
일엽편주(一葉扁舟)로 꿈속에 돌아오네.	一葉扁舟夢裏還.

10 동쪽 언덕

東陂

동쪽 언덕 광경 십분(十分) 풍요롭고	東陂光景十分饒
죽도(竹島)[25]는 아득하여 저자 소리 멀리하네.	竹島微茫隔市囂.
습씨(習氏)가 취했던 꽃은 붉은 빛 은은하고[26]	習氏醉花紅冉冉
사공(謝公)이 읊었던 풀은 푸른 빛 아득하다.[27]	謝公吟草綠迢迢.
언덕 가에 노니는 여인 거울을 보는 듯하고	岸邊遊女如窺鏡
둑 위의 행인 다리를 건너는 듯하네.	堤上行人似渡橋.
가장 사랑하노니 가을 연꽃 만 송이 핀 것	最愛秋蓮開萬朶
날로 성근 발 걷어 올리고 쓸쓸함을 보내노라.	日鉤踈箔送寥寥.

개의 소세계를 합하여 小千世界가 되고, 천 개의 소천세계가 합하여 中千世界가 되며, 천 개의 중천세계가 합하여 大千世界가 되는데, 이를 총칭하여 삼천대천세계라고 한다.

24 미호(迷湖) : 권1의 13번 각주를 참고할 것.

25 죽도(竹島) : 충청남도 보령 앞바다에 있던 죽도를 가리키는 듯하다.

26 습씨(習氏)가 …… 은은하고 : 습씨는 晉나라 때 중국 襄陽의 호족으로 아름다운 園池를 소유하였다. 죽림칠현의 한 사람인 山濤의 아들 山簡이 이곳에 부임하였는데, 그의 연못에 가서 술을 마시고 번번이 취했다고 한다(『晉書』, 「山簡傳」 참조).

27 사공(謝公)이 …… 아득하네 : 사공은 宋나라 때의 謝靈運을 가리킨다. 자세한 내용은 권5 「西行錄」의 21번 각주를 참고할 것.

11 송순지(宋順之)[28]에게 부치다

寄宋順之

근궁(芹宮)[29]에서 한 번 이별하매 한스러움 유유했는데 芹宮一別恨悠悠
호외(湖外)에서 다시 만나니 이미 백발이 되었네. 湖外重逢已白頭.
스스로 웃노니 적선(謫仙)이 일찍이 달에게 물은 것을[30] 自笑謫僊曾問月
누가 시인으로 하여금 다시 가을을 슬프게 하는가? 誰敎詞客更悲秋.
바람이 일자 웅포(熊浦)[31]에 물결소리 들어오고 風生熊浦濤聲入
비가 지나갔으매 아산(鵝山)[32]에 개인 빛깔 떠오른다. 雨過鵝山霽色浮.
국화가 양쪽 언덕에 피기를 기다려 待得菊花開兩岸
술 실은 배로 서로 대하여 중류에 안온하게 노세. 酒船相對穩中流.

---

28 송순지(宋順之) : 順之는 조선시대 문인화가 宋民古(1592~?)의 자. 그의 호는 蘭谷, 본관은 礪山이다. 임진왜란 때 이조좌랑으로 명나라와의 교섭에 크게 활약한 李好閔의 사위이다. 문장·글씨·그림으로 유명하여 三絶이라고 불렸다.

29 근궁(芹宮) : 『詩經』, 「魯頌 泮水」에, "泮水에 미나리를 캐리로다〔思樂泮水, 薄采其芹〕." 라는 구절이 있는데, 朱子가 注에 이르기를, "반수는 泮宮의 물이다. 제후의 학교와 향사의 궁을 일러 반궁이라 한다〔泮水, 泮宮之水也. 諸侯之學, 鄕射之宮, 謂之泮宮〕."라고 하였다. 여기서는 성균관을 가리킨다.

30 스스로 …… 것을 : 李白은 「把酒問月」에서 "지금 사람들 옛날의 달 못 보았지만, 지금 저 달은 일찍이 옛 사람들을 비췄겠고, 옛 사람 금세 사람 흐르는 물 같지만, 밝은 달 보며 느끼기는 이와 다름없으리〔今人不見古時月, 今月曾經照古人. 古人今人若流水, 共看明月皆如此〕."라고 하였다.

31 웅포(熊浦) : 충청남도 공주시에 있는 금강의 나루터로 熊川이라고도 한다. '곰나루'라는 지명이 아직까지 남아 있다.

32 아산(鵝山) : 현재 충청남도 牙山 일대를 가리키는 듯하다.

12 송난곡(宋蘭谷)[33]의 묵매(墨梅) 시 뒤에 제하다

題宋蘭谷墨梅詩筆後

시화에는 소리가 없지만 다시 소리가 있으니	詩畵無聲更有聲
한 집안의 봄빛 묵지(墨池)에서 생겨나네.	一家春色墨池生.
정건(鄭虔)의 삼절(三絶)[34]을 말해서 무엇 하랴?	鄭虔三絶何須說
곧은 자태 송광평(宋廣平)[35]을 사랑하노라.	爲愛貞姿宋廣平.

13 최씨(崔氏)와 반씨(潘氏) 두 명의 수재(秀才)에게 주다

贈崔潘兩秀才

남쪽으로 옮겨 벗을 떠나 홀로 산 지[36] 오래이니	南遷離索久
회포는 누구를 향해 풀까.	懷抱向誰開.
최국보(崔國輔)는 시의 풍격을 전하였고	國輔傳詩體

33 송난곡(宋蘭谷) : 蘭谷은 宋民古의 호. 자세한 내용은 권7 「龍山錄」의 28번 각주를 참고할 것.

34 정건(鄭虔)의 삼절(三絶) : 정건(691~759)은 唐나라 때 문인으로, 자는 趨庭 또는 弱齋이다. 天寶 9년(759)에 산수화 한 폭을 그리고 시를 지어 玄宗에게 바쳤다. 이에 현종은 그의 재능을 크게 칭찬하고 詩 · 書 · 畫에 능하다 하여 "鄭虔三絶"이라 일컬었다. 이후 廣文館을 설치한 뒤 그를 博士로 임명하였다.

35 송광평(宋廣平) : 廣平은 唐나라 문인 宋璟(663~737)의 별칭이다. 姚崇(650~721)과 더불어 명재상의 대명사로 일컬어진다. 墨梅詩의 저자 송민고는 당시 시 · 서 · 화에 능해 삼절이라고 불렸다. 여기서는 송민고의 재능이 이에 국한되지 않음을 일컫고 그와 성이 같은 송경에 빗대어 재상의 재목이라 추어올린 것이다.

36 벗을……산 지 : 원문의 '離索'은 離群索居의 준말이다. 이군삭거는 벗들을 떠나 쓸쓸히 홀로 지내는 것을 말한다. 『禮記』, 「檀弓」 上에, "내가 벗을 떠나 홀로 산 지 오래이다〔吾離群而索居, 亦已久矣〕."라고 하였는데, 鄭玄의 注에, "群은 동문과 붕우를 일컫는 것이요, 索은 흩어짐을 말한 것이다〔群, 謂同門朋友也. 索, 猶散也〕."라고 하였다.

반안인(潘安仁)은 부를 짓는 재능을 떨쳤었지.[37] 安仁擅賦才.
홀연히 눈썹 빛이 움직이매 놀랐다가 忽驚眉色動
응당 발자국 소리 다가옴에 기뻐하리. 應喜足音來.
시문을 즐기다가 잇따라 술자리를 이루니 文字仍成飮
즐거운 기분으로 잔을 한정하지 않는다. 陶然不限盃.

14 눈 오는 밤 우연히 읊다

雪夜偶吟

남쪽 하늘 흰 눈 함라(咸羅)[38]에 가득한데 南天白雪滿咸羅
언덕 밖 긴 둑 하얀 악어 누워있네. 陂外長堤臥素鼉.
대로 두른 집 차가운 밤 등불 다시 작아지고 竹屋寒宵燈更小
매화 핀 창 개인 새벽 달빛 유달리 많아진다. 梅窓晴曉月偏多.
뛰어난 시는 부질없이 양원(梁園)의 부[39]를 떠올리고 高詞慢憶梁園賦
끊어졌던 소리 공연히 영객(郢客)의 노래[40]를 전하네. 絶響空傳郢客歌.

37 최국보(崔國輔)는 …… 떨쳤었지 : 최국보는 唐나라의 시인이다. 오언절구에 뛰어나 李白에 버금갔고 특히 幽怨體로 이름이 났다. 安仁은 晉나라 시인 潘岳(247~300)의 자이다. 수재로 천거되어 관직에 나아갔고 賦를 잘 지었다. 여기서는 두 수재의 성이 최씨와 반씨임에 착안하여 최국보와 반악에 견준 것이다.

38 함라(咸羅) : 지금의 전라북도 익산시 함열읍에 있던 군의 이름이다.

39 양원(梁園)의 부 : 양원은 漢나라 梁孝王이 만든 정원이다. 양효왕은 이곳에 酒宴을 베풀고 추양·매승·사마상여 등 당대 문인들을 불렀다. 얼마 안 있어 하늘에서 눈이 내리기 시작하더니 함박눈이 되었는데, 훗날 남조시대 문인 謝惠連은 「雪賦」를 지어 당시 내리던 눈을 노래했다.

40 영객(郢客)의 노래 : 따라 부르기 힘든 상대방의 高雅한 노래를 말한다. 자세한 내용은 권1의 91번 각주를 참고할 것.

태호(太湖)[41]로 머리 돌리매 돌아갈 길 멀어 回首太湖歸路逈
조각배에 낚시질 하던 도롱이 옷 버려져 있으리. 扁舟閑卻釣漁簑.

15 정헌(鄭巘)[42]의 초당에서 이쌍호(李雙湖)[43]의 시에 차운하다

鄭巘草堂 次李雙湖韻

마한(馬韓) 서북쪽에 신선의 고장 있는데 馬韓西北有僊鄕
푸른 대나무, 푸른 소나무로 한 골짜기 서늘하네. 翠竹蒼松一壑凉.
꿈속에서 몇 번이고 금곡(金谷)의 길을 찾았고 夢裏幾尋金谷路
취중에 처음으로 옥산(玉山)의 집을 지났도다.[44] 醉中初過玉山堂.
정건의 책 꾸러미 향기 유달리 멀리 오고 鄭虔書帶香偏遠
이백의 시편 불꽃이 다시 길어지네.[45] 李白詩篇焰更長.
날 다하도록 머물러 마을 이미 어두운데 盡日淹留村已暝
달빛 숲 맑은 그림자 동쪽 담장에 오르네. 月林淸影上東牆.

번역 김세호

41 태호(太湖) : 이원진의 집이 있는 한강 주변을 가리킨다.

42 정헌(鄭巘) : 본관은 慶州이다. 禁府都事를 지낸 鄭澄의 손자이자, 奉事를 지낸 鄭沆齡의 아들이다. 벼슬은 參奉을 지냈다.

43 이쌍호(李雙湖) : 미상이다.

44 꿈속에서 …… 지났다네 : 金谷은 지금의 경기도 남양주시 금곡동 일대의 지명이다. 이원진의 집이 있던 곳으로 迷湖 북쪽에 위치해 있다. 금곡과 대를 이루는 옥산은 정헌의 초당이 있던 곳을 가리킨다. 충청남도 부여군에 옥산면이 있는데 이곳을 지칭한 듯하다.

45 정건의 …… 길어지네 : 정건은 시 · 서 · 화로 이름난 唐나라의 문인이요, 이백은 唐나라 최고의 시인 가운데 한 사람이다. 여기서는 정헌 초당의 서책을 정건의 서적에, 이쌍호의 原詩를 이백의 시에 견준 것이다.

『태호시고』 권7

「용산록(龍山錄)」 기축 환조후(己丑還朝後)

1 인조대왕(仁祖大王) 만사(輓詞)

仁祖大王輓詞

성인이 처음 저녁에 내려오시니	聖人初降夕
천지가 기이하고 상서로움을 발하여[1]	天地發奇祥.
북두성은 헌원(軒轅)의 번개를 두르고[2]	斗繞軒皇電
영실(營室)에는 예조(藝祖)의 향기 서렸네.[3]	營凝藝祖香.

1 성인이 …… 발하여 : 『조선왕조실록』, 「인조대왕행장」에, "그날 탄생할 때에 문득 붉은 빛이 비치고 기이한 향기가 방 안에 가득하였다. 이날 저녁에 인헌왕후의 어머니 平山府夫人 申氏가 옆에서 졸다가, 붉은 龍이 왕후 곁에 있고 또 어떤 사람이 병풍에 두 줄로 여덟 자를 쓰는 것을 꿈꾸었는데, 두 자는 흐릿하여 기억하지 못하나 '貴子喜得千年'이라 하였다. 부부인이 기뻐서 깨니 이미 탄생하셨다."라고 하였다. 이는 인조가 태어나던 날 저녁의 상서로운 기운을 형용한 말이다.

2 북두성은 …… 두르고 : 黃帝 軒轅氏는 有熊國의 임금 少典의 아들이다. 그의 어머니는 附寶인데, 큰 번개가 北斗의 樞星을 휘감는 것을 보고서 임신하여 낳았다고 한다(『十八史略』 卷1 참조).

3 영실(營室)에는 …… 서렸네 : 營室은 28宿의 하나로 천자의 궁을 뜻한다. 藝祖는 원래

모유(謀猷)를 주심이 단보(亶父)로부터였고	貽謀自亶父
새로운 천명이 문왕(文王)에게 이어지니[4]	新命屬文王.
잠덕(潛德)은 비록 때때로 어두웠지만	潛德雖時晦
밝은 빛이 도리어 날로 빛났다네.	明輝卻日章.
흉악한 무리가 국기(國紀)를 범하고	兇徒干國紀
어지러운 세태가 하늘의 상도를 멸하여[5]	溷世滅天常.
미자(微子)는 달아날 곳이 없는데	無處逃微子
오직 소강(少康)이 분기한 것을 생각했다.[6]	唯思奮少康.
중흥(中興)이 천재(千載)의 기회이고	中興千載會
대의(大義)가 하루아침에 드러나	大義一朝彰.

宋나라 태조 趙匡胤을 가리키는 말이었는데, 후에 개국한 왕을 지칭하는 용어로 쓰였다. 여기서는 태조 李成桂를 가리키니, 인조가 성군이 될 것임을 암시하는 구절이다.

4 모유(謀猷)를 …… 이어지니 : 亶父는 문왕의 조부인 古公亶父를 가리킨다. 周나라의 10대 왕으로 훗날 太王에 추존되었다. 岐山의 기슭에서 덕을 닦아 주나라의 기반을 이룬 인물이다. 고공단보의 업적으로 손자 文王이 왕위에 올라 천명을 받았고, 그의 아들 武王이 은나라를 정벌하여 마침내 천자가 되었다. 『詩經』, 「文王」에, "주나라가 비록 오래되긴 하였지만, 하늘의 명이 다시 새롭게 되었도다〔周雖舊邦, 其命維新〕."라고 하였다.

5 흉악한 …… 멸하여 : 광해군 재위 시절 암울한 조정의 상황을 형용한 말이다. 광해군 시절 李爾瞻(1560~1623)은 臨海君을 賜死되게 하고 柳永慶 등의 소북 일파를 숙청한 뒤 권세를 장악하였다. 이후 永昌大君을 살해하고 仁穆大妃를 유폐하는 등 여러 만행을 저질렀다고 한다.

6 미자(微子)는 …… 생각했다 : 微子는 殷나라의 충신으로 紂王의 庶兄이다. 箕子·比干과 함께 은나라의 三仁으로 일컬어진다. 『論語』, 「微子」에, "미자는 떠나가고 기자는 종이 되었으며 비간은 간하다 죽었다〔微子去之, 箕子爲之奴, 比干諫而死〕."라고 하였다. 少康은 夏나라 中興 군주로 帝相의 아들이다. 寒浞이 아들 澆를 보내어 제상을 시해하고 왕위를 찬탈하였는데, 제상의 妃인 後緡이 마침 임신하고 있어 달아난 뒤 소강을 낳았다. 소강은 장성한 뒤 하나라의 옛 신하들을 규합하여 한착과 요를 멸하고 왕위에 올랐다. 여기서는 인조반정으로 인조가 왕위에 오른 것을 말한다.

호쾌하게 금용(金墉)의 자물쇠를 열었고[7]	快啓金墉鑰
즐겁게 옥전의 술을 들었도다.	歡稱玉殿觴.
춘추(春秋)가 일통(一統)으로 돌아오고	春秋歸一統
삼강(三綱)이 일월(日月)처럼 걸려	日月揭三綱.
없애고 금하니 죄인이 모두 복종하고	殫遏誅咸服
기리고 표창하니 선한 자 반드시 드러났네.	旌褒善必揚.
불우한 이에게 옥백(玉帛)을 나누어주고	沈淪分玉帛
큰 신하들 암랑(巖廊)[8]에 모이게 하며	龐碩集巖廊.
은혜와 덕택은 천품(千品)[9]을 되살렸고	惠澤蘇千品
은혜로운 조서는 십항(十行)[10]으로 발포했네.	恩綸渙十行.
마른하늘은 비로소 비를 얻고	暵乾纔得雨
음(陰)이 벗겨져 곧 양(陽)을 회복하여	陰剝卽回陽.
근면히 강학하여 삼접(三接)[11]을 넉넉히 하고	懋講優三接
넓은 유모(猷謨)는 일광(一匡)[12]으로 매달렸다.	恢謨邁一匡.

7 호쾌하게 …… 열었고 : 金墉城은 낙양성 동북쪽에 별도로 지어진 성이다. 역대 여러 임금 · 황후 · 태자 · 태후 등이 폐위되어 유폐된 곳이다. 晉나라 楊后와 愍懷太子, 魏나라 임금 曹芳, 진나라 惠帝 등이 금용성에 연금되었다. 여기서는 유폐되었던 인목대비가 구출된 것을 가리킨다.

8 암랑(巖廊) : 본래 높고 험준한 廊廡를 가리키는데, 여기서는 조정을 의미한다.

9 천품(千品) : 百官을 가리킨다.

10 십항(十行) : 황제의 手札 또는 조서를 의미한다. 『後漢書』, 「循吏傳序」에, "그〔광무제〕가 손수 적어 사방의 나라에 내린 것은 모두 1札에 10行인데 작은 글자로 적어 글을 작성하였다〔其以手跡賜方國者, 皆一札十行, 細書成文〕."라고 하였다.

11 삼접(三接) : 임금이 하루에 신하를 세 번 접견하는 것을 가리킨다. 『周易』, 「晉卦」에, "康侯에게 말을 많이 내려주고, 하루에 세 차례 접견한다〔康侯用錫馬蕃庶, 晝日三接〕."라고 하였다. 전하여 임금의 은총이 매우 두터움을 뜻한다.

12 일광(一匡) : 일광은 천하를 바로잡았음을 의미한다. 『論語』, 「憲問」에, "관중이 桓公을

친척에게 어질게 하여 우애와 화목을 돈독히 하고	仁親敦友睦
추원(追遠)[13]하여 증상(烝嘗)[14]을 독실하게 하니	追遠篤烝嘗.
대한(大漢)의 온전한 은혜 성대하였고	大漢全恩盛
종주(宗周)의 달효(達孝)[15] 빛났도다.	宗周達孝光.
해질 무렵 음식은 오히려 우임금의 식사요[16]	旰餐猶禹食
밤에 입는 옷은 또한 순임금의 의상이라.[17]	宵服亦虞裳.
매양 그릇된 마음 바로잡아 들이고[18]	每納非心格
항상 잘못된 생각 미치는 것을 품었다.[19]	恒懷罔念狂.

도와 제후의 霸者가 되게 하여 한 번 천하를 바로잡았다〔管仲相桓公, 霸諸侯, 一匡天下〕." 라고 하였다.

13 추원(追遠) : 조상의 덕을 생각하여 제사에 정성을 다하는 것을 말한다. 『論語』, 「學而」에, "어버이 상을 당했을 때 신중하게 행하고 먼 조상님들을 정성껏 제사 지내면 백성들의 덕성이 한결 돈후하게 될 것이다〔愼終追遠, 民德歸厚矣〕."라고 하였다. 여기서 終은 부모의 죽음을, 遠은 먼 조상을 뜻하는 말이다.

14 증상(烝嘗) : 본래 가을과 겨울의 제사를 가리키는 말인데, 일반적인 제사를 가리키는 말로도 쓰인다. 여기서는 宗廟에 지내는 제사를 뜻한다.

15 달효(達孝) : 달효는 지극한 효도를 뜻한다. 『中庸』에, "무왕과 주공은 효가 지극하셨다. 죽은 이 섬기기를 살아 있는 이 섬기기와 같이 하고, 없는 이 섬기기를 생존한 이 섬기는 것 같이 하는 것이 효의 지극함이다〔武王周公, 其達孝乎! …… 事死如事生, 事亡如事存, 孝之至也〕."라고 하였다.

16 해질 …… 식사요 : 『論語』, 「泰伯」에, "우임금은 내가 비난할 데가 없다. 거친 음식을 드시면서도 귀신에게는 효성을 다하셨다〔禹, 吾無間然矣. 菲飮食, 而致孝乎鬼神〕."라고 하였다. 인조의 검소함을 나타낸 말이다.

17 밤에 …… 의상이라 : 『周易』, 「繫辭傳」 下에, "황제와 요와 순이 의상을 늘어뜨리고도 천하가 다스려졌다〔黃帝堯舜垂衣裳而天下治〕."라고 하였다. 인조의 치세를 형용한 말이다.

18 매양 …… 들이고 : 『書經』, 「冏命」에, "허물을 바로잡고 잘못을 바로잡으며 그 그른 마음을 바르게 하여 선조의 공렬을 계승하게 하노라〔繩愆糾謬, 格其非心, 俾克紹先烈〕."라고 하였다.

19 항상 …… 품었다 : 『書經』, 「多方」에, "성인이라도 생각하지 않으면 狂人이 되고, 광인이라도 능히 생각하면 성인이 될 수 있다〔惟聖罔念作狂, 惟狂克念作聖〕."라고 하였다.

거울이 맑으니 검극(劍戟)이 감추어지고	鏡淸韜劍戟
바람이 움직이니 형구〔桁楊〕[20]가 쉬게 되었네.	風動息桁楊.
태평한 운수에도 항상 두려워하더니	泰運尋常懼
재앙의 해가 백육(百六)[21]에 해당하였다.	災年百六當.
변란으로 차라리 촉(蜀) 땅으로 행차하시고[22]	兵戈寧幸蜀
피폐(皮幣)로도 결국 양산(梁山)을 넘으시니[23]	皮幣竟逾梁.
밝은 해가 중천에 하얗다가	赫日中天白
놀란 티끌이 주위의 땅을 둘러 누레졌다.	驚塵匝地黃.
사현(謝玄)의 재주 이미 멀어졌고[24]	謝玄才已遠

20 형구〔桁楊〕: 桁楊은 죄인을 束縛하는 刑具의 하나로, 죄인의 목에 씌우는 칼과 발목에 채우는 차꼬를 합한 말이다(『莊子』, 「在宥」 참조).

21 백육(百六) : 1백 6년마다 돌아온다는 厄運의 시대를 말한다. 『漢書』, 「谷永傳」에 "생각지도 않은 점괘의 운을 만나니, 바로 백육의 재앙이었다〔遭無妄之卦運, 直百六之災厄〕."라고 하였다.

22 변란으로 …… 행차하시고 : 唐나라 玄宗 天寶 14년(755)에 安祿山이 난을 일으켜 洛陽을 함락시키고 이듬해 長安까지 쳐들어오자, "천자〔현종〕가 촉 지방으로 거둥하였다〔天子幸蜀〕."라고 하였다(元結의 「大唐中興頌」 참조). 여기서는 병마절도사 李适의 난으로 仁祖가 公州로 피난 간 것을 말한다.

23 피폐(皮幣)로도 …… 넘으시니 : 皮幣는 가죽과 비단을 뜻하는 말이다. 국가 간에 있어 중요한 예물로 사용되었다. 梁山은 과거 태왕〔고공단보〕이 狄人의 공격을 받아 岐山으로 도읍을 옮기며 넘었던 산이다. 『孟子』, 「梁惠王」에, "옛날 태왕이 빈 땅에 거주할 적에 적인이 침략하자 짐승의 가죽과 비단을 가지고 그들을 대접했지만 화를 면하지 못하였다〔昔者, 太王居邠, 狄人侵之, 事之以皮幣, 不得免焉〕."라고 하였고, 이어서 "태왕은 邠 땅을 버리고 양산을 넘어 기산 아래에 도읍을 삼고 거주하셨다〔去邠, 踰梁山, 邑於岐山之下居焉〕."라고 하였다. 여기서는 공물을 바쳤음에도 결국 인조가 남한산성으로 피난 가게 된 것을 말한다.

24 사현(謝玄)의 …… 멀어졌고 : 謝玄은 晉나라 정승인 謝安의 조카이다. 前秦의 苻堅을 대파하는 등 經國의 지략을 갖춘 인물이었으나 재직 중에 죽었다(『晉書』 卷79, 「謝玄傳」 참조) 여기서는 名家의 출중한 후손이 죽었음을 빗댄 것으로 병자호란 당시 순절한 金尙容(1561~1637) 등의 죽음을 지칭한 듯하다.

위강(魏絳)의 계책 도리어 장구하다.[25]	魏絳策還長.
월나라는 회계산에 깃든 부끄러움 있었지만[26]	越有棲山耻
제나라는 거(莒) 땅에 있었음을 잊지 않는다.[27]	齊無在莒忘.
임금의 심정 땅을 거두는 데 머물러	宸情留徹土
국가의 계책 포상(苞桑)[28]에 의지했지.	國計寓苞桑.
성인의 시대를 여니 근심이 어찌 병폐이겠나?	啓聖憂何病
다스림을 더하여 기구가 마침내 베풀어졌네.	加治具畢張.
태정(太丁)[29]이 아프시어 일찍 졸했지만	太丁傷早卒
문자(文子)가[30] 원수의 현명함이었네.	文子喜元良.

25 위강(魏絳)의 …… 장구하다 : 魏絳은 춘추시대 晉나라 悼公 때의 大夫이다. 山戎과 화친을 성립시켜 중원에 힘을 쏟게 한 뒤, 제후의 覇者가 되게 하였다(『春秋左傳』, 「襄公」 11년 참조). 여기서는 主和論으로 청나라에 항복을 주도한 崔鳴吉(1586～1647) 등을 지칭한 듯하다.

26 월나라는 …… 있었지만 : 춘추시대 吳王 夫差가 즉위 3년 만에 越나라를 공격하여 무너뜨렸다. 越王 句踐은 5000명의 군대를 거느리고 會稽山에 주둔하면서 오나라에 사신을 보내 화의를 청하였다. 여기서는 남한산성에서 항전하다 결국 항복한 조선의 처지를 견준 것이다.

27 제나라는 …… 않는다 : 춘추시대 齊나라에 내란이 발발하자 공자 小白은 莒 땅으로 망명하였다. 훗날 귀국하여 군주의 자리에 오르니 이 사람이 바로 齊나라 桓公이다. 이후 '在莒'는 과거의 험난한 곤경에 처했을 때를 뜻하는 말로 쓰였다. 여기서는 조선이 병자호란의 치욕을 잊지 않았음을 말한다.

28 포상(苞桑) : 포상은 본래 뽕나무의 뿌리이다. 『周易』, 「否卦」에, "망하지 않을까 망하지 않을까 하고 염려해야 뽕나무의 뿌리에 매어놓은 것처럼 안정되리라〔其亡其亡, 繫于苞桑〕."라고 하였다. 임금이 항상 위태로움을 생각해야 국가가 견고해질 수 있음을 뜻하는 말로 쓰인다.

29 태정(太丁) : 태정은 殷나라 湯王의 맏아들인데, 결국 임금이 되지 못하고 죽었다. 여기서는 왕위에 오르지 못하고 요절한 昭顯世子를 가리킨다.

30 문자(文子) : 문자는 제왕의 아들을 가리키는 말이다. 『書經』, 「立政」에, "지금부터 문자, 문손에게 이어진다〔繼自今文子文孫〕."라고 하였는데, 孔傳에 "成王은 武王의 문자이다〔成王, 武王之文子〕."라고 하였다. 여기서는 鳳林大君으로 왕위를 이은 孝宗을 가리킨다.

연익(燕翼)[31]으로 끝내 복을 드리우고　燕翼終垂裕
큰 계략 길이 창성하게 하였네.　鴻猷永俾昌.
숭산(嵩山)에서 부른 것[32] 오래지 않았는데　嵩山呼未久
오야(梧野)에 오름[33]이 어찌 그리 바빴는가?　梧野陟何忙.
비오듯 한 눈물 삼보(三輔)[34]에 통했고　雨泣通三輔
바람처럼 부르짖으니 팔방(八方)에 둘렸네.　風號遍八方.
지금 슬픔이 부모의 상을 당한 듯하니　以今哀若喪
옛날에 다친 듯 보심을 알겠네.[35]　知昔視如傷.
은해(銀海)[36]는 장차 무덤 속 길에 연하였고　銀海將聯隧

31 연익(燕翼) : 자손의 미래를 위해 계책을 잘 세우는 것을 말한다. 『詩經』, 「大雅 · 文王有聲」에, "따라야만 할 계획 전하시어 편히 자손들을 보호하셨으니, 훌륭하도다 무왕이여〔詒厥孫謀, 以燕翼子, 武王烝哉〕!"라고 하였다. 여기서는 鳳林大君을 세자로 임명한 사실을 가리킨다.

32 숭산(嵩山)에서 부른 것 : 嵩呼는 국가의 중흥을 축하하며 임금 앞에서 萬歲를 부른다는 말이다. 漢나라 武帝가 즉위 원년 봄에 嵩山에 올랐는데, 어디선가 만세 소리가 세 번 들려왔다는 고사에서 비롯되었다(『漢書』 卷6, 「武帝紀」 참조).

33 오야(梧野)에 오름 : 梧野는 蒼梧山을 가리킨다. 순임금이 巡狩를 갔다가 蒼梧山에서 崩御했다고 전해진다. 여기서는 인조의 죽음을 의미한다.

34 삼보(三輔) : 三輔는 본래 漢나라 때 경기 지역에 있던 세 개의 관직을 가리킨다. 한 무제는 主爵都尉를 右扶風으로, 右內史를 京兆尹으로, 左內史를 左馮翊으로 삼았는데, 이들의 治所가 모두 장안성 내에 있었다. 이후 도성 부근의 지역을 삼보라 부르게 되었다.

35 옛날에 …… 알겠네 : 『孟子』, 「離婁」에, "문왕은 다친 사람을 보듯 백성을 가엾게 여겼다〔文王, 視民如傷〕."라고 하였다. 여기서는 인조의 성덕을 가리킨다.

36 은해(銀海) : 옛날 제왕의 陵墓에 설치한 수은으로 만든 인공 호수이다. 전하여 陵寢을 뜻하는 말로 쓰인다. 『史記』, 「秦始皇本紀」에, "진시황이 처음 즉위하여 여산을 굴착하고 천하를 합병하였는데, 천하에서 인부 70여만 명을 보내오자 三泉을 파고 구리쇠를 넣어 槨을 만들었다. …… 그리고 수은으로 온갖 시내와 강물 및 大海를 만들었다〔始皇初卽位, 穿治酈山乃並天下, 天下徒送詣七十餘萬人, 穿三泉, 下銅而致槨 …… 以水銀爲百川江河大海〕."라고 하였다

금퇴(金堆)[37]는 옛날 언덕에 복축하니	金堆舊卜岡.
능명은 한 태조(漢太祖)요[38]	陵名漢太祖
묘호는 송 명황(宋明皇)이라.[39]	廟號宋明皇.
보책(寶冊)은 응당 썩음이 없겠지만	寶冊應無朽
유궁(幽宮)에 다시는 해가 들지 않으리.[40]	幽宮更不暘.
미약한 재주에도 지우(知遇)가 넘쳐나	微才知遇濫
가까운 반열에서 은택의 풍족함 입었는데	邇列被恩汪.
홀연히 임금의 말씀 들은 듯하여	忽若聞天語
오히려 어상(御牀)에서 시위했나 의심했네.	猶疑侍御牀.
부끄럽게도 순의 노선을 보필할 일 남았는데	慙餘補舜線
애통함이 요의 담장 바라보는데 맺히니[41]	痛結見堯牆.
욕의(蓐蟻)[42]의 정 다하기 어렵고	蓐蟻情難極

37 금퇴(金堆) : 금퇴는 金粟堆의 준말이다. 중국 陝西省 蒲城 동북쪽 金粟山에 있는 唐나라 현종의 능묘를 가리킨다. 전하여 제왕의 능묘를 뜻하는 말로 쓰인다.

38 능명은 한 태조(漢太祖)요 : 漢나라 태조는 劉邦을 가리킨다. 유방의 능명은 長陵인데, 중국 섬서성 咸陽市 동쪽에 있다. 인조의 능묘 역시 장릉으로 경기도 坡州에 있다.

39 묘호는 송 명황(宋明皇)이라 : 宋나라 명황은 중국 北宋의 제4대 황제였던 仁宗을 말한다. 인종은 중앙 집권화를 완료하고 과거 제도를 정비하였다. 정치적으로 司馬光 등의 명신이 있었고, 학문적으로 周敦頤·程子 등이 나타나 '慶曆의 治'라고 칭송되었다.

40 보책(寶冊)은 …… 않으리 : 寶冊은 왕비 및 왕대비, 선왕 등에게 시호나 묘호 등을 추증하면서 이들의 행적을 기록한 문서이다. 보책이 썩지 않는다는 것은 인조의 업적이 길이 전해질 것을 나타낸 말이다. 한편 幽宮은 무덤의 별칭이다. 유궁에 해가 들지 않으리라는 것은 죽은 인조를 더 이상 볼 수 없으리라는 것을 형용한 것으로 보인다.

41 애통함이 …… 맺히니 : 『後漢書』 卷63, 「李固列傳」에, "옛날 堯임금이 죽은 뒤, 舜임금이 요임금을 3년 동안 仰慕하였으니, 앉았을 적에는 요임금이 담장에서 보이고, 밥을 먹을 때는 요임금이 국〔羹〕에서 보였다〔昔堯殂之後, 舜仰慕三年, 坐則見堯於牆, 食則覩堯於羹〕."라고 하였다. 신하의 절개를 잃지 않음을 뜻하는 말로, 여기서는 인조에 대한 정절을 의미한다.

42 욕의(蓐蟻) : 욕의는 '蓐螻蟻'의 준말로, 잠자리를 만들어 땅강아지와 개미를 쫓는다는

용절을 붙잡은[43] 한 헤아릴 수 없구나.	持龍恨莫量.
길이 단증(丹甑)[44]의 소리를 슬퍼하고	長嗟丹甑響
멀리 백운향(白雲鄕)[45]을 생각하니	遙想白雲鄕.
눈물이 있어 하수처럼 기울여지는 곳에	有淚傾河處
공연히 슬퍼하며 쥐가 창자를 토해낸다.[46]	空悲鼠吐腸.

번역 김세호

말이다. 승하한 임금을 따라 죽으려는 신하의 충성을 말한다. 전국 시대에 安陵君이 楚나라 共王에게, "대왕께서 승하하신 이후 이 몸은 황천에 따라가 잠자리를 만들어 땅강아지와 개미를 쫓고자 합니다〔大王萬歲千秋之後, 願得以身試黃泉, 蓐螻蟻〕."라고 하였다(『戰國策』 참조).

43 용절을 붙잡은 : 龍節은 용의 모양처럼 생긴 부절이다. 원래 六節의 하나로서, 옛날에 늪〔澤〕이 많은 나라로 使臣을 갈 때 지니던 符節에서 유래하였다.

44 단증(丹甑) : 취사도구의 일종이다. 고대 전설에, 풍년이 들면 나타나는 상서로운 물건이라 하였다. 한편, 南朝 梁나라 孫柔之의 『瑞應圖』, 「丹甑」에, "왕이 된 자가 음란한 물건을 버리면 단증이 나타난다〔王者棄淫汙之物, 則丹甑出〕."고 하였다. 여기서는 인조의 성세가 남아 전해짐을 의미한다.

45 백운향(白雲鄕) : 백운향은 신선이 사는 하늘나라로, 이 세상을 떠났음을 뜻한다. 『莊子』, 「天地」에, "저 흰 구름을 타고 제향에 이른다〔乘彼白雲, 至於帝鄕〕."라고 하였는데, 蘇軾의 「潮州韓文公廟碑」에 "공은 옛날에 용을 타고 백운향에서 노닐며 손으로 은하수를 찢어서 하늘의 문장 나누었지〔公昔騎龍白雲鄕, 手抉雲漢, 分天章〕."라고 하였다.

46 쥐가 …… 토해낸다 : 『博物志』에, "唐房〔唐公房〕이 昇仙할 때, 닭과 개도 함께 떠났다. 다만 쥐는 간악하여 함께 떠나지 못하였기에, 쥐는 후회하며 한 달에 세 번 창자를 토하였다〔唐房升仙, 鷄犬並去, 惟以鼠惡, 不將去, 鼠悔, 一月三吐腸也〕."라고 하였다. 여기서는 돌아간 인조를 추모하며 한탄한 말이다.

『태호시고』 권7

「관동록(關東錄)」 경인(庚寅)

1 북원(北原)[1]에서 함창(咸昌)[2]을 생각하며

北原憶咸昌

병든 몸 작은 고을에 머물러 있고	病骨留殘縣
쇠한 얼굴은 작은 번(藩)에 기착했네.	衰顏寄小藩.
하늘은 차가워 기러기 소식이 드문데	天寒稀鴈字
해 저물어 척령의 언덕〔鴒原〕[3] 마주하네.	日暮對鴒原.

1 북원(北原) : 강원도 원주의 옛 이름.

2 함창(咸昌) : 함창은 이원진의 아우인 李叔鎭(1602~1672)을 가리킨다. 이숙진은 당시 咸昌縣令을 지내고 있었다. 함창은 지금의 경상북도 상주 일대를 가리키는 옛 이름이다.

3 척령의 언덕 : 영원(鴒原)은 형제간의 우애를 의미하는 말이다. 『詩經』, 「小雅 常棣」에, "할미새가 언덕에 있으니 형제가 급난하도다. 항상 좋은 벗이 있다 해도 길이 탄식할 뿐이라네〔鶺鴒在原, 兄弟急難, 每有良朋, 況也永歎〕."라고 하였다. 강원도 원주에는 신라 시대 산성인 鴒原山城이 있다. 이원진은 이를 보며 영원의 고사를 끌어 쓴 듯하다.

2 칠봉서원(七峯書院)[4]에서 차운하다[5]

七峯書院次韻

높이 걸린 해와 달 긴 하늘을 비추는데	高懸日月照長空
홀로 이륜(彝倫)을 붙잡아 도가 이미 동방으로 왔다.	獨秉彝倫道已東.
홍범구주(洪範九疇) 맥수를 노래하는 분이고	洪範九疇歌麥子
청풍백세(淸風百世) 채미(採薇)의 늙은이로다.[6]	淸風百世採薇翁.
우레 치는 냇물이 골짜기를 도니 소리 함께 멀고	川雷轉壑聲俱遠
칼 같은 돌이 구름을 꿰고 있으매 기세 아울러 웅장하네.	石劒攢雲氣並雄.
두 가지 즐거움 지금 오히려 상상할 만하니	二樂卽今猶可想
누가 소금(素琴) 안에서 조습(燥濕)을 나눌까?[7]	誰分燥濕素琴中.

4 칠봉서원(七峯書院) : 1612년에 설립되었다. 건립 당시는 書堂이었으나, 1624년에 사묘를 건립하고 耘谷 元天錫을 봉안하면서 耘谷書院이라 하였다. 뒤에 韓百謙 · 鄭宗榮 · 元昊를 봉안하면서 칠봉서원이라 하였다. 칠봉서원이란 이름은 서원 앞에 있던 7개의 산봉우리에서 비롯된 것이다. 1663년(현종 4)에 사액서원이 되었으나, 1871년 제2차 서원철폐령으로 철폐되었다.

5 칠봉서원(七峯書院)에서 차운하다 : 이원진이 차운한 원시는 吳䎘(1592~1634)의 「耘谷書院」(『天坡集』 卷2)이다. 『耘谷行錄』 事蹟錄의 「七峯書院題詠」에 이원진의 시를 비롯하여 尹之復 · 李植 등이 차운한 시도 전한다.

6 홍범구주(洪範九疇) …… 늙은이로다 : 홍범구주는 『書經』, 「周書」의 편명이다. 周나라 武王이 箕子에게 善政의 방법을 묻자 기자가 홍범구주로 교시하였다고 전한다. 기자는 殷나라가 멸망한 뒤 옛 도성을 지나며 맥수의 시를 읊어 망국의 슬픔을 노래하였다. 또한 採薇의 늙은이는 은나라가 망하자 수양산으로 들어가 고사리를 캐어먹은 백이 · 숙제를 지칭한 말이다. 여기서는 고려의 충신으로 남아 칠봉서원에 주향된 元天錫의 절의를 기자와 백이 · 숙제에 견준 것이다.

7 두 가지 …… 나눌까 : 두 가지 즐거움은 '樂山樂水'를 말한 것이다. 이는 세속과 다른 칠봉서원의 맑은 경관에 기인한다. 한편 燥濕은 '건조함과 습함'의 뜻을 지닌 말로, 염량세태를 상징하기도 한다. 이원진은 칠봉서원의 산수를 素琴에 빗대어 세속의 세태를 멀리하는

3 부평각(浮萍閣)[8]

浮萍閣

누가 못 가운데 작은 정자를 얽었나? 誰向池心結小亭
황홀히 의심하니, 신선 같은 건축이 푸른 바다에 솟아난 듯 恍疑僊搆聳滄溟.
말하지 말게나, 이 누각이 오래도록 물에 떠 있었다고 休言此閣長浮水
대지(大地)는 본래 한 점의 부평(浮萍)이라네. 大地元來一點萍.

4 연정(蓮亭)[9]에 밤에 앉아서

蓮亭夜坐

물에 임한 누각에서 서늘함을 타고 앉으니 水閣乘凉坐
한밤중 뜻이 다시 새로워지네. 中宵意更新.
응당 알리라, 갠 하늘 달빛이 應知霽月色
때마침 연꽃 사랑하는 사람 비추는 것을. 會照愛蓮人.

자신의 심사를 표출한 것으로 보인다.

8 부평각(浮萍閣) : 원주 객관 동쪽에 있던 누각이다. 李明漢(1595~1645)이 강원도관찰사 재직 시절 건립하였다. 吳道一의 「重修浮萍閣記」(『西坡集』 卷17)에, "원주의 객관 동쪽에 누각이 있는데 부평이라고 한다. 누각은 못 가운데 작은 섬 위에 있는데 백주 이 상서가 본도〔강원도〕를 다스릴 때 창건한 것이다〔原之客館之東, 有閣曰浮萍, 以閣在池中小島上故名, 而卽白洲李尙書按本道時所刱也〕."라고 하였다.

9 연정(蓮亭) : 강원도 원주에 있던 정자로 추정된다. 具思孟이 지은 차운시 등이 전해온다(具思孟의 『八谷集』 卷1, 「次原州蓮亭韻」 참조).

5 치악산의 인(印) 스님에게 부치다

寄雉嶽印師

치악산 동쪽으로 서려 기세가 웅장한데	雉嶽東蟠氣勢雄
석문(石門)이 길게 초왕(楚王)의 궁을 호위하네.[10]	石門長護楚王宮.
작은 소나무 만세토록 오히려 삼 척이니	矮松萬歲猶三尺
응당 고승(高僧)의 그림부채 속에 들어가리라.	應入高僧畫扇中.

6 학성(鶴城)[11]의 관아 연못에 물을 끌어들이며

引水鶴城官池

객지에서 봄을 만나 옛 놀이를 생각하니	客裏逢春憶舊遊
몽혼(夢魂)이 길이 봉성(鳳城)[12] 어귀에 둘려있네.	夢魂長繞鳳城頭.
어여쁘다, 밤낮으로 서쪽으로 돌아가는 물이	可憐日夜西歸水
나누어 연못에 들어와 잠시 머물러 있구나.	分入池塘爲少留.

10 석문(石門)이 …… 호위하네 : 楚王宮은 중국 초나라의 궁궐이다. 전하여 수도를 의미하는데, 여기서는 원주를 가리킨 듯하다. 또한 石門은 치악산을 가리킨 것으로 보이니, 이는 치악산이 원주를 감싸고 있는 모습을 묘사한 것으로 생각된다.

11 학성(鶴城) : 지금의 강원도 영월 지역을 가리키는 酒泉縣의 옛 이름이다. 『신증동국여지승람』, 「원주목」에, "酒泉縣은 일명 鶴城이라 한다. 州의 동쪽 90리에 있다."라고 하였다.

12 봉성(鳳城) : 봉성은 都城의 美稱으로 서울을 뜻한다.

7 묵졸(默拙)[13]이 부친 시에 차운하다

次默拙寄詩韻

동부(東府)에서 벼슬을 버리던 날	投簪東府日
북원(北原)에서 부절을 멈춘 해로다.[14]	住節北原年.
치악은 운산(雲山)과 접해 있고[15]	雉嶽雲山接
섬강(蟾江)은 월뢰(月瀨)와 연해있네.[16]	蟾江月瀨連.
차가운 매화에 응당 지팡이 끌고 갈 것이고	寒梅應引杖
밤에 내린 눈에 배에 오르고자 하지.	夜雪欲登船.
세모(歲暮)에 서로 생각함이 괴로워	歲暮相思苦
어지러운 서리 귀밑머리 가에 모이네.	繁霜集鬢邊.

13 묵졸(默拙) : 默拙은 丁彦璜(1597～1672)의 호. 그의 자는 仲徵, 본관은 押海이다. 내직으로 장령 · 동부승지 · 병조참지 등을 역임하고, 외직으로 회양부사 · 인천부사 · 안동부사 · 제주목사 · 강원도관찰사 등을 지내며 치적을 쌓았다.

14 동부(東府)에서 …… 해이다 : 東府는 본래 唐宋시대 丞相府를 가리키는데, 여기서는 承政院을 지칭한 듯하다. 정언황은 1646년 同副承旨에 이어 右副承旨에 제수되었다. 이후 1648년 소현세자의 세 아들을 보전토록 주장하였는데, 김자점 등의 공격을 받고 외직인 淮陽府使를 자청하였다. 한편 기록에 따르면, 정언황의 집은 원주에 있었다고 한다. 이 구절은 당시 정언황이 결국 벼슬을 그만두고 낙향한 일을 가리킨 것으로 보인다.

15 치악은 …… 있고 : 치악산은 이원진이 머물던 원주에 있던 산이고, 雲山은 원주 남쪽에 자리한 白雲山을 가리킨다. 이원진은 치악산과 백운산이 가까이 있음에 견주어 자신과 정언황이 멀지 않은 곳에 있음을 말하고 있다.

16 섬강(蟾江)은 …… 연해있네 : 섬강은 강원도 남서부 지역을 흐르는 강이다. 강원도 횡성군 태기산에서 발원하여 원주시를 지나 남한강과 합쳐진다. 『新增東國輿地勝覽』, 「原州牧」에, "동쪽에는 雉岳이 뻗었고, 서쪽에는 蟾江이 흐른다."고 하였다. 月瀨는 원주 서쪽 25리에 있던 여울로 月瀨灘이라고도 한다. 『신증동국여지승람』, 「원주목」에, "월뢰탄은 근원이 橫城縣 奉福山에서 나와서 蟾江으로 흘러 들어간다."라고 하였다. 이원진은 섬강과 월뢰가 연결되어 있음을 들어 자신과 정언황이 가까이에 있음을 언급하고 있다.

8 주천석(酒泉石)[17]

酒泉石

술 다하고 부질없이 주천 돌만 남아　　酒盡空留石
어지럽고 모난 가슴 씻어내기 어렵네.　　難澆磊隗胸.
만약 샘물을 다시 이르게 할 수 있다면　　若敎泉再達
어찌 곽홍(郭弘)이 봉해진 것을 부러워하리.[18]　　何羨郭弘封.

9 노산(魯山)[19]

魯山

만 그루 나무 쓸쓸하게 급한 여울에 울리고　　萬木蕭蕭響急灘

17 주천석(酒泉石) : 원주 酒泉縣(지금의 강원도 영월군 일대)에 있던 술통 모양의 돌이다. 『신증동국여지승람』, 「원주목」에, "원주 주천현의 남쪽 길가에 돌이 있는데 형상이 반이 깨진 돌 술통 같다. 세상에 전하는 말에, 이 돌 술통은 예전에는 西川 가에 있었는데 가서 마시는 자에게 넉넉하지 않은 적이 없었다. 邑의 아전이 술을 마시러 그곳까지 왕래하는 것을 싫어하여 縣 안에 옮겨다 놓으려고 하였다. 여러 사람들과 함께 옮기는데 갑자기 크게 우레가 치고 돌에 벼락이 쳐서 부서져 세 개로 되었다. 하나는 못〔淵〕에 잠겼고, 하나는 있는 곳을 알 수 없었는데, 하나가 바로 이 돌이다."라고 하였다.

18 어찌 …… 부러워하리 : 酒泉은 중국 甘肅省 酒泉縣 성 동쪽에 있던 샘물이다. 漢나라 武帝 때 물맛이 술과 같다 하여 주천군으로 삼았다. 『補注杜詩』 卷2, 「飮中八仙歌」의 黃鶴이 단 細註에, "곽홍은 한 무제가 몹시 총애하였다. 하루는 무제를 뵈니, 무제가 말했다. '그대를 군읍에 봉하고자 하는데 어느 곳이 좋겠는가?' 곽홍은 술 마시는 것을 좋아해 다음과 같이 대답했다. '만약 주천군에 봉해진다면 진실로 바랄 나위가 없겠습니다.' 무제는 웃으며 과연 그를 주천군에 봉하였다〔郭弘漢帝甚寵顧, 一日見帝, 帝曰 : '欲封卿郡邑, 何地好?' 弘好飮對曰 : '若封酒泉郡, 實出望外.' 帝笑果封酒泉郡〕."라고 하였다.

19 노산(魯山) : 지금의 강원도 평창군 평창읍에 있는 산이다. 『신증동국여지승람』, 「平昌郡」에, "노산은 평창군 북쪽 1리에 있는 鎭山이다."라고 하였다.

영월 땅의 외로운 객 눈물이 산산(潸潸)하네. 越中孤客淚潸潸.
어여쁘다, 매월당(梅月堂) 앞의 달이여 可憐梅月堂前月
한 조각 맑은 빛 노산을 비추는구나.[20] 一片淸光照魯山.

10 월정사(月精寺)[21]

月精寺

전나무 길 계곡을 따라 들어가니 檜徑緣溪入
절문에서 부처가 보이네. 沙門見佛迦.
산천(山川)은 예(濊)와 맥(貊)으로 나누어졌고 山川分濊貊
탑과 절은 신라, 고려부터였다.[22] 塔宇自麗羅.
별도로 금대(金臺)를 향해 앉으며 別向金臺坐
인하여 임금의 수레 지나감을 생각하네. 仍思玉輦過.
중봉(中峰)에 보배로운 문서 수장되어 있는데[23] 中峯藏寶牒
고개 돌리니 오색구름 많구나. 回首五雲多.

---

20 어여쁘다 …… 비추는구나 : 梅月堂은 조선 전기 生六臣의 한 사람이었던 金時習의 호이다. 김시습은 魯山君 端宗에게 충절을 다했다. 이 구절은 노산이라는 지명에서 단종을 떠올리고, 이어 단종에 대한 김시습의 충절을 견준 것이다. 단종은 1698년 復號되었다.

21 월정사(月精寺) : 강원도 평창군 五臺山에 있는 사찰이다. 신라 선덕여왕 때, 慈藏이 중국에서 돌아와 창건하였다.

22 산천은 …… 신라, 고려부터였다 : 濊貊은 과거 강원도 지역을 부르던 또 다른 이름이다. 『新增東國輿地勝覽』에, "강원도는 본래 예맥 지역이었는데, 고구려와 신라의 영토가 되었다"고 하였다. 월정사는 신라시대부터 창건된 것으로 전해진다. 여기서는 오랜 세월부터 있어온 예맥의 산천과 월정사의 유구한 역사를 나타내었다.

23 중봉(中峰)에 …… 있는데 : 왕조실록을 보관했던 五臺山史庫를 가리킨다. 월정사 북쪽 10리 南虎巖 기슭에 자리하고 있었다.

11 월정사에서 밤에 앉아

月精夜坐

멀리 온 객 맑은 밤 월정사에 앉아 遠客淸宵坐月精
깊은 방 공허하고 조용한데 소나무 소리 들어오네. 洞房虛靜入松聲.
돌아가고픈 마음 정히 앞 시냇물과 같아 歸心正似前溪水
밤낮으로 유유하게 한성에 돌아간다. 日夜悠悠到漢城.

12 청심대(淸心臺)[24]

淸心臺

위태로운 길 한 줄로 통하는데 危蹊通一線
평평한 곳에 소나무 그늘 얻었네. 平處得松陰.
석순(石笋)[25]은 하늘에 닿아 뾰족하고 石笋參天陗
운근(雲根)[26]은 물에 꽂혀 깊다. 雲根挿水深.
굽어 임하니 처음에는 혼을 두렵게 했는데 俯臨初慄魄
옮겨 기대니 도리어 마음을 맑아지네. 徙倚卻淸心.
휘파람 불고 읊조리며 돌아가길 잊었는데 嘯詠忘歸去

24 청심대(淸心臺) : 강원도 평창군 진부면 일대에 있던 대이다. 尹宣擧의 「巴東紀行」(『魯西遺稿』 卷3)에, "진부역에서 10리 정도 가면, 길 오른쪽에 큰 바위가 우뚝 서 있는데 이름을 청심대라고 한다〔去珍富驛十里許, 路右大岩屹立, 名曰淸心臺〕."라고 하였다.

25 석순(石笋) : 곧게 치솟은 큰 돌의 모양이 마치 줄지어 늘어선 竹筍과 같아 이른 말이다. 여기서는 하늘로 높게 솟은 청심대 주변의 바위들을 지칭하였다.

26 운근(雲根) : 일반적으로 깊은 산에서 구름이 일어나는 곳을 지칭하나, 여기서는 산에 있는 돌을 뜻하는 시어로 쓰였다. 역시 청심대 주변의 바위들을 지칭한 말이다.

비낀 석양이 먼 봉우리로 내려가네. 斜陽下遠岑.

13 경포대(鏡浦臺)에서 유덕보(柳德甫)[27] 시에 차운하다

鏡浦次柳德甫韻

포구에 신선의 배 한 잎이 통하니 浦口僊舟一葉通
푸른 흐름 봄빛은 무릉도원과 같네. 碧流春色武陵同.
복숭아 꽃 기운 그림자 맑은 호수 면에 桃花倒影澄湖面
홍장(紅粧)[28]이 거울 안에 있는 듯 의심스럽네. 疑是紅粧在鏡中.

14 진주(眞珠)[29]에서 우연히 읊어 사군(使君) 박덕일(朴德一)[30]에게 보이다

眞珠偶吟 示朴使君德一

호랑이 걸터앉은 두타산(頭陀山)[31]이요 虎踞頭陀嶽

---

27 유덕보(柳德甫) : 德甫는 조선 중기 문신이었던 柳碩(1595~1655)의 자. 그의 호는 皆山, 본관은 晋州이다. 1625년 별시문과에 급제한 이후, 사헌부 · 사간원 등에서 관직을 지냈다. 1648년에 강원도관찰사에 제수되었는데, 그는 이원진의 전임자가 된다.

28 홍장(紅粧) : 조선전기 유명한 강릉의 기생이다. 그녀의 아름다움을 사모했던 朴信(1362~1444)과의 일화가 지금도 전해온다(徐居正의 『東人詩話』 참조).

29 진주(眞珠) : 강원도 삼척의 옛 이름이다. 삼척은 본래 505년에 悉直州라 하였으나, 639년(진덕여왕 8) 眞珠로 개명되었다. 이후 신라가 삼국을 통일한 뒤인 757년이 되어서야 삼척군으로 불리게 되었다.

30 박덕일(朴德一) : 德一은 조선 중기 문신이었던 朴吉應(1598~?)의 자. 그의 호는 眞靜齋, 본관은 密陽이다. 1648년 삼척부사로 있으며, 당시 강원도관찰사였던 유석과 太白山의 黃池 등을 답사한 바 있다.

31 두타산(頭陀山) : 지금의 강원도 동해시 삼화동에 있는 산이다. 『新增東國輿地勝覽』, 「三

용이 서린 갈야산(葛夜山)[32]이네.	龍蟠葛夜岑.
읍의 거주는 옥벽(玉壁)에 기대어 있고	邑居憑玉壁
백성들 풍속 금비녀로 예를 행하네.[33]	民俗禮金簪.
누는 멀리 은하수의 빛에 가깝고	樓逈河光近
못은 비어 달 그림자 깊구나.	潭虛月影深.
원님은 한가로이 자재(自在)하며	使君閑自在
아름다운 시구 날로 높이 읊조리리.	佳句日高吟.

15 바닷가를 거닐며 즉흥적으로 읊다

海上行卽事

어젯밤 미친 파도가 하늘에 닿았는데	昨夜狂濤接太虛
오늘 아침 바람 그쳤지만 여음이 아직 남아 있네.	今朝風息怒仍餘.
거친 우레 무너지는 눈덩이 혼연히 두려워할 만한데	鬪雷崩雪渾堪怖
호탕한 가벼운 갈매기 자유롭게 떠 있네.	浩蕩輕鷗泛自如.

陟都護府」에, "두타산은 삼척도호부 서쪽 45리에 있다. 산 중턱에 돌우물 50곳이 있어 이로 인해 五十井이라 부른다. 그 곁에 神祠가 있는데 고을 사람이 봄가을에 제사를 지내며 날씨가 가물면 祈雨祭를 지낸다."라고 하였다.

32 갈야산(葛夜山) : 지금의 강원도 삼척시 성북리에 있는 산이다. 『新增東國輿地勝覽』, 「三陟都護府」에, "갈야산은 삼척도호부 북쪽 1리에 있는데 진산이다."라고 하였다.

33 읍의 …… 행하네 : 『新增東國輿地勝覽』, 「三陟都護府」에, "邑城은 삼면이 석축으로, 둘레는 2천 54척이고 높이는 4척이다. 서쪽은 절벽인데 둘레가 4백 31척이다."라고 하였다. 옥벽은 서쪽의 절벽을 가리킨 것으로 보인다. 또한 삼척에는 '烏金簪祭'라는 풍속이 있었다. 비녀를 신격화하여 지낸 제사이다. 『신증동국여지승람』, 「삼척도호부」에, "고을 사람이 잠(簪 : 비녀)을 작은 함에 담아 관아 동쪽 모퉁이 나무 밑에 감추었다가, 단오날이면 끄집어내어 제물을 갖추고 제사한 다음 이튿날 도로 감춘다."라고 하였다.

16 바다물결 격렬히 괴석 위로 튀어 올랐다가 나뉘어 흘러내려 폭포 같았다

海浪激在怪石上 分流而下 如瀑布

높은 바위 괴이한 돌 신선의 산을 닮았으니	巉巖怪石學仙山
누가 봉래산을 보내 눈앞에 두었는가?	誰遣蓬萊置眼前.
해약(海若)[34]이 만폭 없음을 싫어하는 듯하여	海若似嫌無萬瀑
높은 물결 뒤집어 나는 샘을 만들었네.	故飜高浪作飛泉.

번역 김세호

34 해약(海若) : 해약은 전설상의 바다 신이다. 『楚辭』, 「遠遊」에, “상령으로 하여금 비파를 타게 함이여, 해약으로 하여금 풍이를 춤추게 하도다〔使湘靈鼓瑟兮, 令海若舞馮夷〕.”라는 구절이 있는데, 王逸의 註釋에, “해약은 海神의 이름이다〔海若, 海神名也〕.”라고 하였다.

17 명주(溟州)[35]에서 춘성(春城) 상공[36]을 추억하다

溟州 憶春城相公

예조(禮曹)[37]에서 붓을 싣고 옛적 여기 함께 놀았는데[38]	儀曹載筆昔同遊
부절(符節)을 안고 20년만에 다시 왔네.	按節重來二十秋.
슬프다, 남랑(南郎)은 이제 볼 수 없으니	惆悵南郎今不見
석양에 외로이 백운루(白雲樓)에 기대어 있네.	夕陽孤倚白雲樓.

18 죽서루(竹西樓)[39]

竹西樓

선계(仙界)의 경치가 속세의 눈을 씻어주는데	僊區物色洗塵眸
촉촉(矗矗)한 벼랑이 굽이굽이 흐름에 임하였네.	矗矗崖臨曲曲流.

---

35 명주(溟州) : 강원도 강릉의 옛 이름.

36 춘성(春城) 상공 : 春城은 南以雄(1575~1648)의 封號. 그의 자는 敵萬, 호는 市北, 본관은 宜寧이다. 1624년 이괄의 난이 일어나자 黃州守城大將으로 있으면서 공을 세워 春城君에 봉해졌으며 1647년 春城府院君이 되었다. 1646년에 우의정이 되고 1648년에 좌의정이 되었기 때문에 '상공'이라 칭한 것이다. 시호는 文貞이다.

37 예조(禮曹) : 원문은 '儀曹'로 되어있는데, 이는 禮曹의 별칭이다.

38 예조에서 …… 놀았는데 : 이원진은 1631년 예조좌랑을 지낼 적에 당시 강릉부사가 된 남이웅을 따라 강릉에 온 일이 있다. 이원진의 『태호시고』 권3, 「東行錄」(총 6수의 시 수록)은 이 때 강릉 일대를 유람한 시집이다.

39 죽서루(竹西樓) : 강원도 삼척시 성내동에 있는 누각으로 보물 제213호이다. 관동팔경의 하나로, 삼척시의 서편을 흐르는 五十川이 내려다보이는 절벽에 자리잡고 있다. 창건 연대와 창건자는 알 수 없으나 『동안거사집』에 1266년 이승휴가 안집사 진자후와 같이 서루에 올라 시를 지었다는 기록이 있어 1266년 이전에 창건된 것으로 추정된다. 1403년에 三陟府使 金孝孫이 重創하였다고 전한다.

실직(悉直)[40] 풍광 고국(故國)이 어렴풋하고	悉直風光迷故國
두타산(頭陀山)[41] 구름 기운 새 고을을 감싸네.	頭陀雲氣護新州.
밝은 별 물에 비치니 은하수인 듯	明星倒水疑銀漢
하얀 달 헌함에 마주하니 옥루(玉樓)[42]인 듯 의심하네.	皓月當軒訝玉樓.
열자(列子)가 가뿐히[43] 응당 기다리고 있으리니	列子泠然應有待
5일을 더 머무른들 무어 해로울까.	何妨五日更淹留.

19 낙산사(洛山寺)[44]

洛山寺

누가 쌍죽 찾아 여기에 지었는가[45]	誰尋雙竹此經營

40 실직(悉直) : 강원도 삼척의 옛 이름. 505년에 실직주라 하였으나 639년 眞珠로 개명되었다. 신라가 삼국을 통일한 후인 757년 삼척군으로 불리게 되었다.

41 두타산(頭陀山) : 강원도 동해시 三和洞 남서쪽에 있는 산으로, 동해시와 삼척시 경계에 위치해 있다. 태백산맥의 主峰을 이루고 있고, 북쪽으로 무릉계곡, 동쪽으로 고천계곡, 남쪽으로는 태백산군, 서쪽으로는 중봉산 12당골이 있다.

42 옥루(玉樓) : 天上의 누각. 백옥루라고도 한다.

43 열자(列子)가 가뿐히 : 『莊子』, 「逍遙遊」에, "열자가 바람을 몰고 하늘 위로 올라가서 가뿐하게 보름 동안 돌아다니다가 돌아왔다〔夫列子御風而行, 泠然善也, 旬有五日而後反〕."는 말이 나온다.

44 낙산사(洛山寺) : 강원 양양군 五峯山에 있는 통일신라시대의 사찰로 낙산은 관세음보살이 머무른다는 산이다. 671년 義湘이 창건하였고, 858년 梵日이 重建하였으며, 이후 몇 차례 다시 세웠으나 6 · 25전쟁으로 소실되었다. 전쟁으로 소실된 건물들은 1953년에 다시 지었다. 관동팔경의 하나로 유명하다. 경내에는 조선 世祖 때 다시 세운 7층석탑을 비롯하여 圓通寶殿과 그것을 에워싸고 있는 담장 및 虹霓門 등이 남아 있다. 부속건물로 義湘臺, 紅蓮庵 등이 있고 이 일대가 사적 제495호로 지정되어 있다. 그러나 2005년 4월 6일에 일어난 큰 산불로 대부분의 전각 및 동종이 소실되었다.

45 누가 …… 지었는가 : 낙산사를 창건한 의상이 관음보살을 만나기 위하여 낙산사 동쪽 벼랑

옥 불상 신령한 광휘 바다에 닿아 맑구나.	玉像靈輝徹海淸.
산에 임함에 처음 자라가 이고 섰는 듯 의심했고[46]	臨嶠始疑鼇戴立
누에 기대니 문득 이무기가 뿜어 이룬 듯 놀라게 되네.[47]	憑樓卻訝蜃噓成.
돌아보니 설악(雪嶽)이 천년동안 얼어붙었고	回瞻雪嶽千年凍
내려봄에 부상(扶桑)[48]의 새벽빛 오경에 밝구나.	頫闞桑暾五夜明.
묵묵히 앉아 꽃이 진 돌 위에 향을 사르니	默坐焚香花石上
어느 때에 청조(靑鳥)[49]가 다시 날며 울까.	幾時靑鳥更飛鳴.

20 청간정(淸澗亭)[50]에서 차운하다

淸澗亭次韻

외로운 정자 푸른 바다 위에 아득한데	孤亭縹緲滄溟上

에서 27일 동안 기도를 올렸으나 뜻을 이루지 못하여 바다에 투신하려 하였다. 이때 바닷가 굴 속에서 희미하게 관음보살이 나타나 여의주와 수정염주를 건네주면서, "나의 前身은 볼 수 없으나 산 위로 수백 걸음 올라가면 두 그루의 대나무가 있을 터이니 그곳으로 가보라."는 말을 남기고 사라졌다고 한다.

46 자라가 …… 의심했고 : 여섯 자라가 바다에 삼신산을 이고 있다는 전설이 『列子』, 「湯問」에 보인다.

47 이무기가 …… 놀라게 되네 : 신기루를 뜻한다. 『史記』 권27, 「天官書」에 "바다 옆에 이무기가 뿜는 기운이 누대 형상을 이룬다〔海旁蜃氣象樓臺〕."라고 하였다.

48 부상(扶桑) : 본래 해가 뜨는 곳을 가리키는데, 여기서는 동해를 지칭한다.

49 청조(靑鳥) : 전설상 서왕모의 使者로, 좋은 소식을 전하는 역할을 한다.

50 청간정(淸間亭) : 강원도 高城郡 土城面 청간리에 있는 정자로, 관동팔경의 하나이다. 설악산에서 흘러내리는 청간천과 바다가 만나는 지점의 작은 구릉 위에 있으며, 이 곳에서 바라보는 동해안의 풍경이 일품이다. 특히 아침의 해돋이 광경과 落照의 정취는 예로부터 많은 시인 · 묵객의 심금을 울렸다고 한다. 정자의 창건연대와 건립자는 未詳이나 1520년

빼어난 흥취 날아 올라 짝이 없어라. 逸興飛騰不可雙.
한밤중 금계(金鷄)의 울음이 그치지 않아[51] 半夜金雞啼未了
부상(扶桑)의 성긴 그림자 이미 창에 비끼네. 扶桑踈影已橫窓.

21 고성(高城)에서 사군(使君) 박학로(朴學魯)[52]의 시에 차운하다 3수

高城 次朴使君學魯韻 三首

사선정(四仙亭)[53]에 한 번 기대 온갖 수심 흩어버리는데 仙亭一倚散千愁
단서(丹書)가 돌 위에 남아있는 것[54] 달리 사랑스럽다. 偏愛丹書石上留.
당일의 네 신선 모일 수 있다면 當日四僊如可會

에 杆城郡守 崔淸이 중수하였다는 기록이 있고, 1884년 甲申政變 때 불타 없어진 것을 1930년 경에 지역민들이 재건하였다. 1981년 4월 해체복원하였다.

51 한밤중 …… 그치지 않아 : 扶桑의 산 위에서 전설상의 황금 닭인 금계가 한 번 크게 울면 천하의 닭이 모두 따라 울면서 새벽이 밝아 온다고 한다(『神異經』, 「東荒經」 참조).

52 박학로(朴學魯) : 學魯는 朴日省(1599~1671)의 자. 본관은 尙州이다. 1617년에 사마시에 합격하고, 1625년 별시문과에 병과로 급제하였다. 효종 초에 고성현감을 지냈다. 송시열이 찬한 묘지명이 있다(『宋子大全』 권184, 「承旨朴公墓誌銘(幷序)」 참조).

53 사선정(四仙亭) : 신라의 사선을 기리기 위해 고성 三日浦 앞 小島에 세워진 조선시대의 정자. 四仙은 신라의 永郎 · 述郎 · 南郎 · 安詳을 가리킴. 存撫使 朴某가 세웠다고 한다(『신증동국여지승람』 참조).

54 단서(丹書)가 …… 것 : 단서는 신라시대의 四仙이 고성 三日浦에서 사흘 동안 머물며 노닐었다는 곳의 石壁에 새겨진 '述郎徒南石行'이라는 붉은색의 여섯 글자를 말한다. 옛날에 그 고을 사람이 유람 온 자들을 접대하기가 괴로워서 글씨를 깎아 내려고 했지만, 5寸 가량이나 깊이 새겨져 있어 없애지 못했다는 이야기가 李穀의 『稼亭集』 권5, 「東遊記」에 나온다.

적선(謫仙)을 더하여 다섯 신선 놀이를 지으리.	謫仙添作五仙遊.
【사선정】	【右四僊亭】

신령스런 물줄기 응당 구만리를 좇아 왔으리니	靈派應從九萬來
놀랜 우레 눈발을 뿜어대며 봉래산으로 내리네.	驚雷濆雪下蓬萊.
눈 가운데 열두 줄기[55] 구별 말라	眼中十二休分別
모두 은하수 한 길로 돌아온다네.	總是銀河一道廻.
【십이폭포】	【右十二瀑】

한가로운 모래 잠자는 갈매기의 정에 특히 맞으니	閑沙偏稱睡鷗情
노니는 사람 이끌어 물가 가까이 가게 말라.	莫引遊人近渚行.
어찌 본받으랴 뿌연 먼지 티끌 길에	肯學軟紅塵土路
말발굽 가는 곳마다 불평의 울음소리 내네.	馬蹄隨處不平鳴.
【명사[56]】	【右鳴沙】

55 눈 가운데 열두 줄기 : 열두 줄기란 금강산 외금강 송림구역 성문동에 있는 십이폭포를 가리킨다. 금강산 4대 폭포 가운데 하나인 십이폭포는 채하봉(1,588m)과 소반덕(1,482m) 사이의 골짜기에서 흘러내리는 물이 채하봉 남쪽 벼랑을 타고 층층으로 떨어지면서 이루어진 것인데 그 층이 12개이므로 십이폭포라고 한다. 맞은편 은선대에서 십이폭포를 바라보면 채하봉, 집선봉을 배경으로 높은 절벽을 타고 열두 층으로 쏟아져 내리는 모습이 한 눈에 들어온다.

56 명사(鳴沙) : 간성과 고성군 일대는 해안의 모래가 곱기로 유명하다. 『신증동국여지승람』에, '우는 모래'라는 鳴沙에 대한 글이 다음과 같이 실려 있다. "명사는 고을 남쪽 18리에 있다. 모래 색이 눈 같고, 人馬가 지날 때면 부딪혀서 소리가 나는데 쟁쟁하여 마치 쇳소리 같다. 대개 영동지방 바닷가의 모래들이 모두 그러하지만 그중에도 간성과 고성 간에 제일 많다."

22 중추절에 해산정(海山亭)[57]에서 묵다

中秋 宿海山亭

신선의 정자에 홀로 기댔노라니 흥취가 어떠한가	仙亭獨倚興如何
만 리 가을빛 은하수에 접했네.	萬里秋光接素河.
아홉 고을[58] 이름난 지역 가운데 이곳이 제일이고	九邑名區玆地最
한 해 밝은 달 이 밤이 가장 환하네.	一年明月此宵多.
동쪽 바다는 아득히 금빛 물결 넘실거리고	桑溟浩渺金波動
풍악은 들쭉날쭉 옥 같은 봉우리 늘어섰네.	楓嶽參差玉嶂羅.
한스럽지 않다 내 즐거움 알아주는 이 없음이	不恨無人知我樂
끼룩끼룩 우는 학 홀연 날아 지나가네.	戛然鳴鶴忽飛過.

23 총석주인[59]을 희롱하다

戱叢石主人

명승이 청구(靑丘)에 으뜸이라 익히 들었더니	飽聞名勝冠靑丘
옥기둥 하늘을 떠받쳐 푸른 바다머리에 있네.	玉柱擎天碧海頭.
안상(安詳)을 향해 애오라지 말 부치노니	爲向安詳聊寄語

57 해산정(海山亭) : 강원도 고성에 있는 정자.

58 아홉 고을 : 영동지방에 있던 9개의 현, 즉 歙谷 · 通川 · 高城 · 杆城 · 襄陽 · 江陵 · 三陟 · 蔚珍 · 平海를 말한다.

59 총석주인 : 叢石은 강원도 통천 바닷가에 빽빽이 솟아 있는 돌기둥으로, 그 가운데 있는 四石柱를 四仙峰이라고 하는데, 신라 述郎 · 永郎 · 安詳 · 南郎이 이곳에서 놀며 경관을 감상하였다는 전설에서 이름 했다고 전한다. 이 시에서 총석주인은 네 기둥에 신라 사선을 각각 주인으로 비정한 것이다.

한 봉우리는 적선(謫僊)이 노닐도록 능히 허락해 주겠나.

一峯能許謫僊遊.

24 금양(金壤)[60]에서 태수 안정섭(安廷燮)[61]과 작별하다

金壤 別安太守廷燮

무단히 금양에서 가던 수레 멈추고 無端金壤駐征車
높이 맑은 허공에 기대니 일흥(逸興)의 나머지였네. 高倚淸虛逸興餘.
푸른 바다 새벽 구름은 붕새가 날아간[62] 뒤요 滄海曉雲鵬擧後
푸른 산 가을 비는 기러기가 끌고온 초장일세. 碧山秋雨鴈拖初.
안기생(安期生)은 동쪽으로 들어가 응당 신발을 남길 것이요[63] 期生東入應留舃
주하사(柱下史)는 서쪽으로 돌아가 글을 짓고자 하네.[64] 柱史西歸欲著書.
객지에서 이별하는 회포 어디에 쏟아낼까 客裏別懷何處瀉

60 금양(金壤) : 강원도 淮陽도호부의 옛 이름이다.

61 안정섭(安廷燮) : 安廷燮(1591~?)의 자는 台老, 본관은 竹山이다. 1610년 식년시 생원, 호조정랑 · 예천군수 · 통천군수 · 고성군수 등을 지냈다.

62 붕새가 날아간 : 『莊子』, 「逍遙遊」에, "붕새가 남쪽 바다로 옮겨 갈 때에는 물결을 치는 것이 삼천 리요, 회오리바람을 타고 구만 리를 올라가 여섯 달을 가서야 쉰다〔鵬之徙於南冥也, 水擊三千里, 摶扶搖而上者九萬里, 去以六月息者也〕."라고 한 데서 온 말이다.

63 안기생(安期生)은 …… 남길 것이요 : 동해의 蓬萊山에 살았다는 전설상의 신선. 秦始皇이 東游할 때 함께 대화를 나누었는데, 진시황에게 붉은 옥신을 보내면서 자신을 보고 싶으면 수십 년 뒤에 봉래산으로 찾아오라고 한 뒤 자취를 감췄다고 한다(『史記』, 「封禪書」 참조). 여기서는 태수 안정섭을 가리킨다.

64 주하사(柱下史)는 …… 하네 : 원문의 '柱史'는 柱下史라는 벼슬을 지낸 老子를 가리키는 말이다. 노자의 성은 이씨인데, 여기서는 이원진이 자신을 가리키는 말로 쓰였다. 노자는 난세를 피해 서쪽으로 가던 도중에 『도덕경』을 저술하였다.

다른날 소식 한 쌍의 고기로 전해주시기를. 異時消息寄雙魚.

25 학성(鶴城)에서 우연히 읊어 고을 원 이이성(李而聖)[65]에게 보이다

鶴城偶吟 示邑宰李而聖

늦게 통주(通州)[66]를 출발하여 북천을 건너 晚發通州渡北川
행정(行程) 깃발 저물녘에 학림(鶴林)[67] 앞에 멈추었네. 行旌暮駐鶴林前.
땅은 철협(鐵峽, 철령)에 연했음에 추위에 놀람이 이르고
地連鐵峽驚寒早
하늘은 동쪽 바다에 펼쳐져 새벽을 깨달음이 먼저일세.
天豁桑溟覺曉先.
요락하여 송옥(宋玉)을 슬퍼함에 견디지 못하고[68] 搖落不堪悲宋玉
창망히 곧 장건(張騫)의 뗏목 띄우고 싶네. 蒼茫直欲泛張騫.
시중대(侍中臺)[69] 아래에서 자주 머리 돌리니 侍中臺下頻回首
모두가 이름난 지방 태수의 어짊을 위함이었네. 摠爲名區太守賢.

---

65 이이성(李而聖) : 而聖은 李揆(1604～?)의 자. 본관은 全州이다.

66 통주(通州) : 강원도 通川의 옛 이름.

67 학림(鶴林) : 강원도 翕谷의 옛 이름.

68 요락하여 …… 못하고 : 楚나라 宋玉의 「九辯」 첫머리에, "슬프다, 가을 기운이여. 쓸쓸하게 초목은 바람에 흔들려 땅에 지고 쇠한 모습으로 바뀌었도다〔悲哉秋之爲氣也, 蕭瑟兮草木搖落而變衰〕."라고 하였다.

69 시중대(侍中臺) : 관동팔경의 하나. 강원도 통천군 흡곡면에 있는 대로서, 삼면이 호수로 둘러싸여 있고 동쪽에 우뚝 솟은 큰 산이 있다. 호수 가운데는 숲이 무성한 7개의 섬, 즉 穿島 · 卯島 · 芋島 · 僧島 · 石島 · 松島 · 白島가 늘어서 있다.

26 삼부락(三釜落)[70]

三釜落

명승 찾는 데 어찌 험한 것을 꺼리리오	探勝寧憚險
시내 따라 돌이끼를 밟네.	緣溪步石菭.
문득 삼부락(三釜落)을 보니	忽看三釜落
도리어 구천(九天)[71]에서 오는가 의심되네.	飜訝九天來.
색은 푸른 봄날 눈발을 뿜어내고	色濆靑春雪
소리는 환한 대낮에 우레로 시끄럽네.	聲喧白日雷.
푸른 벽 아래 소나무에 기대어	倚松蒼壁下
마주하여 도리어 돌아감을 잊네.	相對卻忘回.

번역 **김영진**

70 삼부락(三釜落) : 許穆의 「遊三釜落序」(『記言』 권27)에 다음과 같은 기록이 있다. "삼부락은 東州〔철원〕 治所 남쪽 30리 龍華山에 있다. 아래 계곡 입구에서부터 돌 비탈길 몇 리를 가면 높이 솟은 바위산이 깊은 계곡을 가로막고 있는데 바위가 깎아 놓은 듯하다. 위에 솥 모양의 바위 웅덩이가 세 개 있어 계곡물이 여기에 모이는데, 물이 깊고 길이 끊겨 내려다볼 수 없었다. 물이 세 곳에서 넘쳐 세 개의 폭포가 되는데, 흰 물결이 열 길이나 된다. 바위 아래는 못으로, 못과 모래톱은 모두 흰 자갈이며 종종 앉을 만한 반석이 있다. 貊北〔강원도 북쪽〕의 방언에 폭포를 '落'이라 부르기 때문에 '삼부락'이라 부른다고 한다."

71 구천(九天) : 구천은 九重天으로 아홉 겹 하늘, 가장 높은 하늘을 뜻한다.

『태호시고(太湖詩藁)』

권8

『태호시고』 권8

「탐라록(耽羅錄)」 신묘 이후(辛卯以後)

1 두 현(縣)[1]을 순시하러 가는 어사 이경억(李慶億)[2]을 전송하며
送繡衣李慶億巡兩縣

왕명 받들고 남쪽으로 건너와서 또 동쪽으로 가니 奉綸南渡又東行
돌아올 여정 손꼽아 헤아리며 성곽에 나가 맞이하였네. 屈指歸程出郭迎.
영해(瀛海)의 구름은 총마(驄馬)[3]를 따라서 가고 瀛海雲隨驄馬去
부상(扶桑)의 해는 수의(繡衣, 어사)를 곁으로 나오네. 扶桑日傍繡衣生.
삼구(三區)[4]의 물색에 시 읊음을 응당 소비할 것이요 三區物色吟應費
일로(一路)의 풍요는 주문(奏聞) 이미 이루어졌으리. 一路風謠奏已成.

1 두 현(縣) : 조선시대에 제주는 전라도 관할로서 1牧 2縣이 설치되었다. 2현은 동남쪽의 旌義縣, 서남쪽의 大靜縣이다.

2 이경억(李慶億) : 李慶億(1620~1673)의 자는 錫爾, 호는 華谷, 본관은 경주이다. 1644년 정시 문과 장원, 1651년 제주 안핵어사에 임명되었다.

3 총마(驄馬) : 後漢 때 桓典이 侍御史가 되었는데, 항상 '푸른 말〔驄馬〕'을 타고 다닌 데서 어사를 지칭하는 말로 쓰인다(『後漢書』, 「桓典列傳」 참조).

4 삼구(三區) : 제주목 · 대정현 · 정의현을 가리킨다.

잠시 이별하는 지금도 오히려 슬피 바라보는데	暫別卽今猶悵望
다른날 뗏목 떠나보내는 정 어찌 견디랴.	異時那忍送槎情.

2 우연히 읊어 통판 노씨(盧氏)[5]에게 보이고 아울러 이어사(李御使)에게 증정하다

偶吟示通判盧姓人 兼呈李綉衣

예전에 방장산[6] 지나 봉래산 향했더니	昔過方丈向蓬萊
지금 영주산[7]에 이르니 또한 상쾌하네.	今到瀛洲又快哉.
가히 인간 세상에 단지 이은(吏隱)으로 전해질 뿐인가	可但人間傳吏隱
다만 응당 천상에서 선재(仙才)로 기록되리.	只應天上錄仙才.
부상(扶桑)의 새벽빛은 노을을 뚫고 들어오고	扶桑曙色穿霞入
갈석(碣石)[8]의 파도소리 비를 끼고 오네.	碣石濤聲挾雨來.
이미 노오(盧遨)를 접하여 한만히 노닐고[9]	已接盧遨遊汗漫

5 노씨(盧氏) : 盧錠으로 생몰년은 미상이고, 본관은 豊川이다. 1651년 7월 제주판관으로 부임했다. 재임 중 하멜 일행이 제주도에 상륙하자 이들을 제주성까지 호송했고, 1653년 8월 임기를 마칠 때까지 보호·관리했다. 그가 떠난 후 제주 백성들이 그의 공적을 기리기 위해 공적비를 세웠다. 1669년 9월 다시 제주목사로 부임하여 1672년 5월까지 재임했다.

6 방장산(方丈山) : 본래 三神山의 하나인데, 우리나라에서는 지리산의 별칭으로 사용되었다.

7 영주산(瀛洲山) : 본래 三神山의 하나인데, 여기서는 한라산의 별칭으로 사용되었다.

8 갈석(碣石) : 요동과 발해 인근에 있다고 하나 위치에 대해서는 설이 분분하다. 秦始皇이 巡狩하다가 갈석에 이르러 바위에다 공을 새긴 고사가 유명하다(『史記』, 「秦始皇本紀」 참조).

9 노오(盧遨)를 …… 노닐고 : 제주판관이 노씨이므로 시에서 노오의 고사를 끌어들인 것이다. 盧遨가 北海에 노닐다가 蒙轂의 들에 이르러 한 선비가 龜殼을 말아서 蛤蜊를 파먹고 있는 것을 보았다. 노오가 말하길, "부자는 나와 더불어 벗이 되어 주겠소."라 하자, 선비는

인하여 자색 기운을 머물게 하여 함께 배회하네.　　仍留紫氣共徘徊.

3　9월 9일 이어사와 함께 한라산에 오르다

九日 同李繡衣登漢拏山

한라산이 망향대(望鄕臺)가 되었으니　　漢拏山作望鄕臺

천하의 등고(登高) 오직 이것이 장쾌하네.　　天下登高獨壯哉.

오교(五嶠)의 새벽빛 자라가 이고 섰고[10]　　五嶠曉光鼇戴立

이호(二湖)[11]의 가을빛 기러기가 끌어오네.　　二湖秋色雁拖來.

옷깃 나누면 바로 삼년의 이별[12]이니　　分襟卽是三年別

한탄하길, "나는 바야흐로 남쪽으로 망랑의 들에 노닐고, 북쪽으로 침묵의 고을에 쉬고, 서쪽로 명명의 마을에 닿았고, 동쪽으로 홍몽의 빛을 꿰뚫는다."라 하고는 몸을 솟구쳐 구름 속으로 들어갔다. 이에 노오는 쳐다보며 "나는 부자에 비하면 땅벌레와 고니의 관계와 같다."라 하였다〔盧遨遊北海, 至蒙轂之上, 見一士捲龜殼而食蛤蜊, 遨曰: "夫子可與遨爲友矣." 士歎曰: "我方南遊乎罔浪之野, 北息乎沈默之鄕, 西窮冥冥之里, 東貫鴻蒙之光." 聳身入雲中. 遨仰視曰: "吾比夫子, 猶黃鵠之與壤蟲〕. (『淮南子』, 「道應」 참조).

10 자라가 이고 섰고 : 『列子』, 「湯問」에 다음과 같은 이야기가 있다. 渤海의 동쪽에는 岱輿·員嶠·方壺〔方丈〕·瀛洲·蓬萊의 다섯 神山이 있었는데, 이 산들이 조수에 밀려 표류하며 정착하지 못하였다. 천제가 혹 이 산들이 西極으로 표류할까 염려하여 처음에 '금색의 자라〔金鼇〕' 15마리로 하여금 이 산들을 머리에 이고 있게 함으로써 비로소 정착하게 되었는데, 뒤에 龍伯國의 거인이 단번에 이 자라 6마리를 낚아가서 대여와 원교는 서극으로 표류하고, 방호·영주·봉래의 세 산만 남았다고 한다.

11 이호(二湖) : 청초와 동정, 두 호수로 나뉘어 있는 중국의 동정호를 가리킬 수도 있고, 조선의 湖西와 湖南을 가리킬 수도 있다.

12 삼년의 이별 : 제주목사를 비롯한 수령의 임기는 고려시대의 경우 3년이 원칙이었으나, 조선시대에는 왕대에 따라 임기가 일정하지 않았다. 즉 조선 개국 초에는 30개월이었다가 1423년 7월에 久任法이 실시되면서 그 후 수령의 임기는 60개월이 원칙이었다. 그러나 당상관 수령 및 가족을 데리고 부임하지 못하는 지역의 수령 임기는 30개월이었다. 따라서 제주목사나 정의현감, 대정현감의 임기는 30개월이었다(제주향토문화대전 '제주

모자 떨구도록 중양절 술잔 사양 마소.[13]	落帽休辭九日盃.
오늘 저녁 빼어난 놀이 응당 잊지 않으리니	今夕勝遊應不忘
다른 때 꿈이 얼마나 많이 되돌아올꼬.	異時魂夢幾多回.

4 10일 무수천(無愁川)[14] 가에서 술을 마시며

十日 飮無愁川上

남악에 등고하여 깊은 잔 들고	登高南嶽擧深觴
무수천(無愁川) 가에 돌아오니 흥이 더욱 길다.	川上歸來興更長.
눈에 가득한 국화는 어제와 같으니	滿眼黃花如昨日
한 동이 술로 인하여 이틀의 중양절이 되었네.	一樽仍作兩重陽.

5 동루(東樓)에서 우연히 읊다

東樓偶吟

얼마나 임금 은혜 입어 장쾌한 유람 얻었는고	幾荷天恩獲壯遊
봉래산 즐거웠던 자취 또 영주라네.	蓬萊勝跡又瀛洲.
구름이 거둬지니 산악의 빛이 가을 자리에 침노하고	雲收嶽色秋侵座

목사'조 참조).

13 모자 …… 사양 마소 : 晉나라 孟嘉가 重九日에 桓溫이 베푼 龍山의 酒宴에 참석했다가 술에 흠뻑 취한 나머지 바람에 모자가 날아가는 것도 깨닫지 못했다[〔嘉〕後爲征西, 桓溫參軍, 溫甚重之. 九月九日, 溫燕龍山, 寮佐畢集. 時佐吏幷著戎服, 有風至, 吹嘉帽墮落, 嘉不之覺]는 고사가 있다(『世說新語』, 「識鑑」과 『晉書』, 「孟嘉傳」 참조).

14 무수천(無愁川) : 한라산에서 제주시 애월읍 광령리 방향으로 흐르는 냇물로 광령천이라고도 한다. 발원지는 한라산이다.

달이 가득 차니 조수(潮水) 소리 밤에 누에 들어오네. 月滿潮聲夜入樓.
구루(句漏)에 들어왔으니 단약 만들겠고[15] 句漏可期砂就竈
울림(鬱林) 오직 돌로 배를 안정시키길 기다리네.[16] 鬱林唯待石安舟.
때때로 절정을 더위잡고 두 눈을 떠보니 時攀絶頂開雙眼
남극성 별빛 바다 위에 떠 있네. 南極星輝海上浮.

6 우련당(友蓮堂)[17]

友蓮堂

빈 누각에 서늘함을 들임에 비가 막 그치고 納凉虛閣雨初收
새가 이끼 낀 섬돌에 내려앉으니[18] 흥취 더욱 그윽해지네. 鳥下苔階興轉幽.
죽도(竹島) 맑은 그늘에 연봉오리 옮기니 竹島淸陰移菡萏
거울 속에 첨가하여 작은 영주(瀛洲)를 만들었네.[19] 鏡中添作小瀛洲.

---

15 구루(句漏)에 …… 만들겠고 : 句漏는 도가에서 말하는 제22번째의 洞天으로, 晉나라 葛洪이 句漏에 좋은 丹砂가 난다는 말을 듣고 句漏令으로 가기를 자원하여 그곳에서 금단을 만들며 수도하였다(『晉書』, 「葛洪傳」 참조).

16 울림(鬱林) …… 기다리네 : 鬱林은 중국 廣西 지방의 고을 이름이다. 漢나라 말기 吳郡의 陸績이 울림 태수로 있다가 그만두고 돌아올 때 바다를 건너는데, 가져가는 짐꾸러미가 없어 배가 균형을 잡지 못하자 바위를 싣고 건넜다는 고사가 있다(『新唐書』, 「陸龜蒙列傳」 참조).

17 우련당(友蓮堂) : 제주목 관아에 있던 건물로 『탐라지』에 보인다.

18 새가 …… 내려앉으니 : 공무가 없이 한가하여 산새들도 마음 놓고 찾아와서 섬돌에 내려앉아 노닌다는 말이다. 李白의 「贈淸漳明府姪聿」에, "처리할 송사도 없이 조용하여 새가 섬돌에 내려앉나니, 높이 누워서 道書를 펼쳐 읽는다〔訟息鳥下階, 高臥披道帙〕."라는 말이 나온다.

19 거울 속에 …… 만들었네 : 연못에 석가산을 조성한 것을 말한다.

7 조천관(朝天館)[20]에서 차운하다

朝天館 次韻

봉래산을 돌아보니 자취 이미 묵었는데	回首蓬萊跡已陳
지금 원교(圓嶠)에 와서 또 진인(眞人)을 찾네.	今來圓嶠又尋眞.
옥인은 스스로 남극성을 점칠 줄 아는데	玉人自解占南極
철모는 누가 북극성을 연모할 줄 알겠는가.[21]	鐵母誰知戀北辰.
쇠뇌 밖 조수 소리 일역(日域)을 돌고	弩外潮聲廻日域
뗏목가 별의 광채는 천진(天津)을 움직이네.	槎邊星彩動天津.
언제 마땅히 부석(鳧舃) 쌍으로 날아가서[22]	何當鳧舃雙飛去
아홉 척 대궐 뜰에서 만년(萬年) 봄을 축하할까.	九尺龍墀賀萬春.

8 별방(別防)[23]에서 판상(版上)의 시에 차운하다

別防 次版上韻

성은 자라 머리 위를 누르고	城壓鼇頭上

20 조천관(朝天館) : 제주목 오른쪽 조천읍에 위치한 조선시대의 건물로, 육지로 드나드는 배가 이곳에서 출발하고 도착하였다.

21 철모는 …… 알겠는가 : 미상이다.

22 부석(鳧舃) …… 날아가서 : 좋은 고을에 수령 나가는 것을 가리키는 말이다. 後漢 때 王喬가 葉縣令으로 있으면서 매월 삭망에 明帝에게 조회하러 왔는데, 그가 올 때 수레나 말이 보이지 않고 두 마리의 오리만 동남쪽에서 날아오는 것을 이상하게 여겨 그물로 잡으니 그물 속에 신발 한 켤레만 있었다고 한다(『後漢書』, 「王喬傳」 참조).

23 별방(別防): 제주시 구좌읍 하도리에 있는 城. 별방성에 대해 『신증동국여지승람』, 「濟州牧」 '관방'조에는, "별방성은 돌로 쌓았는데 둘레가 2,390자이고 높이는 7자이다. 중종 5년에 장림 목사가 이 땅이 牛島로 왜선이 가까이 댈 수 있는 곳이라 하여 성을 쌓고

누는 신기루 속에 떠있네.	樓浮蜃氣中.
삼신산에 몸이 이미 이르러	三山身已到
사해에 눈이 텅 비었네.	四海眼仍空.
갈석은 오히려 밟아 넘길만한데	碣石猶堪踣
부상은 곧바로 궁구하고자 하네.	扶桑直欲窮.
어느 때 구만 리 갈 기회를 가질꼬	何時持九萬
정히 붕새를 업은 바람을 기다리네.	正待負鵬風.

9 정의현(旌義縣)[24]에서 말과 소와 양을 점고하다

旌義閱馬牛羊

가을을 지난 행색 해산 모퉁이	經秋行色海山隈
우리 가운데의 갈기와 뿔을 점고해 마치고 돌아오네.	閱盡閑中鬣角廻.
백마는 조수를 몰고 오는 듯하고	白馬似驅潮水入
청우는 판거(版車)를 끌고 오는 듯 의심되네.	青牛疑引版車來.
젊은 놈은 멍에 뒤집은 혐의[25]로 탄식할 만하고	壯嫌泛駕堪嗟耳
늙은 것은 희생 채움을 면하여 도리어 다행이네.	老免充犧卻幸哉.

김녕방호소를 이곳으로 옮겨 別防이라 이름 하였다."고 하였다. 『탐라지』에는, "북성에 대변청이 있고 중앙에는 客舍, 別倉, 軍器庫가 있다."고 하였다. 1848년에 장인식 목사가 이를 중수하였다. 현재 성의 둘레는 950m이며 남쪽이 높고 북쪽이 낮은 지형을 이용하여 쌓았으며, 성곽은 타원형을 이루고 있다.

24 정의현(旌義縣) : 제주도의 동남쪽에 설치된 현이다.

25 멍에 뒤집은 혐의 : 『漢書』, 「武帝本紀」에, "수레를 뒤엎는 말이나 법도대로 따르지 않는 사람들도 어떻게 다루느냐에 달려 있을 뿐이다〔夫泛駕之馬, 跅弛之士, 亦在御之而已〕." 라는 말이 나온다.

다시 황초평(黃初平)의 뭇 누운 돌들을 꾸짖으며[26] 更叱初平羣臥石
오고대부(五羖大夫)[27]의 재주 없음을 부끄러워하네. 慙無五羖大夫才.

10 산방산(山房山)[28]

山房

거령(巨靈)은 기이한 자취 남기고 巨靈留異蹟
고승은 절[29]을 찾네. 高釋覓祇園.
아래에 하늘로 가는 다리의 계단 설치하고 下設天梯級
중간엔 석실의 문을 열었네. 中開石室門.
누워서 매달린 젖의 액을 맛보고 臥嘗懸乳液
앉아서 구름에 솟아나온 바위를 누르네. 坐壓出雲根.

---

26 황초평(黃初平)의 …… 꾸짖으며 : 옛날 黃初平이 양을 쳤는데 도사를 따라 金華山 石室에 들어가 40여 년 동안 도술을 닦으면서 집을 생각하지 않았다. 그의 형 初起가 여러 해 동생을 찾다가 하루는 시장에서 도사를 만났는데 초평이 金華山에서 양을 치고 있다 하였다. 그래서 찾아가 보고는 초평에게 네가 기르고 있는 양이 어디 있느냐고 묻자, 초평은 가까이 山東에 있다고 하였다. 초기가 가보았으나 양은 보이지 않고 다만 흰 돌만 있을 뿐이었다. 그는 돌아와 양이 없다고 하니, 초평은 '있는데 형께서 못 봤을 뿐입니다.' 하고는 같이 가 돌에게 '양들은 일어나라' 하자 흰 돌이 모두 일어나 수만 마리의 양으로 변했다 한다(葛洪, 『神仙傳』, 「黃初平」 참조).

27 오고대부(五羖大夫) : 秦나라 百里奚를 가리킴. 晉나라 穆公이 楚나라에 있는 백리해가 어질다는 소문을 듣고 贖錢으로 양가죽 다섯 장과 바꾼 뒤 그에게 국정을 맡기고 오고대부라고 하였다.

28 산방산(山房山) : 제주도 서귀포시 안덕면 사계리에 있는 산을 가리킨다.

29 절 : 원문의 '祇園'은 祇園精舍의 약칭으로, 僧舍를 가리킨다. 자세한 내용은 권5 「玉堂錄」 中의 16번 각주를 참고할 것.

전단(栴檀)[30]의 바다 두루 보다가	流眺栴檀海
돌아감을 잊어 해가 저물에 이르렀네.	忘歸到日昏.

11 애월(涯月)[31]

涯月

탁라(탐라)에 특별한 지역을 열어	乇羅開別域
둘린 바다 거울처럼 맑구나.	環海鏡澄淸.
해의 기운은 부상(扶桑)의 섬에서 나뉘고	日氣分桑島
가을 그늘은 나무 성[32]을 숨게 했네.	秋陰隱木城.
공구(攻駒)[33]는 옛날 일 그대로이고	攻駒仍舊事
포귤(包橘)[34]은 지금의 정이네.	包橘卽今情.
대륙의 구름 산이 머니	大陸雲山遠
멀리멀리 서울을 바라보네.	迢迢望玉京.

30 전단(栴檀) : 전단은 향기가 많이 나는 나무로, 불상을 새기거나 불단을 만드는 데 쓰인다.

31 애월(涯月) : 제주목 서쪽 40리에 위치한 지역을 가리킨다.

32 나무 성 : 1581년 3월 金泰廷(1541~1588)이 제주목사로 부임하여 涯月城을 애월 포구로 이전하면서 원래 木城이었던 것을 石城으로 다시 쌓았다. 성 둘레가 549척이고 높이는 8척에 이르렀다.

33 공구(攻駒) : 『周禮』, 「夏官 · 廋人」에, "어린 말을 가르치고, 사나운 말을 길들이다〔教駣攻駒〕."란 말이 있다.

34 포귤(包橘) : 『書經』, 「禹貢」에, "귤과 유자를 싸서 貢物로 바친다〔厥包橘柚〕."는 말이 있다.

12 연무정(演武亭)[35]

演武亭

새벽 설쳐 고각 소리 남쪽 성에서 나오고 侵晨鼓角出南城
사초(莎草) 푸르른 정자 앞 손바닥처럼 평평하네. 莎綠亭前掌樣平.
횡축(橫軸)은 매양 그림에서 일어나고[36] 衡軸每從圖上起
풍운(風雲)은 길이 악기진(握奇陣)[37] 속을 향하여 생기네. 風雲長向握中生.
뭇 화살 짝으로 발사되니[38] 유성이 번쩍이고 衆弧耦發流星閃
화려한 담장에 다투어 달리니[39] 한 필의 흰 비단이 비껴졌네. 寶埒爭馳匹練橫.
머리 돌려 바라보매 동쪽 바다 물결 이미 잔잔하니 回首桑溟波已息
돌아가던 말 잠시 멈추고 깊은 잔 기울이네. 暫停歸騎倒深觥.

---

35 연무정(演武亭) : 제주시 건입동에 있던 정자로, 현재는 남아 있지 않다. 1636년 제주목사 申景琥가 병사들을 훈련하고 軍官廳과 판관 伺候處로서 사용하기 위해 세운 건물이다. 『耽羅誌』에, "제주목 남쪽 3리에 있다. 군관청과 판관 사후청이 있다. 목사 신경호가 세웠다. 이 섬은 대부분 돌무더기가 높고 험한 구릉을 이루는데, 오직 廣壤에는 돌이 하나도 없고, 손바닥같이 평평하다. 그래서 試閱하고 習操할 수 있다. 진실로 하늘이 만들어 준 땅이다."라 하였다.

36 횡축(橫軸)은 …… 일어나고 : '璿璣玉衡'에 관계된 말인 듯하나 미상이다.

37 악기진(握奇陣) : 軍陣의 이름. 고대에 아홉 개의 진이 있었는데, 네 正陣과 네 奇陣이 팔진이 되고 나머지 군사가 握奇가 된다. 악기진은 중앙에 남은 군사로, 대장이 거느리고 있다가 팔진 중 위급한 쪽에 달려가 구원하는 역할을 담당하였다.

38 뭇 …… 발사되니 : 향사례에서 활을 쏠 때 짝 맞추어 단에 올라 서로 사양하며 쏘는 것을 말한다.

39 화려한 …… 달리니 : 원문의 '寶埒'은 金埒과 같은 말로, 화려하고 사치스럽게 쌓은 담장이나 그에 둘러싸인 騎射場을 가리킨다. 晉나라 武帝 때 王濟가 무제의 딸 尙山公主에게 장가들어 극도의 호사를 누렸는데, 땅을 사들여 도랑을 만들고 그 안에 금전을 깔아 말을 타고 달리며 활쏘기를 즐겼다고 한다(『晉書』, 「王濟傳」 참조).

13 담양부사 정사흥(鄭士興)[40]에게 답하여 부치다

答寄潭州使君鄭士興

3년의 괴로운 이별에 한을 주체할 수 없어	三年苦別恨難裁
바다 사이에 두고 부질없이 백곡(百斛)의 술 생각하네.	隔海空思百斛醅.
가을 달 이슬 빛은 시에서 움직이고	秋月露華詩上動
봄 못 풀빛 꿈속에서 재촉하네.	春潭草色夢中催.
인동(仁同) 옛 고을, 뜰에 추창해 들어가고[41]	仁同古府趨庭入
지리산 명산에서 약초 캐고 돌아왔네.	智異名山採藥迴.
곡구(谷口)로 돌아가 경작한 것이 알괘라 어느 날일꼬[42]	谷口歸耕知幾日
자운(紫雲)에서 모름지기 판거(版車)[43]가 오길 기다리네.	紫雲須待版車來.

40 정사흥(鄭士興) : 士興은 鄭昌胄(1606～1664)의 자. 호는 晩沙 · 晩洲 · 默軒이고, 본관은 草溪이다. 1637년 정시문과에 급제하여 승문원부정자 · 지평 등을 지내고, 1646년 중시문과에 급제한 뒤 헌납이 되었다. 1651년 담양부사로 임명되어 1653년 3월까지 부임해 있었다. 이후 전라도관찰사를 지냈다. 저서로 『晩洲集』이 있다.

41 인동(仁同) …… 들어가고 : 정창주의 부친인 鄭時望(1586～1662)은 1649년 8월에 인동부사가 되어 1653년 3월에 파직되었다(『구미시지』, 구미문화원, 2000 참조). 정시망의 장인은 李尙弘〔이원진의 조부 李尙毅의 兄〕이다.

42 곡구(谷口)로 …… 날일꼬 : 곡구는 陝西省에 있는 지명으로, 漢나라 鄭樸의 호이기도 하다. 정박은 鄭子眞으로 잘 알려져 있다. 漢나라 成帝 때 정박이 대장군 王鳳의 초빙에도 응하지 않은 채 곡구에 집을 짓고 농사를 지으면서 谷口子眞이라고 호를 지은 뒤 자신의 뜻을 굽히지 않고 守默하며 修道하였다〔其後谷口有鄭子眞, 蜀有嚴君平, 皆修身自保, 非其服弗服, 非其食弗食. 成帝時, 元舅大將軍王鳳以禮聘子眞, 子眞遂不詘而終〕. (『漢書』, 「王貢兩龔鮑傳」 참조).

43 판거(版車) : 板車와 같은 말. 老子가 푸른 소를 타고 함곡관을 나설 때 자색 구름이 깔렸다고 한다. 채팽윤의 「書靑牛曆衣紙」란 시에도 이와 유사한 표현이 나온다.

14 교수 신찬(申纘)[44]이 수차를 노래한 시에 화답하다

和申敎授纘詠水車詩

바다 밖 모라(牟羅, 탐라) 사방의 이웃 단절되어	海外牟羅絶四鄰
백성들 척박한 땅에 의지해 가난함을 견디지 못하네.	民依瘠地不堪貧.
흙은 돌 산 위에 드무니 밭 간들 어찌 자급하리오	土稀岨上耕何給
샘은 모래 속에 숨어 있어 팔 수가 없네.	泉伏砂中掘未因.
어찌 다만 주린 밥상 다 바닥날까 걱정할 뿐이리오	豈但飢餐憂匱乏
인하여 갈증에도 마실 물 없어 괴롭네.	仍敎渴飮惱難辛.
미산학사(眉山學士)의 제방[45] 어디에 쓰리오	眉山學士堤安用
소륵장군(踈勒將軍)의 검[46] 신통하지 않네.	踈勒將軍劒莫神.
견회(畎澮)[47]의 큰 꾀 옛날을 회복하기 어렵고	畎澮大謨難復舊
길고(桔槔, 두레박)의 남은 법 거듭 새롭네.	桔槹餘法可重新.
대롱 머리에 물결 부딪혀 기둥으로 들어올리고	管頭浪激由提柱
도랑 입구에 물결 뒤집혀 바퀴로 튕기네.	溝口波飜在撥輪.
농포에 아울러 도움주니 몸을 기름에 넉넉하고	農圃並資優養體

44 신찬(申纘) : 申纘(1613~1685)의 자는 子述 또는 述甫, 호는 野隱, 본관은 平山이다.

45 미산학사(眉山學士)의 제방 : 眉山學士는 蘇軾을 일컫는다. 그가 사천성 眉山縣 출신이므로 미산학사라 지칭한 것이다. 소식이 杭州太守로 부임했을 때, 西湖가 매우 혼탁하고 제방이 무너진 채 잡초가 우거져 있었는데, 이를 본 소식이 제방을 정비하였다고 한다.

46 소륵장군(踈勒將軍)의 검 : 소륵은 新疆 지역에 있던 城 이름이다. "後漢 때 흉노가 침입하여 소륵성을 포위하고 물길을 끊었는데, 어렵게 성을 고수하고 있던 耿恭이 식수를 해결하기 위해 성 안에 우물을 깊이 팠으나 물이 나오지 않았다. 이때 경공이 의관을 갖추고 우물을 향해 두 번 절하니 우물물이 갑자기 솟아 나왔으므로, 그 물을 퍼서 흉노에게 보내자 흉노들이 군사를 끌고 물러갔다고 한다(『後漢書』, 「耿弇列傳」 참조).

47 견회(畎澮) : 밭과 밭 사이에 있는 도랑. 畝 사이에 있는 너비 1척 깊이 1척의 도랑이 畎, 同(사방 백 리) 사이에 있는 너비 두 길〔尋〕의 도랑이 澮이다(『周禮』, 「考工記」 참조).

물 긷고 어깨에 지는 것 다 필요 없으니 족히 편안하네.	汲擔俱廢足安身.
바닷가엔 이미 기심(機心) 잊은 객 부끄럽고	海邊已愧忘機客
우물 안엔 도리어 동이 안은 사람 부끄럽네.[48]	井裏還慙抱甕人.
영곡 어찌 모름지기 빼어난 소리로 날리리	郢曲何須飛絶響
월땅 미녀 자태 부질없이 찡그림을 흉내내기만 하네.	越姿空遣效姸嚬.
늙은이 붓 가는대로 번거로이 희롱하니	老夫信筆煩相戲
한 조각 정단은 스스로 백성 사랑함에서라네.	一片情端自愛民.

번역 **김영진**

48 바닷가엔 …… 부끄럽네 : 子貢이 楚나라에서 노닐다가 晉나라로 돌아오는 길에 漢陰이란 곳을 지나다 보니, 한 노인이 우물을 파서는 동이를 안고 그 속으로 들어가 물을 퍼서 밭에 붓고 있었다. 이에 자공이 "機械를 사용하면 하루에 백 이랑의 밭에 물을 댈 수 있어 힘은 적게 들고 효과는 많은데 어른께서는 해 보고 싶지 않습니까?" 하니, 그 노인이 성난 기색을 띠고 비웃으며 말하기를, "내가 내 스승에게서 들으니, '기계가 있는 자는 반드시 機事가 있고 기사가 있는 자는 반드시 機心이 있는 법이라, 기심이 가슴속에 있으면 純白이 갖추어지지 않고 순백이 갖추어지지 않으면 神生이 안정되지 않고 신생이 안정되지 않으면 도가 실리지 않는다.' 하였다. 내가 모르는 것은 아니나 부끄러워서 사용하지 않을 뿐이라고 했다(『莊子』, 「天地」 참조).

15 정자피(鄭子皮)[49]가 보내준 도화지(桃花紙)에 감사하며

謝鄭子皮惠桃花紙

눈에 가득 붉은 노을 빛 흐를 듯한	滿眼紅霞色欲流
보배로운 종이 금성(錦城, 나주) 머리로부터 왔네.	寶牋來自錦城頭.
완화(浣花)[50]의 아름다운 글귀 누가 물들일 수 있을까	澣花佳句誰能染
초가는 공연히 오봉루(五鳳樓)[51]에 부끄럽네.	草舍空慙五鳳樓.

16 어린 종이 괴석(怪石)을 모아 굴뚝 위에 기이한 봉우리를 만들었는데 영롱하여 연기에 가리지 않았다

小奚集怪石 突上作奇峯 玲瓏不礙煙氣

우뚝한 것이 눈에 마주쳤는데	突兀當阿覩
누가 괴석을 가져다 옮겼나.	誰將怪石移.
연기는 구름 기운 나오는 것인가 의심스럽고	煙疑雲氣出
비는 폭포 흐르는 것 닮았네.	雨學瀑泉流.

49 정자피(鄭子皮) : 子皮는 鄭之虎(1605~1678)의 자이다. 자세한 내용은 권5 「西行錄」의 19번 각주를 참고할 것.

50 완화(浣花) : 원문은 '澣花'로 '浣花'와 통용된다. 浣花는 杜甫가 초당을 짓고 살았던 成都 錦江 지류의 浣花溪를 가리킨다.

51 오봉루(五鳳樓) : 五鳳樓는 梁나라 太祖가 洛陽에 세운 누각 이름이다. 이 누각은 매우 高大하여 뛰어난 문장 솜씨를 오봉루의 건축 솜씨에 비유한다. 宋나라 때 韓溥·韓暨 형제가 모두 문명이 높았는데, 아우인 기가 항상 자기 형을 경시하여 남들에게 말하기를, "우리 형의 문장은 비유하자면 마치 문지도리에 새끼줄을 맨 띳집 같아서 겨우 비바람이나 가릴 뿐이지만, 나의 문장은 마치 오봉루를 만든 솜씨와 같다〔吾兄爲文, 譬如繩樞草舍, 聊庇風雨而已, 予之爲文, 如造五鳳樓手〕."라고 한데서 유래하였다(『事文類聚』 참조).

크게 이루어졌으니 주먹돌 어찌 사양했겠으며[52]	成大拳何讓
높이 되어 삼태기를 이지러뜨리지 않았네.[53]	爲高簣不虧.
와유(臥遊)[54]하는데 하나의 승경을 보탰기에	臥遊添一勝
벽 위에 장난삼아 시를 쓰네.	壁上戱題詩.

17 조천관(朝天館)[55]에서 바람을 기다리다가 여러 비장(裨將)들이 사슴을 쫓으려 하기에 이 시를 지어 제지하다

候風朝天館 諸裨欲追鹿 題此以止之

영주(瀛洲)[56]의 비 지나고 개인 구름 흩어져서	瀛洲雨過散晴雲
푸른 나무 짙은 그늘 사슴 떼를 보호하네.	碧樹濃陰護鹿群.

52 크게 …… 사양했겠으며 : 秦나라 李斯의 「上秦皇逐客書」에, "태산은 조그마한 흙덩어리도 거부하지 않기 때문에 거대해질 수가 있는 것이고, 황하와 바다는 가느다란 물줄기도 가리지 않기 때문에 깊어질 수가 있는 것이다〔泰山不讓土壤, 故能成其大, 河海不擇細流, 故能就其深〕."라고 하였는데, 이 구절을 인용하였다.

53 높이 …… 않았네 : 『書經』, 「旅獒」에, "작은 행실을 삼가지 않으면 마침내 큰 덕에 누가 되니, 아홉 길의 산을 만들 적에 공이 흙 한 삼태기에 이지러지는 것과 같다〔不矜細行, 終累大德, 爲山九仞, 功虧一簣〕."라고 하였는데, 이 구절을 인용하였다.

54 와유(臥遊) : 臥遊는 山水畫를 감상하며 유람을 대신하는 것을 뜻한다. 宋나라 宗炳이 노년에 병이 들어 명산을 유람하지 못하게 되자, 江陵으로 돌아와서는 탄식하며 말하기를, "늙음과 병이 한꺼번에 이르니 명산을 두루 돌아보기 어렵겠구나. 그저 마음을 맑게 하고 道를 보아 누워서 유람하리라〔歎曰: "老疾俱至, 名山恐難偏覩, 唯當澄懷觀道, 臥以游之."〕."라고 하고, 그동안 다녔던 명승지를 모두 그림으로 그려 방에 걸어 놓고 누워서 산수를 감상하였다는 고사에서 나온 말이다(『宋書』 卷93, 「隱逸列傳」 참조).

55 조천관(朝天館) : 제주시 조천읍 조천리에 있었던 館을 가리킨다. 자세한 내용은 권8 「耽羅錄」의 20번 각주를 참고할 것.

56 영주(瀛洲) : 바다 속에 있다는 三神山의 하나로 仙境을 뜻하는데, 여기서는 한라산을 가리킨다.

취한 뒤엔 모름지기 밤 사냥 가지 말아야할지니	醉後不須行夜獵
패릉(灞陵)에서 누가 옛 장군을 알아보리오.[57]	灞陵誰識舊將軍.

18 10월 보름 사군(使君) 소동도(蘇東道)[58]에게 부치다

十月之望 寄蘇使君東道

쌍벽정(雙碧亭)[59]에 한가로이 일엽편주 매어 두었는데	雙碧閑維一葉舟
밤 깊자 밝은 달 창주(滄洲)에 가득하네.	夜深明月滿滄洲.
알연히 우는 학 서쪽으로 날아 지나가니[60]	戛然鳴鶴西飛過
정히 소동파(蘇東坡)가 적벽에서 노닐던 것 기다리는가.	正待蘇僊赤壁遊.

---

57 패릉(灞陵)에서 …… 알아보리오 : 灞陵은 陝西省 長安의 동쪽에 있는 지명이다. 『史記』, 「李將軍列傳」에 "漢나라 장군 李廣이 灞陵亭에 이르렀을 때, 灞陵尉가 술에 취해 소리치며 이광을 막았다. 이광의 기병이 '옛날의 李將軍이다.'라고 말하자 패릉위가 말하기를, '지금 장군도 오히려 밤에 돌아다닐 수 없는데 어찌 옛 장군이겠소이까?'하고는 이광을 정자 아래에 묵도록 제지하였다〔還至霸陵亭, 霸陵尉醉, 呵止廣. 廣騎曰: "故李將軍." 尉曰: "今將軍尙不得夜行, 何乃故也." 止廣宿亭下〕."는 고사가 전한다.

58 소동도(蘇東道) : 蘇東道(1592~1671)는 조선 중기 문신으로, 자는 子由, 호는 眠窩, 본관은 晋州이다. 소동도는 이원진의 뒤를 이어 제주목사를 역임하였는데, 기간은 1653년 10월부터 1655년 9월까지였다.

59 쌍벽정(雙碧亭) : 제주도 조천읍 조천리에 있는 정자이다. 1374년 제주목사 李沃이 朝天城을 쌓고 그 위에 문루를 지어 雙碧亭이라 하였다. 靑山綠水와 접해 있다 하여 '쌍벽정'이라 이름하였는데, 1599년에 목사 成允文이 이것을 중수하고, 임금을 사모한다는 뜻으로 戀北亭으로 개명하였다(『문화유적총람』, 문화재관리국, 1977 참조).

60 알연히 …… 지나가니 : 蘇軾의 「後赤壁賦」에, "돌아와서 배에 올라 중류에 이르러 배가 그치는 대로 가서 쉴 제, 때는 한밤중이라 사방이 적적한데 마침 외로운 학 한 마리가 강을 가로질러 동쪽에서 날아오더니 날개는 수레바퀴만 하고 검정 치마에 흰 저고리를 입고 끼룩끼룩 길게 소리 내어 울며 나의 배를 스쳐서 서쪽으로 날아갔다〔反而登舟, 放乎中流, 聽其所止而休焉, 時夜將半, 四顧寂寥, 適有孤鶴, 橫江東來, 翅如車輪, 玄裳縞衣, 戛然長鳴, 掠予舟而西也〕."라는 구절이 있다.

19 섣달 뒤 배를 출발하였는데, 배가 위태로워 추자도(楸子島)[61]에 정박하여 10일을 머물렀다

臘後發舟 舟危 投楸子島 留十日

물결이 광폭(狂暴)하여 키 부러지려 하고 　浪狂柁欲折
바람 사나워 자리 감당키 어렵네. 　風虐席難任.
넘어질듯 추자도에 투신하여 　顚倒投楸島
붙들고 이끌어 대숲에 내렸네. 　扶牽下竹林.
장건(張騫)은 옛 부절 지녔고[62] 　張騫持舊節
종각(宗慤)은 초심을 저버렸네.[63] 　宗慤負初心.
어느 날에야 편하고 고요함에 돌아가 　何日歸便靜
사립문을 한강 남쪽에서 가릴까. 　荊扉掩漢陰.

---

61 추자도(楸子島) : 제주도 북쪽 바다에 위치한 섬. 『新增東國輿地勝覽』 권38, 「全羅道 · 濟州牧」에, "제주 바다 북쪽에 위치한다. 둘레가 30 리이고, 水站의 옛 터가 있다. ……(제주에 가려면) 이곳을 경유하여 斜鼠島와 大火脫島 · 小火脫島를 지나 涯月浦와 朝天館에 배를 정박한다〔在州北海中, 周三十里, 有水站古址. …… 由此過斜鼠島及大小火脫島, 泊于涯月浦及朝天館〕"고 하였다.

62 장건(張騫)은 …… 지녔고 : 持節은 천자의 명을 받들고 사신으로 나가는 것을 말한다. 『荊楚歲時記』에, "張騫이 한 무제의 명을 받고 황하의 근원을 찾았는데, 배를 타고 달을 지나 은하수에 이르렀다〔騫奉命尋找河源, 乘槎經月亮至天河〕."는 전설이 있다.

63 종각(宗慤)은 …… 저버렸네 : 南朝 宋의 左衛將軍 宗慤이 소년 시절에 자신의 포부를 이야기하면서, "장풍을 타고서 만 리의 파도를 깨부수고 싶다〔願乘長風破萬里浪〕."라고 한 고사가 있다(『宋書』 卷76, 「宗慤列傳」 참조).

20 돛을 내렸는데 차산(次山)[64]이 조카 이명(李洺)[65]을 데리고 백련동(白蓮洞)[66]으로 왔다하기에 평파정(平波亭)[67]으로 빨리 달려가 서로 만나서 놀랍고 기뻐서 짓다

落帆 聞次山帶阿洺 來白蓮洞 疾馳向平波亭 相會驚喜有作

삼년 동안 구름 보고[68] 괴로워하며	三歲看雲苦
돌아갈 여정 세세히 날짜를 헤아렸네.[69]	歸程細數蓂.
뜰의 자형 나무[70] 장차 자줏빛이 되려 하고	庭荊將欲紫

64 차산(次山) : 次山은 李叔鎭(1602~1672)의 호이다. 자세한 내용은 권7 「關東錄」의 2번 각주를 참고할 것.

65 이명(李洺) : 李洺은 次山 李叔鎭의 셋째 아들이다.

66 백련동(白蓮洞) : 전라남도 해남군 해남읍 연동리 일대를 가리킨다. 백련동은 예전에 연못이 있어 붙여진 이름으로 현재 마을로 들어가는 입구에는 인공적으로 造營한 연못이 있다. 처음에는 '백련동'이라 하였으나 지금은 '연동'이라 불린다.

67 평파정(平波亭) : 平波亭은 미상이나 과거 전라남도 해남군에 있었던 정자인 듯하다. 李海朝의 『鳴巖集』, 「泛海」에, 해남에서 보길도로 떠나는 길에 "잠시 동안 포구에서 10리를 나서니 북쪽 언덕의 사람들은 이미 분별할 수 없고, 平波亭도 겨우 점과 같았다〔須臾出十里浦口, 北岸人已不可辨, 平波亭僅如黑子矣〕."라는 구절이 있다.

68 구름 보고 : 원문은 '看雲'으로 아우를 그리워하는 마음을 뜻한다. 杜甫의 「恨別」 시에, "고향 집 생각하며 달 아래 거닐다 맑은 밤에 서 있고, 아우를 그리워하며 구름 보다가 한낮에 조노라〔思家步月淸宵立, 憶弟看雲白日眠〕."라는 구절이 있다.

69 날짜를 헤아렸네 : 원문은 '數蓂'이다. 날짜를 세는 것을 뜻하는데, '蓂'은 '蓂莢'을 가리킨다. 자세한 내용은 권3 「春坊錄」의 2번 각주를 참고할 것.

70 뜰의 자형 나무 : 紫荊은 형제간의 우애를 가리킨다. 田眞 형제 3인이 재산을 분배할 때 뜰 앞의 紫荊 나무 한 그루까지도 삼등분하려고 의논하였는데, 자형 나무가 갑자기 말라 죽어버렸다. 전진이 아우들에게 "나무는 본디 한 뿌리인데 쪼개어 나눈다는 소리를 듣고는 말라 죽었으니 우리는 나무만도 못한 사람이다〔田眞兄弟三人析産, 堂前有紫荊樹一株, 議破爲三, 荊忽枯死. 眞謂諸弟, 樹本同株, 聞將分斫, 所以憔悴, 是人不如木也〕."라고 하였고, 이후 재산을 분배하지 않기로 하자 나무가 다시 무성하게 자랐다는 고사가 있다(『續齊諧記』, 「紫荊樹」 참조).

연못의 풀[71] 이미 푸르게 되었네. 池草已先青.
하늘가에 기러기[72] 왔는데 天際來鴻鴈
모래톱엔 할미새[73] 이르렀네. 沙頭到鶺鴒.
이에 중용(仲容)의 술을 가지고[74] 仍攜仲容酒
한번 취하였네, 해남(海南)의 정자에서. 一醉海南亭.

21 다시 현도관(玄都觀)[75]을 지나다

再過玄都觀

한번 영주(瀛洲)에 들어온 지 몇 번의 봄을 지냈던가[76] 一入瀛洲度幾春

71 연못의 풀 : 원문은 '池草'인데, 아우를 그리워한다는 의미이다. 자세한 내용은 권3 「關西錄」의 15번 각주를 참고할 것.

72 기러기 : 원문은 '鴻鴈'으로, 형제를 비유한 것이다. 杜甫의 「舍弟觀赴藍田取妻子到江陵喜寄」 시에, "기러기 그림자는 골짝 안에 드는데, 할미새 급히 날아 모래톱에 이르렀구나〔鴻雁影來連峽內, 鶺鴒飛急到沙頭〕."라는 구절이 있다.

73 할미새 : 원문은 '鶺鴒'으로, 우애 있는 형제를 뜻한다. 『詩經』, 「常棣」에, "저 할미새 언덕에 있으니, 형제가 急難을 구원하도다. 매양 좋은 벗이 있으나, 길게 탄식할 뿐이니라〔鶺鴒在原, 兄弟急難, 每有良朋, 況也永歎〕."라고 한 데서 온 말이다.

74 이에 …… 가지고 : 仲容은 晉나라 阮咸의 자이다. 완함은 竹林七賢의 한 사람으로 숙부 阮籍과 함께 淸談을 하며 죽림에서 술 마시기를 좋아하였다. 여기서는 이원진과 조카 李洺을 완적과 완함에 비유한 것이다(『晉書』 卷49, 「阮咸列傳」 참조).

75 현도관(玄都觀) : 원래 長安에 있던 도교사원이다. 여기에서의 현도관은 미상이지만 서울로 가는 길에 있던 도교 사원으로 추정된다. 劉禹錫은 朗州司馬로 좌천되었다가 10년 만에 풀려 京師에 돌아와 보니 이전에 없던 복숭아나무를 한 道士가 새로 심어 놓았다. 유우석은 그 복숭아나무를 당시의 權臣들에 비유하여 풍자하는 뜻으로 시를 지었다. 「自潮州至京戲贈看花諸君」 시에서, "도성 거리 뿌연 먼지가 얼굴을 스치는데, 꽃구경 간다고 말하지 않는 사람이 없네. 현도관 안의 복숭아나무 천 그루는, 모두 내가 떠난 뒤에 심은 것이로세〔紫陌紅塵拂面來, 無人不道看花回. 玄都觀裏桃千樹, 盡是劉郎去後栽〕."라고 하였다(『舊唐書』 卷160, 「劉禹錫傳」 참조).

76 한번 …… 지냈던가 : 瀛洲는 바다 속에 있다는 三神山의 하나로 仙境을 뜻하는데, 여기서

서울로 돌아가는 길에 다시 진인(眞人)을 찾네.	王京歸路又尋眞.
푸른 복숭아[77] 천 그루 모두 예전과 같은데	碧桃千樹渾如故
그 당시 옛 도인(道人) 보이지 않네.	不見當時舊道人.

번역 **전수경**

는 濟州를 가리킨다. 이원진은 1651년 7월에 제주목사로 부임하여 1653년 10월까지 재임하였다.

77 푸른 복숭아 : 원문은 '碧桃'로 신선들이 먹는 복숭아를 가리킨다.

『태호시고』 권8

「귀산록(龜山錄)」 갑오 이후(甲午以後)

1 삼재(三宰) 김수현(金壽賢)[1] 부인을 곡(哭)하다

哭金三宰壽賢夫人

해로(偕老)하며 아름다운 시 전했는데	偕老傳佳詠
전성(婰星)[2]은 푸른 규방을 비추네.	婰星照碧闈.
난새 나뉘어 슬퍼한지 얼마 되지 않았는데[3]	鸞分悲不幾
용으로 합하여 목숨 잇따라 같아졌네.[4]	龍合壽仍齊.

1 김수현(金壽賢) : 金壽賢(1565~1653)의 자는 廷叟, 호는 遁谷, 본관은 豊山이다. 1644년 예조참판으로 재직 중 나이가 80세라고 해 資憲大夫에 加資되고 우참찬에 올랐다.

2 전성(婰星) : 태백성의 부인별로 여기서는 죽은 夫人을 가리킨다. 甘氏의 『星經』에, "太白의 號는 上公이고, 그 아내는 女婰으로 南斗에 거한다〔太白上公, 妻號女婰, 居南斗〕."고 하였다(許愼의 『說文』 참조).

3 난새 …… 않았는데 : 鸞鳥는 봉황새의 일종으로 부부간의 두터운 정을 상징하는 새이다. 여기서는 남편을 잃은 부인의 슬픔을 뜻한다(『太平御覽』 卷916, 「鸞鳥詩序」 참조). 자세한 내용은 권5 「西行錄」의 50번 각주를 참고할 것.

4 용으로 …… 같아졌네 : 부부가 죽어 合葬된 것을 뜻한다. 『晉書』, 「張華傳」에 "豊城令 雷

맑은 덕은 누런 비단[5]에 남아있고　　淑德留黃絹
영예로운 봉작(封爵)은 자색 진흙[6]에 있네.　　榮封在紫泥.
누가 알았으랴, 옥수(玉樹) 가에서　　誰知玉樹畔
공연히 봉추루(鳳雛樓)만 보게 될 줄을.　　空見鳳雛樓.

2 고산(孤山)[7]에서 호주(湖洲)[8]의 시에 차운하다

孤山次湖洲韻

남은 봄 완상(玩賞)하다 해질 무렵 이르니　　耽賞餘春至日斜

煥이 龍泉과 太阿 두 명검을 얻어 하나는 張華에게 주었는데, 그 뒤에 장화가 伏誅되면서 장화의 칼은 소재를 알 수 없었다. 뇌환이 죽은 뒤 그의 아들이 칼을 차고 다녔는데, 延平津을 지날 때 갑자기 칼이 물속으로 뛰어들었다. 사람을 시켜 물에 들어가 찾게 하였는데, 단지 두 마리 용이 서려있었고 물결이 들끓으며 칼은 사라졌다〔豐城令雷煥得龍泉太阿兩劍, 以其一與張華, 後華被誅, 劍卽失其所在. 雷煥死, 其子持劍, 行經延平津, 劍忽躍出墮水, 使人入水取之, 但見兩龍蟠縈, 波浪驚沸, 劍亦從此亡去〕."는 고사가 있다.

5 누런 비단 : 黃絹은 아름다운 詩文을 가리킨다. 魏나라 武帝가 楊脩와 함께 曹娥碑 아래를 지나다가 '黃絹幼婦外孫齏臼'라는 여덟 글자가 있는 것을 보고는 양수에게 무슨 뜻인지 아느냐고 물었다. …… 양수가 쓰기를, "黃絹은 色絲로 絶자이고, 幼婦는 少女로 妙자이고, 外孫은 女子로 好자이고, 齏臼는 受辛으로 辭자이니, 絶妙好辭입니다."라고 하였는데, 무제가 쓴 것도 양수와 같았다〔魏武過曹娥碑下, 讀碑陰八字, 謂楊脩曰: "解否." …… 脩曰: "黃絹色絲也, 幼婦少女也, 外孫女子也, 齏臼受辛, 所謂絶妙好辭." 魏武亦記之與脩同〕는 고사가 있다(『世說新語』, 「捷語」 참조).

6 자색 진흙 : 紫泥는 황제의 詔書를 가리킨다. 고대에는 진흙으로 書信을 봉하고 인장을 찍었는데, 황제의 조칙은 자색 진흙으로 봉했던 데서 유래하였다.

7 고산(孤山) : 孤山은 경기도 남양주시 수석동의 고산촌으로, 尹善道의 별서지이다. 湖洲의 또 다른 시 「訪尹孤山善道月夜聯句」를 통해 고산이 윤선도의 호이자 지명임을 확인할 수 있다.

8 호주(湖洲) : 채유후(蔡裕後, 1599~1660)의 호이다. 자세한 내용은 권4 「迷湖錄」의 52번 각주를 참고할 것.

늦은 붉음 물에 임해 진한 노을에 비치네. 晩紅臨水映蒸霞.
떨어져 온 한 조각 물결 따르지 마오 落來一片休隨浪
도리어 고깃배가 떠다니는 꽃 쫓을까 두렵다네. 卻怕漁舟逐泛花.

3 신행상인(信行上人)이 조사(祖師)에게 전수받은 시축(詩軸)의 점필재(佔畢齋)[9] 시에 차운하다[10] 2수

次信行上人祖傳詩軸佔畢齋韻 二首

최고의 명승(名僧) 일찍이 예전부터 들어 最上名僧夙昔聞
속세 떠나고자 하여 더불어 한 무리되었네. 欲離塵世與同羣.
몇 번이나 동교(東嶠)에 임해 붉은 해 맞이하였나 幾臨東嶠賓紅日
다시 서대(西臺)로 들어가 백운(白雲)에게 예를 하였네. 更入西臺禮白雲.
정(定)한 곳엔[11] 마음의 등[12] 적막히 달려있고 定處心燈懸寂寞
강(講)할 때엔 꽃비[13] 어지러이 떨어지네. 講時花雨落紛紜.
불암산(佛巖山)[14]의 빛은 빈 바라지 마주했는데 佛巖山色當虛牖

---

9 점필재(佔畢齋) : 佔畢齋는 金宗直(1431~1492)의 호, 그의 자는 孝盥 또는 季昷, 본관은 善山이다.

10 신행상인(信行上人)이 …… 차운하다 : 원시는 『佔畢齋集』 卷22의 「雙峯住持願上人 袖鄭海州書及詩一軸 訪余於寶城 一話而別 且求詩甚勤 別後書二詩以寄云」 2수이다.

11 정(定)한 곳엔 : 원문은 '定處'이다. 불가에서 수행하는 방법으로 入定과 出定이 있다. 禪定에 들어가는 것을 입정이라 하고, 선정을 끝내고 나오는 것을 출정이라 한다.

12 마음의 등 : 원문은 '心燈'으로 불교 용어이다. 불교에서는 인간의 心靈을 일체의 사물을 환히 비추는 등불에 비유한다.

13 꽃비 : 花雨는 불교 용어로 高僧의 설법을 가리킨다. 부처 설법의 공덕을 찬미하여 "꽃을 비처럼 쏟아 내린다〔散花如雨〕."라는 말이 있다.

14 불암산(佛巖山) : 서울특별시 노원구와 경기도 남양주시에 걸쳐 위치한 산이다. 조선시대에는 양주목에 속하였다. 형상이 송낙〔소나무 겨우살이로 만든 여승이 쓰는 모자〕을 쓴

묵묵히 앉아 서로 보니 바로 그대로세. 默坐相看便是君.

선리(禪理) 서로 전함이 보원선사(普願禪師)[15]로부터였는데 禪理相傳自願師
요즘 와서 화상(和尙)[16]만이 홀로 정밀히 생각하네. 邇來和尙獨精思.
바리때 속엔 이미 청련(靑蓮)의 색 움직이는데[17] 鉢中已動靑蓮色
소매 속엔 또 「백설사(白雪詞)」[18]도 휴대하였네. 袖裏仍攜白雪詞.
석장(錫杖) 꽂아 절 세우니[19] 영험한 지경이 나왔고[20] 卓錫開山靈境出

부처의 모습과 같다 하여 불암산이라 불리게 되었다. 불암산 남쪽 기슭에 佛巖寺가 있다(『한국지명유래집 중부편』, 2008, 국토지리정보원 참조).

15 보원선사(普願禪師) : 普願(748~834)은 河南省 鄭州 新鄭 사람이다. 馬祖道一(709~788)에게 師事하여 그의 법을 이어받았고, 安徽省 池陽 南泉山에 30여 년 동안 머물면서 禪風을 크게 일으켰다.

16 화상(和尙) : 和尙 또는 和上은 지위나 덕이 높은 승려에 대한 존칭인데, 여기서는 信行上人을 가리킨다.

17 바리때 …… 움직이는데 : 『晉書』, 「佛圖澄傳」에 "晉나라 때 天竺의 승려 佛圖澄이 洛陽에 왔었는데, 石勒이 불도징의 道術을 시험하려고 불렀다. 불도징이 바리때에 물을 채운 다음 향을 피우고 주문을 외니, 별안간 바리때 속에 파란 연꽃이 나타나서 햇빛에 반짝거렸다〔勒召澄, 試以道術, 澄卽取鉢盛水, 燒香呪之, 須臾鉢中生靑蓮花, 光色曜日〕."는 전설이 있다.

18 「백설사(白雪詞)」 : 전국시대 楚나라의 高雅한 가곡의 이름으로 뛰어난 詩文을 가리킨다. "초나라의 대중적인 노래인 '陽阿'와 '薤露'는 수천 명이 따라 불렀으나, 고상한 '陽春'과 '白雪'의 노래는 너무 어려워서 겨우 수십 명밖에 따라 부르지 못하더라〔其爲陽阿薤露, 國中屬而和者數百人, 其爲陽春白雪, 國中屬而和者不過數十人而已〕."라는 고사가 전한다(『文選』 卷23, 「對楚王問」 참조).

19 절 세우니 : 원문은 '開山'으로, 名山에 寺院을 창건하는 것을 의미한다.

20 석장(錫杖) …… 나왔고 : 卓錫은 錫杖을 꽂는다는 뜻으로, 석장을 날려 터를 잡은 寶志禪師의 고사를 가리킨다. "보지선사와 白鶴道士가 잠산의 가장 빼어난 산기슭에 서로 터를 잡으려고 다투다가 梁나라 武帝의 주선으로 백학도사는 鶴을 날려 그 자리로 보내고, 보지선사는 석장을 날려 보내어 먼저 그 자리에 도착시키는 자가 터를 차지하기로 약속하

술잔 타고 물 건너니 법운(法雲)이 따르네.[21] 乘盃渡水法雲隨.
다른 때 끝내 모니(牟尼)의 교[22] 펴고 있으리니 異時終演牟尼教
쌍수(雙樹)[23] 지금쯤 몇 가지나 자랐을까. 雙樹如今長幾枝.

4 신행상인(信行上人) 시축(詩軸)의 오봉(五峯)[24] 시에 차운하다

次信行上人詩軸五峯韻

석장(錫杖) 던져 공중으로 날렸던 곳에 擲錫飛空處
멀리 해 뜨는 곳에서 왔네. 遙從出日來.
경전을 말씀함은 가섭(迦葉)의 오묘함이요[25] 譚經迦葉妙
게송을 씀은 혜능(慧能)의 재주일세.[26] 寫偈慧能才.

였다. 그 결과 보지선사의 석장이 백학도사의 학보다 먼저 산기슭에 날아가 꽂혔다〔梁武帝要他們把一樣東西放往山麓, 誰先放到就給誰住, 道人飛去一隻鶴, 寶志投去手中的錫杖, 在鶴將至時, 忽聽到空中飛聲, 只見寶志的錫杖, 已經植立在山麓〕."고 한다(『高僧傳』, 「寶志」 참조).

21 술잔 …… 따르네 : 중이 出行하는 것을 말한다. 『高僧傳』에, "옛날에 杯度란 중이 있었는데, 그의 본래 이름은 알 수 없었고, 항상 나무 술잔〔木杯〕을 타고 물을 건넜으므로 그렇게 이름 하였다〔高僧傳, 杯度者, 不知其姓名, 常乘木杯渡河, 因名焉〕."는 고사가 전한다.

22 모니(牟尼)의 교 : 牟尼는 불교의 창시자인 석가모니의 약칭으로, 불교를 가리킨다.

23 쌍수(雙樹) : 沙羅雙樹의 준말로 雙林이라고도 한다. 석가모니가 入滅한 장소에 서 있었던 나무 이름으로, 사찰 경내에 있는 나무를 가리킨다.

24 오봉(五峯) : 미상이다.

25 경전을 …… 오묘함이요 : 迦葉은 釋迦의 十大弟子 가운데 한 사람인 摩訶迦葉의 약칭이다. 『法寶壇經』의 서문에, "석가가 靈山會上의 法座에 올라 연꽃을 들고서 말없이 대중을 보았을 때, 아무도 여기에 응하는 이가 없었고 오직 마하가섭만이 부처의 참뜻을 깨닫고서 미소를 지었다."고 한다.

26 게송을 …… 재주일세 : 慧能(638~713)은 불교 禪宗의 제6조 대사이다. 선종의 제5조 弘

남악(南嶽)에 깃들기로 처음 정하고	南嶽棲初定
서쪽 봉우리에 꿈이 몇 번 돌아왔던고.	西峯夢幾回.
초당(草堂)에 밝은 달 있으니	草堂明月在
서로 생각하며 스스로 배회하네.	相憶自徘徊.

5 동호(東湖) 섬[27]

東湖洲

호수 맑아 어제 밤 문장 주관하는 규성(奎星)[28] 비춰	湖明昨夜照文奎
바쁘게 편지 써서 석해(石奚)[29]에게 보내네.	顚倒裁書送石奚.
스스로 다행스럽게 작은 산 절반으로 나누어 가졌는데	自幸小山分一半
누가 알았으랴, 넓은 한강 동서로 격하였을 줄.	誰知廣漢隔東西.
한가로이 죽엽청(竹葉青)[30] 열어 시로 축(軸)을 이루고	閑開竹葉詩成軸

忍(601~674)의 行者로 있다가 "보리는 본디 나무가 아니요, 명경은 또한 臺가 아니니 본래 한 가지 물건도 없거늘 먼지가 어디서 일어난단 말인가〔菩提本非樹, 明鏡亦非臺. 本來無一物, 何假拂塵埃〕."라는 偈를 써서 衣鉢을 전수받았다(『古今事文類聚』 卷35, 「弘忍鏡臺」 참조).

27 동호(東湖) 섬 : 이원진은 1654년 제주목사의 임기를 마치고 돌아와 형조참의에 임명되었으나 당국자의 배척과 병환으로 致仕하고 東湖에 은거하였다. 東湖洲는 미상이나 楮子島를 가리키는 듯하다. 『新增東國輿地勝覽』 卷3, 「漢城府」에, "楮子島는 도성 동쪽 25리, 三田渡 서쪽에 있다."고 하였다. 현재의 위치로는 강남구 압구정동과 성동구 옥수동 사이이고, 중랑천과 한강 본류가 만나는 지점이다.

28 문장 …… 규성(奎星) : 원문은 '文奎'로 문장을 주관하는 奎星을 가리킨다. 宋나라 葉采의 「進近思錄表」에 "하늘이 빛나는 송나라 시대를 열어 주어, 문장을 주관하는 奎星이 한데 모이게 하였다〔天開皇宋, 星聚文奎〕."라는 구절이 있다.

29 석해(石奚) : 石이라는 姓을 가진 종을 가리킨다.

30 죽엽청(竹葉青) : 竹葉淸이라고도 하는데, 대나무 잎을 삶은 물에 빚은 紹興酒이다. 晉나

병들어 사립문 닫고 약으로 시제(詩題)를 바꾸었네. 病閉柴扉藥換題.
봄 강의 꽃이 정히 따뜻해지길 기다렸다가 待得春江花正暖
조각배 푸른 유리에 함께 띄우세. 扁舟共泛碧玻瓈.

6 남곡(南谷) 종부(從父)[31]에게 드리다

呈南谷從父

늙은 신선의 풍도(風度)와 운치 창주(滄洲)를 사랑했네
老僊風韻愛滄洲
맑은 한강에서 높이 읊조림, 묻노니 몇 번의 가을인고.
淸漢高吟問幾秋.
문달(文達)[32]이 감히 천리의 허락에 해당하겠는가 文達敢當千里許
중용(仲容)[33]은 도리어 칠현(七賢)[34]의 놀이에 참여하였네.
仲容還忝七賢遊.

라 張華의 『輕薄篇』에, "蒼梧의 竹葉淸이요, 宜城의 九醞醝다〔蒼梧竹葉淸, 宜城九醞醝〕." 라는 구절이 있는데, 창오는 湖南省 寧遠縣에 있는 지명이다.

31 남곡(南谷) 종부(從父) : 이원진의 막내 숙부였던 李志安(1601~1657)을 가리키는 듯하다. 이지안의 자는 存吾로, 이원진이 「龜山錄」을 지을 당시까지 생존해 있었다.

32 문달(文達) : 文達은 符朗의 자인데, 南谷의 조카인 이원진 자신을 가리킨다. 부랑은 前秦 황제 符堅의 조카로, 부견이 항상 그를 지목하여 말하기를, "부랑은 우리 집안의 千里駒이다."라고 하였다(『晉書』 卷114, 「符朗載記」 참조).

33 중용(仲容) : 仲容은 晉나라 阮咸의 자인데, 여기서는 이원진 자신을 가리킨다. 자세한 내용은 권8 「耽羅錄」의 74번 각주를 참고할 것.

34 칠현(七賢) : 七賢은 竹林七賢을 가리킨다. 魏晉시대의 阮籍·嵇康·山濤·向秀·阮咸·王戎·劉伶 7인은 모두 예속에 얽매이지 않고 豪放曠達하였다. 老莊의 학설을 말하기 좋아하였고, 술을 즐겨 마시면서 항상 죽림 사이에 모여 놀았으므로, 당시 사람들이 죽림칠현이라 불렀다.

어찌 알았으랴, 오도(鼇島)[35]에서 이별의 꿈으로 아파했음이 那知鼇島傷離夢
도리어 귀산(龜山)[36]에서 병든 시름 안을 줄을. 轉作龜山抱病愁.
혹시 미호(迷湖)[37]에서 옛 약속 찾아주신다면 倘或迷湖尋舊約
하늘 가득 밝은 달, 중류에서 기다리겠습니다. 滿天明月候中流.

7 평안도 관찰사로 부임하는 심시보(沈施甫)[38]를 전송하다

送沈施甫按關西

영준(英俊)한 인재[39] 골라 뽑아 성상(聖上)의 은혜 높아 簡拔英髦聖渥隆
웅헌(熊軒)[40]이 재촉하여 모란봉(牧丹峯)[41]을 향하네. 熊軒催向牧丹峯.
멀리 연경(燕京) 가는 길 삼천리에 임하는데 逈臨燕路三千里

35 오도(鼇島) : 미상이다.

36 귀산(龜山) : 정확히 어디인지 미상이나, 현재 하남시 망월동 · 미사리에 있는 귀산으로 추정된다. 이 지역 역시 여주 이씨들이 거주하던 곳이었다.

37 미호(迷湖) : 권1의 13번 각주를 참고할 것.

38 심시보(沈施甫) : 施甫는 沈澤(1591～1656)의 자. 그의 호는 翠竹이고, 본관은 靑松이다. 1655년 평안도 관찰사가 되어 관내를 순시하던 중 郭山에서 病死하였다.

39 영준(英俊)한 인재 : 원문은 '英髦'로, 俊秀하고 傑出한 사람을 가리킨다.

40 웅헌(熊軒) : 熊車 또는 畵熊車라고도 한다. 漢나라 제도에 公卿과 諸侯가 타고 다니는 수레의 앞턱 가로나무에 곰의 형상을 그렸는데, 여기서 유래하여 후대에는 고관이나 지방 장관을 지칭하는 말로 쓰였다(『後漢書』, 「輿服志」 上 참조).

41 모란봉(牧丹峯) : 평양시 기림리 錦繡山에 있는 봉우리이다. 唐皐의 시에, "모란이라는 신선 봉우리 우뚝 솟아 이 나라의 鎭山 되었네. 내가 부벽루에 왔다가 이 산 꼭대기에 오르니 흥이 그지없네〔牡丹有仙峯, 雄峙此邦鎭. 我來浮碧樓, 凌顚興未盡〕."라고 하였다(『新增東國輿地勝覽』 권51, 「平壤府」 참조).

웅장하게 계림의 관문 백이중(百二重)[42]을 진압하고 있네. 雄壓雞關百二重.

박달나무는 요제(堯帝) 년에 이미 지나갔고 檀木已經堯帝歲

기자의 터는 무왕이 봉했음을 아직 알겠네.[43] 箕墟尙認武王封.

하늘이 문곡성(文曲星)[44]의 정기로 하여금 내려가게 하여 天敎文曲星精下

유수(留守)의 훈명(勳名) 큰 종[45]으로 적히리라. 留守勳名記大鏞.

42 백이중(百二重) : 百二關河 또는 百二山河라고도 한다. 산천의 형세가 험고함을 뜻하는 말로 秦나라의 지형을 가리키는데, 여기서는 평안도의 지형에 빗대어 표현한 것이다. 『史記』, 「高祖本紀」에, "秦나라는 地勢가 뛰어난 나라로, 산하의 險固함을 띠고 천리 멀리 떨어져 있어, 창 가진 군사 백만을 대적함에 진나라는 백분의 이로 당할 수 있다〔秦形勝之國, 帶河山之險, 縣隔千里, 持戟百萬, 秦得百二焉〕."라는 구절이 있다.

43 박달나무는 …… 알겠네 : 『新增東國輿地勝覽』 卷51, 「平壤府」의 건치연혁에 전조선과 후조선에 대한 기사가 실려 있는데, 그 내용은 다음과 같다. "본래 三朝鮮과 고구려의 옛 도읍으로 唐堯 무진년에 神人이 태백산 박달나무 아래에 내려왔으므로 나라 사람들이 그를 세워 임금을 삼아 평양에 도읍하고 檀君이라 일컬었으니, 이것이 전조선이다. 周나라 武王이 商을 이기고 箕子를 여기에 봉하니, 이것이 후조선이다〔本三朝鮮高句麗之故都, 唐堯戊辰歲, 有神人, 降太伯山檀木下, 國人立爲君, 都平壤, 號檀君, 是爲前朝鮮. 周武王克商, 封箕子于此, 是爲後朝鮮〕."

44 문곡성(文曲星) : 文昌星이라고도 하는데, 文才를 주관하는 별이다. 여기서는 文才가 뛰어난 沈澤을 가리킨다.

45 큰 종 : 원문은 '大鏞'으로 조정의 기둥이 되는 뛰어난 인재를 가리킨다. 여기서는 沈澤의 器局이 넓은 것을 형용한 말이다.

8 상서(尙書) 심액(沈詻)[46]을 곡(哭)하다

哭沈尙書詻

옛 것을 살펴 많은 지식 품었고	稽古懷多識
시귀(蓍龜)[47]에 뭇 사람들의 신망(信望) 쏠렸었네.	蓍龜衆望傾.
문형(文衡) 잡으니[48] 경월(卿月)[49]이 가득했고	秉衡卿月滿
관대(冠帶) 푸니 수성(壽星)[50]이 밝았네.	分帶壽星明.
이미 집안 아이로 걸맞다고 말하고[51]	已道家兒稱
이어서 택상(宅相)[52] 이루어졌다 전하네.[53]	仍傳宅相成.
동쪽 동산 나무에서 빛이 나니	光生東苑樹

46 심액(沈詻) : 沈詻(1571~1654)의 자는 重卿, 호는 鶴溪이다. 1652년 판의금부사, 이듬해 공조판서에 제수되었다.

47 시귀(蓍龜) : 蓍草와 거북으로, 시비와 길흉을 점치던 도구이다. 일반적으로 국가의 대사를 판별해 주는 원로나 國士를 뜻하는 말로 여기서는 沈詻을 빗대어 표현하였다.

48 문형(文衡) 잡으니 : 원문은 '秉衡'이다. 文衡은 조선시대에 大提學을 달리 이르는 말로, 沈詻은 1597년 예문관 봉교, 1598년 홍문관 수찬을 역임하였다.

49 경월(卿月) : 달의 미칭으로, 百官을 지칭한다. 『書經』, 「洪範」에, "왕은 해를 살피고, 귀족 대신은 달을 살피고, 하급 관리는 날을 살핀다〔王省惟歲, 卿士惟月, 師尹惟日〕."라고 한 데서 유래하여 이후 卿大夫를 가리키는 말로 쓰인다.

50 수성(壽星) : 남쪽에 떠 있는 별인 老人星으로, 長壽를 상징하는 별이다. 노인성이 밝았다는 것은 장수의 길조를 말한 것이다.

51 이미 …… 말하고 : 沈詻의 두 아들 沈光洙(1598~1662)와 沈光泗(1603~1671)를 가리킨다. 심광수의 자는 希聖, 호는 魯淵이다. 공조참의를 역임하였고, 이조참판을 증직 받았다. 심광사의 자는 師魯이다. 敦寧府判官 · 贈吏曹參判 등을 역임하였다.

52 택상(宅相) : 원래 집터의 풍수적 모습을 가리키는데, 훌륭한 外孫을 뜻하는 말로 쓰인다. 자세한 내용은 권5 「玉堂錄」 下의 42번 각주를 참고할 것.

53 이어서 …… 전하네 : 沈詻의 외손자인 吳挺昌(1634~1680)과 吳挺緯(1616~1692)를 가리킨다. 오정창의 자는 季文이다. 부제학 · 대사간 · 이조참판 · 대사헌 등을 역임하였다. 오정위의 자는 君瑞 · 瑞章이고, 호는 東沙이다. 예조판서 · 우참찬 등을 역임하였다.

누가 견주랴, 이런 슬픔과 영화[54]를. 誰比此哀榮.

9 호주(湖洲)[55]가 남은 납약(臘藥)[56]을 부쳐준 것에 사례하다

謝湖洲惠封餘臘藥

한번 창강(滄江)에 누우니 온갖 병이 침범하고 一臥滄江百疾侵
약 실은 배 소식 아득하여 찾기 어려웠다네. 藥船消息杳難尋.
사람의 어려움 구제해 줌에 문득 근심해주는 마음 절실함을 입었고 急人忽荷憂情切
나라 구하는 것 인하여 은혜로운 계책 깊음을 알겠네. 活國仍知惠策深.
구루(勾漏)의 비방(秘方) 비로소 녹두(綠豆) 되었고[57] 勾漏秘方初化彔
정호(鼎湖)에 남겨진 조제 이미 단약 이루어졌네.[58] 鼎湖遺劑已成金.

54 슬픔과 영화 : 원문은 '哀榮'으로 살았을 때도 죽은 후에도 모두 榮寵을 받는다는 뜻이다. 『論語』, 「子張」에, "살아 계시면 영광스럽게 여기고 죽으면 슬퍼한다는 것이니 어떻게 따를 수 있겠는가〔其生也榮, 其死也哀, 如之何其可及也〕."라는 구절이 있다.

55 호주(湖洲) : 蔡裕後(1599~1660)를 가리킨다. 자세한 내용은 권4 「迷湖錄」의 52번 각주를 참고할 것.

56 납약(臘藥) : 臘日을 전후하여 임금이 近臣에게 하사하는 약으로, 淸心元 등의 환약을 가리킨다.

57 구루(勾漏)의 …… 되었고 : 勾漏는 도가에서 말하는 36 小洞天 중의 22번째 동천으로, 葛洪이 金丹을 만들며 수도한 곳이다. 원문의 '彔'은 綠豆로 녹두 크기의 丸을 가리킨다. 『晉書』 卷72, 「葛洪傳」에, "鍊丹을 해서 수명을 늘려 볼 목적으로 交阯에서 丹砂가 나온다는 소문을 듣고는 자원해서 句漏의 현령이 되었다〔欲煉丹以祈遐壽, 聞交趾出丹, 求爲句漏令〕."는 고사가 전한다.

58 정호(鼎湖)에 …… 이루어졌네 : 鼎湖는 河南省 荊山 아래에 있는 지명을 가리키는데, 여기서는 황제를 비유하였다. 黃帝가 鼎湖에서 솥에 丹藥을 구워 먹고 신선이 되어 하늘로 올라가자 신하들이 그 棺을 열어보았는데, 황제의 시신은 없고 활과 칼만 남아 있었다는 고사가 전한다(『史記』 卷28, 「封禪書」 참조).

이로부터 병든 풀 봄기운을 회복했으니 從玆病草回春意
필경엔 임금의 구슬 적심(赤心)에 있었네.[59] 畢竟御珠在赤心.

10 호주(湖洲)가 은대(銀臺)의 붓[60]을 부쳐준 것에 사례하다
謝湖洲寄銀臺筆

눈 비비고 함 여니 채색 찬란하고 拭目開緘彩陸離
은대(銀臺)로부터 온 아름다운 선물 동쪽 언덕에 떨어졌네. 銀臺嘉貺落東陂.
구양(歐陽)의 윤필료(潤筆料)가 원래 속되지 않았고[61] 歐陽潤筆元非俗
한원(翰苑)의 꽃 피운 것[62] 도리어 기이하네. 翰苑生花卻是奇.

---

59 필경엔 …… 있었네 : 赤心은 참되고 정성스러운 마음을 뜻한다. 後漢 光武帝가 銅馬와 싸울 때 이미 항복한 자들이 불안해하자 직접 말을 타고 부대를 순시하였더니, 항복한 자들이 서로 "왕이 赤心을 미루어 남의 뱃속에 넣어 주었으니 어찌 목숨을 바치지 않을 수 있겠는가〔推赤心, 置人腹中, 安得不投死乎〕."라고 한데서 나온 말이다(『後漢書』 卷1, 「光武帝紀」 참조).

60 은대(銀臺)의 붓 : 원문은 '銀臺筆'이다. 銀臺는 承政院의 별칭으로, 승정원에서 사용하는 붓을 가리킨다. 蔡裕後는 1655년 도승지의 관직을 제수 받았는데, 이때 승정원에서 이원진에게 붓을 보낸 것으로 추정된다.

61 구양(歐陽)의 …… 않았고 : 潤筆은 글을 지어 주는 대가로 받는 일종의 사례금으로 執筆料를 뜻한다. 『六藝之一錄』, 「集古錄序」에, "蔡君謨가 歐陽修를 위해 『集古目錄』 서문을 써 주었는데, 돌에 새기니 글자가 더욱 珍重하여 세상의 보배가 되었다. 구양수가 鼠鬚筆 · 栗尾筆 등의 물건을 潤筆料로 주니, 채군모가 이를 맑고 속되지 않다고 여겼다〔蔡君謨爲歐陽永叔, 書集古目錄序, 刻石, 字尤珍重, 爲世所珍. 永叔以鼠鬚栗尾筆 · 銅綠筆格 · 大小龍茶 · 惠山泉等物爲潤筆, 君謨笑以爲淸而不俗〕."라고 한데서 유래하였다.

62 한원(翰苑)의 …… 피운 것 : 翰苑은 翰林院을 줄여서 부르는 말이고, 원문의 '生花'는 걸출한 문학적 재능 또는 좋은 문장을 뜻한다. 五代 王仁裕의 『開元天寶遺事』, 「夢筆頭生花」에, "李太白이 소싯적에 쓰던 붓 끝에서 꽃이 피어나는 꿈을 꾸었는데 뒤에 과연 천재성을

부(賦)를 봉래(蓬萊)[63]에 바쳤던 옛날 그리워하고	賦獻蓬萊懷曩日
글을 종수(種樹)[64]에 전함에 당시가 부끄럽네.	書傳種樹愧當時.
풍뢰(風雷)의 대수(大手)[65] 아, 어찌 미치랴	風雷大手嗟何及
종이 가득 「백설사(白雪詞)」를 휘두르기 어렵네.[66]	滿紙難揮白雪詞.

번역 **전수경**

발휘하여 천하에 이름을 떨쳤다〔李太白少時, 夢所用之筆頭上生花, 後天才贍逸, 名聞天下〕."라고 한데서 유래하였다.

63 봉래(蓬萊) : 蓬萊는 唐나라 수도 長安에 있던 궁전 이름인데, 대궐이나 조정을 뜻하는 말로 쓰인다.

64 종수(種樹) : 種樹書를 가리키는 듯하나 미상이다. 종수서는 農書의 일종으로 은거생활을 의미하는데, 여기서는 미호에 은거할 때를 말하는 듯하다. 韓愈의 「送石處士赴河陽幕」에, "늘 『종수서』를 잡고 읽으니, 사람들이 세상 피하는 선비라 하누나〔長把種樹書, 人云避世士〕."라는 구절이 있다.

65 대수(大手) : 大手는 글을 짓는 실력이 출중한 문장가를 뜻한다. 『晉書』, 「王珣列傳」에 "晉나라 때 王珣은 어떤 사람이 서까래만한 커다란 붓을 주는 꿈을 꾸었다. 꿈을 깨어 사람들에게 말하기를, '반드시 大手筆을 쓰는 일이 있을 것이다.'라고 하였다. 얼마 뒤 황제가 죽자, 哀冊文과 謚議를 모두 왕순이 起草하였다〔珣夢人以大筆如椽與之, 旣覺, 語人云: "此當有大手筆事." 俄而帝崩, 哀冊謚議, 皆珣所草〕."는 고사에서 나온 말이다.

66 「백설사(白雪詞)」를 …… 어렵네 : 「白雪詞」처럼 고상하고 수준 높은 시를 짓기 힘들다는 의미이다. 자세한 내용은 권8 「龜山錄」의 18번 각주를 참고할 것.

『태호시고』 권8

「진주록(眞珠錄)」 병신(丙申)

1 장차 척주(陟州, 삼척)로 가려하며 열경(說卿)[1]의 증별시에 차운하다

將赴陟州 次說卿贈別韻

한강 남쪽 시골 길 강을 따라 비꼈는데	漢南村徑逐江斜
적막히 한가한 곳에 던져져 세월 보냈네.	寂寞投閑度歲華.
물과 달에 떠 있을 때 배가 집이 되었고	水月泛時舟作宅
산꽃에 취했던 곳 술로 집을 삼았네.	山花醉處酒爲家.
삼도(三刀)를 홀연 꿈꾸니[2] 일찍이 노닐었던 곳이고	三刀忽夢曾遊地

1 열경(說卿) : 說卿은 李殷相(1671～1678)의 자로 추정된다. 그의 호는 東里, 본관은 延安이다. 어머니는 여주이씨로 李尙毅의 딸인데, 이상의는 이원진의 할아버지이므로 이은상과 이원진은 고종사촌간이다.

2 삼도(三刀)를 …… 꿈꾸니 : 지방관〔刺史〕이 되었음을 뜻한다. 王濬이 칼 세 자루를 들보에 걸어 놓고 조금 뒤에 한 자루를 더 걸어 놓는 꿈을 꾸었다. 놀라 깨니 매우 불길하게 생각되었는데, 主簿 李毅가 재배하고 축하하며 말하기를, "三刀는 州 자인데 한 자루가

네 필의 말 그대로 옛 멈추었던 수레를 몰았네. 四馬仍驅舊駐車.
문 앞으로 머리 돌리니 처음 심어두었던 버들 回首門前初種柳
돌아옴에 까마귀 감춤을 기다림이 필요치 않네. 歸來不必待藏雅.

2 관아에 들어가면서 즉흥적으로 읊다
入府卽事

네 필 말에 지금 한 필 말 더해졌는데 四馬如今一馬加
지난날 일찍이 화웅차(畫熊車)[3]를 멈추었었네. 昔年曾駐畫熊車.
어린 아이는 다투어 새로운 개부(開府)[4]를 보고 稚兒爭覩新開府
늙은 아전 아직도 옛날의 사화(使華)[5]를 잘 아네. 老吏猶諳舊使華.
버들가지 다리에 늘어져 나를 맞이하는 빛이고 柳線嚲橋迎我色
감당나무 그늘[6] 길에 가득하니 누구를 위한 꽃인고. 棠陰滿路爲誰花.
좋은 밤 서루(西樓)의 달에 홀로 술을 따르니 良宵獨酌西樓月

더해졌으니 明府께서는 益州刺史가 되시겠습니다〔夢懸三刀於臥屋梁上, 須臾又益一刀, 濬驚覺, 意甚惡之. 主簿李毅再拜賀曰: "三刀爲州字, 又益一者, 明府其臨益州乎."〕."라고 했는데, 과연 그렇게 되었다고 한다(『晉書』 卷42, 「王濬列傳」 참조).

3 화웅차(畫熊車) : 熊軒 또는 熊車라고도 한다. 자세한 내용은 권8 「龜山錄」의 40번 각주를 참고할 것.

4 개부(開府) : 開府는 漢나라 때 제도로 官衙를 설치하고 속관을 두는 것인데, 권위 있는 관원을 지칭하는 말로 쓰인다.

5 사화(使華) : 使華는 사신을 뜻하는 말인 동시에 지방으로 파견된 관원을 뜻하기도 한다.

6 감당나무 그늘 : 원문은 '棠陰'으로 지방관의 善政을 뜻한다. 자세한 내용은 권2의 120번 각주를 참고할 것.

취한 가운데 혼연히 바닷가에 유락(流落)하는 것 잊었네.

醉裏渾忘落海涯.

3 청심루(淸心樓)[7]에서 목은(牧隱) 시에 차운하다[8]

淸心樓次牧隱韻

아침이 와 간밤 안개 숲 끝에서 흩어지니	朝來宿霧散林端
먼 손 누각에 올라 한번 얼굴 펴네.	遠客登樓一解顔.
땅의 형세는 가로 삼도(三道)의 경계 나누고[9]	地勢橫分三道界
강의 근원은 멀리 오대산(五臺山)에서 나왔네.[10]	江源遙發五臺山.
고승(高僧)은 구름 하늘 밖에 탑 세웠고[11]	高僧建塔雲霄外
대로(大老)는 우주 사이에 시를 남겼네.	大老留詩宇宙間.

7 청심루(淸心樓) : 청심루는 여주 관아의 客舍 북쪽에 있던 누정이다. 1945년 군수 관사의 화재로 인해 소실되고 지금은 터만 남았다. 그 터에 1987년 경기도에서 청심루터 표석을 세웠다.

8 청심루(淸心樓)에서 …… 차운하다 : 牧隱은 李穡의 호이다. 『新增東國輿地勝覽』 卷7, 「驪州牧 · 淸心樓」 조에 원시가 실려 있다.

9 땅의 …… 나누고 : 여주의 지세가 경기도 · 충청도 · 강원도가 만나는 지역에 있음을 말한 것이다. 『新增東國輿地勝覽』 卷7, 「驪州牧」에, "동쪽으로는 충청도 충주 경계에 이르기까지 44리이고, 강원도 원주 경계에 이르기까지 10리이다〔東至忠淸道忠州界四十四里, 至江原道原州界十里〕."라고 하였다.

10 강의 …… 나왔네 : 한강의 발원지인 五臺山의 于筒水를 가리킨다. 『新增東國輿地勝覽』 卷44, 「江原道」에, "于筒水는 부 서쪽 1백 50리에 있다. 오대산 西臺 밑에 솟아나는 샘물이 있는데, 곧 漢水의 근원이다〔于筒水在府西一百五十里, 五臺山西臺之下, 有泉湧出, 卽漢水之源〕."라고 하였다.

11 고승(高僧)은 …… 세웠고 : 원문에서의 '建塔'은 神勒寺를 가리킨다. 신륵사는 경기도 여주시 鳳尾山에 있는 절로, 신라 진평왕 때 元曉가 창건했다고 전해지고 있다.

입암(笠巖)[12]으로 머리 돌리니 그윽한 생각 길어지고 回首笠巖幽思永
연파(煙波)에 공연히 백구 한가롭게 대하네. 煙波空對白鷗閑.

번역 **전수경**

12 입암(笠巖) : 『新增東國輿地勝覽』 권7, 「驪州牧」에, "笠巖은 주 서쪽 5리 江口에 있다〔在州西五里江口〕."고 하였다.

『태호시고』 권8

「사정록(槎亭錄)」 정유 이후(丁酉以後)

1 북원(北原, 원주) 이촌(梨村)에 들어가 며칠 유숙하고 이어서 관곡(寬谷)[1]으로 향하다가 도중에 우연히 읊어 외제(外弟) 충숙(忠叔) 삼형제[2]에게 부치다

入北原梨村 留數日 仍向寬谷途中偶吟 寄外弟忠叔三昆季

외로운 배 비로소 정박함에 이미 은근했는데	孤舟初泊已慇懃
요동 학[3] 돌아옴에 스스로 무리에 뛰어났네.	遼鶴歸來自不羣.

1 관곡(寬谷) : 관곡은 여주 烏鴨山에 있었던 지역으로 추정된다. 『國朝人物考』 권12, 「李尙毅碑銘」에 "10월에 여주 烏鴨山 寬谷 甲坐의 터에 禮葬하였다〔十月禮葬于驪州烏鴨山寬谷甲坐之原〕."라고 한데서 확인된다.

2 충숙(忠叔) 삼형제 : 李命夏(1624~?) · 李命殷(1627~?) · 李命周 삼형제를 가리킨다. 忠叔은 이명하의 자이다.

3 요동 학 : 원문의 '遼鶴'은 학이 되어 遼東 고향으로 돌아온 丁令威를 가리킨다. 『搜神後記』에 "정령위는 본래 요동 사람으로 靈虛山에서 도술을 배웠는데, 학으로 변한 뒤 요동으로 돌아와 城門의 華表柱에 머물렀다〔丁令威本遼東人, 學道于靈虛山. 後化鶴歸遼, 集城門華表柱〕."는 고사가 전한다.

함곡(函谷)에는 옛날 주주사(周柱史)가 지났는데[4]	函谷昔過周柱史
패릉(灞陵)에는 지금 한장군(漢將軍)이 되었네.	灞陵今作漢將軍.
섬강(蟾江)의 두 물줄기 붉은 나무로 나뉘었고	蟾江二水分紅樹
치악(雉嶽)의 세 봉우리 흰 구름에 격하였네.	雉嶽三峯隔白雲.
초당(草堂)으로 머리 돌리니 밝은 달 있는데	回首草堂明月在
한 주전자로 어느 날 다시 글을 논할까.[5]	一樽何日更論文.

2 종제(從弟) 고산(高山) 현감 군산(君山)[6]이 호산춘(壺山春)[7]과 유밀과(油蜜果)[8]를 보내준 데에 사례하다

謝從弟高山宰君山惠壺山春油蜜果

담장 맞대고 지붕 잇닿아 일찍이 떨어진 적 없었는데	連牆接屋不曾離
한북(漢北)과 호남(湖南)으로 각각 한쪽 끝이었네.	漢北湖南各一涯.

4 함곡(函谷)에는 …… 지났는데 : 周柱史는 周나라 藏書室의 柱下史 벼슬을 지낸 老子를 가리키는데, 여기서는 이원진이 자신을 노자에 견준 것이다.

5 한 주전자로 …… 논할까 : 杜甫의 「春日憶李白」 시에, "위수 북쪽엔 봄 하늘의 나무요, 강 동쪽엔 해 저문 구름이로다. 어느 때나 한 동이 술을 두고서, 우리 함께 글을 자세히 논해 볼꼬〔渭北春天樹, 江東日暮雲. 何時一樽酒, 重與細論文〕."라는 구절이 있다.

6 종제(從弟) …… 군산(君山) : 君山은 李恒鎭의 자, 호는 羅山이다. 이항진은 李尙毅의 넷째 아들인 志定(1588~1650)의 아들이다(『松坡集』 卷16, 「高山縣監李公墓碣銘」 참조). 『승정원일기』 효종 10년(1659) 1월 19일 조에, 이항진이 高山縣監을 제수 받은 기록이 남아있다.

7 호산춘(壺山春) : 壺山은 전라도 礪山의 별호로, 壺山春은 여산 지방에서 빚은 술 이름이다.

8 유밀과(油蜜果) : 『名物紀略』에 의하면, 유밀과는 본래 제사에 과실 대신 쓰기 위하여 만들어진 假果라 한다. 밀가루나 쌀가루를 반죽하여 적당한 크기로 빚어서 바싹 말린 다음 기름에 튀겨 꿀 또는 조청을 발라 깨고물을 입힌 造菓이다.

복사 오얏 꽃에 앉아 옛 서열 찾았고[9] 桃李坐花尋舊序
못에서 풀을 꿈꾸고 새로운 시 얻었네.[10] 池塘夢草得新詩.
거문고 소리 잠깐 나자 봄바람 멀고 琴聲乍動春風遠
발 그림자 길게 드리우니 낮 해가 더디네. 簾影長垂晝日遲.
귀중한 비통(郫筩)[11]에 기각(庋閣)[12] 겸하니 珎重郫筩兼庋閣
고마워라 그대 성의 쇠함을 붙들어주려는 데서 나왔음이여. 感君誠意出扶衰.

3 화산(華山)[13]을 지나다 우연히 읊다

過華山偶吟

산을 사랑하는 깊은 벽(癖) 굳이 버리기 어려워 愛山深癖苦難除
얼굴 들어 하늘에 꽂힌 것 탐내며 보네. 仰面貪看揷太虛.

---

9 복사 …… 찾았고 : 원문의 '舊序'는 李白의 「春夜宴桃李園序」를 가리킨다. 「춘야연도리원서」에, "복사꽃과 오얏꽃이 핀 아름다운 동산에 모여 天倫의 즐거운 일을 펴니, 준수한 여러 아우들은 모두 謝惠連이 되었는데, 나의 읊고 노래함은 홀로 謝靈運에 부끄럽다〔會桃李之芳園, 序天倫之樂事, 群季俊秀, 皆爲惠連, 吾人詠歌獨慚康樂〕."라는 구절이 있다.

10 못에서 …… 얻었네 : 자세한 내용은 권5 「西行錄」의 21번 각주를 참고할 것.

11 비통(郫筩) : 술을 담는 대나무 통인데, 여기서는 壺山春을 가리킨다. 晉나라 山濤가 郫縣令으로 있으면서 그곳에 나는 큰 대나무를 잘라서 만든 통에 술을 빚어 수십 일 만에 뚜껑을 여니 향기가 100보 밖까지 미쳤다고 한다.

12 기각(庋閣) : 庋閣은 음식물이나 물건을 놓아두는 시렁인데, 여기서는 油蜜果를 둔 시렁을 가리킨다.

13 화산(華山) : 三角山을 가리키는 듯하나 미상이다. 『新增東國輿地勝覽』 卷3, 「漢城府」에, "三角山은 도성 북쪽 30리 楊州 땅에 있는데 일명 華山이다."라고 하였다. 하지만 여러 곳에 있어서 알 수 없다.

위하여 시골 아이에게 손뼉 치지 말라 말하노니 　爲報村兒休拍掌
옛 사람 나보다 먼저 나귀 거꾸로 탔다네.[14] 　古人先我倒騎驢.

4 기해(1659) 춘첩(春帖)[15]

己亥春帖

삼양(三陽)에 비로소 태괘(泰卦) 이루니[16] 　三陽初作泰
사덕(四德)은 이미 원(元)으로 돌아왔네.[17] 　四德已還元.
만물이 밝게 소생하는 곳 　品物昭蘇處
편안히 거처하며 성(性) 보존할 수 있겠네. 　安居性可存.

---

14 옛 사람 …… 탔다네 : 원문의 '倒騎驢'는 자꾸만 뒤돌아보며 산 경치를 감상하다 보니 아예 거꾸로 말을 탄 것처럼 되었다는 뜻이다. 宋나라 潘閬의 「過華山」 시에, "하늘에 꽂힌 듯한 세 봉우리 몹시 사랑하여 머리 돌려 읊으며 바라보다 나귀를 거꾸로 탔네. 옆 사람이 크게 웃지만 그야 웃거나 말거나, 끝내 이곳에 집 옮겨 살고만 싶구나〔高愛三峯揷太虛, 掉頭吟望倒騎驢. 旁人大笑徒他笑, 終擬移家向此居〕."라는 구절이 있다.

15 춘첩(春帖) : 春帖子 또는 春端帖이라고도 한다. 立春날 기둥에 써서 붙이는 柱聯을 가리킨다.

16 삼양(三陽)에 …… 이루니 : 三陽은 『周易』의 泰卦를 가리킨다. 동짓달인 11월부터 양효가 아래에서 올라와 정월에 이르면 양효가 셋이 된다. 태괘의 下三爻가 모두 양이므로 三陽이라고 한다.

17 사덕(四德)은 …… 돌아왔네 : 四德은 『周易』에서 말한 元·亨·利·貞을 가리키는데, 元으로 돌아왔다고 하였으므로 계절로는 봄이 되었음을 뜻한다.

5 강 위에서 호주(湖洲)[18] 시에 차운하다 2수

江上次湖洲韻 二首

지난날 함께 서쪽 마을에 살면서	昔年同住水西村
강 위에서 자주 죽엽청(竹葉靑)[19] 술통 열었네.	江上頻開竹葉樽.
10년 만에 다시 찾은 낚시 드리웠던 곳	十載重尋垂釣處
복사꽃 물결[20]은 옛 낚시터 자취로 돌아왔네.	桃花浪復舊磯痕.

꽃과 버들 사심 없이 별스럽게 마을 두르고	花柳無私別繞村
초정(草亭)에서 한가로이 작은 꽃다운 술통 대했네.	草亭閑對小芳樽.
도인(道人)이 홀연 사립문 찾아 가버리니	道人忽訪柴門去
이끼 위에는 공연히 밀랍 나막신[21] 자국 남아있네.	苔上空留蠟屐痕.

번역 **전수경**

---

18 호주(湖洲) : 蔡裕後(1599~1660)를 가리킨다. 자세한 내용은 권4 「迷湖錄」의 52번 각주를 참고할 것.

19 죽엽청(竹葉靑) : 권8 「龜山錄」의 30번 각주를 참고할 것.

20 복사꽃 물결 : 음력 3월에 얼음이 녹고 비가 와서 불어난 물을 가리키는데, 이때 마치 복사꽃이 만발해 있어서 桃花浪 또는 桃花汛이라 하는 것이다.

21 밀랍 나막신 : 晉나라 阮孚는 성품이 나막신을 좋아하여 일찍이 스스로 나막신에 밀랍을 칠하면서 개탄하여 말하기를, "일생 동안 이런 나막신을 몇 켤레나 신을지 모르겠다〔晉阮孚, 性好屐, 嘗自蠟屐, 並慨嘆說, 未知一生當著幾量屐〕."라고 탄식한 고사가 있다. 이후로 '蠟屐'은 悠閑하여 작위함이 없는 생활을 뜻하는 말로 쓰이게 되었다(『晉書』, 「阮孚傳」 참조).

부록

| 찾아보기 |

太湖

찾아보기

가

나

다

마

바

사

아

자

차

타

파

하

재단법인 실시학사

실학사상의 계승 발전을 위해 설립된 공익 재단법인이다. 다양한 학술 연구와 지원 사업, 출판 및 교육 사업 등을 수행하며, 실학사상의 전파와 교류를 위해 힘쓰고 있다. 1990년부터 벽사 이우성 선생이 운영하던 '실시학사'가 그 모태로, 2010년 모하 이헌조 선생의 사재 출연으로 공익법인으로 전환되었다.

경학 관계 저술을 강독 번역하는 '경학연구회'와 한국 한문학 고전을 강독 번역하는 '고전문학연구회'라는 두 연구회를 두고 있으며, 꾸준하게 실학 관련 공동연구 과제를 지정하여 그에 맞는 연구자들을 선정·지원함으로써 우수한 실학 연구자를 육성하고 연구 결과물을 사회에 환원하고 있다. 이번에 상재하는 '실시학사 실학번역총서'도 그의 소산이다. 앞으로 아직 세상에 제대로 드러나지 않은 실학자들의 문헌을 선별해 오늘날의 언어로 옮기며, 실학의 현재적 의미를 확인해 나갈 것이다.

홈페이지 http://silsihaksa.org

실시학사 실학번역총서 11

태호 이원진의 태호시고

1판 1쇄 인쇄 2016년 10월 10일
1판 1쇄 발행 2016년 10월 20일

기획 | 재단법인 실시학사
지은이 | 이원진
옮긴이 | 실시학사 고전문학연구회

펴낸이 | 정규상
펴낸곳 | 성균관대학교 출판부·사람의무늬
등록 | 1975년 5월 21일 제1975-9호
주소 | 03063 서울특별시 종로구 성균관로 25-2
전화 | 02)760-1252~4 팩스 | 02)762-7452
홈페이지 | http://press.skku.edu

ISBN 979-11-5550-171-9 93810
979-11-5550-001-9 (세트)
값 25,000원